愛呦文創

驚！說好的選秀綜藝竟然 5

Colosseum-Escape Show

目 錄
CONTENT

【第一章】巫瑾全球後援會上線

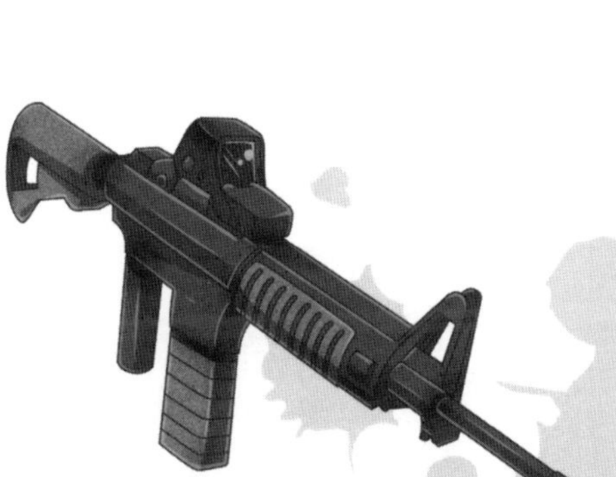

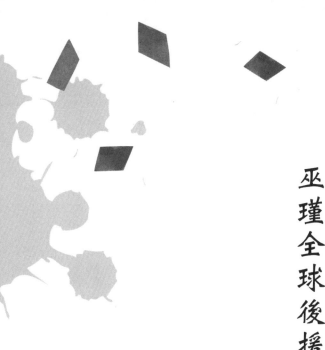

三小時。所有練習生等級定位結束，觀眾心滿意足準備離場。

衛時利索地給旁邊的職業粉劃了一萬RMB，「手機」新安裝的「吱吱寶」自動添加好友，對方簽名上赫然掛著「職業粉絲詳情聯繫139xxx，舉牌一百二十，尖叫加二十，應援站建站六千，站姐修圖六十……」的廣告。

衛時隨手關了手機螢幕，夾著應援牌就向後場走去。

男人直逼一百九十的身高格外顯眼，久居上位神色冷峻，襯衫西褲皮鞋活脫脫一小說裡走出來的霸道總裁，時時引人注目。除了健碩手臂下夾著的那塊黑底粉紅心螢光閃閃愛豆應援牌。

「這不就是那個老公……」有小粉絲恍然想起，神情複雜：「這年頭霸道總裁都追星了！還有男粉顏值都要趕上愛豆了，還要不要咱們活了！」

堵在後臺的直男保全卻看著衛時愣是納悶——好俊的一大小夥子，夾個應援牌花裡胡哨的。

「嘿！」保全大哥當即攔下衛時，「去哪兒？後臺不給進，找選手？選手這會兒也不在，都擱後門準備進寢室吶……」

衛時當即闊步向後門走去。不料後門早已堵得水泄不通，數不清的粉絲扛著長槍短炮對才認識三小時的「哥哥」、「兒砸」們熱切問候。練習生在警戒線裡面艱難行進，衛時眉頭微擰，藉著身高優勢在小女生之中迅速穿行。

然後一秒被保全大叔攔下，「幹啥呢？幹啥呢？」

衛時冷靜：「追星。」

保全大叔狐疑：「追星長那麼高幹啥？我怎麼看你跟尋仇似的。追星？設備帶了沒？」

衛時：「什麼設備？」

保全：「……拍、拍照啊！你不出圖當什麼前線？這不浪費站位嗎！」

衛時面無表情拿出賣比特幣買的POPO手機，前後兩千萬（畫素），拍照更清晰。

保全憋緊了臉。

保全臉色脹紅。

保全哈哈大笑：「這裡有個前線用手機拍照！哈哈哈哈！這不是前線站姐，是私生飯吧！哈哈哈——」

衛時迅速被趕出該選秀節目基地。

衛時：「……」

男人站在馬路中央，像一把戾氣四溢的刺刀。S市盛夏陽光下，他站得脊背挺直，右手習慣性在腰間摩挲，只要能摸出一把手槍就能殺入選秀基地，把鬆鬆軟軟的小練習生一把扛起……

衛時的目光停留在馬路對面的宣傳標語：過馬路，講文明，遵紀守法好公民。

從沒有遵過紀守過法的衛時強壓下不悅，最終邁步走向馬路對面的某電子大廈，並在通訊中冷然質問：「什麼是『前線』？」

浮空城實驗室。

阿俊撲通一聲，差點沒從椅子摔倒，「衛、衛哥，這好像是粉絲站裡的黑話，站姐是站子老大，負責摳行程、組織應援，前線是衝在前面拍照的，一般藝人、經紀公司和大站站姐都有來往，有活動能見到真人，說是站姐也好放行……」

衛時火速買完萊卡相機，櫃員都為這位大佬「不差錢」的態度驚了一驚，這特麼還有做活動送鏡頭不要，拿了相機直接付款掉頭走人的……

等衛時再次回到選秀基地，練習生早已散了一大半，巫瑾更是不見蹤影，只能從幾個小粉絲那裡聽到：「小巫好可愛！」

「一直鞠躬、一直鞠躬，像個懂禮貌的彈簧棉花糖！」

基地警戒線周邊，節目組劇務正拿個喇叭禮貌地請各位粉絲回家：「謝謝大家的支援，路上注意安全，關於下一期節目，我們明天就會奔赴ＸＸ影視基地拍攝，接基地方要求，請大家儘量不要影響影視基地日常秩序。同一位選手所有應援站只放一個人進來……感謝支持！」

衛時秒速連上通訊。

浮空實驗室。

阿俊還在通訊裡不斷科普。心理醫師周楠一覺醒來，也泡了杯枸杞茶過來探探。

周楠越聽越覺得趣味橫生，喃喃琢磨：「是個好主意，衛哥這會兒就算去節目組應聘保全也來不及，做投資人吧，娛樂圈水這麼深，還真不好搞，夜探寢室又容易把小白兔嚇跑。要是用這種身分接近小巫……」

旁邊，阿俊恭敬聽衛時說完，猛地傻眼：「衛哥您要、要做站姐？還要狗、狗前線？不做幕後？」

周楠連連咳嗽，拍上阿俊後腦杓，「會不會說話呢？站哥、站哥！」

S市。

黑夜月朗星稀，衛時穿著睡袍，坐在酒店總統套房的辦公桌上。酒店提供的上網本打開，古老的二十一世紀螢幕中赫然顯示「ＸＸ影視基地」的搜索結果。

同班次高鐵還剩十六張票。

在確認幾百塊辦的假證無法註冊「12307」之後，衛時果斷砸了十萬美金搞了張巴西假護照，附帶Z國假簽證一張。接著火速預定高鐵一等座。

萬事俱備。就差粉絲站。

衛時打開吱吱寶，直接敲了白天賣應援牌的職業粉，「六千建站？」

那小粉絲詐了衛時一萬RMB，對土豪畢恭畢敬，「是的，大大。我們是專業的，大大。」

衛時秒劃一萬二過去：「半小時內交貨。」

該工作室迅速領命，六位工程師齊齊上線改範本、換殼、替換愛豆姓名，放應援圖。二十五分鐘後，「巫瑾全球後援會」順利出爐。等站子上線，微博十萬火急宣傳，交稿。

衛時收貨，站長後臺赫然顯示一行字。

點擊：3

衛時：「……」

該職業粉團銷售經理立刻大呼：「親，不是我們的問題啊親。下午那會兒已經有應援站上線了，名字也叫巫瑾全球後援會。粉絲都被引流了，咱們做個姊妹站也不錯啊，親。」

衛時言簡意賅：「十萬，擠掉他們。」

經理痛哭：「親，我們做不到的啊親！他們上午就出了好多張神仙圖了，」經理努力討好這位金主大大：「也是您家小哥哥長得太好看了，怎麼拍都好看！所以粉絲都湧過去了！」

「前面那幫子建站的都是『職業短期站姐』，她們就守這種流量選秀節目，看到哪個小哥哥能紅，就趕緊扛著長焦紅圈建站割一波韭菜，募資應援再轉戰陣地。這個，咱們出圖沒她們好，真的比不過啊！」

衛時：「要圖？」POPO手機裡，白天拍下的幾張圖發了過去。

看到一系列角度不對、補光不對的直男式拍照照片，經理差點暈厥：「……大佬，您、你這圖，不會是手機拍的吧……這圖真修不了啊……」

衛時擰眉：「要修好的圖？」

經理應聲，終於鬆了口氣。這位大佬也是人傻錢多，誰不知道修圖沒人能比過站姐，大佬要是能把這幾張直拍修出花兒來，自己這經理也不用再幹了……

酒店套房。

衛時徑直連上與浮空城的通訊。阿俊火速領命，登陸星博，把幾張拍得歪七扭八的照片發送給「白月光巫瑾寶貝星際後援會」民間博。

阿俊諂媚討好三十一世紀的站姐：小姐姐，拍了幾張小巫，能給修修不？

後援會：……

後援會：啊啊啊啊啊啊！臥槽活的小巫啊啊啊！快說你是誰？這是哪檔節目？克洛森秀停播，看不到兒砸麻麻要枯萎了！終於有新圖可以舔了我爆哭啊啊啊！

後援會：嗯？不對，這是誰拍的圖？怎麼這麼高糊？像素不會才兩千萬吧？格式還是jpg？這是十一世紀還是二十一世紀的格式？講真的，拍成這樣還不如直接對著小巫畫素描呢……

幾分鐘後。後援會用兩百信用點感謝了來自阿俊的供稿，粉絲站公布新圖。

巫瑾站在爛漫的燈光下，靜態jpg硬是被擬合插幀變成了動態live照片。少年穿著十個世紀前的古典K-pop服飾，眼中是細碎的浮光——浮光粼粼，瑾玉生輝。

阿俊給小姐姐點了個讚。接著趕快抄襲修圖、排版並文案一起發給衛時。

二十一世紀，S市。

現任站哥．衛時迅速把宣傳站內容替換，發博宣傳。

微博先是有幾分鐘沉寂，接著數不清的粉絲嗷嗷湧來：巫瑾小哥哥太好看了吧！還有這是什麼神仙修圖？這真的是人類現有的修圖技術？

幾百公里之外，圍觀事態的職業粉團銷售經理突然把茶水盡數噴出。

「就那幾張圖，還真、真被他修出花了？」

次日清晨。趕在練習生出發拍攝之前，所有應援站齊齊向ＸＸ選秀節目組提交應援申請。

「巫瑾全球後援會（二）」以壓倒性流量優勢打敗「巫瑾全球後援會（一）」，暫時成為官方指定許可前線。

許可憑證發到了衛時的郵箱。衛時用護照取了高鐵票，叫車前往高鐵車站。

昨日晚上節目首播之後，小幅度激發了一次熱搜。門口堵著數不清的前線、站姐。候車室內，節目組一遍一遍清點練習生人數，「大家準備取票出發，第一輪比賽是MV拍攝對決……」

劇務數到一處：「咦？大家都在排隊上車了，你怎麼才來？」

面前的帥哥身長腿長，饒是有墨鏡擋著，也俊出了一種引人注目的氣質。

衛時摘下墨鏡，「我不是。」

劇務傻眼，這人還真不是節目組裡的練習生！他連聲向衛時道歉，這位帥哥卻轉向不遠處。

隊伍最末，巫瑾驚呆了看向衛時。

衛時三兩步走到巫瑾面前，伸出槍繭厚重的右手，聲音沉穩帶磁性。

「真巧，又見面了。」

巫瑾被迫顫顫巍巍伸出右手。門外高鐵呼嘯而過，灼熱的夏風從敞開的安檢口大門急速灌入，男人掌心乾燥，身上是淡淡的、陽光下乾草與堅果的氣息。

巫瑾握得小心翼翼，就像是偷偷蹭了一下堅果的小松鼠。蓬鬆細軟的捲髮被飛馳的高鐵撩起。

衛時虎口寬厚有力，徑直覆住巫瑾整個右手，「衛時。」

掌心相觸。男人布滿槍繭的指節侵入性太強，像是燧石鐮刀擦過火絨，無端擊出火星濺射。

巫瑾一頓。安檢口外高鐵疾馳。腦海中分辨不清的紛雜回憶被勁風簌簌翻動，似乎有硝煙瀰漫，有漫天黑煙中劈啪燃燒倒塌的高樓，火光中的神像和叫不出名字的卡牌，十二公尺翼展的巨物在空中飛掠。俱都模糊如虛影。

衛時還在等待他的答覆。

少年愣愣開口：「巫、巫瑾。」意識再次翻動。這回是自己與和「衛時」極度相似的男士溫柔淺吻——

巫瑾一驚：啊啊啊！自己竟然對陳哥買的粉絲腦補出了不適宜的親密關係！

三觀崩裂之際，又一輛火車飛掠，腦海淨是詭譎綺念，唯有車頭兩個大字如警鐘巨震，護靈臺清明！

和諧號電力動車組！和諧！

身後，練習生還在擠成一團慢吞吞排隊。

旁邊小劇務對衛時左看右看，半天迸出來一句：「這、這不對啊！這人是申請應援的站哥啊！我早上才審核了他的照片……」

保全人員大驚，趕緊將巫瑾捉回，頂著衛時大灰狼似的視線壓力，把自家嚇傻了的練習生重新推入羊圈。

衛時不以為意，抽出尊貴的一等座火車票，在劇組消失後檢票。

浮空城實驗室內。

第一章
巫瑾全球後援會上線

負責監控資料的阿俊猛然看向儀器輸出信號，驚喜開口：「衛哥，剛才小巫意識波動強烈！你做了啥？等波動到達閾值就能試著把人帶出來……」

衛時低頭，掌心尚有餘溫。

高鐵緩緩啟動。充滿練習生的車廂內歡聲笑語洋溢，平均一節車廂安裝六個鏡頭，此時幾乎所有練習生都不遺餘力地在鏡頭前穩固人設。

除了偷溜到兩節車廂之間的巫瑾。

後方是整個劇組，前方是尊貴的頭等艙。列車飛馳，乘務員小姐姐忙忙碌碌，一時半會兒巫瑾縮在角落，把自己藏得極好。

巫瑾偷偷拿出手機，給經紀人陳哥打電話。窗外是市郊工業基地，訊號三格正好。

陳哥：「哎，巫啊！誰欺負你了你說……」

巫瑾：「沒有！沒有！陳哥，你上次雇傭的那位舉牌粉絲……」

高鐵呼呼駛過一片油菜花田，訊號降到一格。

陳哥：「你說什麼什麼粉？」

巫瑾有點不好意思，用氣聲回答：「老、老公粉！」

陳哥：「老公什麼？訊號太差聽不清！」

巫瑾：「老公粉！」

陳哥：「什麼公粉？」

巫瑾兩眼一黑，鼓起小圓臉一字一頓：「老─公─f……」

車廂門驀然被打開，衛時應聲而來。

卡了一半的「粉」字被巫瑾驚恐吞沒，嗖的貼牆站好。

衛時陳述：「這裡沒訊號。」

巫瑾傻笑，背在牆壁上的手拚命按音量減號鍵，「是、是嗎嘿嘿嘿……」

衛時靠近一步，「去前面車廂試試，我帶你進頭等艙。」

巫瑾剛想乖巧道謝，強大的邏輯直覺猛然反應過來，在以時速三百五十公里運行的高鐵上，客運車廂長二十四點四公尺，站在頭等艙前後兩點，座標重合的時間差只有零點二五秒——所以，在這裡打電話和在頭等艙有什麼差別？

巫瑾一秒警覺。

衛時見狀也不強求，看向窗外，「訊號來了。」

火車剛進入山中隧道，巫瑾茫然。

衛時從口袋抽出POPO手機，有那麼一瞬巫瑾總覺得男人拿手機的方式像在拿槍。

衛時向巫瑾展示介面，「訊號三格。」

巫瑾看了眼自己手機——一格。

「……」巫瑾懷疑自己手上拿了個小靈通。

衛時冷靜引誘：「運營商不同，要不要用我手機？」

巫瑾趕緊道謝、搖頭。

衛時：「行。有需要再找我借。你的手機號多少？」

巫瑾底氣頗虛，衛先生助人為樂真誠友善，自己剛才還在找陳哥詢問虛實……當下愧疚非常，立即報出手機號。

衛時點頭，撥了兩下果然是沒接通。巫瑾知悉，安然掛斷了和陳哥的通訊，正此時列車一個顛簸——巫瑾的肩膀被扶住，像是有電流刺啦湧來，腦海中再度是翼龍振翅時的深吻、沐浴後僅裹著一條浴巾、溝壑分明的肌肉中夾著槍傷刀疤的衛時。

巫瑾悚然看向衛時，心想：這這這是什麼電影放映機成精了！

兩人身後車廂，已是有劇務過來要找巫瑾。

衛時把巫瑾重新擺正，紳士後退，「那麼，再會。」

男人轉身，闊步離開。

劇務進入隔間時，正巧衛時消失。小劇務看了巫瑾幾眼，笑呵呵提醒：「小巫啊，剛進山洞呢，全車都沒訊號。回去坐著吧……」

巫瑾回到座位，安靜坐好。回想剛才衛時表情熟稔，絕對是經紀人陳哥安插到身邊的「假前線」了。就說嘛，自己還沒出道哪裡會有前線站姐！但衛先生這張臉完全可以進演藝圈，做前線太大材小用……

列車再次經過某某工廠，訊號終於滿格。陳哥給巫瑾重新打了回來，一拍腦袋響起：「喔喔你說那個老公粉！不知道啊！我也不知道他咋冒出來的，沒找我領紅包啊這人……」

巫瑾驚呆：「什麼！」

頭等艙內。坐衛時旁邊那座的商務男士看向衛時，欲言又止，「終於有訊號咧，我這月租兩百塊的套餐都啞了，大兄弟你啥子手機，咋一直訊號三格……」

衛時面無表情地把用來誘騙巫瑾的「訊號三格」螢幕截圖關閉，露出只有一格信號的真實手機狀態列。

旁邊的大哥：「……」

衛時毫不理會，行雲流水拿出隨身商務筆電。筆電厚重有質感，紅點、衝壓金屬防護層、防水高加密圖示都昭示了低調奢華的特性。就差沒在空白鍵上貼著「成功人士專用」。

那位商務大哥喝了一口茶水，又忍不住看向衛時螢幕。

衛時嫻熟連網，一眼掃過巫瑾全球後援會（一）的站長吐槽。

「（二）站一看就是抄襲！」

「圖源我們也有，現場沒看到其他站姐，他們絕對是買圖！」

「就是！一點誠意都沒有！」

衛時打開阿俊發來的小體量一鍵美圖軟體。直接勾選「夢幻特效三〇一八新版」，剛才高鐵站內抓拍的巫瑾一張一張讀入。

笑咪咪的巫瑾、睜圓眼睛的巫瑾、睏得腦袋直點的巫瑾。

修圖，上傳，發布。

一群住在微博的粉絲齊齊出現，嗚哇叫著收圖：「這是什麼神仙站子啊啊啊——」

商務大哥直愣愣看著螢幕上衛時的照片，肅然起敬：「大兄弟，搞攝影的？」

衛時：「站哥。」

那大兄弟聽得似懂非懂：「坐火車……去采風？」

衛時面無表情：「去追星。」

「噗」的一聲。大兄弟連連道歉，面色恍惚，差點把茶水噴出。

高鐵飛速駛往目的地。

衛時微微闔眼，通訊另一端電流雜亂。已是剛剛上班的宋研究員接過意識連接中控。

浮空城研究室內，宋研究員正在衝阿俊批評：「衛哥進治療艙多久了？都快二十四小時了，他胡鬧你就這麼讓他胡鬧？」

阿俊委屈：「衛哥這不是想快點把小巫帶出來……」

宋研究員訓斥道：「他上個月自己還在治療艙躺著呢！搭把手快點把人弄出來，別在裡面出了事……」

阿俊大驚：「會變傻？」

「……你才變傻！」宋研究員琢磨：「頂多就是精神分裂，上個月那會兒，衛哥在意識世界裡是什麼樣來著……」

治療艙黃燈微亮。衛時從艙體內將艙門推開，筆直長腿跨出。

宋研究員終於長舒了一口氣，阿俊喜上眉梢，趕緊狗腿給衛時倒水。

「意識會自動補全，」宋研究員勸慰：「衛哥放心！小巫這種邏輯過硬的，怎麼著也不會把您給弄丟了……」

衛時微微抬眼。宋研究員瞬間噤聲。

男人將一整瓶水灌入，水滴順著喉結淌下。他輕輕打開另一側救生艙，巫瑾安靜蜷縮，沉睡不醒。

記憶被風雪撕裂，衛時閉眼，腦海中依然是空無一人的R碼基地，緊閉的基因復刻室大門和倒塌的小雪人。粗糙的手掌插入少年柔軟的捲髮，心跳找到柔軟落點。

衛時下令：「搬張行軍床過來。」

宋研究員一愣：「衛哥你就在這兒睡？」

阿俊連連答應，把沒眼力見的宋研究員拖走。實驗室房門關閉，阿俊立即批評宋研究員：「衛哥不可能走啊！你沒看，不管上個月還是這時候，不管是衛哥出事還是小巫出事，潛意識裡面最怕把人弄丟的，一直是衛哥……」

意識世界中的正午已是浮空城的傍晚。持續三日的秋日祭還在繼續，窗外煙花爛漫，住在十層以上都沒人敢開窗。人造雲霞被蒸騰成一片溫柔繾綣的淡粉，集市喧鬧歡暢，只是以往會在秋日祭現身的城主不見蹤影。

衛時走出房間，在高塔的露臺俯瞰。火烈鳥成群結隊跑過。

衛時傳訊：「最肥的那隻扣下。」

塔下，紅毛擼起袖子，給最胖的那隻火烈鳥蓋了個二維碼，表示「為巫瑾所有」。

幾分鐘後，紅毛坐電梯上樓。還根據衛哥指示送來一系列唱片發行商報價，「等咱們逃殺戰隊搞好了，不如再一腳踏入娛樂圈，搞搞娛樂產業，免得小巫被發行商、經銷商層層剝削……」紅毛嘰嘰喳喳說個不停，又撓了撓腦袋。

「衛哥，那啥，您找的那個婚慶公司過來退款了，他家都是不成功包退……」

衛時從終端螢幕抬頭。螢幕內是簡潔大方的「白月光巫瑾寶貝星際後援會」資訊流排版。

衛時：「不用退。」

紅毛趕緊記下。

衛時：「加一半價送回去。儀式改到三天後。」

紅毛猛然驚喜：「欸，成！」

深夜。衛時從六小時淺眠中清醒，再度踏入治療艙。

宋研究員一面翻閱白天記錄的波動峰值資料，一面欣慰強調：「對，就這麼做。方向沒問題，多摸摸小巫……喔，或者有條件的話，被小巫摸摸也行，說不定人就想起來了！還有，要從各個方面對他的記憶試壓，儘量復現小巫在現實世界的經歷。」

「潛移默化，把人帶出來指日可俟！」

治療艙緩緩閉合。視野天旋地轉。

衛時睜眼。

天色入夜。正逢ＸＸ影視基地關門，意識世界中時間線飛快。當日的選秀節目分組選位已經拍攝結束，劇組為練習生們包下一整棟賓館，連個剩餘空房都無。

賓館前臺，小姑娘連連道歉，不時偷看這位帥哥側臉。

衛時收了假護照，轉身就入住了旁邊的度假村。臨走時還能聽到酒店小花園內，練習生嗡嗡鬧做一團。

Ｓ級改造人聽力精準，很快就能循著聲源定位到正面對矮牆的巫瑾。

——巫瑾在練習rap。

鬼知道他怎麼抽到了rap位，估計還得自己寫詞。

巫瑾對著牆，邊認真rap邊改詞：「Hey 喔來到這個節目！喔汗水揮灑無數！喔練習生的國度！路邊還有美麗的小麋鹿——小馴鹿——小馬鹿——欸林哥！您能幫我看看哪種鹿比較好押韻……」

「不是我說，小巫啊，你這怎麼路邊還有馬路？雙線道啊？」

歌詞除了押韻一無是處。

衛時瞭然，果然是他自己寫的詞。

等衛時入住度假村，天色已經一片漆黑。度假村內設施豪華，比賓館高出不知道幾個等級，房間內按摩椅、睡袍、釣魚漁具都一應俱全。據說這裡時常有影視城內明星光顧，度假村後面連著當地村落，夏日集市熱熱鬧鬧，吃食沒有城裡多，也能看到個小姑娘在烙煎餅果子。

北果南烙，別有一番風味。

衛時買了兩個餅。再低頭看下手機螢幕，巫瑾全球後援會（一）還在鬧騰。

後援會（一）募資了一波應援，做了個滿天星應援牆——大概因為玫瑰太貴做不起——並藉此抨擊後援會（二）沒有組織探班。

衛時不予理會。豈止探班，連愛豆的小手他都摸過了。十萬塊砸下，某職業粉絲團隊立刻糾集大批水軍來替後援會（二）站隊。

三十一世紀，浮空城。阿俊見狀趕緊老老實實替衛哥繼續挖礦。

此時手機顯示正是晚上九點，宵夜時刻。

衛時給巫瑾發短信：出來吃餅？

巫瑾那邊，愣了足足三分鐘才打字回覆。

巫瑾：謝謝！今天還是先不吃……

衛時知悉，轉身進入度假村，拿上釣杆，換了個嶄新鋥亮的吊鉤。慢悠悠騎車抵達賓館。

矮牆後，巫瑾還在練習rap：「喔練習生的國度！路邊還有美麗的小麋鹿！和打魚歸來的小鵜鶘……」

衛時發短信：真不吃？

矮牆後rap停頓，傳來窸窸窣窣的細微聲響，約莫是巫瑾在回短訊。

衛時把折疊釣杆張開，釣鉤掛上裝有熱騰騰煎餅果子的塑膠袋。

衛時甩竿，釣線越過矮牆，穩穩妥妥停在巫瑾面前。

煎餅果子的鮮香傳來。巫瑾吸了吸鼻子，嗖的抬頭！

影視城邊，酒店矮牆下。雞蛋煎餅、芝麻辣醬拌著蔥花，順著夜風襲來。

巫瑾看了眼煎餅果子，又看了眼魚竿。

釣線晃蕩上提，巫瑾揚起腦袋。

魚竿繼續上揚，巫瑾蹭蹭站到了人造園林石塊上。

釣線收短，煎餅果子被拎起超過牆沿——衛時收竿。

昏黃路燈下，矮牆上先是冒出蓬鬆的小捲毛，然後是只露出眼睛的小圓臉，巫瑾眼睛瞪得溜圓。

衛時搖晃魚竿，引誘牆上長出來的野生小巫：「出來吃。」

幾分鐘後，巫瑾戴著鴨舌帽，從酒店後門躥出。

衛時卻是把先前當做誘餌的煎餅果子留給自己，懷裡捂著還熱乎的那袋扔給巫瑾。

路燈將人影拉長交疊。還沒等巫瑾絞盡腦汁想個開場白再道謝，衛時從單車簍子裡拿出一瓶免洗消毒淨手液。

巫瑾乖巧排隊等洗手。

衛時在自己掌心擠了不少，琢磨：「多了。」然後用眼神命令巫瑾攤開爪爪。

巫瑾：「……」

衛時霸道覆上，把擠多的洗手液直接蹭上去。

掌心相觸。似是有酥麻電流從皮膚交接之處躥入脊髓、大腦中樞，巫瑾陡然一頓。

——又來了！啊啊啊成精的電影放映機又來施法了！

巫瑾掙扎著不被捲入支離破碎的「回憶」，腦海卻像是有棱鏡碎裂。

科幻頻道，衛先生在一片夢幻的賽博龐克背景中戴著銀藍色面具轉身；歷史頻道，衛先生穿著巴洛克時代國王戰袍，宣稱巫瑾為法蘭西唯一官方指定國王情婦……玄學頻道、槍戰頻道、自然頻道，面無表情的衛時、唇角微揚的衛時、性感而情動的衛……

巫瑾嚇一跳，怎麼能跳臺還能重播？這是電視機上盒成精吧……

記憶終於在一處停頓。浮空而建的城池中燈光螢螢，男人戴著面具，低頭把不知材質的洗手液抹上自己掌心，彩色泡泡升起。

巫瑾呼呼吹氣，泡泡吧唧打在衛時臉上，男人低聲笑道：「閉眼。」

畫面與此刻重疊。

影視基地旁，溫暖如織的路燈下。洗手液早就被衛時搓乾，少年於意識世界中呼吸急促，幾乎陷入共情。他猛然睜眼。衛時與他靠得極近，男人眼神深邃不見底，以一個極端強勢的姿態把巫瑾抵在牆上，順遂心意就要把手指插入嚇呆了的小捲毛。

意識通訊中阿俊正在敲桌狂嚎：「小巫那邊波動幅度起來了，加把勁上閾值，衛哥衝啊！辦了小巫——」

宋研究員一把捂住阿俊的嘴，「衛哥悠、悠著點，小巫咋又警惕起來了？你別蠻幹……」

巫瑾嗖的挪騰，一個戰術躲避從衛時手下逃生。

衛時看了眼手感極好的小捲毛，紳士撤退。

夜風徐徐。巫瑾抱住煎餅果子，吃得不亦樂乎：「衛先生住哪兒……」

衛時指向遠處度假村。

巫瑾崇敬看著土豪大佬：「衛先生是來度假的嗎？」

衛時：「追星。」下一刻衛時隨手解開車簍子裡的塑膠袋，洗手液、萊卡相機、應援手幅、站哥工作證、巫瑾應援小貼紙一應俱全。

巫瑾倏的臉紅，磕磕絆絆道謝。

每個愛豆對他的站姐、前線都有著非同尋常的感激。本來巫瑾就對衛時有說不清道不明的好感，更何況衛先生還沒有領陳哥發的紅包……

臨分別時，巫瑾努力掏心掏肺表達感激。衛時想順手再擼一把小捲毛，卻被巫瑾機警躲過。

兩人分別消失於夜色的不同方向。

巫瑾進入酒店大堂，火速掏出手機。

衛時回到度假村，一秒切出治療艙。

巫瑾顫顫巍巍查詢：「幻想症」、「腦補過多是不是病」……然後迅速在某論壇諮詢：「認識一天就幻聽幻視，總覺得對方想親自己怎麼破？」

衛時走出治療艙，直接從旁邊艙體撈出還在沉睡的巫瑾，肆意揉弄小捲毛。

不讓摸？意識世界裡不讓摸，嗯？

意識世界內，巫瑾看向網友答案，一秒哆嗦。

意識世界之外，衛時擼完巫瑾，表情勉強滿意。

隔壁資料監控室，宋研究員檢測到衛時出來，立即敲門而入，「衛哥，之前小巫化驗單出來了。他對N型記憶藥劑是有抗藥性，不過只持續了二十四個小時。我在想，他第一次被注射藥劑抹去記憶的時候，是不是也是延遲起效？」

「小巫第一次出現是在哪裡來著？白月光大廈練習生報名處？」

宋研究員：「還有，意識世界的確影射現實。衛哥您說在裡頭看到了唱rap的紅毛，八成是小巫在基地裡，從門縫看到過毛秋葵。我個人更傾向於，當年R碼基地內發生的一些事情，投射到小巫意識裡以另一種方式呈現……」

等衛時再度躺入治療艙。影視基地外，天光已經大亮。

時間流逝再度往後撥快，衛時看向手機，猛然一頓。

比上次見面已經過去了一週，衛時立刻出門。

計程車在去影視城的路上飛馳，衛時於手機端翻閱資料。一週內，選位battle已經播出，巫瑾的rap讓他瞬間從評級A跌落到B，微博頻繁有質疑。

倒是收了衛時十萬RMB的職業粉絲團隊，在兢兢業業反黑，不斷安慰粉絲：「小巫這次運氣不好才抽到rap。下一輪MV拍攝肯定能翻盤！『精靈國度小王子』就是專門給他量身訂做的主題……」

影視基地，衛時迅速下車，眼前景象完全出乎意料：「……」

X店影視城正值旺季。數不清的記者、狗仔、藝人粉絲、前線把影視城正門堵得水泄不通，長槍短炮隨處可見，旁邊還有幾位練習生站姐被擠到貼牆。

衛時當機立斷朝側門走去。

門衛嫻熟攔下衛時，「這兒是演員通道，演員證帶了沒？」

衛時轉身，走到門衛視野死角，從口袋裡抽出六張百元大鈔——很快手裡就多了一張群演證。

門衛納悶看了半天，「張……翠花？男的？」

衛時：「名從武當七俠之五，張翠山。」

門衛：「……哎你這臉對不上號啊，帥了好多！」

衛時面無表情，示意門衛加速審核：「整容，想紅。」

門衛恍然，放行：「行了，核對過了是本人！」

衛時取回群演證，當即便向XX選秀節目組走去。不料該綜藝組經費吃緊，竟然不招任何群演。衛時繞著場地走了半圈，終於找到了選秀節目旁的某某拍攝組，調整好相機機位。

這裡和巫瑾所在的場地挨得極近，中間沒有掩體阻隔，就拉了一道繩算作分界。

此時練習生大多在室內，巫瑾剛給「精靈小王子」編舞完畢，視線透過窗戶，驀然歡喜。為了給「站哥」合適的鏡頭，巫瑾在窗戶裡蹦躂來蹦躂去。

衛時調整焦距。耳邊，阿俊還在給他科普新收集的資料：「站姐最開心的時候，是偶然拍到對視的時候……」

然而鏡頭裡，巫瑾就差沒把腦袋伸出窗戶盯過來了。

阿俊：「追行程，跟拍，做前線。你在我的鏡頭裡成為我的全部，這是一場轟轟烈烈的盛大暗戀……」

手機微微振動，巫瑾發短信說太對不起了，天太熱了，讓衛先生到樹蔭裡，那裡藏了個小馬札。

阿俊：「臥槽這條好煽情！作為愛豆，你擁有全部的我，而我卻只擁有此時的你……」

衛時拿起手機，剛要回覆巫瑾，猛然肩膀被一拍。

隔壁拍攝組劇務臉色不善：「追星的？這是我們地盤，不當群演別進來礙事……」

衛時晃了晃口袋裡的群演證。

劇務一愣。這人黑西褲，白襯衫，墨鏡俱全，看著怎麼著都不像群演，倒像是個群特。

群特，全稱特約群眾演員，要求氣質好，形象佳。可以在主要鏡頭內頻繁出現，適用於主角身邊的士兵、保鏢、大臣一類……

衛時很快被帶進隔壁《傾世毒妃在現代》劇組。

正在吃午飯的副導接過群演證，差點笑到噴飯，「張翠花？男的？我瞧瞧……」

衛時摘下墨鏡。

副導：「……就是他了！炮灰反派還缺個群演，和女主槍戰的那種……武術指導呢？過來給人講講怎麼拍打戲……」

隔壁。

巫瑾終於保證每位隊友都學會了「精靈王子」編舞，長舒一口氣。再看向窗外時，衛時已經不見蹤影。

室外日頭毒烈，巫瑾終於放下心來，就到處轉悠混個臉熟。自從巫瑾A降B之後，練習生們隱隱的敵視削減不少。

隔壁房間正是布置好的靶場，「特戰精英」小組正在興味盎然研究道具槍枝。

「這槍肯定是假的！」

「真的吧……這下面還有編號。」

槍枝旁還放了幾發空包彈，不怎麼傷人，有視覺效果，方便後期渲染。

其中一位練習生家世優渥，自小就被帶著去室內靶場，當即自告奮勇教隊友玩兒。房間內的鏡頭很快被調整對準幾人。

那位練習生握住隊友的手臂，替他糾正姿勢，兩發空包彈連發，道具槍被後座力震歪——

「別！」

持槍的手猛然被巨力按下，兩人同時一個踉蹌，那把道具槍已是瞬間被巫瑾奪走。緊接著巫瑾手速如電，拉上槍枝保險、卸子彈、推空膛，把槍放到兩人接觸不到的地方。

先前出頭兒的練習生愣了整整幾秒才反應過來，臉色不善，「巫瑾你做什麼呢？」

巫瑾抬頭。幾人脊背猛地發涼。巫瑾平時看著軟乎乎的，這會兒眼底像是淬了火光，神色冷峻冰涼。有那麼一瞬，為首的練習生甚至有種巫瑾拿槍殺過人的錯覺。

巫瑾示意剛才開槍的練習生站回原位，把卸了子彈的空槍遞過去。

「看到了嗎？」巫瑾一字一頓說道：「他是右利手。右手比左手力量強，左手控不住槍，槍口必然被後座力帶著往左偏。你站在他的左手弱手旁邊，子彈第一個掃到的就是你。」

「射擊連發教學，教練必須站在學員強手的一側，是最基本的安全保障。懂？」

那原先自詡為射擊教練的練習生語塞，像是猛然想起什麼，然而這會兒鏡頭還拍著，他一言不發悻悻離開。剩餘幾人齊齊吃驚看向巫瑾。

涉及人身安全，巫瑾是真的在生氣。

先前握槍那人連忙向巫瑾道謝。巫瑾搖頭表示不是他的過錯，再冷靜下來時一愣。

——我是誰？我怎麼會射擊？我怎麼知道強制保險在哪裡？我怎麼把子彈推下來的？

然而事情卻是沒過。先前離開的練習生不知道同編導說了什麼，幾分鐘後編導和顏悅色來找巫瑾：「有人向節目組反應說，小巫你干擾了『特戰精英』這組彩排。每組編舞都很耗心血，被提前知道了對其他選手不公平。我們和導演商量了一下，正好對方想進「精靈」排演組，要不就小巫你和他換一下籤，你來『特戰』……」

「特戰」其餘三位組員齊齊驚喜。這組普遍實力不高，兩天過去了編舞也沒完成。槍鬥舞在國內外都少見，就算抄襲也沒得抄，有巫瑾在著實是一大助力。

小組三比一通過投票。

巫瑾愕然睜大了眼睛。

直到傍晚，練習生終於被三三兩兩放出。

先前那位選手已經被換到「精靈」組，跟著隊友學習巫瑾編好的成舞。

巫瑾看了許久自己編的舞蹈，直到有隊友小心翼翼上來詢問，才露出微笑，「沒事！槍鬥舞我得想想……」

快入夜。巫瑾最後一個從舞蹈室走出，替節目組鎖起門。

衛時站在門外。巫瑾一愣。

衛時：「怎麼？」

巫瑾琢磨：「在、在想編舞……跳舞的時候手上得有把槍，怎麼看都不大對。」

衛時一個招呼：「過來。」

巫瑾哎了一聲，依據直覺熟練跟著大哥走到隔壁劇組。

隔壁劇組已經收攤。劇務還在眉飛色舞同同事八卦：「那位翠花哥，咱們武術指導都想拜他為師！那拿槍的氣勢，驚天地動鬼神！導演要用一千塊雇傭他，他還不要！就拿個攝影機對著那幫練習生，你說這人是來幹啥的？不想上鏡還當群演，總不會是來追星的吧……」

衛時靠近。兩人一急，齊齊恭敬：「翠花……張哥！」

巫瑾：「什、什麼？」

衛時：「借用一下道具庫。」

劇務大手一揮，「您用您用！能被您用那是咱們道具的榮幸……」

衛時點頭。

道具庫大門打開，無數枝模擬槍枝密密麻麻陳列。

巫瑾陡然呼吸急促。衛時扔了一把槍給他，「仿史密斯維森，XVR460，初速度最快的左輪手槍之一。你最喜歡的槍之一。」

巫瑾傻眼：「為啥？」

衛時：「因為活潑可愛。」

巫瑾一噎。理智還沒能把「活潑可愛」四個字參透，直覺已經求生欲極強地開始辯解：

「沒沒沒沒……」

衛時審訊：「嗯？」

巫瑾倏地閉嘴，眼神轉來轉去看天看地就是不敢看手裡的槍，表現之誠懇乖巧可圈可點。

衛時拉開道具室的頂燈。

巫瑾鬆了口氣，趕緊進入狀態。

「特戰精英」的音樂demo放出，風格是house DJ混了電音爵士。事實上，這類練習生選秀節目的編曲水平遠遠稱不上「專業」。通常單音軌很難出彩，就十幾個音軌群魔亂舞混在一起，做出氣勢洶洶的「電音」效果。

第一次聽到demo的時候，巫瑾差點被嚇到劈叉。

「house舞注重肢體表現，情緒奔放，和槍鬥不好接。」巫瑾猶豫開口：「能參照的槍鬥舞太少。我查了幾個狙擊射姿，跟house配樂不搭。」

「不過這段demo有個優勢，重音在4/4拍第三個點。」

重鼓點從手機揚聲器裡飄出。巫瑾卡著點，空手做出槍指，對著衛時做了個精準狙擊的手部動作。

男人揚眉。

巫瑾猛然反應過來，自己和衛先生認識不過寥寥兩天，怎麼就一個控制不住，在他面前皮得不行……

衛時掃了眼巫瑾的指法，「韋氏射擊法？」

巫瑾瞬間眼神崇敬。衛時站到他身後，把仿史密斯維森左輪手槍平遞給巫瑾。男人虎口槍繭厚重，遞槍時握把對著巫瑾，槍口朝向自己。

巫瑾不假思索接過，就像兩人間曾經無數次重複相同動作。

衛時示意巫瑾右手平直持槍，左手掌穩固托住槍柄，「繼續。」

巫瑾對著遠處比劃，「就這麼開一槍，然後接下一個Footwork，好像有點單調。」

男人頷首，從巫瑾手中接過槍。接著手速如電連續兩下空扣扳機，再瞬間提高瞄準位，居高臨下拉出第二道槍線。持槍、開保險、上空彈，射擊。一套下來行雲流水，原本只卡了一個重音的「狙擊動作」占據了兩個四拍。

巫瑾瞳孔驟縮。衛時沒有在示範任何一個「舞蹈動作」，他所做的僅僅是「開槍」，但開槍本身卻具有巨大的視覺凝滯力，以致道具室內聒噪的背景音樂都變得可有可無。

衛時：「莫三比克射擊法，兩次身位打擊，最後一槍爆頭造成致命打擊。雇傭兵和反恐隊員的打法。」

巫瑾猛然反應過來。男人的身位、站姿、重心與槍線在腦海飛速析出，繼而像是素描中抽象出的軀幹線，於潛意識裡不斷歸納、重構。

巫瑾揪準曲譜的空白處，筆頭刷刷摩挲紙張，接著整個人東看西看左看右看——

衛時把被靈感炸傻了的巫瑾領到牆角，一面灰濛濛的穿衣鏡卡在門後。

巫瑾樂了，趕緊道謝。此時整座影視城都空了七七八八，道具室裡唯一的橘黃色燈光像是黑夜裡唯一的熱源，巫瑾就站在熱源之中，脫了外套，就著一件漆黑的純棉背心調整編舞。

衛時抱臂站在身後，定定看著巫瑾。

巫瑾高高興興：「妥了！衛……衛哥，這段我打算直接改popping，用肌肉振動突出持槍表現力……還有後面這段近身搏擊……」

昏黃的鏡面反射中，衛時又挑出一把短槍，掂量兩下示意巫瑾回頭。

巫瑾乖乖回頭，立正。

衛時做出一個簡單的「換彈」動作示範，接著迅速收束武器，做指向性高位射擊。

巫瑾看直了眼。

衛時：「中軸重鎖射擊術，過來。」

巫瑾快樂彈了過來。

衛時替他一一調整發力，指尖與少年汗濕手臂相觸。巫瑾突然閉眼。出乎意料之外，腦海中沒有再飄亂七八糟的無關畫面，而是有無數細小的聲源重合。

「開槍。」

「這把槍是自動瞄準，你就是那隻猴子。」

「複賽評級，想不想拿A？」

「教官監護包年套餐，已啟動。」

「喂，小矮子，我想照顧你一輩子……」

巫瑾茫然睜眼，嗓子眼裡像是不受控制迸出字：「衛——」

衛時俯身。男人替巫瑾糾正射姿的動作類似環抱，和當初在意識深處R碼基地，替巫瑾擋住坍塌的漫天風雪時如出一轍。

衛時嗯了一聲：「我在。」

巫瑾側頭，看了眼這位什麼都會的衛先生，也不知道高興個什麼勁，傻乎乎咧嘴。

潛意識通訊另一端。

阿俊再度興奮：「衛哥、衛哥，小巫意識波動又上來了！都快摸到閾值了，再努力一下沒準真能把人三天內帶出來……」

影視城，道具室。

巫瑾奮力編舞，再看衛時就像看提供靈感的繆斯。

衛時：「中軸重鎖射擊術，俗稱C.A.R.，高位射擊表現力強於伏擊。只適用正面作戰，和僱傭兵式作戰不同，C.A.R.的創始人是英國女王保鏢。」

巫瑾恍然：「續航超久的那位女王？」

衛時點頭。巫瑾靈感頓生，又亂七八糟往編舞裡加了不少互動，最後還差一個rap伴舞。

衛時慢慢卸下手槍，按零件次序拆開。

巫瑾愣怔看了半天，突然嗷了一聲，眼睛撲撲發亮。

等兩人分別已是臨近深夜。

巫瑾抱著一遝子草稿紙心滿意足塞進車簍，就差沒拉著衛時當場拜個把子。

天空星光點點。兩人一人一輛共用單車在野地裡慢悠悠騎著曲線。

巫瑾有點不好意思地想著，要是騎直線，就太快回到賓館了……

然而劇務已經發短信過來催了三次。臨近「晚間採訪」不足兩分鐘，巫瑾硬是拖到了最後一秒，慌不迭往酒店電梯衝去，「衛哥，我那車就麻煩……」

電梯啪嗒一聲閉合，差點沒夾到小捲毛。

衛時慢慢悠悠下了車，把自己那輛單車掃碼停在酒店門口，然後直接換上巫瑾那輛小白車，騎回度假村。

酒店內，巫瑾做完「晚間採訪」，寫「練習生日記」之前被編導和顏悅色拉去談話，整整一刻鐘才放了出來。門口還站了不少參賽選手，那位拿到「精靈王子」組主舞名額的練習生熱絡地和巫瑾打了個招呼，人前人後兩個模樣。

巫瑾回了個招呼，抱著一遝子草稿紙高興回寢室。

隱約摸到半個緣由的室友，唱「精靈王子」rap的小紅毛義憤填膺：「小巫，你不生氣啊？剛才吃飯那會兒我偷偷藏了個棒槌……擀麵杖，你要是氣不過我們繞著鏡頭摸過去……」

巫瑾趕緊拽住室友。安慰他：「不氣不氣！」

註定會被自己打敗的對手，有什麼值得生氣？巫瑾豪情萬丈想到，又鄭重開口：「『特戰精英』的rap缺個人，你想一起嗎？」

紅毛一拍大腿。哪個嘻哈愛好者不想拿著槍唱rap，再加上有巫瑾編舞。

紅毛：「成，來來，咱倆綁定綁定！」

凌晨。酒店內一片安靜。

巫瑾帶著十五塊錢臨時買的耳機，對著配樂demo一聲部、一聲部死磕，這會兒超出了平時的作息時間，聽久了還會打瞌睡，恍惚就回到剛才在影視城內，衛先生替自己糾正槍姿。

男人心跳沉穩有力。巫瑾一個激靈清醒，刷刷刪了小號、貝斯、三角鐵等一系列的雜音。只留下主、副兩個聲道，再把鼓點加重。

鼓點最終與心跳扣合。巫瑾滿意，撲騰上床入睡。

浮空城實驗室。

衛時再一次出艙已是清晨，秋日祭第三天，整座城池依然爛漫炫目。

MHCC的藥劑配方讓實驗室一連突破了幾個瓶頸。一位原定於秋日祭手術的改造人因此受益，特意從經營的農場內送來三車草莓。整座浮空高塔，處處可見一邊喝草莓汁，一邊打嗝兒的研究人員。

宋研究員行程再次繁忙，只抽空讓阿俊盯著衛時悠著點，不能進治療艙再超過六個小時，否則……呵呵呵。

阿俊委屈：「呵呵呵呵，是宋研究員的原話！」

衛時面無表情。

阿俊趕緊表忠心：「這人什麼態度！削他！哎衛哥悠著點啊，我這兒給你掐著表呢，五小時一到，八個鬧鐘一起響。衛哥衝啊！小巫這個狀態，再進去幾次妥妥兒被帶出來！」

窗扇半開。小翼龍撲撲翅膀飛進來，停在巫瑾的治療艙旁嘎嘎叫個不停。

動物的直覺比人類更精準，約莫是察覺巫瑾要醒。小翼龍從「看一眼就走」變成在治療艙上面磨爪子，就差沒在腦袋上掛滿文字泡「陪我玩」、「要玩」、「出來玩」！

衛時揉了把翼龍腦袋，把牠送回窗外。接著一腳踏入治療艙。

與上次入艙相同，時間線再次飛速拉快。

XX娛樂選秀活動拍攝到第三期，小組曲目終於公演。衛時徑直叫車駛往公演舞臺，查證，進入。臺下粉絲、站姐擠成一團。

此時剛值「精靈王子」表演完畢，場內掌聲如雷鳴。

女導師笑問領舞：「很有張力，是你自己編舞的嗎？」

練習生謙遜：「是的。但是感謝我的兄弟給我靈感。」

鏡頭拉近，練習生轉身向下一組選手微笑。

攝影機精準捕捉到坐在那裡的巫瑾。旁邊的小紅毛立刻冷了臉，巫瑾茫然了一下，也不反駁，小圓臉笑了回去。

觀眾立刻嗷嗷歡呼：「麻麻為你和小巫的友誼而高興！」

與此同時微博超話內逐漸頂起一條：「小朋友們就要好好相處呀！果然之前都是謠言

吧……麻麻同意你和小巫炒個CP了！」

衛時俐落登入「巫瑾全球後援會（二）」帳號。掛牆頭，回覆四個字：「我沒同意。」

微博猛然炸開！

後援會（二）的粉絲察覺事態，私信紛至遝來讓站姐不要給愛豆招黑。與此同時後援會（一）再次出來攪風攪雨。

臺上，「精靈王子」表演結束，「特戰精英」即將上場。時不時有觀眾低聲討論「特戰能不能超精靈」、「我覺得編舞應該很難贏『精靈』」……

舞臺光逐漸熄滅，道具組忙忙碌碌終於退場。

背景鼓點響起。

衛時直接給吱吱寶裡的某職業粉絲團隊打了五萬RMB。

團隊經理戰戰兢兢，一秒收款：「大佬什麼事？」

衛時：「你們什麼活都接？」

經理謙遜回答：「當然，我們為客戶提供最卓越的服務……」

衛時打斷，應援會（二）站帳號、密碼直接發過去：「上線，掐架。替我掐五萬塊的。」

經理瞬間進入戰鬥狀態：「嚎！」

衛時關了手機，直直看向舞臺。

光束打在布景正中，視野再次亮起，地形復現了二十一世紀影視劇中常見的巷戰，布景像是咖啡廳，斷壁殘垣在舞臺乾冰中模糊不清——第一個人影終於出現。

臺下沉靜一秒，突然齊齊沸騰：「臥槽！」

巫瑾站在煙霧繚繞的廢墟之中，背靠咖啡廳坍塌一半的牆壁，深棕色護目鏡擋住半邊臉，他的半邊手臂纏繞繃帶，手腕以下是露指狙擊手套。

巫瑾循著音樂緩慢抬手作槍指，勾唇。狙擊人心。

主旋律正卡在此時響起，身後四位隊友齊齊出現，vocal代替巫瑾站C位，乾冰煙霧在鼓風機下散去，毫不拖泥帶水的刀群舞在強光下亮相。

衛時周圍，數不清有多少個小妹子尖叫：「酷斃了嗷嗷嗷——」

巫瑾果不其然把風格從house改成了popping。

削去繁雜聲部的伴奏被重鼓點控場，巫瑾幾次換位最終站在了副C位，每一次卡點伴隨槍響，鏡頭下的少年肌肉如同被電流導過。強烈的爆發力在視覺中像是能攫出迸濺的火花。

巫瑾的動作太到位，高強肌肉控制下的定點幾乎是每個強迫症患者的福音。

他在炸場。每一個freeze都在炸場。

尖叫聲差點要淹沒音樂。又一位vocal唱完，到群舞部分，副主唱再次和巫瑾換位。

巫瑾站到舞臺正中，所有小隊成員同時卡節奏持槍，開保險，上彈，瞄準——

不遠處一位小妹子猛然反應過來：「這是……格鬥槍術？槍械格鬥……以色列的馬伽術？我的天！」

旁邊的友人好奇：「什麼什麼？」

那小妹子激動的聲音都在顫抖：「是馬伽術啊！我暑假那年去美帝考過就是沒拿到證書，好帥啊啊啊！不是，能把這個放到編舞裡，你知道有多難嗎！一個是FBI必修課，一個是地下Popping。絕了吧！」

友人茫然：「我只知道小巫氣場好強啊！有點說不上來為什麼，但是……」

小妹子顫顫巍巍嚥了一口唾沫，表情突然嚴肅：「我跟妳說，小巫絕對拿過槍，真槍。」

不然不可能——他這個標準姿勢，和我們教官都有的一拚。」然而緊接著她又驚愕連連：「C.A.R.？韋佛式射擊？後空翻好帥！啊啊啊——跪射太蘇了叭！嗚嗚愛了愛了！這是什麼小可愛，怎麼這麼能打！」

臨近曲終，rap切入。小紅毛活力四射躥上C位，節奏加快，精英特戰隊的敵人終於被剿滅。直到歌曲結尾，兩位友情串演「員警」的練習生終於在槍戰之後姍姍來遲。

四位「特戰小隊」成員連忙把手槍藏好，除了正對咖啡廳布景門口的巫瑾。

鏡頭直直推去，從巫瑾冷酷的狙擊護目鏡，到微微揚起的唇角，到汗濕的脖頸鎖骨，到手臂——巫瑾在拆槍。一把完整的、被淘汰的手槍被精準卸下每一個部件，彈匣、握把護板、擊錘、罩門、鉸鏈逐一散落，槍筒同樣設有機關可折疊。

巫瑾手速快到凝成虛影。等兩位「員警」即將出現，巫瑾迅速把一桌分解好的零件扔到花瓶。狙擊目鏡摘下，露出溫柔的淺棕色瞳孔。

少年從袖口緩緩抽出一朵香檳色玫瑰，插入用於毀滅物證的瓶口之中。

「員警」路過，疑惑看了巫瑾幾眼，掉頭離去。

「特戰精英」小組表演落幕。

臺下沉寂幾秒，突然爆發振動耳膜的掌聲！

鏡頭給到三位導師。女導師啞聲，許久感嘆：「完美的藝術品。」

選手等待席上，那位「精靈王子」主舞表情並不好看，但仍是跟著觀眾一起鼓掌。女導師身邊，一位長相酷似R碼基地某位研究員的導師突然開口：「小巫的編舞個人風格很強，強調爆發力、律動，每個隊員都有相當長時間的solo。這種分配雖然不成熟，但很可愛。」

「同樣的風格，我只在『精靈王子』那組看到過。」

鏡頭掃過「精靈」組，那位偷了巫瑾編舞的練習生面色陡然發白。好在導師只是一帶而過，並未再作糾結，那人微微鬆了口氣。

臺下。衛時打開手機，收了五萬掐架費的職業粉絲竟然退了四萬：「大佬，剛才突然粉絲暴漲，先前您說的話題也被壓下去了，這個……也用不上我們了，不能多收您費用。下次再光顧，下次再光顧啊！」

巫瑾全球後援會（二）站。

新粉絲氣勢昂揚：「炒什麼CP！拒絕捆綁。站姐不同意，麻麻我也不同意！小巫有這個實力，未來肯定走得更遠。有資本，狂一點，怎麼了？」

衛時順手將一段視頻直接上傳到應援站。正是影視城內的衛站哥對愛豆的直拍。視頻略微模糊，卻並不妨礙看完。理論上前線拍照大多偷偷摸摸——實際上，自從衛時擔當了隔壁劇組的武術指導，整個劇組心服口服，乾脆派了個閒置攝影替他拍起愛豆。

視頻開始，一位練習生正以錯誤姿勢教授隊友打靶，窗邊路過的巫瑾一呆，火速推門闖入。接著是奪槍、換籤、「精靈」組一位rapper給新來的練習生教舞。

視頻上傳完畢。

臺上，巫瑾剛表演完，再次回復安靜坐好模式。就是視線在觀眾席不知在找什麼，掃來掃去。

衛時熟練舉牌，「我愛巫瑾」。

巫瑾嗖的耳後泛紅。

意識通訊中，阿俊再次嚎叫：「衛哥，波動離閾值只有八個百分點了，衛哥衝啊——把小巫捉出來啊！」

衛時嗯了一聲。低頭給巫瑾發訊。

巫瑾趁著鏡頭拍攝不到，偷偷拿出手機，然後趕緊放下，悄悄看一眼應援牌，揉臉。

公演前前後後持續了近六個小時。等衛時再次進入治療艙，幾分鐘工夫，意識世界內已是公演結束一週後。

先前上傳的視頻很快在微博發酵，應援站（二）站神祕站姐直接被捧上神壇。

「神仙站姐啊啊啊替兒砸謝謝你了嗚嗚！幸虧有小姐姐，不然兒砸就受委屈了！」

「氣憤！節目組是這樣的嗎？這是竊取他人的勞動成果，換組想換就換？」

節目組並未解釋，倒是迅速剪了個花絮發出來，側面驗證「換組」的存在。

「練習生換籤」瞬間被定論成「為了節目效果」。導師偶然揪出來的真相也被大吹特吹成「節目組從未欺騙觀眾」。

衛時不再關注。

影視基地旁賓館內，衛時拿了根釣竿，直接甩入矮牆。

巫瑾正在牆後「啊啊啊～喔喔喔」突破自我練習高音上G4，從矮牆後冒出來的時候，衛時還以為自己釣出來一隻鵝。

巫瑾抓住空釣鉤晃晃，像是在敲碗：餅呢？

衛時：「一起去買。」

巫瑾美滋滋哎了一聲，這下直接翻牆蹦出來了。

意識通訊內，阿俊再次提醒：「波動起來了！就差四個百分點了啊，衛哥抓小巫啊！抓了小巫就往外跑啊！」

吃完餅，巫瑾回節目組，衛時找地方下線。

巫瑾又悄悄拿出手機搜索：總是夢到和摯友接吻怎麼破？難道是產生了不正當感情？

第一條回覆：「哇，樓主直播草粉嗎？」

巫瑾：「……」刪掉！刪掉！

衛時再進入意識世界，時間線在此時拉到最長。

距離公演四週後，該速食選秀節目已是要迅速決出出道位，再著手準備割下一波韭菜。

巫瑾赫然排在投票第三。前二都在決賽前爆了話題，第二名被扒出淒慘童年，第一名乾脆出了櫃。

按照經紀人陳哥的說法：「早知道我們先出櫃了。」

巫瑾顫顫巍巍：「……萬、萬一我是直的怎麼辦？」

陳哥：「嗯？巫啊，要記住，你只是個沒感情的練習生！」

與瘋狂角逐的總選投票相同，練習生應援比拚也同樣激烈。花牆、螢幕、微博買轉讚超話、公益應援層出不窮。

衛時的後援會（二）站交給職業粉絲打理，今天集資在大西北種「小巫樹」，明天募捐在大涼山助學小朋友，忙來忙去不亦樂乎。

然而還是被（一）站噴了應援不夠高大上。

衛時收悉。

【第二章】——用我的生命和榮耀起誓

夜晚，繁星遍布夜空。

巫瑾正在窗臺給粉絲寄來的「小巫樹」樹苗澆水，突然眼睛睜圓。

巫瑾快速下樓。

衛時恢復了第一天見面時的裝束，白襯衫，皮鞋西褲，像是奔赴一場精心策劃的約會。

巫瑾穿著陳哥寄來的、強調必須符合人設的毛絨白兔子睡衣：「……」

衛時遞給他一架雙筒望遠鏡，和一本「ＸＸ天文協會」頒布證書。

巫瑾套上望遠鏡，兩只鏡筒差點戳到衛時下巴上。

衛時把小圓臉抬高向上，命令：「不用看我，看星星。」

巫瑾聽話：「欸，哪一顆？」

衛時用手機螢幕檢查巫瑾視野：「左邊，再左，上面。」

巫瑾恍然，興奮：「梅西耳天體？深空天體？」

衛時點頭，「深空天體大多不被肉眼所見，直到十八世紀才被梅西耳收錄發現。其中最明亮的，是最接近地球的恒星形成區——獵戶座大星雲。」

「梅西耳編號M42，本質為瀰漫星雲。」

巫瑾使勁兒盯著星雲。

衛時：「不過人類還是習慣叫它深空天體。」

「星雲後面就是獵戶座，深空後的第一顆帶大氣層行星呈蔚藍色，地質環境與藍星的古太古代相似。」

巫瑾傻眼：「你你你怎麼知道……」

衛時嗯了聲：「我把這顆行星的命名權買下來了，給你應援。」

巫瑾一呆。

衛時繼續陳述：「第一批抵達這顆行星的星際航海者，把它命名為蔚藍深空。」

「其中一塊板塊，在地表凝固時留下峽谷奇觀，以峽谷為屏障建城，城中終年有霧。又名浮空城。」

巫瑾不受控制一頓。

衛時：「那是我們最初相遇的地方之一。」

巫瑾身形巨震，腦海中嗡嗡飛起無數記憶，與這兩個月來的碎片一起拼合。

浮空城、克洛森秀、白月光、衛時……

男人低頭把巫瑾整個籠罩在自己的陰影之中，伸手摘下他的天文望遠鏡。

「想起來了嗎？」

巫瑾抬頭。

衛時一字一頓，眼中如同攏入星光萬點，「醒來和我領證，這座城就能屬於你。」

男人把巫瑾按在牆上。

頭頂是浩瀚星雲。

通訊另一端，宋研究員和阿俊驚喜叫喊：「小巫意識波動起來了！離閾值還差最後兩個百分點……一個百分點……」

衛時低頭吻住巫瑾。

星雲飛旋流轉。

獵戶座是天赤道上最耀眼的星，它是神話中熊熊燃起的爐火，是美索不達米亞平原傳承裡「從天空越過綿羊」，是華國的「參宿」，是被古埃及視為送給光之神靈的信物。

二十一世紀的藍星歌舞昇平。

三十一世紀的獵戶座蔚藍深空浮空城，卻有更值得眷戀的人和物。

意識自遙遠處回歸。

巫瑾熱烈回抱住衛時。

浮空城實驗室。

宋研究員迅速開口：「波動到閾值了！拿兩管營養劑，準備接小巫出來！」

夏風與繁星在天旋地轉中塌陷。

巫瑾意識回歸，從衛時懷中消失。

衛時再次睜眼。

耳邊風聲獵獵，眼前是白雪皚皚的R碼基地。

意識通訊中，宋研究員問明情況，恍然：「是這樣的，意識和夢境存在分層，小巫先是陷入到R碼基地的現實記憶，然後才陷落到模擬出的『二十一世紀記憶』。」

「衛哥你是跟著小巫一層一層掉下來的，要想出來也得一層一層上去。不過反正這會兒小巫也快醒了。給您推薦一個快捷通道！直接切斷連接走出治療艙……」

衛時沒有理會，踏上柔軟的雪地。

風雪將R碼基地上空的黑煙吹散，取而代之的是濃重嗆人的霾。雪片在視野中渾濁不清，周圍建築物零零散散，能看出和全盛時的R碼基地還有相當大的差距。

告示欄上一塊電子頻亮著日期。

三〇〇四年一月三十一日

巫瑾四歲記憶中的R碼基地。

大概是因為意識主人回歸到了這層記憶，漫天風雪中的基地多了不少生氣。改造人、教官、研究員與基地人員在雪地中匆匆行進。

衛時逆著人群走過，卻沒有一人真正看見他。此時他是巫瑾記憶中的幽靈。

衛時走到基因復刻室的大門前，陰森的菱形花紋像無數隻密密麻麻拼合在一起的眼睛。

他推開門，視線直直看向幼年的巫瑾。

和從R碼恢復的那盤監控錄影中一模一樣。矮矮的、小小的，胳膊臉頰都軟乎乎帶著奶香，乖巧坐在板凳上，用一塊棉花按壓藥劑注射針孔裡躥出的血珠。

「門被風吹開了？」一位戴著口罩的研究員問道：「外面風那麼大，誰忘記鎖門了？」

沒有任何人能看見衛時。微開的門扇帶入一道微弱的光源，帶著寒涼的冷風打在地上、醫療儀器上、病床上、巫瑾靠坐的牆上。

小小的幼崽睜大眼睛看向光束，然後表情立刻雀躍，止血棉也不按壓了，伸手去追逐牆壁上的光斑。

「這是怎麼了？」立刻有研究員過來訓斥巫瑾坐好，納悶道：「不是說他是這一批次裡面最乖的嗎……」

衛時大步走上前，就要抱著巫瑾從實驗室離開，半透明的手掌卻直直穿過小幼崽的胳膊。衛時看向自己的手。

他只是巫瑾記憶裡的幽靈。

意識通訊中，宋研究員還在觀察巫瑾治療艙的波動，「衛哥，你不出來，守著看電影呢？這會兒小巫和你都沒交互……」

意識世界再度場景翻覆。

衛時依然站在基因復刻室內，虛擬螢幕顯示為三〇〇七年九月，門外暖陽高照。原本的病床被「浸入式情景類比」操作儀器取代。

儀器內不見巫瑾。桌上散落著二十一世紀偶像巨星「巫槿」的紙質生平資料，和載有錄影的存儲晶片。

有兩位研究員在閒扯。

「他在練舞？這是真把自己浸入進去了？做個實驗而已，他還把自己當成那個二十一世紀的巨星了？」

「阿法索教授說了，也別總把人當成實驗獸，小朋友看著怪可憐的。想學什麼就學，也不耽誤實驗。」

「行吧，對了明天開始做第一次篩選，給所有『劍鞘』過一遍被父母遺棄那段場景，檢測一下性格和服從度……」

衛時表情冰冷。耳邊是宋研究員的呼喊：「哎衛哥你怎麼回事？你自己的情緒波動怎麼上來了……」

場景再變。

九月的炎熱倏忽褪去，時間線再次推移，已經是三〇一二年的深冬，距離R碼基地解散只剩一年。

巫瑾終於出現在基因復刻室內。

儀器螢幕顯示，此時給巫瑾注射的MHCC精神安撫劑已經是正常改造人的十五倍，十二歲的巫瑾安靜沉默，坐在病床前目光看向窗外。

一片寂靜之中，少年突然站起，臉色蒼白地飛快拍打著基因復刻室的門窗。

衛時從背後覆住巫瑾單薄的肩膀，目光順著巫瑾視線看去。

男人身形巨震。

那裡是十九歲的自己。少年衛時剛打完架一身戾氣，正快步向改造人寢室走去。巫瑾在用最大的力氣拍打改造室的窗框，然而復刻室牆壁厚重隔音。年少的衛時頓了一下，最終當成了幻聽，頭也不回消失在視野之中。

巨大的聲響卻是驚動了隔壁的研究員。

「怎麼了？怎麼了？」

「把人按住，教授說了，他算是初步改造成功了。這會兒是感應最強的時候，估計他看到和他能匹配上的改造人了。」

「這……要跟上面彙報嗎？」

「彙報個錘子！邵小公子今天出任務不在基地，他是邵公子欽定的劍鞘。懂？」

兩位研究員立刻就要把巫瑾從窗戶口扒下，突然一人「哎呦」一聲：「上頭那畫框怎麼掉下來了？」

衛時攥著畫框一角，狠狠砸下，如同幽靈一般護在巫瑾身前。

眼前再次光影翻覆。

三〇一三年二月。

時間僅過去兩個月。

巫瑾從「浸入式情景模擬」艙出來，在洗手間吐完。

門外大雪紛飛。基因復刻室所在的角落偏僻，鮮有人光顧。巫瑾不抱希望地往窗外一瞅，暗淡的眼神突然亮起，這一次他沒有發出任何聲響。

距離R碼基地解散只剩七個月。

基地內風聲不斷，毛冬青把剛滿二十歲的衛時拉到偏僻一隅，給他遞了根菸。香菸在基地內標價昂貴，需要足足兩百貢獻點才能兌換。

毛冬青上了情緒鎖，又出了幾次任務，才攢了不過一兩千點，能掏出來是下足了血本。

等基地解散，再多貢獻點也沒有用。

兩人狠狠吸了幾口。

毛冬青：「你下個任務要出國界。」

衛時嗯了一聲。

毛冬青：「解散之後的事我打聽過了，一人分配兩管子MHCC，以後就不管死活了。這次出任務，你把我弟帶出去。我那兩管安撫劑也歸你。」

衛時抬起眼皮子。

兩人沉默地把菸抽完。

半小時後，一臉不服的毛秋葵被哥哥強扭著送給衛時。

基因復刻室門外，毛冬青頭也不回地走了，毛秋葵蹲著，紅著眼眶巴巴掉眼淚。

衛時也沒耐心：「小崽子，自己起來。」

毛秋葵竟然哇的一聲哭了，口齒不清地說：「我操……#￥&#￥我才不跟你走！我要找我哥，憑什麼……」

衛時一言不發。

毛秋葵也才十幾歲出頭，哭得稀哩嘩啦沒了形，還能吸溜鼻子自說自話：「我以後要開飛機炸了這裡！」

「我要出去賺錢給我哥買精神安撫劑……」

「我不想走！我要我哥，我哥早、早上還答應了給我堆個雪人……」

衛時早就聽得不耐煩，最後忍無可忍站起。

毛秋葵哭了彷彿得有半天。

「抬頭。」

一個歪七扭八的雪人堆在毛秋葵旁邊。毛秋葵呆呆看向雪人。

衛時突然一腳把雪人踹倒。腦袋、充作雙手的樹杈、鼻子散落一地。

衛時最終忍著沒去揍毛秋葵。

「看到了沒？」

「被你哥護了十年，你他媽也該長大了。」

兩人一前一後離開。

基因復刻室內。

巫瑾看著沒人要的、散落一地的小雪人，眼睛一閃一閃。

他擦乾窗戶上呼出的濕氣，繼續守著門口的雪人。直到小雪人完全被積雪覆蓋，才依依不捨離開實驗室。

浮空城實驗室，警報突然大作。

宋研究員一驚：「衛哥你該出來了。你那波動都要比小巫更高了，還有快要六個小時了，你自己也是病人，不能在意識世界逗留太久……衛哥，裡面無論看到什麼都只是發生過的事情。過去不能代表現在……」

意識世界再次天昏地暗。

時間線拉到R碼基地覆滅當天。

記憶在飛速快進。

基地到處一片火光，十三歲的巫瑾看向窗外。

衛時最終沒有按照毛冬青的計畫悄悄逃出基地，也沒簽下R碼的S級人形兵器實驗合約，相當於放棄了供應不絕的精神安撫劑。

衛時直接叛變了。

兩輛軍用物資車被他用槍押著，向著聯邦最混亂的邊界進發。

有教官在厲聲叫罵：「當初誰說衛時可靠，能去浮空城出任務的？浮空城兩個暗線都被他殺了，那個叫阿俊的投靠他了，裡應外合……」

基因復刻室內。

阿法索教授抬了下眼鏡，看向巫瑾，「你恨他嗎？邵家失勢，R碼基地解散。如果衛時不叛變，按照最適優先匹配准者，明天你就該是衛時的劍鞘。」

「他是最匹配你的改造人，你等了很多年吧？」

巫瑾搖頭，他對這位醉心於學術研究、敵視R碼高層、盡己所能給予改造人庇護的教授極其尊敬。

阿法索嘆息：「明天起，劍鞘項目會轉給聯邦科研所。」

「利劍搭配劍鞘，在帝國有近百年的研究歷程，」阿法索聲音蒼老，講起自己的研究項目，就像在陳述一個故事：「能匹配上的機率太小了。你匹配頻域廣，給誰解鎖都行，但衛時只有一個。」

「錯過了，以後就再沒機會了。」

巫瑾想了想，咧嘴一笑，說：「也是。如果以後再也遇不到他，我希望他在外面能過得比我好。」

阿法索失笑。

身後，衛時像記憶裡徘徊的幽靈，他死死看向巫瑾，像是要把人牢牢印刻在意識最深處。

時間線摧枯拉朽推進。

三〇一四，邵瑜適配巫瑾出乎意料失敗。阿法索怒斥趕走邵瑜：「你是想解鎖還是想在意識裡殺人？直接跳過意識融合期就讓小巫幫你解鎖？你以為你爹還在，還能護著你？」

三〇一五，邵瑜叛變。

三〇一七、三〇一八。

意識通訊，阿俊抓狂：「衛哥！六小時三十分鐘了，衛哥你該出來了……」

宋研究員早就放棄和衛時溝通，技術人員的脾氣極大，不僅不勸衛時，還拉著阿俊出來，「不管他了，愛看電影就看吧。六小時不出來也沒啥事，就是後遺症，呵呵，呵呵。」

三〇一八年夏。

邵瑜利用帝國侯爵身分的便利，向聯邦媒體曝光「原XX高等科技院校校長阿法索主持R碼人體改造實驗」，輿論瞬間挑起全民公憤。

只有R碼名不見經傳的練習生魏衍替這位教授辯解，然而很快被埋沒在輿論之中。

幕後同樣有聯邦高層在推波助瀾，彷彿只要阿法索擔責，所有關於R碼的民憤都能找到宣洩點。

巫瑾依然不被允許接觸任何報刊網路。

清晨，阿法索照例走進實驗室，研究助理顫抖著替這位老教授接過大衣。

阿法索溫柔道謝：「謝謝。勞駕，能不能再借我一輛懸浮車，要有自動駕駛檔位的。還有，請把我的研究院外門備份鑰匙找給我。」

幾分鐘後，阿法索出現在巫瑾面前。

和邵瑜適配失敗的巫瑾被視為失格，已經很長時間沒見過太陽。巫瑾正拿著屬於「巫槿」的ＸＸ選秀節目報名表，安靜等待今天的「浸入式情景復現」訓練。

阿法索調亮實驗室的光照，等巫瑾慢慢適應，然後示意少年抬起手臂。

「Ｎ型記憶藥劑，你的抗藥性強，打完之後應該還有兩小時記憶清醒。」

巫瑾愕然。

阿法索懷念：「我的父親養過很多鴿子，牠們是為了贏下比賽而生。就像是為了匹配利劍而造出的劍鞘。」

「但牠們比劍鞘更幸運。」

「無法匹配的劍鞘會被銷毀，在比賽中失格的鴿子卻會被放飛。」

阿法索把懸浮車金鑰設置為巫瑾的虹膜，將研究院鑰匙遞給巫瑾。

「我經手了這麼多隻鴿子，卻只能放飛這一隻。」老教授笑了笑，把Ｎ型記憶藥劑注射給巫瑾，祝福道：「希望你把所有不高興的都忘掉。」

「懸浮車是自動駕駛。在目的地座標，我給你設了個驚喜。」

巫瑾猛然意識到什麼，竭力想要開口，卻在藥劑作用下昏沉無力。

阿法索看著機器人把巫瑾推上懸浮車，愉悅開口：「今天的浸入式情景復現訓練取消。明天的、後天的，以後的都取消。」

懸浮車消失於天際。

門外，無數民眾叫囂著讓研究員交出臭名昭著的老教授。

助理接到頂頭上司電話，顫抖著去敲阿法索的辦公室大門，「教授，研究員希望您能夠出席公審……」

房門吱呀打開，老教授的雙腿在半空中無力懸掛。

助理尖叫：「救、救人啊——」

意識世界，衛時最後看了眼老教授，跟著意志昏沉的巫瑾上車，以幽靈身分護著巫瑾。

懸浮車目的地設為座標追蹤模式，追蹤的是一段晶片信號。

R碼基地三位S級改造人體內都植有晶片，此時邵瑜遠在帝國，魏衍在R碼娛樂當練習生，追蹤的目標只可能是衛時。

目的地在白月光娛樂。

巫瑾依然在與藥性僵持掙扎，手中還攥著用於「浸入式情景復現」訓練的二十一世紀報名表。報名表原本在實驗室內保存完好，接觸夏日強烈光照後迅速加快氧化、泛黃。

幾百公里之外。

距離巫瑾初遇衛時只剩十二小時。

浮空城內剛剛猜拳決出由紅毛代替阿俊，跟著衛哥去克洛森秀出道，搞戰隊、摻一腳娛樂產業洗錢。

紅毛突然想到：「不對啊，咱們連克洛森秀報名表都沒。那報名表還不能列印，做了防偽的，怎麼參賽？」

宋研究員冷靜分析：「去大戰隊拿。井儀、白月光那種，每年都有好幾百張。用不完也是浪費。」

衛時收到傳訊。

距離兩人初遇只有十一個小時。

衛時掃蕩完白月光庫存，保全紛紛向警報處湧去，「臥槽，這什麼人？就偷了兩張報名表？沒損失其他貴重物品？有病吧他！」

後門保全空缺，愣是沒人發現進來一隻巫瑾。

巫瑾下了車，眼神茫然，N型記憶藥劑終於開始作用。

門口豎了個「報名處」指示牌。巫瑾高高興興走去！

距離兩人初遇十小時。

巫瑾被快速送往克洛森秀初賽的懸浮車，曲祕書在身後憂心忡忡：「多漂亮的小寶貝，千萬不要被打傻！」

初遇前六小時。

巫瑾、衛時分兩架直升機進入比賽。

六小時後。

樹墩上的巫瑾臉色慘白：「救命啊啊啊啊——都是誤會——」

一把槍抵在小捲毛上，衛時揚眉，「哪裡來的兔子精？」

巫瑾第一個反應竟然是看向虛空。那裡有幽靈一樣守著他的衛時。巫瑾或許看不到，但直覺似乎又能感覺得到。

幽靈衛時給了記憶中的自己一槍托。

剛剛參賽的衛時猝不及防被砸翻在地。

幽靈衛時最後抱住巫瑾，在他額頭虔誠親吻。

——去吧，他會保護你。

衛時守了巫瑾一路，從四歲到虛十九歲，最後面無表情看了眼被槍托砸翻的自己。

——我把人交給你了。

意識世界中，所有亮光終於熄滅。

儀器滴滴作響。

宋研究員驚喜：「小巫醒了，讓紅毛把人弄出來，別管衛哥，這人看電影看上癮了……」

衛時一腳跨出治療艙。

巫瑾所在的艙體開啟。

治療艙前，剛剛站穩的紅毛被擠開。

衛時低頭，正對上巫瑾還傻愣的視線。

巫瑾終於反應過來，掙扎著就要坐起。

衛時一把將人抱住。

浮空城。

秋日祭最後一天人聲鼎沸。

浮空高塔向下，薄霧中摻著花香、食物焦香和小型煙花燃燒的白煙。

巫瑾乖乖等在就診室內，抽空刷起終端。

佐伊收到回覆，在巫瑾消失三天後終於放心。

文麟給巫瑾轉發了不少公眾星博號文章：「秋到冬季是這種變質水果中毒的高峰期」、「浮空城十大必玩景點」、「警惕！千萬別點，打開這些紅包有被拐賣風險」、「擴散！境外遇到危險可撥聯邦外交部應急電話」、「家暴？囚禁？今日社會法制案件：關注失聯少年」。

巫瑾：「謝、謝謝文麟哥……」

文麟也鬆了口氣，趕緊把巫瑾、曲祕書拉到同一個討論群組，展示活蹦亂跳的小巫。

凱撒絲毫沒意識到巫瑾失蹤。從歷史記錄來看，凱撒只有到飯點才會聯繫巫瑾。

凱撒：e

凱撒：eeeeeeee

凱撒：awsl

巫瑾趕緊給凱撒訂了個全家桶，下單即送餐。

正在此時，診室的內門吱呀推開。心理醫師周楠微笑看向巫瑾，把腦電波報告遞給他，「問題不大。這兩週好好休息，下輪比賽讓紅毛他們帶你躺贏。回來再進治療艙複查。」

巫瑾哎了一聲，高高興興接過。

整個診療室都是瀰漫的草莓甜香，周楠慈愛地給巫瑾倒了一杯草莓汁，趁其不備悄悄擼起小捲毛。

巫瑾機警抬頭。

周楠火速收手，感慨萬千。過去多可愛的一小巫，能唱能跳，傻乎乎的羊毛隨便給薅，怎麼記憶回來了就變警覺了呢！

周楠看了下表，溫和道：「衛哥馬上過來。還有……」這位醫師露出鄭重的表情說道：「謝謝你。」

巫瑾笑咪咪搖頭。

昨晚衛時守著巫瑾到凌晨四點，確認一切體徵正常後才進入淺眠。此時診室大門打開，衛時像一把鋒銳的兵刃，脊背挺直等在門外。

巫瑾嗖的站了過去。

男人低頭，和巫瑾交談了兩句，肩膀顯而易見放鬆。周楠在診室內看著，內心嘖嘖稱奇，衛哥也太繃著了。

要是衛哥是大灰狼，小巫是小白兔，那衛哥簡直恨不得一天二十四小時把兔子叼著走。

巫瑾出門，換衛時進來。

周楠準備好衛時的情緒鎖診療病例，翻開到最新一頁，「衛哥，都說說吧。」

「小巫那裡我問過了，你在裡面看到的任何記憶片段，都可以告訴我。」

窗外，冬末的冷風捲入，夾著不易察覺的暖意。

浮空高塔下是一大片被陽光籠罩的草坪，巫瑾正在草坪上曬兔。寵物兔不能洗澡，曬曬太陽有助於殺菌。旁邊一隻圓圓胖胖的火烈鳥正在梳理羽毛。

短暫的敘述過程中，衛時的目光始終沒有離開窗外的巫瑾。

周楠終於停下做記錄的筆尖。

「節目組裡有和秋葵相貌相似的紅毛，還有和阿法索教授差不多的劇組導師，還有和魏衍一樣不大說話的練習生……」周楠點頭，並不意外：「夢境是現實的映射，小巫在基因復刻室看到過不少人和事，投影到潛意識裡，演化成補全『虛擬記憶』的載體。」

周楠突然提及：「R碼基地不止創造了一個劍鞘，幽閉的環境，形成同質競爭的改造人，和冷眼旁觀的研究員，小巫那時候日子八成不大好過。改造人之間的內鬥你也經歷過，那段

『搶奪小巫編舞作品』的記憶，應該也是從他的現實經歷衍射出來的。」

衛時眼神微閃。

周楠笑了笑，「小巫這不也活蹦亂跳過來了，很可能那段記憶裡還打了勝仗。劍鞘失敗了那麼多例，他能安然存活下來，只有一個解釋。」

「小巫絕對不弱。現在也是，過去也是。」

說完，周楠合上病例，思忖：「二十一世紀那個夢境，小巫差不多夢到了R碼基地所有人，就是沒有衛哥你。我今因病魂顛倒，惟夢閒人不夢君。嗨……」

窗外，巫瑾曬完兔，準備捉小翼龍去洗澡。

周楠送衛時出門，門口阿俊正在晃蕩。

「哎衛哥！」阿俊趕緊截住衛時，「您在治療艙裡待了快八個小時，宋研究員差我過來問，您那個後遺症怎麼著？下場比賽還能打不？要不咱們給節目組塞點錢……」

衛時冷漠：「不用。」

阿俊繼續試探：「規則說是兩兩組隊，要不讓魏衍帶您躺贏？這個，紅毛已經主動請纓去帶小巫了……」

衛時眉頭一擰，氣壓森寒。

阿俊趕緊改口，諂媚表忠心：「哎好嘞，那您還是和小巫一隊，我站圍巾，圍巾衝啊！」

旁邊周楠斟酌開口：「衛哥，你和小巫兩個，一個後遺症一個還在養病。老弱病殘都要占全了，真不考慮……」對上衛時眼神，周楠趕緊舉手投降，「那行吧，你那後遺症最好提前跟小巫說了，提個醒。」

阿俊好奇：「所以後遺症到底是啥？」

周楠揚眉，閉口不語。

周楠一直送衛時走到浮空塔下。

巫瑾不在視線之內的時候，衛時始終肩膀緊繃，像是隨時蓄勢待發的戰鬥兵器。

周楠突然開口：「衛哥，你也別後悔當時R碼叛亂的時候沒把小巫帶出來。你那時候，拿著槍指著管物資的教官，帶著人質跳上輜重車，光子槍點射秒了兩個重火力。然後幾百個改造人轟轟烈烈就跟著你走……」

「小巫從基因復刻室裡看到你，把你當成了傳奇裡的英雄。」

周楠微笑：「是小巫他自己給我說的。」

浮空高塔大門打開。明晃晃的陽光傾倒而下，終於將所有陰霾驅散。

衛時吩咐下去查了個人名，下屬好奇：「巫先生上午也讓我們查了這位阿法索女士，她大概是在六年前遷出聯邦國立實驗室家屬宿舍……」

草坪上，宋研究員聽說巫瑾恢復記憶，能默寫出實驗室裡見到過的情緒鎖部分序列，當即大喜，拖著巫瑾連連道謝。

半空中被洗了一半的小翼龍不斷撲騰，水珠四濺。

等巫瑾提出要嘗試幫助其他改造人解鎖時，宋研究員恨不得當場申請浮空城特等功勳獎章貼在巫瑾腦袋上，「這獎章特稀罕！二十年來就一個人有……」

「劍鞘」生來就能悉知改造人的情緒。比起一個月前被動替衛時解鎖，主動解鎖的風險要大大下降。即便能完全破解情緒鎖的機率不大，但已經是六年來希望最強烈的一天。

宋研究員說了一句似曾相識的話：「有的改造人終此一生都等不到希望，只能由還活著的那些替他們繼續等。」

衛時走到兩人身旁，嫻熟接過小翼龍繼續洗。洗完晾乾。

宋研究員終於喜氣洋洋離開。

晚霞在薄霧中蔓延，空蕩蕩的草坪上只剩兩人、一隻蓓天翼龍、一團兔和火烈鳥。

衛時把翼龍放飛。

巫瑾抬頭。雙唇相接，兩人瘋狂在彼此唇齒間掃蕩，衛時緊緊抱住巫瑾，像是要把人揉到血骨之中。

巫瑾微微閉眼。

衛時粗糙的拇指抹過少年眼尾，沙啞開口：「怎麼？」

巫瑾睜眼，看了他半天，突然咧嘴笑道：「衛時。」

衛時：「嗯。」

巫瑾：「衛時！」

衛時：「……嗯。」

巫瑾可勁兒撒歡：「衛時！衛時！衛時！」

幾分鐘後，巫瑾美滋滋跟隨大佬上車。此時接近日暮，秋日祭最後一天遍布甜香，浮空基地外迷離瘋狂。

巫瑾繫好安全帶，趁機繼續用終端回訊。

克洛森秀PD還在大力號召選手多互動、炒熱搜、齊心協力穩固熱度。巫瑾的官方後援論壇則在兩日前發布了「小巫跳跳樂遊戲」聯名「圍巾CP虛擬寫真」的應援活動。

應援站首頁一片花裡胡哨。

衛時掃了眼，冷峻點評：「配色亂了。」

巫瑾對衛站哥肅然起敬。

懸浮車駛過人頭攢動的商業街，深藍色的天然湖泊，湖邊零星散落的莊園別墅，最終停在一處龐然伏地的建築外。

建築內燈火通明，厚實的鋼筋混合鈦材隔絕了一切來自外界的探視。臨下車前，衛時替巫瑾戴好純白面具，自己臉上的面具則呈現銀藍色澤。

巫瑾屏住呼吸。銀藍面具在浮空城只有一個含義。

王權，王座，王冠。

衛時為巫瑾打開建築物的大門。

守門的親衛一愣，接著響亮立正，對衛時肅穆行禮，臉上的紅光差點都要溢出。

巫瑾能清楚洞悉，整座浮空城對大佬絕不是對王權的臣服，更像是對強者的敬慕，他此時腦海裡全是大佬離開R碼基地之後的場景，劫持星船，帶著幾百改造人殺入浮空城……

兩人一直走到地底，建築物內門開啟。

巫瑾驀地一震。門內燈火通明，密密麻麻的武器、彈藥，不知名的器械排布，一挺挺機槍在強燈下幽幽發光。數不清的貨架自視野起始蔓延，陳列其上的熱武器款式繁多，自二十世紀起始橫跨千年光景，火銃、手槍、火箭筒、輕核武、鐳射槍刀……

衛時回頭。

光影斑駁之下，熱武器與戀人的視線，皆讓人心跳加劇。

這裡竟然是一所軍械庫，地上鋪滿猩紅的毯。

衛時伸手。

掌心扣合。

兩人走過前幾排陳列架，視線豁然開朗，起落架上是層層堆疊的作戰坦克單位，整座軍械庫埋在地底，校準維護機器人閃著綠光，在電梯頻繁上下。樓層顯示數字從B147到地上二十九層，縱深無窮無盡。

衛時帶著巫瑾進入地底更深處。男人手心微濕，巫瑾趕緊偷偷蹭蹭，肯定是自己在緊張！總不可能是大佬。

B120往下，成框的彈藥堆積。

衛時找出一顆子彈，扔給巫瑾，「預製破片彈，殺傷有生力量。輝煌時期在二十到二十二世紀。之後從軍用退居警用。」

巫瑾比了下子彈，炸裂後的高速碎片撞擊可摧毀人體。

衛時緩緩開口：「我從R碼基地得到的第一枚子彈。拿好。」

巫瑾趕緊鄭重收好，拿在手上盤。

衛時遞來第二枚子彈，約有保溫瓶大小，「破甲彈。爆炸激發高能金屬射流，穿透裝甲造成二次擊殺。可摧毀裝甲內的操作人員。」

巫瑾睜大了眼，心跳因為觸碰殺器而飛快跳動。

衛時：「叛逃R碼當天，一枚破甲彈擊穿了我劫持的輜重車。」

巫瑾一頓。

衛時輕描淡寫：「我從車裡爬出來，斷了兩根肋骨，狙掉了炮臺操縱員。」

還沒等巫瑾反應過來，衛時把第三顆子彈扔來，「光子炮射彈，末端制導，除去核磁干擾環境，中程狙擊無解。六年前，我用它衝破了聯邦對蔚藍深空的最後一道邊界防線。」

第四顆。

「手持輕核碎甲彈。攻城重裝子彈。」

「攻下的就是這座城。」

「浮空城。」

強烈燈光下，男人直直望向看呆了的巫瑾，「我們站立的地方，一共地下一百四十七層，這裡不止是地下倉庫。」

機械聲轟隆響起！

樓層頂端分開——往上每一層都依次從中開裂，隔板收回。

巫瑾赫然發現，整座軍械庫的正中是深不可測的天井，天井周邊遍布減震平臺、備用電力裝置，抗壓防護遮罩網。

這不可能只是天井。巫瑾飛速預估，整座「天井」抗力至少在兩百兆帕以上——

巫瑾猝然開口：「導彈發射井？」

衛時點頭。「最後一顆子彈。」

「遠航巡迴星際導彈，四年前發射。為了護城之戰。」

巫瑾抬頭。數不清的機械手臂正在組裝另外兩枚巨型備用導彈。

頭頂是天井末端的萬丈星空，五顆子彈代表了衛時生命中所有起始、轉折、浮沉，是巫瑾不曾親見的驍勇與光輝戰績。

從第一次持槍，到叛變，到成為真正的領袖，到入主浮空城。

巫瑾看向衛時，渾身血液隨著他這二十六年的軌跡而沸騰。那些自己被關在R碼基地、因一牆之隔而錯過的傳奇。

兩對視線交會，熾烈相撞，像淬了火的槍膛。

衛時沉沉看向巫瑾，瞳孔裡是幾乎能吞沒一切的光：「我的所有戰功都在這裡。」

「你願不願意接受它們，讓我的全部榮耀歸屬於你？」

巫瑾的心臟似乎要跳出胸膛。

萬千星辰高懸，無數錯過終成一次相遇。

他動了動嘴唇，回應如同宣誓。

「我願意。」

衛時視線驟然亮起。原本慣有的寒芒匯成尖銳明亮的光，男人把巫瑾完全罩在自己的陰影下，鋪天蓋地都是灼熱的強勁侵犯性氣息。

巫瑾喉嚨動了動，有那麼一瞬他以為大佬要吻下。

衛時從堆積成山的金屬彈頭中抽出兩張嚴密埋藏的銀藍色面具。

巫瑾一呆。冷硬的面具金屬輪廓與巫瑾臉頰觸碰，給巫瑾戴上時，他甚至能感覺到大佬一向穩定的手略微汗濕，有極不明顯的顫抖。

就像是要把餘生鄭重給予。

巫瑾抬頭，細碎星光從厚重的面具縫隙中透入。

衛時盯住巫瑾將要被面具遮擋的雙唇，突然啞聲開口：「等會再戴。」

接著男人凶狠地把巫瑾壓在導彈發射井的金屬牆壁，如同悍獸一般封住伴侶溫軟的唇，在戴上面具前最後一次肆意掠奪。

氣息熾熱糾纏。巫瑾用盡一切熱情回應。

衛時阻隔牆壁、護著巫瑾腦袋的左手插入歡欣鼓舞的小捲毛，右手自少年臉頰、脖頸、癒合的曾經咬下的烙印，瘦削的肩、肌肉緊實的手臂一直到巫瑾的左手。

十指有力相扣。漫天星光被攏入掌心。導彈發射井的金屬牆壁泛出激烈的光澤，減震平臺不斷搖晃、雙排焰道中像是有星點火光流竄如彗星。繼而數百丈火光昂然升起！

親吻凶狠交換完畢。

巫瑾急促喘息，大佬依然把他抵在牆上，他能聽到對方猛烈有力的心跳。

巫瑾抬頭。蘋果肌動了動，巫瑾唇角揚了一下，接著忍不住開始傻笑。

衛時：「……笑什麼？」

巫瑾傻樂：「衛時！大佬！衛時！」

衛時：「嗯。」

巫瑾從小捲毛到指尖都快樂洋溢，恨不得向全世界宣告：「你求婚了！」

衛時乾脆點頭。

巫瑾看向剛過門的大佬，整個人暈暈乎樂得不行。接著吧唧在大佬臉上又親了口，鄭重其事：「我會對你好的……」

衛時唇角上揚。

——我會對你更好。用我的生命和榮耀起誓。

此時整座發射井都在劇烈震顫，像是在不斷催促。紅藍焰火在井口排氣道交替流竄，為星空鑲上光華流轉的邊沿，巫瑾猛然想起大阿卡那中的最後一張「世界」之門，還有侏羅紀前紅藍交錯的火山。

衛時給巫瑾戴上面具，接著巫瑾又給浮空王戴上。

兩人乘坐電梯上升到B109層。

男人徑直摘下懸掛在訓練室內的軍氅，親手為巫瑾披上。繼而是手套，軍靴。浮空城的秋冬晝夜溫差極大，夜晚能到零度以下。軍靴鞋帶散落在地上，巫瑾還沒彎腰，衛時單膝落地俯身，熟練繫好。

此時巫瑾全身都是浮空城的戎裝，唯有象徵身分的肩章空空蕩蕩。

衛時取出一枚金色勳章。

巫瑾陡然記起，宋研究員曾在白天向他展示過：「這獎章特稀罕！二十年來就一個人有！」男人把它佩戴在了巫瑾的肩上。

衛時滿意：「走。」

巫瑾還沉浸在巨大喜悅，大腦不怎麼能轉：「走走走！去哪……」

衛時：「領證。」

升降梯把兩人送上B100層。

巫瑾恍然發現自己站在了發射井的正中，腳下就是熾熱的動力推進器。推進器似乎做了臨時改裝，上推的不是巡航導彈，而是……

衛時穩穩箍住少年的肩臂，「扶好。」

巫瑾：哪有扶手？方圓幾百平方公尺空空蕩蕩就一個大佬！

推進器啟動，兩人所在的平臺陡然上升！

巫瑾一把抱住大佬壯碩緊實的腰腹。平臺快速略過B80層、B40、B2，平地層……

衛時在巫瑾減速失重的一瞬牢牢把人固住，「抬頭。」

紅藍焰火在同一時間上竄！雙排焰道在強大的衝力下直直刺入漆黑如墨的蒼穹，浮空城經年不散的薄霧水珠瞬間汽化，紅藍糾纏如同雙龍，將軍械庫上空的天色染得驚心奪目。

遍布整座城池的秋日祭煙火毫無例外被竄空的流焰壓下。漫天流光飛做火星，在城池上方颯遝劃過。

軍械庫防護罩外，某婚慶公司主策劃接到訊號，一拍大腿，「趕快！」

平臺推動上升的速率以及焰火燃料都經過最精確測算，浮空城霧氣濃厚，濕氣重，加上此處又臨湖，所有燃物廢料都會在兩小時後迅速遇水分解，不可循環部分將經由浮空城無機質降解系統排出人造大氣層。

旁邊的助理立刻按下發射鍵。

五十二架小口徑火炮同時轟出！

宣傳彈在半空中爆開，數不清的香檳玫瑰花瓣紛紛揚揚而下。

玫瑰芳香盈滿整座發射天井！

巫瑾呼吸急促。

衛時低頭，在少年耳邊低聲承諾。堅定而莊重。

導彈發射井外。幾十個親衛兵擠來擠去，還搶了花瓣互相往衣領子裡猛塞著玩。

那位求婚儀式主策劃戰戰兢兢看了半天，終於沒忍住，找到看起來最有身分的阿俊問：

「大人，這個咱們煙花玫瑰都放了，怎麼還不求婚？」

阿俊露出看傻子的表情：「求完了啊！」

主策：「不是應該在煙花裡求婚？」

阿俊奇了：「不是應該最後再放煙花？」

旁邊親衛兵紛紛加入討論：「肯定是成功了再放啊，要不多浪費燃料！」

主策：「明明是煙花先渲染浪漫氣氛再求……」

親衛兵：「下面這麼多槍炮子彈還不夠浪漫？比煙花帶勁多了！」

主策兩眼一黑。

這究竟是什麼宇宙直男聚集地！

然而這會兒看發射井中央，攜手走出的兩人還沒溫存多久，就直接踏過玫瑰花瓣鋪就的長毯進入懸浮車，直截了當往浮空民政局飛去。

主策只隱約在光影裡看了眼求婚當事人。

銀……銀藍色面具。

主策差點嚇軟了腿，表情激動恍惚：「是城城城城主？」

阿俊點點頭，感慨：「挺不容易的，這兩人。」

懸浮車在浮空城上空飛馳。

秋日祭民政局往往爆滿，衛時下車領著巫瑾取了號，因為特權緣故直接取到「一」號。離門口最近、還在排隊的「五萬八千九百九十二」號情侶收到通知，麻溜兒給巫瑾兩人讓位。其中那位小妹子一點都不惱，反而開心得很：「能插隊的都是軍婚，很了不起的！四年前守城戰那會兒我還在讀高中，我哥入選親衛隊……」

小妹子一抬眼，徑直看到巫瑾肩膀上那枚金色勳章。

她呆呆睜大眼睛，接著驚喜抬頭。

「是王——」

尖叫聲猛然響起，衛時側頭，心情頗佳，向她微微頷首。

領證的房間門閉合，把一切視線隔絕在外。

小妹子猝不及防撞到驚喜，高興得嗷嗚亂叫。再一回頭，自家男票都恨不得擠到門縫裡觀察偶像了，還在那裡滿臉紅暈，言辭振振：「咱們結婚證編號和王就差一位！四捨五入妳和王妃是妯娌，我和王就是連襟……」

浮空民政局。

辦理業務的小公務員吧唧一聲，被嚇得差點掉下椅子。

巫瑾還在仔細閱讀領證章程，面具下小圓臉認認真真。

衛時早就看了無數遍，帶巫瑾走向窗口，探頭掃向兩人終端。

小公務員顫顫巍巍：「您、您好，要註冊哪種宣誓方式？」

〈浮空城結婚證辦理須知〉上統共四千多條例，從單一配偶制，到群婚、普那路亞婚、對偶婚、走婚都做了詳細說明。巫瑾才讀到一百四十四條。

衛時：「二七九八。」

小公務員迅速翻找，「好的！婚制是單一配偶制，請雙方簽字。」

衛時龍飛鳳舞落筆，巫瑾趕快在後面補了個圓溜溜的簽名。「巫」字起始和「時」字軟乎乎勾在一起。

小公務員朗讀：「宣誓制是物證契約宣誓……兩位，需要的子彈帶來了嗎？是誰做宣誓？」

巫瑾茫然掏出一口袋子彈。

衛時指導：「挑一枚。」

巫瑾伸手，大佬生命中的第一顆子彈，預製破片彈。

衛時點頭，轉交向公證人，「是我做宣誓。」

公證人眼神一肅，充滿崇敬，把一份紅色表單遞給衛時，「請您在宣誓詞上簽字，完成後視為締約受法律保護。」

衛時點頭。

那邊公證人已經迅速對子彈編號、口徑大小、出產資訊做了備案，放在天鵝絨緞上歸還給巫瑾。

簽字完畢。

公務員溫聲祝賀：「恭喜，從今天起，你們的身分晶片將永遠關聯在一起。只要代表人類文明的資訊網路還存在，你們的婚姻誓約就永遠不會抹去。」

「那麼，祝新婚快樂。」

印表機自動吐出「二七九八號宣誓備案表單」，一式兩份。

衛時遞給巫瑾。

臨走時巫瑾愕然看向表單，「上面說說說我我我可以……」

衛時點頭。

懸浮車再次載著兩人離去，巫瑾通讀了一遍締約備案。

二七九八號物證契約婚誓條例。

婚約締約人（雙方）：衛時，巫瑾。

物證締約人（單方）：衛時。

備案子彈：C7223擲彈槍配用預製破片彈，生產源於三〇一八年的聯邦軍事九處（仿三〇〇八款）。

締約人（衛時）單方發生婚姻過錯（重婚、與他人同居、實施家庭暴力、遺棄家庭成員）時，伴侶（巫瑾）有權使用備案子彈，無需經過民事（或刑事）訴訟法對締約人執行……

巫瑾震驚到說不出話：「……」

懸浮車自動駕駛。

副駕駛艙內，巫瑾蹭地往衛時身上彈，表情反抗，憤憤說：「我也要找子彈締約！我這裡還有三顆……」

整個駕駛艙都是少年軟乎乎的氣息，像是曬足了陽光的兔子絨毛味。衛時不動聲色吸了一口：「要子彈？」

衛時沙啞開口：「嗯，等今晚。」

巫瑾傻眼：「什、什麼！」

然而兩人甫一回到浮空基地，宋研究員就大闊步衝出，旁邊跟了個阿俊：「領證？衛哥帶小巫去領證了？不行我得趕快找到衛哥……」

宋研究員趕緊攔下衛時。把人拉到小角落，背對巫瑾。

一盒白色電磁探測試紙悄悄遞了過去，「衛哥，領證歸領證，先別下手。」

「小巫那個，才出院，情緒不能激動，那個……激素也不能超標。你等試紙貼小巫身上變紫色了才能……」

衛時看了試紙半天，面無表情接過。

宋研究員抗住壓力：「估計得一個月後吧。」

衛時掉頭轉身，一張試紙「啪嗒」貼在巫瑾手背上。

巫瑾：嗯？糟糕，有人貼我！

試紙顏色不變。衛時收回。

兩人走過草坪上做鹹魚攤地的黑貓、到處亂跑的火烈鳥。

衛時再次伸手，試紙「啪嗒」貼在巫瑾手背。

身後，宋研究員木然看向阿俊，「我說的是一個月吧？一個月和十秒鐘有區別的對吧？」

兩人走到宅院門口。衛時再次「啪嗒」。

逃殺練習生•巫瑾反應飛快，揭下試紙往大佬手背一貼。

白色轉淡紫，淡紫轉深紫，深紫轉濃黑。

巫瑾嚇了一跳，趕緊揣著大佬就要往回跑，「你是不是生病了？紙都紫了！要不要找宋研究員看看……」

衛時直接把巫瑾拎進房間，「不看，吃藥。」

巫瑾只能在大佬監督下吃完今晚的藥丸製精神安撫劑。

小藥箱關閉，巫瑾一個眼尖，「怎麼還有四版安撫劑？我吃一週就夠了啊。」

巫瑾邏輯推理飛快，神色陡肅：「不對，你也進治療艙了，會不會有後遺症……」

衛時斷然開口：「沒有。」

巫瑾想了想，小藥箱放備用藥也不是沒有可能，當即不再糾結。

衛時終端。

周楠再次發訊：「衛哥，你那後遺症有百分之五十機率在比賽前還不能痊癒，我建議你還是告訴小巫，沒什麼丟臉的，真的！小巫也是看著你長大……喔不對……」

衛時冷然刪除資訊。

那廂，巫瑾吃下小藥丸。一邊喝水一邊看終端裡的電子結婚證，看看結婚證再看看衛時。

巫瑾發出快樂的聲音：「嘿嘿嘿嘿嗝。」

衛時坐在他的身旁，兩人挨得極近。

衛時打開終端遙控，扔了個枕頭給巫瑾抱著，「看哪個臺？」

燈光橘黃。巫瑾美滋滋和大佬挨著，「隨意！」

衛時打開終端投影。從來沒用過的虛擬家庭影院還是「未初始化」模式，十七個環繞揚聲器，在沒有「家庭」的時候怎麼看都算浪費。

兩人湊一起摸索了一會兒，終於把影院模式打開。

衛時把沙發靠背放平，球幕在兩人上方展開。

《蔚藍星空養兔經》幾十隻被染成粉紅色的兔子球球上躥下跳。某養殖大戶正在向記者示意如何為安哥拉長毛兔打理毛髮。

巫瑾：「……換臺？」

衛時側目。

巫瑾嚴肅：「石頭剪刀布。」

巫瑾勝利。遙控許可權迅速換到眉飛色舞的巫瑾手上。

螢幕切換為「浮空浪漫一七九臺」，正播放新購入的某某小說版權改編肥皂劇：《嫁給浮空王的日子裡》。

劇中，浮空王已經從聯邦征戰到了帝國。由於長期在外，乾脆拉了個通訊群，內有貴妃、昭儀、才人、采女采男數百，每天早晚呼啦啦無數人向浮空王請安、浮空王發紅包，所有嬪妃一起Roll紅包。

林才人：「陳公子運氣真真是極好的，今天Roll到了二十萬信用點呢！」

男主：「昨天王上說我冰雪可愛，竟是給我打了一百萬點！」

林才人臉色慘白：「你！」

衛時：「……換臺。」

巫瑾：「哈哈哈哈哈哈哈噓噓哈哈哈哈！」

衛時：「石頭剪刀布。」

衛時勝出。螢幕終於切換到新聞頻道。

衛時一面把「廉政公示頁」中的個人資料改為「已婚」，一面帶著巫瑾熟悉少年並不瞭解的「未來」。

巫瑾聽著聽著，腦袋直點。

衛時拖來毯子，「睏了就睡。」

巫瑾閉眼，再次確認：「咱們領證了，對吧！」

衛時勾唇。

巫瑾高高興興扔了抱枕，樹袋熊一樣抱住大佬，小圓臉一陣亂蹭。

燈光漸暗。半天瑩瑩亮起一個光點。

衛時揪住偷偷摸摸的巫瑾，「還不睡？」

巫瑾還在傻樂：「睡！等我發完這個短訊……」

衛時順手又貼了巫瑾一紙條。

——嘖，沒變色。

巫瑾關了終端，鑽進暖烘烘的毛毯，乖巧窩著。

與此同時。數千星里之外。

白月光小隊成員終端微微振動。

佐伊夜跑歸來，給自己灌了瓶水，打開終端。

接著直接半口水噴出，因為情緒過於激動岔了氣。

白月光娛樂宿舍。

佐伊踩上樓梯，殺氣四溢。路過練習生紛紛避之不及。喝空了的礦泉水瓶被這位狙擊手憤怒捏扁，發出粉身碎骨的塑膠擠壓聲響。

佐伊氣勢洶洶站在文麟寢室門口，怒然拉門……

剛給文麟打掃完內勤的小機器人殷勤走到門口，對佐伊說：「礦泉水瓶，回收，謝謝。回收，謝謝！」

佐伊凶狠推開機器人，擠入寢室，「小巫被人騙婚了！」

終端打開。

巫瑾：突然結婚！【浮空城結婚證件圖片】【耶】

文麟攤開終端，一模一樣的群發消息。

佐伊拍桌，「像樣嗎？像樣嗎！小巫才九歲，就被騙去領證了，衛時此人果然心機深重不可小覷……」

文麟思忖：「年輕人定下來也好。上個月人家不是當著面跟你說要領證的嗎？」

佐伊：「不行！不行！」

機器人：「礦泉水瓶回收，謝謝。」

佐伊：「不像話！」

機器人：「礦泉水瓶回收，謝謝。」

佐伊咆哮：「不是說衛時那廝抽中了兩張浮空城特訓月卡嗎？小巫不是該在訓練室裡舉鐵

嗎？怎麼被騙去……」

文麟微笑打開門，把佐伊和機器人一併請出門外，「多大點事。你倆聊！」

機器人：「礦泉水瓶……」

佐伊攥緊拳頭把礦泉水瓶扔進機器人口袋。

走廊恢復安靜。

佐伊凝神思考幾秒，終於被文麟的沉著冷靜影響。浮空城結婚證和聯邦並不互通，不少情侶去浮空城旅遊時都喜歡順帶蹭證。想到這裡佐伊鬆了口氣，小巫在聯邦法律上還是單身，結婚不急於一時。

衛時也……勉強算是經過白月光小隊承認的小巫男友，現下這番操作太騷，自己作為隊長著實不喜，但也從側面表示衛選手沒有玩弄小巫感情。

佐伊站在門口，琢磨良久，猛然反應過來。

問題不在這裡。問題在於小巫究竟群發了多少條，會不會被媒體知道？會不會被三流小報添磚加瓦、引導觀眾質疑圍巾CP在克洛森秀打假賽？

佐伊大跨步穿過白月光走廊。路遇正在作月光瑜伽的曲祕書，曲女士表示，小巫並沒有發任何訊息。這個時間，小巫一定看完動畫片萌萌噠睡著啦！

凱撒寢室。

佐伊敲開大門，眉心一皺。

凱撒正在和紅毛隔著屏，鬼哭狼嚎遠端K歌。

凱撒：「天南參北斗！」

紅毛：「嘿！」

紅毛：「好漢地上走！」

凱撒：「詭！」

佐伊氣沉丹田壓過凱撒：「收沒收到——小巫訊息——」

凱撒把終端扔過去，被冤枉後虎目瞪大如銅鈴，「沒！今晚沒訂外賣！」

佐伊打開未讀消息清單，果不其然看到巫瑾的「突然結婚！耶」。凱撒這人根本藏不住事，佐伊冷靜把消息刪掉，終端扔回給凱撒。

出門後，佐伊反覆琢磨，還有可能收到消息的，是井儀的明堯！小明和小巫，兩個人就是小朋友坐蹺蹺板的感情！

佐伊有技巧地給明堯發去訊息，旁敲側擊。

明堯很快傳來一張截圖。

巫瑾：突然結婚！【浮空城結婚證件圖片】【耶】

明堯：臥槽！就你會P圖？【浮空城結婚證件圖片主角替換井儀雙C】【耶】

明堯：人呢呢呢呢呢？

明堯：好了，五分鐘還不出現。我單方面宣布小巫被我打敗了！

佐伊終於放心，打開自己終端，給巫瑾鄭重發了四個字：回來詳談。

秋日祭之後的浮空城再次陷入準備過節的快樂氛圍。由於人工氣候調節，兩個月之後就是迎春遊園會。浮空城如果不是在過節，就一定是在等待過節的路上。

巫瑾吃吃睡睡練了幾天靜態射擊，這天居然看到了窗外從浮空高塔走下的魏衍。

魏衍上懸浮車之前，毛冬青拍了拍他的肩膀。

祝一切都好。

送走魏衍，見巫瑾還在窗戶裡伸著頭看，毛冬青平和解釋：「他要回R碼娛樂了。」

「他也是被邵瑜設了套，才出現在當初浮空城準備突擊的倉庫。衛哥給魏衍提供了浮空城公民身分，被魏衍婉拒了。」

巫瑾一愣。

浮空城手握聯邦帝國基因技術，城中改造人與公民平權，未來還會組建浮空戰隊。對於魏衍來說，無論如何都比回R碼娛樂的選擇要好。

毛冬青說道：「當初有大半改造人跟著衛哥來了浮空城，還有極少部分留在聯邦。他們要麼不敢走，要麼走不了。現在的R碼只靠逃殺娛樂行業撐著，投資人花錢是希望能看到回報。魏衍是唯一能支撐R碼的人。因為邵瑜走了，衛哥也走了，所以他不能走。」

「魏衍一走，就再不會有別人了。只有魏衍打出成績，價格高昂的精神抑制劑才能送到R碼，分配給其他改造人。」

巫瑾看向懸浮車消失的背影。再回頭。浮空高塔十二層往上，身著白袍的研究員們還在匆匆忙碌彙集關於「情緒鎖」的資料。

宋研究員忙了個通宵，還在落地窗內的躺椅上靠著呼呼大睡。

毛冬青露出了一個類似於笑容的表情，「小巫默記的那些研究資料，給研究院提供了新的思路。我替衛哥、魏衍還有我自己，謝謝你。」

身後。衛時給巫瑾打了個手勢，帶著人走入冰冷的地牢。

他遞給巫瑾一把左輪手槍，一管N型記憶藥劑和植入控制晶片。

男人替巫瑾打開關押重犯的電子門。

幾分鐘後，衛時送巫瑾走出。

少年緩緩舒出一口氣。

三天時間飛速飆過。

巫瑾跟大佬練了一個「閃狙」，成功率從百分之零榮耀晉升到了百分之二十。

衛時在用所有方式說明巫瑾融入記憶斷層後的「未來文明」。等兩人再次接到克洛森秀傳召，巫瑾已經能熟練背誦擴充了十倍的化學元素週期表，背記了十幾個電磁引力波無力定律，外加通過了懸浮車駕照考試科目一。

臨出發回克洛森基地前，兩人還在對著《蔚藍深空新編基礎物理》教科書較勁。

習題21b.6：

衛時給出答案$23\mu_0/4\pi$。

巫瑾答案$21\mu_0/4\pi$。

巫瑾嚥了一口口水，一臉神聖翻開答案。

$23\mu_0/4\pi$。

巫瑾一頭栽到習題冊裡，抓狂：「啊啊啊啊啊！我這一步積分積錯了！」

願賭服輸。巫瑾打開終端，磨磨蹭蹭開始敲字，「克洛森秀練習生寒假實踐彙報」，兩人各一千字。

巫瑾先敲自己那份：今天天氣晴朗，萬里無雲，我學習了一套A級難度戰術閃狙……

再敲大佬的：今天天氣晴朗，天上飄著朵朵白雲，我學習了神奇的中軸重鎖射擊術……

衛時趁巫瑾敲字的當口，往人脖頸後面「啪嗒」貼了張試紙。白的，揭下。

巫瑾一邊替大佬寫實踐彙報，一邊抬頭偷瞅合法伴侶。衛時戴著無框平光鏡，在用右耳上的微型耳機聽一宗浮空城的軍火貿易談判。

衛時偶爾手速如電，在終端查證核實資料。王是浮空城的象徵，衛時未必需要精通這些，但他在學。

寬敞的書房木桌上，教材、虛擬投影百科和專業書籍堆積。衛時、巫瑾一人一邊，筆尖鍵盤交替作響，一同補全當年耗費在R碼基地的光陰。

等談判結束，巫瑾臉皮極厚，把平光鏡要過來自己玩。

巫瑾五官柔和，遮擋在鏡片下溫柔雋秀，介於少年與青年之間的面頰此時更偏成熟。

衛時眼神微深。指尖熟練插入小捲毛，把人舀過來啃了口。

過了會兒，巫瑾突然憤慨抗議：「剛才是五分鐘貼一下，現在怎麼每分鐘都貼？」

衛時敷衍：「嗯，是嗎？」

【第三章】

喔，我們的衛時選手只是跟其他選手開了個玩笑

當晚十八點，衛時照例消失，直到深夜二十三點才再次出現。

與此同時，浮空高塔病房。

周楠指揮幾個醫療機器人把衛時的治療艙收了，同毛冬青說話時，再次對「衛哥能夠參加下一輪淘汰賽」表示懷疑。

周楠興致昂揚比劃：「衛哥進入潛意識太久了，自己也被拖到潛意識裡。就跟上次小巫去救生艙找衛哥出來那時候一樣。他要是和小巫組隊，這兩人老弱病殘幼都得占齊了！嘿，保不齊第一個淘汰的就是他們！」

毛冬青：「不一定。」

周楠：「喔？」

毛冬青：「衛哥十六歲那會，就算沒摸過槍，作戰意識還是有的。退一萬步，真在比賽裡後遺症發作了，肌肉記憶還在。」

次日清晨。漫長的假期之後，克洛森秀再度緊鑼密鼓進入拍攝。

巫瑾告別了浮空城，跟著大佬高高興興坐上星船。

掃描晶片時的「已婚」兩字，像是在時時刻刻提醒自己，你已經是個成熟的巫了！你要承擔起家庭責任！

於是巫瑾叫爆米花時直接叫了家庭裝，吃到下船還在打嗝兒。

落地時，巫瑾還沒反應過來。窗外是青蔥蓊鬱的綠樹，降落點不在距離克洛森秀基地最近的C市，而是像在藍星的另一側。

衛時：「帶你去見一個人。」

衛時開著懸浮車在低矮的村莊房舍之間穿梭，少頃停在一處小院前，柵欄門上掛著木牌——麗莎・阿法索。

巫瑾一頓。院門內，等待已久的年輕女主人熱情招待了兩位客人。

麗莎・阿法索約莫十七、八歲，與阿法索教授的眉宇些微相像，臉頰泛著可愛的紅暈，穿著一身淡色布裙，活潑的紅髮在腦後隨意捆箚。

進門時，衛時握住巫瑾因為情緒激動而輕微顫抖的手。

麗莎的宅邸溫暖樸素，小姑娘忐忑而興奮：「感謝你們能來！我是昨天才收到魏衍哥哥的訊息說這個月有事拜訪不了，所以讓朋友代替他來。太麻煩你們了……」

牆上貼著克洛森秀官方周邊，魏衍的大幅應援海報，和左泊棠的應援手幅。少女顯然是一位忠實的逃殺秀觀眾。

「謝謝你們對魏衍哥哥的照顧。」麗莎真誠開口：「哥哥性格悶了點，去參加克洛森秀之前，我一直擔心他交不到朋友。」

只是每次看向兩位客人，麗莎都會臉紅。

牆上貼著少女自小到大的相片。

先是全家福，接著只剩下麗莎和祖父，最後只剩下麗莎自己。

巫瑾看向照片中麗莎的祖父，那位白髮蒼蒼的老人，怔怔站了許久。

衛時示意他去看最近幾張相片。

魏衍，以及另外幾位同齡改造人表情僵硬地和麗莎合影。

在少女倒茶的工夫，衛時低聲說道：「她過得很好。雖然科研院剋扣了阿法索教授的撫恤金，這些年魏衍一直在資助她。」

麗莎從廚房出來，看向兩人時目光晶晶發亮。看了這麼多期克洛森秀，活生生的衛神、小巫就站在眼前，心跳幾乎能鑽出嗓子眼。

衛時將手提袋遞給巫瑾，眼神鼓勵。

他看著巫瑾把禮物交給麗莎。

陽光湛湛的小院中，很快氣氛活躍。

麗莎笑個不停，問題一個接一個像是好奇寶寶。巫瑾笑咪咪給她講克洛森秀，講節目PD，講井儀，講凱撒。偶爾記憶模糊，和旁邊一個對視，衛時立刻冷靜加入補充。

臨走前，巫瑾特地找麗莎要了通訊號。

懸浮車駛來，麗莎終於臉色通紅，像是鼓足了全部勇氣，佯做不經意發問：「你們……在淘汰賽裡配合真好……」

麗莎絞盡腦汁，想隱晦表達對圍巾的支持，又不敢在真人面前KY。

巫瑾小圓臉眼角彎彎。「謝謝。」然後表示：「還要再磨合，我們上週才領的證。」

麗莎：「……」

麗莎內心：啊啊啊啊啊啊啊！

懸浮車駛向附近的墓園，路邊是大片大片花田，初春暖風微醺。

兩人下了車，衛時從後座抱出花束。

阿法索教授的墓碑旁是星星點點的白色小花，和盤在麗莎小院籬笆上的野花同出一轍。

巫瑾把花束送給教授。

墓碑上刻著一行小字。

普拉・阿法索（二九四二～三〇一八）

少年膝蓋跪在冰冷的墓地石砌磚上，和老教授的墓碑低聲輕語。

衛時在不遠處看著。直到巫瑾站起，他回頭看向暖陽下的墓碑，攬住巫瑾冰涼的肩膀。阿法索一生參與R碼無數立項，但也只有他在晚年盡己所能給了巫瑾、魏衍甚至邵瑜在內的改造人最大的庇佑。

衛時向這位教授的墓碑肅穆致敬。

「感謝。」

懸浮車載著兩人消失。

有的人的故事已經結束，有的人的故事還在繼續。

鮮花小院內，麗莎興奮給魏衍打去通訊，熱情洋溢表達感謝。並再次提醒魏衍「要多結交朋友，自己寄給他的土特產記得分發」。就在同時，麗莎突然收到學校發來的祝賀短訊。

麗莎因為上學年生物成績優異，收到了「浮空教育學會」發來的定向獎學金，並收到了去夢中情「校」參與暑期實習的特別offer。

聯邦研究院。

阿俊正在翻箱倒櫃，和宋研究員通訊：「這些資料夠不？監控我破解不了啊——」

宋研究員：「你不會把監控晶片挖出來帶回，啊？行了，差不都夠了！」

阿俊納悶：「這玩意兒真能幫那位教授翻案？」

宋研究員表示：「衛哥說了，把這些直接賣給在野黨！聯邦執政黨連任十二年了，碰到這種醜聞，反對黨肯定喜聞樂見。唔，估計他們不僅會急吼吼替阿法索翻案，還會大張旗鼓把教授塑造成人權英雄！不懂了吧你！」

浮空高塔，一室之隔。

周楠正在監督試藥實驗準備。

受試者是一位剛剛從重型監獄提出的犯人。改造人，S體質。

受試者相貌俊美，目光空茫。

「如果你覺得不舒服，可以隨時打斷我。」周楠說：「接下來很長一段時間，我會主導一系列用藥實驗。記住，我的目的不是摧毀你的身體，而是為了在最安全的情況下嘗試移除情緒鎖，並推廣到每一位改造人的治療上。」

受試者緩慢點頭。他看向還沒換下的囚服，突然開口：「我是重刑犯。這是我的刑罰？」

周楠搖頭，把病號服遞給他，「是新生。」

門外。有人感嘆：「衛哥把槍和N型記憶藥劑同時遞給巫先生，讓他去選擇邵瑜的結局。巫先生果然還是心軟了。」

宋研究員搖頭，「小巫說。活著的邵瑜是最好的藥物受體，他能救更多的人。」

門內。周楠看向換好病號服的邵瑜。

沒有人是絕對的善，或是絕對的惡。邵瑜在幼年照拂過巫瑾，也在成年後綁架過巫瑾。但不可否認，沒有他就沒有劍鞘項目中的巫瑾。

巫瑾還了他一個新生。

對於浮空城。當初邵瑜捲走了數百改造人的精神安撫劑，現在就由他來替他們試藥。

邵瑜坐在病床上，沉默看向窗外。陽光，草坪，浮空城的薄霧和火烈鳥。

「先生，有紙筆嗎？」他突然問道。

周楠遞給他。

邵瑜在紙條上寫下一行字。因為記憶被N型藥劑清空的緣故，一開始書寫滯澀，往後才慢慢流暢。

——在草坪上觸摸火烈鳥的羽毛。

周楠：「在寫什麼？」

邵瑜慢慢道：「願望清單。」

周楠笑了：「嗯。等試藥成功，你就能出去，一條一條實現。」

藍星，克洛森基地。

按照原計劃，巫瑾本該先回一趟白月光娛樂大廈，然而克洛森節目PD愣是把集合時間提前了兩個鐘頭。

巫瑾撲通下車。

克洛森基地廣場草坪已經聚集了全部八十九名練習生，除了再次進入失蹤狀態的大佬。

PD正拿著個大喇叭敲打：「三十一世紀，最重要的是什麼？」

臺下稀稀拉拉：「人才！」

「獎盃！」

「冠軍！」

「節目PD！」

「應老師！」

PD一拍桌子，「錯！」

巫瑾在人群裡艱難穿梭，被破了音的喇叭驚得一跳。

佐伊站在隊伍最後，看到人群某處突然冒出來蓬鬆的小捲毛，突然又掉下去不見。巫瑾沒到一百八十公分的身高，扔到逃殺練習生裡妥妥兒的找不出來。

佐伊表情一沉，向著巫瑾方向走去，幾分鐘後從人群裡拎出來一個巫瑾。

佐伊嚴肅示意巫瑾交代。

巫瑾高高興興展示了結婚證。

節目PD：「錯！三十一世紀最重要的是流量！什麼是流量？爆炸性，抓住觀眾眼球的話題！過去一個月裡，我對你們炒流量的積極性非！常！失！望！」

佐伊臉色鐵青看向結婚證。

巫瑾握拳表示自己是認真的，會擔負起一家之主的責任。

節目PD大聲訓話：「上個月，主動發星博的選手只占到百分之七十一！傳出戀情、緋聞的選手只占百分之二十五！」

巫瑾眼睛亮晶晶看向隊長。

佐伊艱難開口：「……讓我緩緩。」

然後轉身就找文麟憤怒抱怨：「他憑什麼和小巫結婚？一窮二白單身漢！就想空手套小巫！這人連簽約戰隊都沒有！我前兩天特意找咱們經理要了個白月光特訓練習生的位置，給衛選手發訊，結果你猜人家說什麼？」

「他要自己組！建！戰！隊！」

「一個練習生還想組建戰隊？這話說的，就像是大學生擼了四百萬網貸去創業炒虛擬幣一樣不靠譜！」

文麟：「你回頭看看。」

佐伊：「回頭？一意孤行的又不是我，需要回頭看看的是小巫……」

文麟幫助佐伊轉動頸部中斜角肌頸夾頭夾肌。

佐伊回頭。克洛森PD正用眼神在人群裡點射佐伊。

PD：「在這裡我們要重點批評白月光戰隊！整體流量比一個月前少了百分之六十！什麼概念？三十天前還在每天真情實感狗白月光的粉絲，今天已經迷上了新的哥哥！過去把佐伊海報貼在床頭的少女，今天就會追著其他練習生大喊：其他練習生好帥。」

「你們白月光自己算算，馬上第六輪淘汰賽要開始了，你們一共發了多少星博？」

佐伊：「……」

PD痛心疾首：「行了，好好跟小薄、井儀他們學學。後天比賽開始前必須爆個小話題！」

臺上，節目PD終於進入正題。小編導穿梭在人群裡，給選手們分發遊樂園門票。

PD：「下一輪淘汰賽是固定地圖，遊樂園主題。戰術沒什麼好教的了，有問題自己去問兩位導師。下午四點所有人集合，去離咱們基地最近的遊樂園觀摩體驗一下……散會散會！」

佐伊只能承擔起隊長責任，會後找應湘湘導師請教星博行銷。

應老師幽幽開口：「賣人設就行。」

佐伊回歸小隊，和文麟略微商議之後，把和秦金寶玩的凱撒捉回，和明堯在玩的小巫一併捉回，「應老師今天都沒化妝，看著憔悴得很……嗯，中午開個戰術會議，商討一下下輪比賽的分組，還有人設……」

飯後。白月光小隊排排坐。

佐伊好找群思群策：「大家都說說看，最近有什麼可以當做爆點的新聞發出去給粉絲？」

巫瑾：「我結……」

佐伊飛快打斷：「小巫過，下一個，凱撒。」

凱撒囔囔：「佐伊你還讓不讓小巫說完啊？哎，那個，我最近瘦了……」

佐伊反駁：「這個不行。你的體重對外一直宣稱保持不變。」

討論過後，最終由佐伊拍板，炒一個「白月光團結大家庭」的逃殺男團設定。

至於下一輪比賽的分組。佐伊表情逐漸嚴肅：「第六輪淘汰賽，九十進五十。淘汰率百分之四十五。」

「第六輪比賽是最後一輪『自選隊友組隊賽』。練習生兩兩組隊，同時晉級。我的想法是，按照最穩妥方向組隊，確保萬無一失。」

投影刷的拉開，克洛森單排（單人排位）名次預估表格展示。

第一位赫然是魏衍。由於凡爾賽宮的表現，衛時超出所有選手飆升第二。第三是薄傳火。白月光小隊中，凱撒排名最高，位列第五。

和通常名次相比，巫瑾、佐伊、文麟以及井儀的「預估名次」都略有下降。

「單排尤其考驗個人戰鬥水準。」佐伊解釋：「狙擊位、指揮位、輔助位在單兵作戰環境中實力下降，突擊位、偵察位提升。合情合理。」

「這一輪比賽，我希望所有人都能爭取選到預估勝率最高的隊友。」

投影翻頁，「雙排（雙人排位）」估測名次展示。

巫瑾、衛時組合名列第二，井儀雙C位於第一。佐伊、文麟上升到第四。以井儀為例，分散開的兩位練習生未必單排排名都高，組隊之後卻不容小覷。

結果顯而易見。

佐伊：「我會和阿麟組隊。小巫那裡……」

巫瑾點頭，「我和衛哥說過，妥！」

佐伊鬆了口氣：「好，那剩下一個凱撒放生。」

突然變成野生的凱撒絲毫不以為意：「沒問題！我找我結義兄弟去！」

散會之前，佐伊最後提點了下一輪淘汰賽的固定地圖。

「地圖是遊樂園。但賽制、規則千變萬化。」

「上一次抽中這張地圖，主題是遊樂設施驚悚故障。」

「再上一次，主題是尋找遊樂園中的血衣男孩。」

「再往前一次，微縮玩具能遙控遊樂設施，搶到『海盜船』玩具的練習生直接改變了搖柄動力，一次性甩飛淘汰了十二名對手。」

「到比賽開始前那一秒，都沒人知道真正的『規則』和『主題』。」

下午。比賽前倒數第二個黃昏。

巫瑾一面在終端搜索「固定逃殺地圖」資料，一面捏著遊樂園門票，等待節目組大巴。

明堯背著一包零食出現，哈哈大笑：「你怎麼跟等郊遊的小朋友一樣！」

轉頭看到凱撒又笑得前仰後合。

佐伊的「白月光是個團結的大家庭」短視頻已經在星博放出。由巫瑾、文麟假裝午睡，佐伊、凱撒輪流進門，友愛給隊友蓋被子。

佐伊進門時的彈幕：隊長好暖嗷嗷嗷嗷嗷！

凱撒進門看看巫瑾再出門，進門看看文麟再出門。

彈幕：嘿嘿嘿嘿看看我的儲備糧還在不在！今天吃這個，明天吃那個！

巫瑾、明堯站著的不遠處，同樣在等車的凱撒正在吃紅毛用來接濟兄弟的零食。

明堯斜眼看向巫瑾，「聽說圍巾組隊了？」

巫瑾高高興興點頭。

明堯一聲咳嗽，豪情萬丈，意氣風發：「我要代表井儀雙C向你們圍巾下戰書！」

巫瑾一呆。

正此時，練習生集合哨吹響。通往遊樂場的大巴駛來。九十名練習生嘩啦啦跑過，空氣中洋溢著要去遊樂園玩耍的快樂。

明堯格外囂張：「敢不敢接！」

巫瑾雄心萬丈：「接！」

半分鐘後，兩人就被克洛森秀劇務一左一右攆著，強行推上大巴。

遊樂園郊遊一方面是為了讓選手提前熟悉賽場，一方面又是克洛森員工的福利活動。此時導演、場務、攝影師紛紛攜妻拖兒帶女蹭福利，大巴內擠得滿滿當當。

巫瑾、明堯上車時，節目PD正耐心牽著小女兒的手挨個辨認「小哥哥」，龍鳳胎兒子扔在牆角，似乎剛和副導的二胎打完架，正在嚎啕大哭。

PD被吵得頭昏腦脹，瞥了巫瑾、明堯一眼，「嘿，我說怎麼數來數去少了兩個。」

劇務表示：「他倆也不上車，在月臺上吵得飛起。」

PD大手一揮：「行！那就讓他們坐前面，和小朋友們一起管著吧。」

巫瑾、明堯：「……」

懸浮大巴開動。後座直男縱聲歡笑，中間學霸聚集一堂探討第六輪淘汰賽賽制，前排……巫瑾抱著小蘿莉A，旁邊擠了蘿莉BCDE，克洛森PD的小女兒正在高高興興往明堯身上撲，走道上還有源源不斷的幼崽向兩人湧來。

明堯窒息：「……救命，我感覺我要呼吸不暢了！」

巫瑾嗶嗶：「是你要下戰書的！」

明堯嗶嗶：「那也是你接的！」

巫瑾抱著的四歲小蘿莉甜甜軟軟：「哥哥你真好看……等窩長大嫁給你好不好噠！」

巫瑾嚇得磕磕絆絆，耐心解釋：「哥哥其實已經結婚了！」

小蘿莉：「嚶嚶嚶。」

明堯表示不屑：「聽到沒！男人都是大騙子！」

後排，應湘湘輕輕一嘆。

明堯擰著眉頭看了半天，伸著脖子悄悄問巫瑾：「應導師怎麼了？」

巫瑾回頭，也是一愣。

他猶豫許久：「應老師的婚戒，一個月前是戴在無名指上的，現在是小指。」

明堯茫然：「什麼意思？」

巫瑾：「無名指是訂婚，小指是單身和喪偶。」

明堯大驚失色：「臥槽！難道應老師和青梅竹馬苦盡甘來，訂婚前夕戀人突然絕症，還是車禍前男友推開了應老師，自己被捲入輪胎……不對，現在都是懸浮車來著……」

巫瑾聽得一愣一愣。

幾分鐘後，巫瑾終於坐不住，起身，把懷裡甜甜的、會撒嬌的蘿莉團子抱起。

巫瑾詢問小蘿莉：「乖，教妳的都記得了嗎？」

小姑娘嘻嘻點頭，巫瑾把四歲的蘿莉團子遞給應湘湘。

小蘿莉乖巧坐好，軟軟說道：「姐姐，我可不可以唱歌給妳聽呀！一隻一隻小麋鹿，兩隻兩隻斑點兔……」

應湘湘頓了許久，溫柔接過唱歌的小朋友。

巫瑾帶著身後一連串小幼崽再次回到座位。

後座，衛時戴著墨鏡，視線始終沒有離開巫瑾。

前排，魏衍氣場淡漠，眼神機械在小朋友身上移過來移過去。

紅毛終於忍不住開口：「盯那麼久，喜歡就擼一個過來玩唄。」

魏衍：「……」

紅毛傻眼：「不是吧！你沒擼過小朋友，地上跑的不是隨便擼嗎？」

魏衍：「……」

紅毛：「行吧，我給你弄一個，下輪比賽別針對我就行。」

紅毛離座，從幼崽的海洋裡找了個最可憐的、PD那個打架打輸了的小兒子，牽過來給魏衍抱著，「哎你別緊張啊，肩膀僵得跟什麼似的！算了你就當抱一杆重機槍好了。手上來點兒，沒槍托。行了，這娃子連比他小兩歲的都打不過，你看著隨便教他幾招吧！」

半小時後。懸浮大巴終於抵達距離最近的遊樂場。

先是小朋友們手牽手下車，然後是攝影師，最後選手一窩蜂衝下車廂。

售票員驚恐看到九十名肌肉壯漢前仆後繼向窗口衝來。

節目PD在後面大喊：「晚飯每個人只能報銷四百信用點！牛排、鵝肝、佛跳牆都不給點，聽到了沒——」

話音未落，已是有大半選手狂奔消失在視野之中。

PD轉頭看向血鴿，「他們在比賽裡，跑得有這麼快嗎？」

遊樂場閘機內。

進門後，選手迅速兩兩分隊。巫瑾掃了眼價目表，毫不猶豫取了兩張團體通票，拉著大佬就往裡面衝，「雲霄飛車！雲霄飛車！」

衛時步伐迅疾，巫瑾跑起來蹦蹦躂躂，倒也不落後於人。

兩人很快搶到了雲霄飛車下一批的座次。

安全帶繫好，倒數計時開始。

超重感迅速累積，兩人飛快以七十度角上升！

前排小情侶：「啊啊啊啊啊——」

巫瑾在極速超重中喃喃測算剛才的模型：「雲霄飛車從軌道底部0km/h開始加速，上升時產生重力位能，到達最高點之前會不斷累積速度……」

雲霄飛車靠近第一個軌道下降點，所有遊客猝然凌空！

前排小情侶：「嗚嗚嗚嗚哇——」

巫瑾慢慢琢磨出來：「人體能承受的極限加速是45g左右，雲霄飛車作戰環境苛刻，最理想的槍戰加速度是10g以下……」

風聲獵獵！雲霄飛車再度落入低點，準備下一個三百六十度旋轉，所有遊客惶恐尖叫。

衛時湊到巫瑾身邊：「靠近點。」

巫瑾：「欸欸！」

衛時：「聽不見。」

巫瑾大聲對著大佬說道：「雲霄飛車在最高點的時候，離心力約莫等同於重力，下降時位能轉變為動能，速度會越來越快。這架雲霄飛車巔峰速度是100km/h，子彈飛行初速度是400m/s，咱們預先算好模型，就能在比賽前背好公式，知道哪一段軌道能開槍，哪一段要拚刺刀——嗚嗚哇！」

雲霄飛車衝上制高點。衛時把倒掛著的、晃晃蕩蕩的巫瑾按在懷裡，低頭在少年頸側咬了一口像是磨牙。

耳邊是如同雷鳴的尖叫。

衛時：「不錯，獎勵。」

倒掛著的巫瑾表示抗議：「哪有獎勵是咬人？」

巫瑾精準找到大佬的薄唇，接著飛車咆哮下降——唇齒相撞。

巫瑾沒有攻擊力的小白牙被撞，眼冒金星。

衛時低笑。

雲霄飛車下方，紅毛背著凱撒偷偷和毛冬青通訊。

「哥我在看著，放心放心！藥給衛哥拿著了，衛哥？他人好著呢！你不知道，就剛才，我的天哪，四捨五入都要一個車震了……」

巫瑾下了雲霄飛車，很快在軌道上標注好超重、失重和高速率點。

接著是風火輪、跳樓機……

途中路遇克洛森秀粉絲十七次，巫瑾笑咪咪給粉絲簽名，然後附贈在地圖上畫幾個圈圈，「明堯在這裡！魏衍在這裡！」

地圖一角。

明堯神色恍惚地詢問左泊棠：「隊長，為啥小巫能自由走來走去，咱們這裡的粉絲卻越聚越多？」

天色漸晚。巫瑾悠哉悠哉騎著雙人自行車，在遊覽街道上亂逛。同時有一搭沒一搭探討「遊樂場」比賽賽制。

「每場比賽核心各不相同，但都有唯一的『最終決賽場地』。」

巫瑾思考：「七年前抽到這張地圖，主題是血衣小男孩兇殺案，線索大多埋藏在兒童樂園附近，最終決賽在鬼屋。十二年前，主題是玩具復活，線索藏在娃娃機裡，決賽在紀念品店。拿到線索那一刻，就應當快速趕往決賽場地布局。」

巫瑾琢磨完畢，又想起一事，繼續分析道：「從公平性考慮，第六輪淘汰賽，推理成分很可能會削減。」

衛時：「不一定。」

巫瑾側目。

衛時把巫瑾偷偷摸摸往手抓餅店轉去的雙人自行車掉了個方向，朝粥品店騎去。

巫瑾向手抓餅伸出絕望雙手，「啊啊啊——」

「營養均衡。」衛時絲毫不為所動：「至於比賽。指揮位、輔助位在單雙排裡很難依靠剛槍出線，逃殺秀不會因此埋沒這一類出色選手。第六輪淘汰賽，會有不止一種通關方法。」

巫瑾豎起耳朵。

衛時：「狙擊位的方法、突擊位的方法，和推理方法。到了。下車，喝粥。」

遊樂園收入很大一部分來自餐飲行業。粥店食物標價昂貴。巫瑾吃完熱粥、蛋塔、五香蹄膀、燒鴨、蓮藕排骨湯，四百信用點一乾二淨。

衛時再次與周楠溝通，確定「巫瑾還在長身體」。

飯後一貼。白色不變。

巫瑾：「這到底什麼玩意？」

衛時面不改色：「含巫量測試，比例越高顏色越淺。」

巫瑾：啊？

然而還沒等巫瑾再問，衛時動作突然一頓。男人表情微變，瞳孔中光芒攢動，桌下的掌心攥起，嘴角驀然緊繃，鬆開又緊繃。有那麼一瞬，吃到癱坐的巫瑾甚至有一種詭異的錯覺。

就像是有兩個靈魂在爭奪大佬的身體。

然而很快就歸於錯覺。

衛時提起一瓶礦泉水，「去打個通訊，在這裡等我。」

巫瑾呆呆開口：「欸好……」

大佬直到十分鐘後才回來。

礦泉水水平面下降一小截，巫瑾猛然想起什麼：「你在吃藥？MHCC？」

衛時坦然：「嗯，吃了十年。」

巫瑾想想也有道理，順便就著大佬那瓶水，把自己該服用的藥也給吞了。

晚上九點。大巴把玩到心滿意足的練習生接回基地。

克洛森寢室鏡頭下，佐伊不得不和衛時表現出「表面兄弟」情誼，實際仍在憂心衛時的找工作問題。

巫瑾悄悄地抽出一張測試紙條，趁串門的工夫往凱撒身上一貼。

深紫色。

這東西難不成還真是測試含巫量？自己又不傻！然而在星網搜索又一無所獲。

衛時寢室。

通訊另一邊，宋研究員聲音傳來：「後遺症好多了啊，衛哥加油比賽！就是別刺激自己……怎麼刺激？你得想想，你十六歲那會兒最怕啥！潛意識是意志都控制不住的，一受刺激就得記憶倒退，退到上次你在治療艙那時候……」

衛時自負：「不會。」

宋研究員思忖，也不是什麼大事。就算記憶倒退了，不是還有小巫！兩個人手把手一起淘汰，互相給對方墊底，說好聽的那叫殉情，也不算丟臉！

於是欣然點頭，「那行，衛哥你自己看著就好。」

夜幕沉沉落下。

往後的一天時間飛快流逝。

巫瑾照例在訓練室溫習了所有戰術動作，在動態靶位做好熱身。

此時官網人氣投票已經大定。實際上，第四輪淘汰賽之後就鮮有變動。

根據投票排名，小隊中兩人票數綜合疊加為總票數。

巫瑾、衛時首發，其次是魏衍、薄傳火，接著是井儀雙C。

清晨，所有選手集合去往賽場。

逃殺賽遊樂場地圖在距離克洛森基地的七百公里之外，直升機降落之前，巫瑾最後檢查了初始槍械、防彈衣、應急癒合繃帶和帥氣的隊友都在！

窗外是綿延不斷的山麓。接著能看到星星點點的度假村別墅、景區商區，最後是飄動的橫幅：蔚藍賽區逃殺秀指定賽場。圖瓦拉遊樂場。

艙門打開，巫瑾收回視線。

小編導進來，把任務卡送給人氣排名更高的巫瑾。

卡片拆開。巫瑾一愣。

與「血衣男孩」、「玩具復活」不同，這一輪固定圖淘汰賽沒有任何背景提示，只有一張行程單。

9:45 摩天輪

11:19 激流勇進

15:00 海盜船

16:03 雲霄飛車

17:22 鬼屋

17:39

最後一行被抹去空缺。

巫瑾第一反應就是快速拉出數字中的規則，然而毫無所獲。

此時比賽腕表已經裝置完畢，巫瑾還未低頭，衛時開口：「八點五十七分。」

巫瑾點頭，「先去摩天輪。」

少年視線卻微頓。按照克洛森秀慣例，只有將選手分散到無數個小副本廝殺之後，才是最終決戰。讓「所有選手」在「同一時段」去擠摩天輪顯然違背常規操作。

腕側滴滴提醒，「五百信用點」的字樣同時在兩人腕表出現。

還有三分鐘開賽。

直升機艙體內，虛擬螢幕同時為九十名練習生展開——

「第六輪淘汰賽，競速晉級模式。」

「優先完成遊樂場行程的小隊即可按名次晉級。」

「選手初始信用點（可購買遊樂項目門票）：五百。」

「擊殺可額外獲取信用點：三百。」

巫瑾深吸一口氣。

直升機緩緩降落。

遊樂園所處海拔極高，被山中濃霧籠罩。衛時手速如電，根據濕度溫度校槍，然後將校正好的步槍扔給巫瑾，繼續校準第二把。

兩人踏入園區，同時消失在山嵐中。

不遠處，濃霧中的攝影機檢測到有選手出現，吱呀轉動鏡頭。

與此同時，克洛森基地。

直播大廳布置完備。直播間彈幕一片雀躍。

血鴿、應湘湘向觀眾微笑問好。

血鴿看了眼腳本，感嘆：「很有意思的規則。」

後臺，節目PD打了個響指。螢幕中標題字幕淡出——

第六場淘汰賽，圖瓦拉遊樂場固定地圖——扭曲的時間。

霧嵐將整座山峰籠罩。空氣帶著濃重的濕氣，夾雜著生澀的鐵銹腥味，彷彿所有的遊樂設施從金屬骨架裡已經腐朽。

巫瑾正對著破舊的遊樂園售票機，腕表滴滴幾聲，很快兩張團體票被機器吐了出來。單張票面值三百信用點，可優惠搭乘八次遊樂項目。

票面沾了水汽，觸感黏膩。

「圖瓦拉主題遊樂場，共一百二十六項娛樂設施……」巫瑾朗讀通票背面的指南：「主題遊樂場？」

衛時當先一步檢票進入閘機。

濕潤的山風呼嘯而來，有幾秒吹散視野中霧氣，揭開面紗一角——

遊樂園坐落於灰黑的群山之間。陽光從高處投下，卻被烏雲遮蔽大半。整座遊樂場昏昏沉沉帶著死氣，踏入閘機的一瞬，巫瑾還以為自己進入了某種封閉空間。

此時鏡頭遍布整個賽場。

巫瑾在大佬旁邊乖巧得很，絲毫沒有露出半分馬腳。好在打比賽一回生、二回熟。進入狀態之後，兩人瞬間結成毫無曖昧的隊友模式。

克洛森秀直播間。

觀眾卻毫不領情。趁著血鴿講解賽事的當口，「圍巾」版版主乾脆拉了個獨立彈幕頻道，對著兩位愛豆大吹特吹！

衛時給巫瑾校槍。

「為你利劍開鋒，持刃伴你左右！」

衛時往前一個身位探路。

「蕩平魑魅魍魎，許你前路無阻！」

衛時把腕表信用點轉給巫瑾。

「上交白銀五百兩！」

巫瑾買票遞給衛時。

「敕賜金牌一張！」

密密麻麻的彈幕幾乎成為CP粉的狂歡，不僅圍巾版，魏薄圍脖、井儀、雙傻在選手進入比賽後都極端熱情洋溢。只有硬核逃殺粉才能艱難從彈幕間隙關注兩位導師的講解。

血鴿嘴型開合，歐洲、兩河等詞彙吐出。

遊樂場內。隨著魏薄、井儀依次進入賽場，巫瑾跟著大佬一路深入，終於看到了視野中的第一處陰影。

巫瑾猛然抬頭。面前竟然是修長詭異的人影。他能大致看到尤其豎長的頭部、比常人大了近兩個號的魁梧身軀。這人不知是何時站在濃霧之中，沉默如同雕塑。

少年精神緊繃，一秒卡住扳機——接著緩緩放下了手。

是石像人。石人雕刻簡樸，手臂指向一處。

衛時看向遠處，微微瞇眼，「迷宮。」

兩人向石人的指向奔去。約莫兩百公尺後景色突變。巨大石塊在草坪中豎列，有時兩塊巨石還會平托起第三塊，無數石門將看不見邊沿的場地零碎分割，旁邊分布有溝渠和土臺。

石人指向的正是「迷宮」入口，旁邊放了個大半生銹的售票機。

迷宮單項目：每人五十信用點。

巫瑾記了下方位：「先去找摩天輪，還有三十分鐘。」

行程表中，摩天輪的時間刻度在早上九點四十五分。第六輪淘汰賽中，腕表不具備計時功能，就由巫瑾和衛時輪流用脈搏計時。

雖然巫瑾覺著，大佬靠生理時鐘就可以了。

臨離開前，巫瑾再度看向身後的石陣。

腦海中像是有什麼資訊零碎躥過，又很快消失。第六輪淘汰賽前，克洛森節目組沒有給予任何背景介紹，如果存在邏輯推理，要麼考驗的是常識，要麼和前五輪淘汰賽有關。

然而偌大的遊樂園，怎麼看都不像能再造一個「細胞自動機」。

摸清遊樂設施大致架構之後，巫瑾加快了對地圖的探索。迷霧中不僅存在石陣，還有燃起的篝火、刻有十二張銅板的巨型告示欄、矮牆上的希臘神話浮雕……

巫瑾琢磨：「遊樂園是古代神話主題？」

又一陣山風吹過，下一秒，巫瑾倏忽抬頭。

陰暗的視野顯露出一隅。約莫一公里外，巨大的摩天輪一半藏於霧氣之中，僅露出的一半正在順時針緩緩轉動。

巫瑾眼神陡亮。少年幾乎是沿著直線衝了過去。面前攔著一堵牆，牆體凹凸不平，巫瑾抓住突出點借力就要攀上……

身後，大佬突然打開槍枝保險，「後退。」

巫瑾一愣，第一反應就是低頭看自己抓了個啥，一垂眼卻是心跳猛烈一抖。

他抓住了一張嵌在牆內的人臉。人臉皮膚斑駁，像是脫落的橡樹皮，在巫瑾看向「它」時，「它」猛然睜眼！

巫瑾嚇得蹦了一下。衛時上前一步，牢牢擋在巫瑾面前。

此時整座牆體也在抖。與其說是抖不如說是在蠕動，原本堅硬的牆面緩慢柔軟、塌陷，那張模糊的人臉逐漸顯露、清晰……牆壁終於恢復平靜。

巫瑾傻眼看向「人臉」上的奇異花紋。「人臉」是材質奇異的雕塑，描繪的是一位上了年紀的老人。剛才自己觸動機關，致使眼珠亮起。「人臉」的眼珠偏左，似乎在指引兩人去往一個方向。

巫瑾喃喃自語：「這到底是個啥？」

衛時：「德魯伊。」

巫瑾一頓。

他順著大佬視線看去，在「人臉」的一角果不其然寫了一行小字——Druid德魯伊。

牆壁布滿蒼翠的花紋和橡樹葉描飾，這張人臉無悲無喜，雕刻手法古拙，神祕學意味濃厚。在巫瑾僅有的二十一世紀生活的記憶中，德魯伊的意向遍布於電影、遊戲。他們通常是遠古祭祀的象徵，接受供奉，賜予自然之力。

巫瑾微微垂眼。

德魯伊。

他在三十一世紀也接觸過相關知識，似乎只是偶爾一瞥並不重要，但隱約又和克洛森秀訓練有關。

摩天輪就在一公里之外。

按照兩人的計時，此時距離第一個項目不足二十五分鐘，巫瑾卻沒有直接翻過這座牆。

一路走來，所有意象只要再抓住零星線索就能綴連到一起。

巫瑾順著牆壁上的紋路依次看去，絲毫沒注意到大佬正緊緊看向不遠處的摩天輪，眼神不斷閃動，很快又被衛時以意志壓下。

紋路裡描繪的大多是碩大的橡樹，還有魁梧的戰士，富足的生產工具、戰斧、以及……

巫瑾猛地示意衛時向一處看去。

那裡有一個小巧的圖騰。十字中心畫圈。

巫瑾低聲開口：「凱爾特十字。」

衛時揚眉。竟是連他都沒有想到巫瑾能從記憶裡搜刮出第三輪淘汰賽的知識儲備。塔羅牌中的凱爾特十字排陣，正是源自於古老文明裡的凱爾特十字。

巫瑾顯然是考完試之後再溫習一遍才會舒服的學霸類型。

巫瑾終於長舒一口氣。

「凱爾特十字。凱爾特人，歐洲文明的發端之一，羅馬帝國時期聲勢最壯大的『蠻族』。我在第三輪淘汰賽之前掃到過資料。凱爾特文明裡祭祀又稱為德魯伊，凱爾特全族驍勇善戰，族中只有兩種人，除了德魯伊就是戰士。」

巫瑾看向身後，走來的路再次被迷霧封閉。

「文明。」少年眼神極其興奮：「遊樂場的主題是文明！我早該想到……德魯伊是凱爾特文明，巨石迷宮是史前神祕巨石陣，神話代表的是希臘，告示板象徵古羅馬十二銅表法……」

巫瑾眼神晶晶亮亮看向大佬。就差沒撩起瀏海，在額頭寫上「求表揚」三個大字。

衛時隨手擼了把小捲毛。

牆面上下左右，抓住小動作的攝影機飛速挪騰過來。

與此同時克洛森秀直播彈幕爆發過年一般的嗷嗷嗚嗚——

「摸頭殺啊啊啊！等等！這麼熟練是要幹啥？在攝影機看不到的地方衛神難道經！常！

摸！嗎！」

「小巫一看就很好薅毛啊！軟軟噠，小巫這麼可愛，剃成板寸也一定很好擼！」

直播間內。應湘湘毫不意外被巫瑾察覺遊樂場端倪：「小巫動作很快。實際上，只要選手們再往外走一圈，看到接下來的金字塔和長城，很容易就能猜到這輪淘汰賽的線索，不過……」應湘湘笑咪咪看向血鴿。

血鴿：「不過，這輪淘汰賽的命題是時間。」

遊樂場內。距離九點四十五分的摩天輪行程時間不足十分鐘。

巫瑾只粗略掃了眼凱爾特文明所對應的項目設施，單項售票機上寫的是「碰碰車」。巫瑾想破腦袋也不知道碰碰車和凱爾特有什麼關聯。

五分鐘。

兩人終於衝向摩天輪。

遠處隱隱有腳步聲傳來。

巫瑾粗略測算時間，按照節目組從九點開始，半分鐘放行一隊選手，所有九十名選手都會在九點四十五分的時刻進入賽場。

從遊樂場入口抵達摩天輪，最快也需要十來分鐘，還是在濃霧沒有散去的情況下。因此必然有排名靠後的選手會錯過第一天早上的九點四十五分，無法在一天內通關。

不公平。

巫瑾微微皺眉。

人氣投票決定入場順位，向來只是節目組用來賺投票錢的噱頭。克洛森秀絕不會用觀眾氪金來決定選手輸贏。

巫瑾一抬頭，大佬背對著他，還在沉默看向摩天輪。

「衛……衛哥？」

衛時轉身。男人眉目擰起，拳頭攥緊又放鬆，面無表情：「想明白了？」

巫瑾搖頭搖頭，看向大佬忽然嘿嘿一笑。腦海裡突然冒出了情緒鎖治療那時候，大佬意識中的十六歲衛時。

軟軟的崽！帥帥的崽！十六歲的崽！

最後出鎖那會兒，大佬識海裡還形成了自己描繪的摩天輪！

大大的！圓圓的！可惜還沒上摩天輪，自己就被打穿了腰子！

九點四十二分。

魏衍、薄傳火小隊出現。

巫瑾、衛時距離摩天輪底部最近，衛時架一把獵槍氣勢凜冽驃悍，巫瑾在旁邊同時拉開槍枝保險。

兩隊遙遙對峙。

五十公尺內，以巫瑾的動態射擊水準也能對薄傳火造成困擾。

巫瑾遠遠打招呼：「薄哥好！魏哥好！」

薄傳火：「……小巫啊，你這槍能放下來說話不？」

九點四十四分。

凱撒、秦金寶等六小隊同時出現。

依然沒有人開槍。所有人的目標尤其一致，在搭乘上九點四十五分的摩天輪之前，沒有任何小隊敢於輕舉妄動。

衛時：「霧散了點。」

巫瑾卻表情微變：「井儀沒來。」

此時所有選手紛紛湧來，摩天輪處動靜極大。

井儀要想在第二天九點四十五分之前通關，不可能現在不來。除非他們發現了其他重要線索——又有什麼線索能讓左泊棠放棄這裡？

還剩最後一分鐘。

巫瑾看向霧氣中高聳的摩天輪。

拉索圍繞中軸緩緩旋轉，轎廂在微風中搖搖晃晃。如果沒有迷霧，在最高點就能俯瞰到整個遊樂園地形。

巫瑾琢磨，摩天輪掛著幾十個轎廂，節目組總不能每個轎廂都裝鏡頭！一會兒要是碰巧沒有，又有迷霧擋著……還能抓著大佬啾咪一下！

摩天輪下方，V型支架組成一個不滿三十度的銳角，上面繪滿了與凡爾賽宮中相近的壁畫，風格大致與十五、十六世紀相仿。這裡描繪的是西歐。

巫瑾猜測，圍繞碩大高聳的摩天輪，希臘羅馬、凱爾特、日爾曼、維京等等彙聚，最終鋪出一條通往「中世紀歐洲」的文明天梯。

九點四十五分。

巫瑾、衛時果斷搶下首先落地的轎廂。

魏衍不出所料搶下第二個。

後面選手蜂擁成一團。

井儀依然沒有出現。

轎廂跟隨摩天輪轉動，緩緩上升。

巫瑾迅速看向腕表。

毫無反應。任務卡、遊樂園門票同樣沒有發生變化。

巫瑾一頓，也許是坐一圈摩天輪結束才代表任務完成……

正在此時，轎廂內響起甜美的廣播。

「歡迎乘坐圖瓦拉遊樂場摩天輪，您的旅途正式開始。當前時間：凌晨一點零二分。」

「……」巫瑾匪夷所思看向頭頂微弱的陽光，「凌晨？凌晨一點零二分？」

陽光於濃霧中被水汽折射，看天光應是在午前。

摩天輪緩緩轉動，窗外被一大片陰影遮擋，正是轎廂經過摩天輪底座的V型銳角支架。

再向周圍看去。幾十個懸掛在摩天輪最週邊的轎廂隨風微動，色彩斑駁不一，廂壁上繪製十五世紀西歐油畫。

每一座轎廂都獨一無二。

巫瑾思索開口：「轎廂繪畫各不相同，從逃殺秀成本考慮——能做成這樣，唯一的可能就是方便選手再次辨認。」

少年接著在轎廂內翻找。四人座，方形空間狹小，兩面是玻璃門窗，兩面設有遊客座椅。平平無奇。鏡頭——巫瑾再三確認，轎廂內不設有內置鏡頭，窗外偶有竹蜻蜓一般的攝影機飛掠而過。

摩天輪沿著順時針旋轉，兩人高度上升，底座的陰影很快被留在腳下。

巫瑾迅速趴在窗口。此時霧氣濃厚，再往上視野就會消失。他必須在轎廂陷入視野盲區之前看清摩天輪周圍的地圖。還有，找到包括井儀在內消失的其他選手。

第三章
喔，我們的衛時選手只是跟其他選手開了個玩笑

「凱爾特碰碰車，巨石陣迷宮，希臘神話旋轉木馬……」巫瑾眯眼竭力辨認，在視線被霧氣掩蓋之前，遠處突然傳來槍聲！

摩天輪上的所有選手同時巨震，向槍聲源頭看去。

巫瑾呼吸一滯：「巨石陣迷宮，有人在巨石陣迷宮！」

迷宮內不止兩人，也就是至少有兩組選手在巨石陣中。巫瑾幾乎瞬間鎖住：「是井儀，不怕暴露方位，敢在開局一小時內開槍的只有井儀！他們為什麼會在巨石陣？明明摩天輪才是目標專案，還是說迷宮也是任務項目之一，或者能提供線索……」

巫瑾呱唧呱唧連珠炮似說了半天，突然反應過來。

大佬太安靜了。

不止因為兩人進入比賽前，所商議的「拿到聯賽冠軍再公開」，轎廂上升了約二十公尺，大佬自始至終一言不發，連隊友間最基本的交流都無。

巫瑾睜圓眼睛回頭，只見大佬抱著槍坐在遊客觀光座椅上。

衛時冷酷開口：「繼續。」

巫瑾刷的湊上。

巫瑾練舞多年，對於肌肉、肢體語言的熟悉程度並不亞於浸淫比賽的逃殺選手，甚至對於肢體的情緒感知更甚。

衛時的肩膀相當緊繃，男人擰眉闔眼。風聲在玻璃窗外捲著摩天輪呼嘯。耳邊像是突然被打開某個開關。

「衛哥你那後遺症……比賽裡別刺激自己！潛意識是無法控制的……」

記憶艱難攪動。視野中猛然出現模糊不清的R碼基地，彷彿自己還因為邵瑜暗算躺在治療

艙中。

十歲出頭的小矮子巫瑾軟噠噠往自己跟前蹭個熱乎：「衛時！你想去外面嗎？外面有遊樂園、雲霄飛車、摩天輪……遊樂園的氣槍，打到氣球就可以兌換毛絨玩具。」

「這麼大、這麼大一隻兔子！」

衛時強硬將摩天輪印象從記憶裡排斥而出。意識再次回到克洛森賽場，接著把手中的獵槍扔給巫瑾。

摩天輪轎廂內，巫瑾趕緊接住大佬扔過來的蘿蔔槍，表情緊張：「你沒事吧？身體不舒服還是恐高……」

衛時示意巫瑾自己過來。

巫瑾腦袋東晃西晃，確認這會兒沒有鏡頭光顧之後趕緊湊過去，緊張刺激如同偷情，然後衛時猛然把巫瑾按在懷裡。

吸了一口舒舒服服的兔子氣。

一觸即分，衛時再次恢復正常。巫瑾的「劍鞘」安撫功能真實不虛，只要沒有二次刺激，隔三差五吸一口就能絲毫不妨礙比賽。

巫瑾也長吁一口氣：「你早說嘛！」不就是要抱抱！多大點事！

距離兩人下方最近的轎廂。

薄傳火與魏衍相對而坐，此時還在認真觀察對手動向，冷不丁看到魏衍表情一僵。

「嗯？」薄傳火條件反射掏槍。按照兩人任務分配，魏衍負責盯梢圍巾，自己盯梢雙傻，魏衍有異動就等於圍巾有異動……

魏衍木然開口：「無事。」

眼看薄傳火就要回頭，魏衍急促阻攔：「等等！」

薄傳火桃花眼一片水光，戰意磅礴蓄勢待發！

薄傳火背後，摩天輪上一個轎廂內，衛時終於停止吸巫。

魏衍「嗯」了一聲，表示薄傳火可以回頭。

薄傳火：「啥？」

此時摩天輪已經上升了約四十公尺。霧氣濃厚，轎廂內的選手最多只能看到隔壁。

距離魏薄下方最近的轎廂。負責盯梢魏薄的凱撒突然站起，風風火火架槍，虎目一瞪，「兄弟準備開幹！騷男拿槍了，魏衍那個冰塊臉肯定跟他下達什麼指令……」

紅毛熱情洋溢：「殺殺殺殺殺吼吼吼——」

兩顆子彈同時向薄傳火狙去！上方轎廂，還沒來得及放下槍的薄傳火臉色大變，「神經病！這兩個傻子不做任務了？摩天輪還沒完就要幹架！腦子裡他媽長的都是肌肉……」

再下方，秦金寶當機立斷跟隨槍聲，兩面夾擊凱撒及紅毛。再再下方，蔚藍人民娛樂的轎廂中二人商議：「他們都打了，咱們打不打？」

「打！」

摩天輪陡然陷入混戰。

多米諾骨牌效應最起點，巫瑾一臉呆滯：「不可能，摩天輪還沒轉完一圈，選手沒有理由在這時候開槍……」

驀然一顆打歪了的流彈直衝巫瑾飛來！

衛時眼神驟變。

如果宋研究員此時能探測衛時的腦電波幅度，定然會發現衛時還在抵抗上一輪「潛意識刺

激」的過程之中。

記憶中飛掠的摩天輪、R碼基地還未消失，第二輪刺激已是再度出現：

——自己拉著小矮子向R碼基地外狂奔。

——天光被火色薰染，滿山是滾滾黑煙。流彈襲來之前，巫瑾突然跳起替自己擋住子彈，被子彈侵徹力擊穿腰側。自己在火光中絕望嘶吼，小矮子踮起腳尖，用最後的力量軟塌塌親吻，「你別管這個腰子，我是來接你的騎士……」

克洛森賽場上，衛時猛然閉眼。

巫瑾這會兒也被下面掃來的流彈嚇了一跳，他自己也才從治療艙出來沒幾天，腦子裡紛紛揚揚都是二十一世紀偶像選秀。優異的舞蹈功底先於戰術本能反應過來，一個Footwork躲過子彈，freeze在了落地窗上。接著第二顆子彈擦過……

巫瑾負責邏輯的左腦刷刷冒出了躲子彈的數十個戰鬥動作，負責藝術的右腦又刷刷冒出了躲子彈的數十個breaking toprock。

巫瑾左右為難之際，後背突然一暖。衛時強硬把巫瑾按在懷裡，接著一個側身將他送到安全區。男人後背寬闊灼熱，將巫瑾護得密不透風。

巫瑾一愣。大佬對自己一向採取放養型訓練方法，和訓練黑貓一模一樣，向來是能扛得住的巫瑾自己扛，扛不住的大佬才會出手。

下面掃來的子彈歪歪斜斜，躲避難度絕對是F級以下……

巫瑾似有所覺地抬頭。

衛時眉頭緊皺，像在壓抑腦海中破之欲出的潛意識。

巫瑾在浮空城待了將近一個月，一眼辨認出大佬情況，小圓臉表情陡然嚴肅：「情緒鎖發作？我替你開救生艙，聯繫宋教授……」

衛時從牙縫裡開口：「無事，和情緒鎖無關。」

槍戰還在繼續。

兩人所在的轎廂已經接近摩天輪最頂端。此時窗外的攝影機一窩蜂向下方湧去，拍魏衍、拍凱撒、拍卓瑪。顯然就連節目導師、攝影師都完全懵逼，沒有任何人預料到摩天輪上升期間會開戰。

克洛森秀直播間內，血鴿導師強行乾巴巴圓場：「那麼，我們的凱撒、毛秋葵兩位選手非常活潑，率先打響了摩天輪之戰……」

摩天輪最上方，陽光穿透人造霧氣，給兩人鍍上一層虛幻不真的光芒。

衛時突然劃向左腕監控腕表。男人將一小塊只有芝麻粒大小的晶片拆下後，命令巫瑾伸手，晶片換到了巫瑾腕表凹槽內。

巫瑾嘆為觀止，大佬竟然黑了節目組的腕表！

衛時：「攝影鏡頭探測晶片，焦距外十公尺振動提醒。」

巫瑾恍然，大佬曾經被稱為克洛森王昭君，就是因為參加整整三輪比賽成功規避所有鏡頭。觀眾一致認為是打點費用沒交夠，才導致畫像沒有被遞交到節目PD手中。

衛時繼續吩咐：「打不過找毛秋葵。」

巫瑾：「啊？」

衛時思索：「魏衍也行。」

巫瑾一驚：不對，大佬怎麼像是在交代後事……

兩人終於挨近摩天輪頂端。被霧氣柔焦了無數倍的陽光下，衛時居高臨下看向巫瑾。男人眼神深不見底，帶著凜冽的寒芒，氣場洶湧壓下，像是要在消失前再看一眼巫瑾。

這讓原本打算在摩天輪最高點抓住大佬啾咪一下的巫瑾完全傻眼。

一切詭譎異常。

衛時緩慢開口：「兩個月前，浮空城。」

巫瑾嗖的立正，外傾性E操縱下，下意識做出被審問的乖巧表情。

衛時：「第四個療程出了岔子，你去治療艙救我出來。」

巫瑾謙虛謙虛：「舉手之勞！舉手之勞！」

衛時：「從潛意識撤退之前，被子彈打穿腰腹左側。」

巫瑾摸了摸腰子，「還在！還在！」

衛時嗯了一聲。「那行，你和他解釋去吧。」

巫瑾茫然。

衛時思考，十六歲那會兒自己也就摸過一次槍，菜得摳腳，於是替巫瑾安排：「如果他拖累你，直接找個沒攝影機的地方崩他一槍，就去投奔毛秋葵。」

衛時把獵槍同樣扔給巫瑾，「上次去治療艙找你，留了點後遺症。」

巫瑾猝不及防受到驚嚇，焦急道：「衛時你……」

衛時：「問題不大，最多是意識溯回到十六歲那會兒。」

衛時掃了眼腕表螢幕，「扭曲時間」四個大字如同自己倒下的flag。

那廂，巫瑾邏輯思維飛速運轉，終於在匪夷所思的情況下反應過來，整個人看上去呆呆愣愣，反應都慢了半拍。

衛時估計了一下，距離意識轉換還有半分鐘。

同一時間，打槍打得不亦樂乎的紅毛收到衛時傳訊，誓保小巫晉級。

男人伸手托住巫瑾後腦杓，低頭，給法定伴侶一個告別吻。

咔嚓一聲。轎廂與摩天輪最高點重合。

霧氣被浸染成絢爛的金色，腳下是激烈的硝煙戰火。

摩天輪的最高點雙唇相觸，兩人交換了一個淺淡的、硫磺火藥味兒的吻。

巫瑾腦海裡翻來倒去，終於在短短半分鐘內接受了殘酷現實。內心簡直驚了個呆。

摩天輪載著兩人緩緩下降。兩人還保持著短暫溫存的姿勢，額頭相抵。

巫瑾剛要戰略性撤退，突然一頓。

大佬死死看著他，面無表情，眼眶微紅。

巫瑾愣愣盯著大佬琢磨，竟然分了個神。大佬的五官其實很俊，只要不是照常面無表情，稍微動一動眉眼就能俊出鮮活的青春氣，看著能年輕個十歲……

衛時薄唇繃成一條直線，整個人烏雲密布，就像是被拋棄後孤冷傲氣的小狼崽子。

轎廂經過最高點後下降，此時已是與凱撒平齊，上方是魏衍、薄傳火小隊，由於此時地勢較低，掃來的子彈乍然間不止一發兩發。

衛時臉色大變。

毫不猶豫架起獵槍擋在巫瑾身前，將突然長高了的小矮子珍而重之、抱得嚴嚴實實。

軟乎乎像一團棉花糖。

兩人挨得極近。衛時吸了一口，彷彿記憶中無數次這麼做過，表情有一瞬茫然，接著從脖頸紅到臉頰。

巫瑾腕表一側，晶片微微振動。

巫瑾遲了半秒才反應過來：「衛、衛哥！別！有鏡頭——」

竹蜻蜓一般的鏡頭從窗外緩緩飛過，巫瑾嗖的彈開，心臟劇烈跳動，也不知道攝影機拍進去多少。

衛時眼神一暗，很快將情緒隱去。他定定看向巫瑾腰側，出聲時微微顫抖，迅速恢復平穩：「你腰傷好了？」

巫瑾耳朵一軟，大佬聲線沒怎麼變，語調卻和十六歲的少年音如出一轍。

巫瑾趕緊乖巧點頭，「我其實……」

衛時伸手，探究一般摩挲對他還屬陌生的獵槍，抬頭看向轎廂頂端，眼神警惕暴戾，「誰在追殺你？」

巫瑾趕緊解釋：「沒人追殺！咱們在真人秀！」

衛時揚起下巴，「你說R碼外面有摩天輪，所以基地外面是用摩天輪在篩選改造人？」

又一顆子彈飛掠。

衛時毫不猶豫對準薄傳火反擊。男人俊朗無儔，眼神璀璨傲氣，拔槍瞄準一瞬帥得巫瑾目不轉睛，十六歲的大佬果然和十年後的大佬一樣能carry全場……

子彈啪嗒一聲，打在了摩天輪鋼筋轉軸上。

巫瑾：「……」

衛時：「……」

克洛森秀直播間，應湘湘興趣盎然：「那麼我們的衛時選手也最終選擇了加入混戰！他要首先斬殺的是……」應湘湘秒速改口：「喔，他只是跟其他選手開了個玩笑。」

摩天輪還有兩分鐘著地。

巫瑾趕緊奪槍，「你……用過這槍嗎？」

衛時冷靜表示還要練練。

巫瑾心中咯噔一聲，我的崽崽！十六歲還沒怎麼拿過槍的崽崽！然而大佬眼角微紅，表情看似冷傲實則隱隱歉疚，讓巫瑾瞬間愛心氾濫！

巫瑾使勁把不甚清醒的衛時拖出戰局。

衛時不願交出槍，視線死死防備著其他選手。

潛意識邏輯可以自補，巫瑾不知道十六歲的衛時如何銜接R碼基地那段記憶，看眼前架式，衛時似乎是在想盡辦法攔截「其他練習生」讓巫瑾逃跑。

巫瑾立刻誠懇解釋：「這是在真人秀！咱們都是練習生！打比賽賺賺代言費那種！綠色大逃殺，環保大逃殺……」

衛時握緊槍柄，再次試圖擊殺場內最有威脅力的魏衍以保護巫瑾。

巫瑾嚇了一跳：「別別別別——」

見衛時毫不放棄，巫瑾不得不開口：「抬頭，看到那面藍色彩旗了嗎？」

摩天輪轉軸旁點綴有一圈鮮豔的小彩旗，巫瑾熟練拉下槍枝保險，推彈上膛，瞄準——

少年捲起的袖子下肌肉緊繃。子彈猝然崩出，準心比衛時精確太多，直接將藍色彩旗打了個對穿！

巫瑾回頭，衛時瞳孔驟縮。

他圈養的小矮子原來已經不需要他的保護了。

巫瑾揚起小圓臉，笑咪咪：「看到了嗎，都是你手把手教我的！」

接著少年快速開口：「具體細節再說。先下摩天輪，摩天輪時間不對。我們要等的是九點四十五分的轎廂，不是一點零二分……」巫瑾瞅了眼衛時，小聲說道：「你答應過我，要一起贏下這場比賽。」

衛時低頭看一眼獵槍，又看一眼巫瑾。

巫瑾向他伸手。

頭頂是槍林彈雨硝煙，衛時覆住巫瑾的手，接觸的一瞬指尖顫抖突然消失，就像是攥住了找回的珍寶。

一個沒中槍傷的、沒有情緒鎖後遺症、活蹦亂跳的巫瑾。

巫瑾揚起唇角。

衛時貪婪看著少年。他想，這時候小矮子去哪兒，自己就跟著。

【第四章】

——大佬在買兇殺他自己！

摩天輪轎廂落地。

巫瑾拉著衛時，飛快向沒有鏡頭的角落奔去。此時腕表顯示存活數八十八，摩天輪上卻並未有選手淘汰。

衛時就跟在他身邊。大佬即使意識回溯到十六歲，生物雷達也比巫瑾要好用得多。

每當有選手路過，衛時都會條件反射換邊、持槍，把巫瑾利索擋在身後。

衛時視線不斷在周圍逡巡，走出R碼基地後，任何事物在他看來都顯得光怪陸離。

巫瑾瞇眼看向迷霧中的摩天輪，低聲琢磨：「摩天輪，文明天梯，西歐，雅典，巨石陣，凱爾特，項目時間。」

「原始文明是中世紀西歐文明的基石，其他娛樂項目一定和摩天輪存在關聯。井儀首先選擇去巨石陣，應該是為了收集摩天輪線索。所以午夜一點零二分是怎麼計算出來的時間……」

此時摩天輪上剛槍的大部隊紛紛落地。

巫瑾躲在人群外面，帶著大佬狂奔到井儀曾經出現過的巨石陣迷宮入口。

此時霧氣稍散，和凱爾特碰碰車一樣，能隱約看到不遠處順時針轉動的摩天輪，色彩斑駁搖晃的轎廂、一列列小彩旗和用於固定摩天輪的倒V字銳角支架。

巫瑾當即決定帶著大佬刷卡進入迷宮。

少年從口袋裡拿出遊樂園優惠票，突然想起大佬這會兒肯定不記得門票放哪裡。

一回頭，衛時已經走到了迷宮單項售票機旁，在搗鼓腕表裡的信用點。

實際上，連最基礎款式終端都沒有用過的十六歲衛時很難有所收穫。

衛時卻一聲不吭，沉默觀察著所謂的「逃殺秀賽場」，不願給巫瑾增添任何麻煩。

十六歲的衛時是一隻驕傲的孤狼。

巫瑾覺得再看幾眼心都化了，如果不是附近攝影機太多，恨不得立刻抓住大佬使勁啾咪。多可愛的崽崽！

巫瑾趕緊上前，試圖幫大佬翻出口袋裡的門票。

衛時猝不及防，見巫瑾對自己上下其手，面色因為不檢點的小矮子微微惱怒，耳後卻再次泛紅。

巫瑾笑咪咪給大佬找出門票，視線微微掃過單項售票機——巫瑾猛然一頓。

巨石陣迷宮單項，售票機布滿灰塵淤泥的出票口有一個淺淺的指印。

有人從這裡取過票。

最可能的是井儀。大多數選手購買通票的情況下，井儀竟是選擇買了一張單項票。然而從左泊棠的戰術習慣推斷又絲毫不意外。左泊棠比任何選手都要嚴謹，塔羅淘汰賽中也是他第一個找到了卡牌置換規律。

巫瑾手速飛快刷去信用點，同樣購買了一張單項票。

迷宮單項娛樂設施門票（一人），取票時間：晚上六點二十八分。

取票時間。

巫瑾再次抬頭看向陽光。

衛時揚起下巴，「時間錯了。」

巫瑾喃喃開口：「剛才是凌晨一點零二分，現在是傍晚六點二十八分。會不會每個項目時間線不同？」

衛時琢磨：「各不相同？我們是逃殺練習生還是數學競賽練習生？」

巫瑾哎呀一聲，立刻反應過來。

圍繞巨大的摩天輪，整個歐羅巴文化主題區至少有幾十個娛樂項目，一旦每個項目時間線獨立，所需耗費在破解邏輯上的複雜度將遠遠超出想像。

最大的可能，一整片區域共用一個時間線。

巫瑾再次預備買票，伸手前問詢大佬：「剛才咱們取票之後過了多久？」

衛時哼了一聲，生理時鐘精準無誤：「三分鐘。」

生理時鐘是每個改造人的必備生存技能，小矮子果然還是弱了點。所以說兔子基因有什麼用？衛時說完，又忍不住瞄向巫瑾。

一時看，心跳一時加速。

一直看，心跳一直加速。

巫瑾點頭，購買第二張單項票。

迷宮單項娛樂設施門票（一人），取票時間：下午五點二十二分。

巫瑾一頓。

「時間在倒退。」他猛然抬頭，看向遠處正在緩緩運轉的摩天輪。

「坐上摩天輪的時刻是凌晨一點零二分。」

巫瑾飛快梳理線索，視線緊緊鎖在緩慢轉動的摩天輪上，腦海中隱隱有某個抽象的模型一閃而過，又很快消失瀰散，口中分析道：「第一次取票是傍晚六點二十八分，第二次取票是傍晚五點二十二分，時間在倒退。」

巫瑾看著迷蒙日光下的摩天輪，衛時看著摩天輪光影下的巫瑾。

少年按住自己的脈搏，視線跟著薄霧中搖晃的轎廂起起伏伏。在高度緊張的副本環境下，巫瑾的脈搏穩定在每分鐘九十次。

摩天輪被夾角不到三十度的倒V字支架支撐，數十個轎廂將摩天輪圓邊平均等分。脈搏每搏動三十三下會有一個轎廂略過支架邊沿，也就是二十二秒。

摩天輪上共掛著六十個轎廂。

巫瑾低聲道：「摩天輪轉動一周的現實時間是二十二分鐘。」

「從摩天輪跑到巨石陣用了約十五分鐘，兩次取票間隔不到三分鐘。」

摩天輪上的時間倒退速率與現實時間流逝不成比例。

一點零二分、六點二十八分、五點二十二分。

從時刻來看無疑精確到了分鐘，但每個時間點都詭譎至極，時間是怎麼算出來的？

薄霧中，巫瑾眉頭擰起。

衛時站在少年背後，眼神始終盯著巫瑾蓬蓬鬆鬆的小捲毛，像在看一隻偽裝成人形做數學題的小動物。

見巫瑾一動不動，十六歲的衛時仗著巫瑾看不到背後，虛虛在少年後腦杓比了兩個豎起來的白兔耳朵。

半天琢磨著不大像，又對著巫瑾比劃了一下垂耳兔。

克洛森秀直播室。

鏡頭自兩人邊沿一掠而過，PD饒有興趣指揮：「推過去看看！」

直播間突然興奮。

「衛、衛神在做什麼？哈哈哈哈哈驚呆了！看到一個跟在小巫後面划水的衛神！」

「趁著小巫在推理，衛神無所事事、一本正經玩小巫的樣子好可愛謔謔哈哈！老幹部・衛時突然幼化成衛崽崽——」

「這兩個人是真的吧！我瘋了！你們是來比賽還是來約會的？」

資深克洛森粉絲哈哈大笑：「鏡頭前也不避嫌，他倆私交該多好！所以說根本不是騙流量炒CP嘛，真人應該是超級鐵杆哥們那種！」

巨石陣外。

三架攝影機氣勢洶洶奔來，巫瑾一噎回頭。

巫瑾機警：你背著我做了什麼？

衛時抬起下巴：怎麼？不能做？

眼看一架攝影機就差沒杵到兩人臉上，另外兩架攝影機對著兩人後腦杓就要往下按！巫瑾一呆，大驚失色，克洛森節目組果然為了炒CP什麼都能幹得出來！

世風日下！

巫瑾只能把巨石陣迷宮單項票塞給衛時，「快，我們進去！不用死磕提示，你說過，這場比賽指揮位有指揮位的打法，突擊位有突擊位的打法，狙擊位也有……」

兩人擠入檢票閘機。

衛時側頭：「我說的？」

巫瑾趕緊把大佬扯離鏡頭範圍，解釋：「在你還沒意識轉換的時候……」

衛時表情冷峻不定：「他說的？」

巫瑾求生欲極強：「不是！是你是你……」

面前的大佬崽崽抿起嘴唇，顯而易見炸了毛，將腦袋扭到一邊。這會兒衛時情緒沉沉，失落不平混雜在一起。他清楚知道自己能蹦出來是因為潛意識取代了二十七歲的衛時，也知道意識轉換前小矮子在和二十七歲的自己做……做那等輕浮之事！

光天化日，唇舌相接。

像什麼樣子！小矮子和自己走出R碼基地之後，果然還沒有檢點起來！

衛時掃了眼巫瑾，薄唇就差沒繃成一條直線。

十年後的自己把小矮子養得白白胖胖，幫他出謀劃策。十年前的自己卻一無所有，讓小矮子又擋鎖又擋槍。

衛時攥緊了手中的獵槍。

「喂，讓開。」大佬下達命令，大跨步擠到前面。

巫瑾吧唧一下被擠到牆上，再往前推進時，狹窄的巨石陣迷宮通路中，衛時一人一槍護在巫瑾前面，不容半分置喙。

巫瑾哎了一聲，趁著鏡頭沒巡邏過來，突然撲騰貼到大佬背後。

衛時耳根陡紅，眼神故作凶狠回頭，「會不會好好走路？」

巫瑾興奮極了，崽崽好帥氣，還會勇敢的護在前面。十六歲的大佬戳心窩子可愛！

兩人就像被按下開關，一秒回到R碼基地模式。

巫瑾沒臉沒皮追著大佬美滋滋地跑，衛時訓斥：「不許貼著！黏在一起怎麼走！」

身上貼著的一小片巫瑾乖乖應聲。

衛時：「算了……你要是非常害怕。」衛時勉強伸右手，示意小矮子自己麻溜兒牽著。

巫瑾笑咪咪捏住。

衛時倨傲回頭，在巫瑾要捏到掌心時堅決避開。掌心微微汗濕。

進入迷宮後，兩人腕表微微一亮：巨石陣迷宮，淘汰率百分之零。

巨石陣迷宮陰暗冗長。此時第一批搶到摩天輪的選手分散在各處，第二批選手還在擠摩天輪。迷宮內僅有圍巾一組。

巫瑾不費工夫找到了井儀之前開槍的彈痕，彈出的救生艙已經不見蹤影。無論如何，淘汰的不可能是井儀，甚至左泊棠提前所有人一步在迷宮中找到了線索……

迷宮盡頭出口。薄霧裡的霓虹彩燈不斷閃爍，寫了四個五彩斑斕的大字「通關成功」。指示牌下擺放了簡陋的長桌，和遊樂園中常見的通關紀念印章和藍色印泥。

「通關獎勵。」巫瑾眼前一亮。

印章手柄有人為移動的痕跡，一端緊鎖在長桌上，無法被選手帶走。巫瑾拿起印章，在迷宮門票背面輕輕一蓋。

印章圖案繁複，是一位中世紀歐洲男性肖像。肖像主人一手抱著書本，身後投下建築物的陰影，白色捲髮垂下。下書一行小字。

克利斯蒂安・惠更斯，物理學家、發明家。

巫瑾驚喜：「惠更斯！伽利略之後，牛頓之前！伽利略發現了自由落體定律，牛頓發現了蘋……力學三定律！」

衛時嗯了一聲：「惠更斯呢？」

巫瑾傻眼：「不記得，不是高考必考知識點……」

淘汰率百分之零的迷宮副本提供的線索艱難晦澀。

衛時看了眼沒什麼用的小矮子：「線索先收著，後面那個是教堂？」

巫瑾低頭，惠更斯身後的建築只能看到大致輪廓，有著標準的哥德尖頂，像是教堂或是市政廳，窗戶開在中間，尖頂往下一片模糊。

巫瑾正待細看，遠處驀地兩聲槍響響起！

槍聲默契至極。井儀。

衛時大步跨出迷宮出口，「摩天輪腳下東南方向。」

巫瑾一頓：「碰碰車。」

巫瑾迅速捲起線索收好。

之前的槍聲迅速與當前情狀串聯。摩天輪是最終需要破解的「遊樂專案」，周圍散項則為破解摩天輪提供「線索」。

迷宮門票價格低廉，能提供的線索有限。門票售價昂貴的碰碰車，所能提供的線索價值應當遠大於迷宮。

且碰碰車是PVP副本。僅僅一小隊無法開啟「碰碰車」遊戲，井儀的兩槍，甚至很有可能是為了吸引其他選手過來。

巫瑾和現在的大佬，兩個人加起來槍法都比不上井儀其中一個準。

巫瑾沉思許久，許久呼出一口氣。

必須去。賭一把。

這是個破解摩天輪的機會，而且……項目是「碰碰車」。

「我們也過去。」巫瑾開口，衝過去之前突然看了眼衛時。

衛時鎮定自若。

巫瑾給十六歲的大佬做好心理鋪墊：「我們要去打架了。」

衛時眯眼。

巫瑾鄭重看向崽崽，豪情萬丈：「我會保護好你的。」

衛時一窒，凶狠開口：「我用得著你保護？過去，不許廢話。」

巫瑾被大佬敲了一腦袋瓜兒，倏地一手捂住小捲毛，拉著大佬就向碰碰車狂奔，「沒事，不一定開槍，說不定是拚冷兵器……」

兩人第一次途經碰碰車是從遊樂場門口出發，路邊繪滿凱爾特文明圖騰、戰士、大德魯伊。此時從迷宮出口奔去，走的是另外一條岔路，矮牆上的花紋又截然不同。

巫瑾邊跑邊汲取資訊：「上面畫的是一類叫做『伊特魯里亞』的古老文明，看地圖位於凱爾特文明北邊，矮牆上繪製的是『伊特魯里亞人創造戰車』、『伊特魯里亞戰士在決鬥中殘殺』……等等，怎麼看著像古羅馬競技場……」

兩人猛然在一棟建築物前停下。

「碰碰車」遊樂設施入口。

此時濃霧散了一半，日光大亮。巫瑾終於看清「碰碰車」賽場輪廓。

和古羅馬競技場一模一樣。

檢票口指示牌畫著簡略文明兼併的地圖，下方寫著一行小字。

凱爾特、伊特魯里亞，共同築成輝煌的古羅馬競技文化。

巫瑾看向地圖，喉嚨微動：「沒有毛病。古羅馬曾經征服過伊特魯里亞和凱爾特兩個文明，吸取伊特魯里亞的戰車圖紙、競技文化，也吸取了凱爾特的德魯伊文化……」

「再用戰俘和搶來的奴隸，競技對賭。」

兩人刷通票進場。

微縮的羅馬競技場依然雄偉屹立。

偽裝成「碰碰車」的是六輛兩人高的伊特魯里亞「戰車」，通體漆黑，精緻的駿馬雕塑在前，可供一人騎乘，車身在後，可供一人棲身。

車轅旁架著零散的冷兵器，長刀、矛、盾牌、騎兵裝備。

不遠處，井儀果不其然占領了其中一輛戰車，明堯扮相類似古羅馬騎士，手中架著長刀跨騎在駿馬上，左泊棠手拿碧綠權杖，衣袖飄飄穩坐駿馬拉扯的戰車，兩人都沒有拔槍。

巫瑾緩緩呼出一口氣。賭對了。

不剛槍，他和大佬勝率能翻不止一倍。

當年R碼基地，十六歲的衛時用一根木棍就能稱王稱霸。

「碰碰車，」巫瑾抬頭看向每輛戰車頂部接到透明天花板上的導線，「全稱電網碰碰車，依靠電力驅動運作。上、下兩個電極位於天花板和地板。隨便哪邊被槍子兒崩了都會短路。」

「這裡只可能是禁槍戰場。」

衛時突然側臉專注看向巫瑾。少年語速不快，眼神光芒熠熠，像是天生就是個足智多謀的策略型戰鬥體。

巫瑾證實了推斷，笑咪咪轉頭。

不遠處，明堯熱情高漲地拿著大砍刀對巫瑾挑釁。整座羅馬競技場，從地面到透明天頂被具有電位能差的上下兩極覆蓋，四周貼滿禁槍標識。明堯饒是顯得格外囂張，電路沒啟動也一時半會兒衝不過來。

門口，第三、第四組選手推門衝入。接著是第五組、第六組秦金寶小隊。

碰碰車副本觸發人數滿足。

巫瑾飛快和大佬攀上其中一架戰車，兩人分揀了各自兵器。

戰車內橫放一根綠色權杖，旁邊寫著一行小字：凱爾特只有兩種人，戰士和德魯伊。德魯伊為戰士引領方向，戰士供奉、守護德魯伊如神靈。

權杖是德魯伊的權杖。

古羅馬競技場內，鈴聲突然響起。兩人腕表同時一亮。

伊特魯里亞・凱爾特碰碰車，淘汰率，百分之八。

距離兩人最近的戰車直直衝來！

衛時單手一撐跨坐駿馬脊背，長矛劃出裂空之聲，眉頭擰起直指迎敵。

巫瑾趕緊學著左泊棠模樣舉起德魯伊權杖。戰車跟隨巫瑾的手臂動作緩緩啟動，勁風呼呼於耳邊掠過。

衛時瞇起眼睛，低聲開口：「為我指路。」

巫瑾猛然抬起權杖，直指前方——

戰車顫動從輕微到劇烈，駿馬被機械齒輪拉動，電流在上、下電極間激烈震盪。整座兩公尺高的古羅馬戰車悍然向前傾軋而去，與一旁直直衝來的對手擦肩而過！

兩架攝影機急速飛來！

正逢兩架戰車以毫釐之差避開撞擊。

一前一後兩位騎士同時舉起長矛，當先挑釁的練習生戰意昂揚。

衛時氣勢上絲毫不落下風，他瞇著眼睛，十指交握於兵器之上，眼底寒芒蓋過隱藏極深的滯澀生疏。

衛時以巨力劈下！

克洛森秀直播間，蹲守已久的觀眾在彈幕嗷嗷大叫：「衛神啊啊啊！帥的！衛神！」

碰碰車賽場內。

巫瑾卻知道衛時此刻全憑本能在戰鬥。十六歲的衛時所受的專業訓練寥寥無幾，卻絲毫沒有藏鋒露怯的習慣，他的本能和手中那把長兵順利交匯在一起，將對手迫得微微後傾躲避。

身後。巫瑾心念電轉，壓低權杖，眉眼因擰起而莊嚴：「殺。」

戰車隨杖尖調轉，復仇一般再向挑釁者撲去。

克洛森轉播後臺，小攝影師精準捕捉到巫瑾動向，催促攝影機調轉。巫瑾、衛時同時被納入視框內，正逢衛時回頭看向巫瑾，兩人一個短暫對視交流——

手拿碧綠權杖的德魯伊是生殺予奪的神靈。

騎士毫無怨言，甘為替德魯伊衝鋒陷陣的尖刀。

觀眾：「啊啊啊啊啊搞到真的了——」

巫瑾沒有任何表情。對面再度出手，短暫交鋒爆發。少年猛然控制戰車回撤，駿馬載著兩人以詭譎角度避開。

直播間內，就連講解比賽的血鴿也是一愣，「小巫在求穩，但也太謹慎了。以衛選手的格鬥水準，在碰碰車賽道橫衝直撞也沒有任何問題……」

鏡頭中央。衛時的節奏竟然沒有被巫瑾突如其來的掉頭攪亂，這位凱爾特戰士很快轉攻為守，無條件服從德魯伊祭祀的任何命令。

身後，巫瑾頻繁的攻守變換依然讓導師琢磨不透。然而少頃攝影機就從對準兩人變為只對準巫瑾。

無他，一特寫巫瑾就有粉絲瘋狂尖叫打賞。

戰車上的少年沒有逃殺賽場慣有的「血氣」，表情冷淡好看，握住權杖右手揮斥即是攪亂戰局，和凱爾特中的「德魯伊」意向近乎完全重疊。

直播間，血鴿正看著題詞板給觀眾科普，「德魯伊是凱爾特文化中『和眾神對話的人』。

在他們存在的時代，德魯伊甚至就是神靈本身，具有絕對權威。在公元前兩千年的西歐地區，德魯伊就是祭祀、醫者、教師、法官和預言家……」

「碰碰車賽場，選手兩兩組隊，分為戰士和德魯伊。以小巫一組為例，就算巫選手操縱戰車撞牆自毀，衛選手也不能反抗。」

彈幕再次炸開。

「為你粉身碎骨」、「願以神恩浩蕩，施我無上枷鎖」、「我為黎明而戰，而黎明即是你」之類亂七八糟的CP打CALL嘩啦啦飛過。

應湘湘卻在仔細看著巫瑾。

用來直拍圍巾的攝影機此時基本鎖死在巫瑾旁邊，只偶爾對準衛時。讓應湘湘直覺發現異常的是，包括觀眾在內，似乎所有人都沒有意識到鏡頭比例嚴重失衡。

「他在搶鏡，」趁著關掉麥克風的間隙，應湘湘喃喃對血鴿開口：「小巫是刻意在搶鏡，搶衛選手的鏡頭，但是，為什麼？」

克洛森第六輪淘汰賽賽場。

巫瑾依然穩穩抓著權杖，掌心卻汗濕黏膩。他穩定保持著和鏡頭的交互，表情管理控制到最細微，就怕鏡頭轉向大佬——

無他。大佬就開場帥了那麼一下！然後肢體不協調的弱勢嚴重突現。

二十七歲的身量、體重、骨骼密度和肌肉量都與十六歲截然不同。衛時對於長矛的控制忽高忽低。如果說衛時是一杆精準優雅的光子束流的槍，現在殺傷能力還在，所有參數卻全部紊亂，巫瑾必須給他足夠的校槍時間。

整個碰碰車賽場內，此時選手正在各個角落三兩廝殺。好在近戰最強的秦金寶、配合默契的井儀都不在自己戰圈之內。

他們的對手，是一C一B兩位練習生。

巫瑾再一次控制戰車向對面衝去。

衛時蓄力一擊，正撞上對方的長斧，空氣中近乎迸出火星。這一次衛時的手臂比上一次又要穩上許多，但還不夠。

巫瑾趕緊控制戰車逃竄，駿馬馬背上，衛時脊背筆挺如利劍，正低頭微調戰姿。

再一次衝撞。

衛時長矛探去，差點把馬背上的練習生砸翻，力度稍差一線。

巫瑾微微瞇眼，校槍完成百分之八十五。

再衝。

衛時力摜雙臂，狠戾把長矛向對面重擲——校槍完成百分之百。

那位C級練習生猝然跌下馬背，戰圈內勝負決出！

不遠處，井儀、卓瑪早已斬下敵人，頻頻往巫瑾方向看來，像是沉思實力排名第一的「圍巾組」為何花費這麼長時間。

巫瑾卻只緊緊盯著衛時。

駿馬上的大佬倨傲回頭，對著巫瑾揚起下巴，劍鋒砥礪光芒畢露。

巫瑾咧嘴，伸手就要和他擊掌。

衛時用眼神表示不悅，只是擊掌？

巫瑾秒速和大佬腦電波接洽，只能趁著鏡頭不注意，急忙表示出去再結算，獎勵出去再結算！總不能當著鏡頭的面啾咪……

衛時回頭，耳後微紅，很快就回復鎮定。自己只是讓小矮子湊過來抱一下，小矮子果然滿腦子都是那等靡靡之事！

競技場鈴聲再響。

入場時選手分為三組兩兩對戰，此時賽圈決戰完畢，競技場中央陡然升起決鬥臺！

井儀、卓瑪、圍巾的戰車同時被控進入決鬥圈。

大佬的長矛已經擲出，巫瑾趕緊撿了把長劍扔給衛時。還沒等巫瑾摸清決鬥圈大小，權杖上的小字再次變幻：德魯伊是祭祀、醫者和法官。

巫瑾茫然：「什麼……」

決賽圈內，第二輪碰碰車已是再次開啟。巫瑾只倉促看到，原本被自己淘汰的對手正在決賽圈外等待，那廂明堯已經激情撞來。

明堯果然想撞自己已經很久了！

十六歲的大佬能不能打得過明堯還是個未知數，巫瑾調轉權杖，用戰車一側接下井儀的撞擊，接著秦金寶衝來，連環三撞。

碰碰車轟然巨震！巫瑾不得不抓住戰車邊沿，再低頭時愕然睜大了眼。

戰車一側邊角脫落，明顯很不經撞。再抬頭看去，井儀、卓瑪的戰車也有不同程度破損。

正在此時，競技場上空驀然投下一道白色光束，聚攏在石板地上，能隱約看見光束投影中的紅色十字。

巫瑾一頓：「德魯伊是醫者……」

左泊棠與巫瑾幾乎同時反應過來，手速卻較巫瑾更快。井儀的戰車很快衝向白色光束，與紅色十字重合——井儀的戰車破損迅速被記憶金屬修補，完好如初。

巫瑾、秦金寶同時反應過來——光束竟然是buff（增益狀態）。

兩組沒搶到buff的選手瞬間同仇敵愾。兩架戰車同時向井儀衝去，衛時長劍直指明堯，第二道光束卻再次降落，光束內是兩條交叉的黑色鎖鏈。

巫瑾喃喃開口：「鎖鏈……刑具，執法權，德魯伊是法官！」

巫瑾：「坐穩！」

衛時默契持劍，三架戰車競速飛奔，經過秦金寶時，衛時突然劍鋒如電傾身刺向卓瑪的德魯伊。

秦金寶的隊友：「啊！」

巫瑾倉促掃了一眼，大佬真實身長腿長，在馬背砍殺中有絕對體魄優勢，繼而操縱戰車精準和鎖鏈光束重疊。

碧綠權杖變黑，與鎖鏈同色。巫瑾閃速將權杖指向井儀。

咔嚓兩聲，井儀戰車被莫名從石縫裡躥出的黑色鎖鏈禁錮！然而還沒等巫瑾鬆一口氣，第三束光降下！

白光，投影圖案為權杖。

祭祀增益。

秦金寶終於搶巫瑾一步踩上，競技場中央緩緩升起祭壇。在卓瑪興奮衝上祭壇之前，巫瑾徑直把權杖插到腰間，低頭直接撿起一柄長矛，帶著大佬一併向秦金寶衝去。

秦金寶的隊友：「臥槽！」

兩人揣測過衛時會剛，沒想到巫瑾卸了權杖也這麼剛。殊不知巫瑾此時護崽心切，生怕秦金寶眼光毒辣發現大佬不對！

圍巾、井儀的戰車終於相撞。

巫瑾一矛當先，衛時卻蠻橫擋在巫瑾前面。

秦金寶被打了個猝不及防，戰局一時混亂。沒有任何人注意到井儀雙C早已偷偷爬下被鎖鏈禁錮的戰車，明堯拉著左泊棠快樂跑向祭壇——

腕表滴的一聲：「伊特魯里亞·凱爾特碰碰車。選手明堯、左泊棠通關。該副本為競速對戰副本，淘汰率百分之八，請未通關的選手努力。」

巫瑾一頓，與秦金寶互相看著乾瞪眼。

衛時掃了眼巫瑾，又掃了眼秦金寶。氣壓越來越低，接著突然揪住巫瑾衣領，把人轉了個向。衛時冷靜擼起袖子，再次一劍向秦金寶劈去，戰局再開！

六分鐘後。狀態完美的卓瑪選手以名次第二通關碰碰車，兩人爬上祭壇，在長桌前蓋章拿取線索。

下一分鐘。衛時領著被打懵了的巫瑾出門。身後，敗者三組接替進入決賽戰圈。

衛時神色冷漠。

巫瑾對著自己啪嗒蓋了個章，表示：「真沒辦法！三輛戰車，什麼都有可能發生，就像是呃，三體問題的變種，所有人狀態都是不可預測的……沒事，咱們下一輪……」

衛時捏緊拳頭，「等著。」

巫瑾：「欸！」

衛時比劃：「下次看到他們，我要揍回來。」

「……」巫瑾愛憐地看了眼R碼基地一霸·衛時。

走出碰碰車賽場，存活依然在八十五人。然而第六輪淘汰賽是競速副本，存活人數並不作為考量標準。巫瑾猜測，娛樂項目中的「淘汰率」是減少選手存活人數的關鍵。

換而言之，獲取線索，必須付出一定代價。

兩人在矮牆下隱祕躲藏。

巫瑾看向右手手腕。腕表顯示競速總名次，此時已是有兩組完成了「一項行程」，其餘組皆為「零項行程」。

腕表下方，巫瑾手腕上的藍色印記，正是在碰碰車通關時蓋下的線索印章。

「井儀已經在九點四十五分坐上摩天輪。」巫瑾低聲道。

碰碰車所提供的線索，必然比迷宮重要。

兩人同時低頭，腦袋挨著腦袋。

衛時一僵，最終還是故作無事抵在了小捲毛上。

巫瑾的全部注意力已經被印章圖案吸引。

巨石陣迷宮中的印章，是發明家惠更斯和他身後的尖頂建築。而碰碰車所給的印章似乎能和上一戳連起，印章圖案正是對著惠更斯身後的建築物。

巫瑾這才發現，惠更斯背後的是一座鐘樓。

「鐘……對，惠更斯發明了擺鐘！」巫瑾猛然想到，腦海中所有線索飛快連接在一起。

惠更斯，鐘樓，鐘，一點零二分，以及……

衛時把手中的迷宮門票遞給巫瑾。五點二十二分。

巫瑾自己手中那張，六點二十八分。

巫瑾突然抬頭看向摩天輪。倒V字支架支撐的摩天輪緩慢順時針旋轉，六十個轎廂在風中搖搖晃晃。

「……六十個轎廂。」巫瑾突然站起，腦海中迷蒙不清的思路終於彙聚成猜測：「摩天輪就是鐘！但時間為什麼會倒退，還有九點四十五分……」

衛時捏起巫瑾的小爪爪，示意他自己去看印章上的圖案。

惠更斯背後的鐘樓上，指標顯示正是九點四十五分。

巫瑾：「嗯？」

衛時看了眼鐘面，站到巫瑾左前方，又看了眼摩天輪，嗯了一聲：「一樣。」繼而補充：「指針一樣。」

巫瑾猛然張大了嘴。

他呆呆看向薄霧中的摩天輪，倒V字支架自摩天輪軸心延伸，夾角不足三十度，在二十三至二十四度之間。

再看一眼印章上的「九點四十五分」鐘面。

時針、分針夾角二十四度。

從大佬的方向看去，表盤幾乎能和摩天輪重合。

巫瑾驟然呼吸急促開口：「摩天輪的倒V支架是指針，摩天輪是表盤！」

「指針不動，表盤順時針旋轉，所以時間是在倒流……」

少年低頭看向門票上的時間。

五點二十二分，時針、分針夾角二十四度。時針在前。

六點二十八分，指針夾角二十四度，時針在前。

一點零二分同樣。

所有時刻都是與九點四十五分具有相同的指標夾角的「合理時間」。十二個小時中，時針、分針只有十一次會形成二十四度夾角。當摩天輪的指標無法形成下一個「合理時間」前，摩天輪將停留在上一個時間段……

巫瑾輕微一震，豁然開朗。

巫瑾盯著摩天輪，衛時盯著巫瑾。

見巫瑾魔怔進去了，衛時伸手碰了下巫瑾在意識世界裡被一槍打穿的腰子。少年肌肉緊實的腰線勁瘦好看，捏一下，巫瑾就無意識抖一下，像撥一下動一下的玩具兔。

巫瑾終於開口：「現在……距離『摩天輪的六點二十八分』過去四十四分鐘。摩天輪周轉一圈二十二分鐘，再過十五分鐘多一點，就會迎來下一個九點四十五分。」

少年美滋滋看向衛時。

專心摸巫的衛時一頓，立刻擺出倨傲架式。

巫瑾湊過去，「走啦，走啦！去摩天輪頂上……嘿嘿！」

一刻鐘後，衛時被兩眼放光的巫瑾興奮拖進摩天輪。

兩人緩緩上升。甜美的廣播提醒「歡迎乘坐圖瓦拉遊樂場摩天輪，當前時間九點四十五分」，接著腕表滴滴兩聲，顯示「摩天輪遊樂專案」已按時完成。

摩天輪下，凱撒、紅毛翹首以待，見到巫瑾、衛時進去，兩眼放光，「記住了！下一批咱們就蹭這個轎廂！」

巫瑾感慨。凱撒哥果不其然又在等著抄答案，碰巧還能抄對！六十個轎廂，每個轎廂經過摩天輪支架時對應的時刻不變。

自己這一輪能完成任務。凱撒下一輪也能完成任務。

不過現在有更重要的事情去做。

轎廂內。巫瑾探測完沒有鏡頭存在，高高興興呼出一口氣。

摩天輪上升二十公尺。

巫瑾笑咪咪坐到大佬一側。

摩天輪上升四十公尺。

巫瑾往崽崽身邊蹭了蹭，十六歲的大佬散發鬆軟的陽光乾草堅果氣息！

摩天輪上升六十公尺。

衛時被巫瑾盯得毛骨悚然，臉頰發紅，忍不住把小矮子往牆角一壓，「看什麼看！」

巫瑾抬起小圓臉，在衛時臉頰輕輕一碰。

衛時猝不及防，瞬間如同觸電，心跳飆到不知道哪裡去，固有的表情上一瞬空白。冷不丁巫瑾又從牆角冒出來，徑直往自己身上撲。

衛時內心一驚：得寸進尺，小矮子不就是仗著自己喜歡他……

巫瑾直接撞了個滿懷。空氣帶著淡淡的香甜氣息，霧嵐將小小的轎廂與窗外隔離。就像是許願的一切成真。

衛時手臂一僵，把巫瑾緩慢地、小心翼翼地圈進懷裡。

抱得鬆鬆軟軟，生怕一不小心把巫瑾吧唧擠破了，一切成夢幻泡影。

衛時心想，既然這裡是逃殺賽場。等自己學會槍法了，就替小矮子把摩天輪這片打下來，以後天天都來坐摩天輪！

摩天輪上升到最高點。

滿腦子都是崽崽崽崽的巫瑾，靠近滿腦子搞山頭主義、摩天輪霸權獨裁的衛時。

兩人越挨越近。

滿腦子衛時衛時的巫瑾，吻上滿腦子巫瑾巫瑾的衛時。

衛時一頓。

少年之間的吻青澀輕淺，溫暖微甜。

衛時手腳都不知道往哪裡放，他雙眼直直看向巫瑾，甚至有些發紅。他試探著想要加深這個吻，又不知所措。

巫瑾和他挨得更近。

心跳相融。

衛時猛然按住巫瑾，骨子裡的掠奪欲迸發，凶殘地在巫瑾唇齒之間胡亂舔舐。巫瑾熱切回應。狹小的空間被灼熱的氣息攪動，巫瑾很快呼吸急促，被迫奪取主動權。

霧靄迷蒙。一吻驟分。

巫瑾迷茫抬頭。

大佬神色危險，少年氣息盡褪，眉眼鋒利如刀，居高臨下把巫瑾攏在自己的陰影裡。

巫瑾恍然！這是潛意識又給按進去了，大佬本我回歸……

衛時不悅開口：「你剛才在和誰接吻？」

小小的摩天輪轎廂在醞釀大大的風暴。

巫瑾瞬間噎住：「和你、你啊……」

衛時眼神一暗。男人深邃的五官在陽光下陰影分明得駭人，眉目卻像浸了冰霜。

衛時勾起一個恐嚇小白兔似的笑容，接著猛然把巫瑾壓在觀景玻璃上。

巫瑾：「嗷嗷嗷！」

衛時面無表情，尖利的齒啃咬在巫瑾的頸側，和曾經消失的咬印精準重合。空氣凝滯灼熱，有那麼一瞬，巫瑾甚至有一種要被自然界成熟雄性動物標記的錯覺。

巫瑾被叼住了要害，驚得一動不動，「別別咬……」

衛時粗糙的手掌牢牢桎梏在巫瑾肩膀，改造人硬度可觀的牙齒沿著少年皎白柔軟的皮膚恨恨摩挲，「記住，你已經成婚了。」

巫瑾：「你們倆不是一個人？」我和你領證，親一口怎麼了！

衛時沉沉抬眼。

巫瑾一個瑟縮。男人視線方向正對著摩天輪上方的炎炎烈日，強光下瞳孔收縮，眼皮子微抬，下三白顯露。二十七歲的衛時無理取鬧起來也是一大隻凶獸。

這隻大凶獸還直接把獵槍塞到巫瑾手中，替巫瑾打開槍枝保險，槍口牢牢對準自己胸膛。

衛時冷冷開口：「他要是敢對你動手動腳，就這樣，一槍崩了他……」

巫瑾：哪個他？十六歲的崽崽嗎？

下一秒，帶著槍繭的粗糙手指蠻橫擠入扳機。

巫瑾槍口還對著大佬溫熱心口，嚇得哇嗚亂叫：「走火！別別，小心走火！」

就著這個姿勢，具有強掠奪意味的吻凶殘壓來，二十七歲衛時把十六歲的吻霸道覆蓋。

摩天輪即將落地。

衛時拉上槍枝保險，將巫瑾亂七八糟的小捲毛按照記憶中的比賽定妝揉順，記不得的地方就隨便亂揉。

巫瑾還一愣一愣。這特麼是什麼神展開？大佬二十七歲和十六歲難道還不一樣？自己醋自己是什麼腦回路？

對面，衛時繼續審訊：「喜歡他？」

巫瑾下意識脫口而出：「喜歡……喜歡你！」

衛時眯眼——知慕少艾，人之常情。

巫瑾求生欲極強：「……我這不是愛屋及烏，化小愛為大愛……」

許久，衛時輕點了下頭。

男人用偷藏於腕表的晶片給紅毛發訊，巫瑾瞅了眼，又是一呆。

——大佬在買兇殺人。不對，買兇殺他自己！大佬竟然在吩咐紅毛狙擊他自己！

紅毛比賽不帶腦子，以為是要做襯托大佬英明神武的「托兒」，高高興興滿口應下。

巫瑾腦子咯噔一聲。

看樣子，估計大佬維持現狀也維持不了多久。

二十七歲的衛時來十個紅毛也打不中，十六歲的衛時卻是賽場裡的動態崽崽靶子。大佬這招妥妥兒就是想把十六歲潛意識的命門牢牢捏在手裡。

摩天輪著地。凱撒紅毛呼啦啦撲上，兩張紅潤的臉龐散發光芒，洋溢著「抄小巫作業」的幸福。

擦身而過時，紅毛隱晦向大佬點了個頭，表示「包在他身上」。

巫瑾：要完！

腦海一瞬間紛紛揚揚都是八點檔狗血劇情。自己和小衛時在賽場內變成一對亡命鴛鴦！為了保住情夫，自己只能委身與大衛時，大衛時心狠手辣，小衛時心有不甘，大結局時刻，大衛時和小衛時只有一個人能活著，最終戰結束，從廢墟中走出來的，竟然是……

衛時：「站著不走，傻了？」

那廂，紅毛凱撒剛爬上轎廂。

摩天輪下，薄傳火正眉飛色舞跟魏衍解釋：「這兩個傻子！坐同一個轎廂就能通關？他們當這是幼稚園益智題？摩天輪時間都不是勻速倒退的……」

薄傳火一頓。

所有人腕表螢幕上，競速排名再變，摩天輪通關小隊數量，已經從三跳到四。

凱撒、毛秋葵小隊任務完成。薄傳火嘴巴張大，幾乎能塞進去一個雞蛋，許久才想起來表情管理：「臥槽！」

和巫瑾、凱撒乘坐相同的摩天輪轎廂真能通關！

霎時間，無數選手一窩蜂向摩天輪湧來。魏衍反應最快，一人一槍擋在了檢票閘機前，伸手迅速把薄傳火拉入項目等候區內。

頭頂，克洛森雙傻揚聲歌唱，浪得不行，就差沒在摩天輪蕩起雙槳。

數不清的人流迎面奔來——衛時伸手，表情冷峻護住巫瑾。

一眾選手被衛神氣勢所攝，趕緊往旁邊躥去。離開摩天輪前，巫瑾最後往回看。

摩天輪像是緩緩旋轉的鐘面。兩個從圓心延伸出的支架就是在地面固定不動的指標，左邊是時針，右邊是分針。六十個色彩不一的轎廂對應六十盞時鐘刻度。

當表面刻度與指標的位置旋轉到九點四十五分，這一刻坐上摩天輪的選手通關。

巫瑾收回視線。背後，巨石陣、古希臘、古羅馬、凱爾特、伊特魯里亞匯合成蜿蜒向上的西歐文明洪流，最終在摩天輪處彙集。

惠更斯發明的擺鐘是歷史上第一個「航海鐘」。自此起始，精準機械鐘正式被用於航海定位、機械檢定。從無數道海上航線起始，西歐文明正式開始騰飛。

摩天輪所代表的「擺鐘」是整個歐洲文明的命運之鐘。

身旁，大佬低頭看向行程單：「下一項，十一點十九分，激流勇進。」

巫瑾哎了一聲，啪嗒啪嗒跟在大佬身後。

正常的二十七歲大佬簡直就是「逃殺秀」帶飛機器！自古以來，但凡兩個人旅遊，一定有人負責規劃全部行程，另一個專心負責當傻子。

巫瑾高高興興跟在大佬身後，大腦慢慢、慢慢放空。

這麼一空還真有點想吃手抓餅。再發散開來，十六歲的小衛時肯定還沒吃過……

巫瑾身旁，攝影機死角，衛時突然一頓。

巫瑾緊張：「怎麼了？」

衛時的緩緩閉眼，再睜眼時表情已經有哪裡不一樣，空茫茫看向巫瑾。

巫瑾一愣，十六歲的大佬回來了！

巫瑾：「崽崽——」

衛時表情收斂，漠然低頭，視線不悅：「你剛才在叫誰？」

巫瑾風中凌亂！還有詐著試探自己的？情緒鎖過了四個療程就能發掘新情緒，所以都用在這會兒了？

衛時：「嗯？」

巫瑾求生欲再次爆發，傻笑著企圖蒙混過關：「叫、叫你！這不是飯圈稱謂嗎？我就隨便叫叫，嘿嘿……」

衛時面無表情看了巫瑾幾秒。撈起人，繼續向迷霧進發。

克洛森秀直播間。

比賽過去兩個小時，鏡頭再次切回到排名板。其中，井儀以首先通關「摩天輪」位列第一，蔚藍人民娛樂的練習生拉斐爾以通關海盜船位列第二，巫瑾、衛時位列第三，往後是剛下了摩天輪的凱撒、紅毛，和正在乘坐摩天輪的魏薄。

「第六名……」應湘湘看了下監控，「卓瑪搶到了下一輪次摩天輪的等待席，而佐伊、文麟這一組很有可能破解雲霄飛車，文麟是一位很有潛力的輔助指揮位。第六名會在卓瑪和白月光之間產生。」

血鴿點頭。螢幕中央，遊樂園地圖緩緩向觀眾展開。其中最顯眼的莫過於摩天輪、雲霄飛車、海盜船、跳樓機等等。每樣設施都因為噴繪、塑形而顯得風格迥異。

這其中，高聳的跳樓機乾脆斜插在了山坡上，像一根歪了的筷子。不過，選手們的進度都還圍繞在遊樂園門口一帶。

鏡頭切給目前排名前三的小隊。

「井儀，」血鴿看向進入激流勇進園區的兩人稱讚：「沒問題，穩得很。」左泊棠被視為井儀老C位的繼承者，而沒有明堯的左泊棠不能稱之為真正的「核心C」。

「拉斐爾。」應湘湘掃了眼監控中的這位蔚藍人民娛樂練習生，同樣也在往激流勇進進發。拉斐爾一直名次卡前十，首輪定級就在A，鏡頭量卻並不突出，性格尤其自閉。按照克洛森秀的慣例，只可能是蔚藍人民娛樂充錢充少了。

像巫瑾、佐伊、左泊棠、薄傳火，都屬於經紀公司「重點關照」的對象，魏衍、衛時秒天秒地，鏡頭不得不給。

至於明堯——家財萬貫，經常被粉絲在星博@，讓他自己記得花錢打投。

「拉斐爾一直是很有潛力的選手。」應湘湘說道。似乎是意料之中，彈幕有粉絲詢問，拉斐爾和上一輪的白玫瑰薇拉是不是在同一家經紀公司，為何不一起組隊云云。

應湘湘感慨。蔚藍人民娛樂戰隊目前只空出一個名額。薇拉、拉斐爾之間只能有一人成為正選，另一人進入預備役，競爭激烈嚴苛。而且蔚藍一向實行高壓隊內文化——上輪淘汰賽，薇拉和拉斐爾壓根就沒說過幾句話。

「拉斐爾和薇拉是朋友，」應湘湘想了想：「練習生階段，需要嘗試更多的可能。他們以後總能成為隊友。」

鏡頭最後切給衛時，再移到巫瑾，彈幕突然活潑。

「哈哈哈哈哈小巫怎麼頭髮亂了？哈哈哈哈造型不要了嗎——」

應湘湘敏銳看向衛時。

血鴿想了想，恍然大悟地說：「戰術需要吧。要不然大老遠看個髮型就知道是巫選手，那不成靶子了。」

應湘湘：「……」

克洛森秀賽場。

薄霧仍在不斷散去，可見度明顯提高。

巫瑾吸了吸鼻子，疑惑道：「激流勇進真在這裡？咱們不是來找水嗎？一路走來土地看著都沙化了。」

指示牌卻堅定指向這邊。

行路中，巫瑾突然一頓，遠處透過薄霧傳來嘩嘩水聲。

激流勇進，水上娛樂設施。遊客乘坐特定船隻，在水道內快速升降，濺起大片水花。

「那裡……」巫瑾撒腿狂奔。

一路風景變換，土質從摩天輪區域的針葉林紅土變為完全沙化的白色乾土，甚至沙漠土。等視野中有建築物出現，巫瑾猛然抬頭。

茫茫沙土之間，幾座神廟莊嚴排布，越往南方神廟越是恢弘，石柱上、牆壁之上雕刻著至今幾乎無人能看懂的「聖書體」象形文字。而在所有神廟背後——巫瑾終於看到了激流勇進的項目設施。

巨大的金字塔約六十公尺高，磚牆做舊成歲月斑駁，頂端剝落約十公尺，被額外塑造出了獅身人面像，巨口正吐出奔騰的水練，往下是用於給船隻俯衝的水道。

激流勇進，應當是一半在金字塔內漂流，一半在金字塔外。

「古埃及。」衛時言簡意賅。

古埃及文明主題區。

巫瑾恍然：「激流勇進，古埃及。」荒漠和水本該絕緣，人力卻將兩者扭合在一起。

「古埃及是水力專制帝國，」巫瑾興奮解釋：「水是稀缺資源。法老通過控制水源來穩固統治。」

放眼望去，似乎神廟也呈金字塔排布，最外四座小神廟，往裡有三座，接著是兩座大神廟，盡頭才是金字塔。沒有直通激流勇進的捷徑。

「走吧。」衛時揣著巫瑾往裡面走。

只有從神廟一路走到最裡，才能發掘出「古埃及」的時間。

「井儀應該已經過來了。」巫瑾提醒，然後拍了拍身邊衛時的大腿，做了個扔精靈球的動作——去吧，皮卡衛！

衛時揪了個監控死角，在巫瑾腦袋上又薅了一把。

巫瑾哇嗚亂叫整理髮型。

通往金字塔的起點有四座神廟，只有一座傳來機械運轉，毫無疑問就是井儀。

很快機械聲停轉，井儀通關第一個小關卡。

這廂，巫瑾隨機挑了另一座小神廟。

神廟內以中軸線對稱，高度不足六公尺，內室巨通風，光線溫暖敞亮。門口石柱刻畫數不清的聖書體文字和壁畫。

巫瑾仔細閱讀壁畫內容：「……是文書祭祀的神廟，祭祀在裡面抄寫法典、醫術……文書祭祀跪在所有祭祀的最末，地位估計應該是最低……這是什麼娛樂項目？」

衛時買了兩張單項票：「弓箭樂園。」

巫瑾點頭，估計和遊樂園裡的氣槍射氣球一個道理。兩人檢票進門，衛時嫻熟上手弓箭。

巫瑾眼睛一亮。

大佬背起弓也是最帥的精靈王！

衛時揚眉。

靶位是牆壁上的一排草人，頭上頂著各不相同的象形文字。規則極其簡單，衛時站在二十步開外，根據亮起的聖書體文字提醒快速出箭，很快完成大半。

巫瑾估摸著，要是只有自己，估計得射大半個小時。

這類冷門冷兵器的訓練也必須早點提上日程！

趁著給大佬送箭的工夫，巫瑾卡了個監控死角，對背著弓的大佬磨磨蹭蹭，上下其手。

大佬毫無抗議，所以說領證果然有用！

衛時掃了眼巫瑾，突然從口袋掏出偷渡進比賽的試紙，往巫瑾身上一貼，然後表情不變揭下。很快試紙被巫瑾搶走，往衛時身上又一貼。

深紫發黑，變色。

「還有六個靶位結束……」巫瑾話說一半，突然停頓，側身看向神廟入口。

衛時裝完箭，站到靶位前。

入口處，兩人快樂交談眉飛色舞。

凱撒：「哇，那麼大一金字塔！三個面不會都能進去吧！」

紅毛機智糾正：「金字塔四個面，底下還有一個面！」

凱撒一拍腦門，「啊對！」

巫瑾：「……」金字塔不是方錐形，五個面嗎？

衛時毫不關注，最後六個靶位連射狙中，放下弓準備走人。揣上巫瑾的前一秒——神廟出口，驀然兩聲槍響炸開！

還抱著兩柄獵槍的巫瑾一頓。

衛時搶先一步反應過來，面無表情半抱著巫瑾躲避。男人手速如電撿起剛放下的弓箭，搭箭開弓勾弦，槍繭粗糲的虎口握住弓把，另一隻手深推對位——離弦之箭破空呼哨而去！

巫瑾：「是井儀！」

出口處一陣倉促腳步，顯然就連左泊棠都沒料想到衛時能把弓箭用出鳥槍效果。身後，聽到聲響的紅毛一腦袋探進來，大喜架槍。

凱撒：「臥槽，這麼快就要開始打小巫了！別吧，咱倆剛搞了摩天輪答案……」

紅毛糾正：「打衛哥，給他一個在小巫面前表現的機會。」

神廟內。

巫瑾就差沒給大佬熱烈鼓掌了，剛才那一箭帥慘，巫瑾抬頭——瞬間一頓，打了個激靈。

巫瑾：「衛……衛哥？你你……」

衛時眉頭驀然蹙起，眼神逐漸空茫，像是要被不可抗力取代……

巫瑾抓狂：「別！別現在！崽崽你別出來啊崽崽！」

時間像是以細微細微性放慢。先是大佬的羽箭破空飛掠，在半空中劃出金屬寒芒，把左泊棠直直逼退。接著身後子彈急速擦來，熱浪奔湧……

衛時動作一頓。男人緊鎖的眉宇緩緩展開，眉梢習慣性上揚，瞳孔中的厲色被少年特有的銳氣取代，按住長弓的虎口緩慢卸力，表情迷茫，彷彿從霸道的成年鷹隼變成了剛剛被趕出家門的雛鷹。

衛時緩慢低頭，正對上巫瑾驚恐睜到溜圓的雙眼。

少年顫抖張嘴，十六歲小衛時冷哼：「誰欺負你了？」

巫瑾：「槍——槍槍槍槍槍槍——」

子彈擦著衛時面頰飛馳而來！

巫瑾倒吸一口冷氣！腦海中風馳電掣心念斗轉，靈魂脫出軀殼，恍惚中兩個戰鬥動作把十六歲的衛崽推到安全區內，然後搶了紅毛的獵槍英雄救美，護著崽崽大殺四方……

實際上。井儀、紅毛三顆子彈同時襲來，巫瑾哇嗚亂叫把大佬推倒在地滾作一團。

克洛森直播間。

血鴿欣慰看向巫瑾，「衛選手放水了，為了讓巫選手大膽表現。小巫這六個月沒白學，反應能力比過去強得多。就是吧，這個戰術動作……」

應湘湘表示：「哪有什麼戰術動作，我家養的兩隻貓，平時撲來撲去就這個姿勢。」

克洛森淘汰賽賽場，古埃及文明主題區域，文書祭祀神廟。

左泊棠放了兩槍擾亂巫瑾節奏，在明堯的狙擊掩護下毫不戀戰：「走！」兩人一側，尋常至極的羽箭沒入堅硬土塊之內，衛時的臂力讓人毛骨悚然。

身後腳步倉促，顯然有其他組也在向神廟逼近。

明堯還在瞅差點沒被衝擊力折斷的箭尾，突然聽隊長開口。

左泊棠揣度：「他們為什麼不反殺？」

明堯沒反應過來：「什麼？」

左泊棠微微闔眼，狙擊手精準的聽覺穿過神廟石壁，那廂巫瑾就差沒被狙得滿地亂竄了。

左泊棠聽了幾秒，「衛時不對勁。」

明堯：「要不隊長我們殺回去？」

左泊棠搖頭，「留著，以後有用。」

神廟內。

衛時猝不及防被巫瑾撞倒，顫顫巍巍的小捲毛蹭了他一臉。胸腔吸入大口大口的兔子氣，含巫量極度超標，不遠處再次響起子彈上膛聲響。

衛時眉目陡肅，一把把巫瑾塞入掩體，視線銳利如蒼鷹狠狠刺向遠處的紅毛。

衛時厲聲開口：「毛冬青？」

巫瑾抓住崽崽就往外面扯，「跑跑跑……不是，是他弟秋葵……具體哪種蔬菜不重要……」

兩人拉拉扯扯逃離神廟，衛時始終攥緊先前那張用於狙擊左泊棠的長弓，臨走時巫瑾連忙把通關印章往自己手臂上一蓋。

文書祭祀神廟入口，紅毛對上衛哥視線一呆。

凱撒：「咋地？」

紅毛匪夷所思：「衛哥凶我！」

凱撒熱心替隊友分析：「你都拿槍崩他了，他能不凶你？」

文書祭祀神廟後方。巫瑾剛來得及喘口氣，眼前三座更為恢弘的建築物並立，遠處金字塔附近傳來的水聲更加清晰。

巫瑾瞅了眼大佬，衛時持弓的手法比拿槍要嫻熟太多。

R碼基地內的十六歲衛時不被允許觸碰熱武器，冷兵器卻樣樣精通。小小衛那雙直接分明的手在古埃及的青銅長弓上摩挲，虎口在弓把附近反覆調整。

巫瑾圖像記憶能力超群，翻找記憶，按照二十七歲大佬的射姿微調十六歲大佬……

衛時一聲冷哼，臉色微沉：「和他學的？」

巫瑾足足兩秒才反應過來，小衛指的是此時意識浮沉的大衛，所以這兩個潛意識到底有完沒完？

衛時嫻熟撚起弓弦，劍眉肅殺擰起，又平緩展開，如同霜落鷹羽又振雪而飛。

巫瑾看了個呆。

衛時：「等著。等我能保護你了，就把他取而代之。」

巫瑾：「……」你是間歇性失憶又不是精神分裂，潛意識還帶奪權篡位的？

潛意識是主意識的另一種形態，也就是「夢中的自己」，從記憶線來看小衛是大衛中二的過去，物質產生方式來看小衛是大衛的「衍生品」。介於自己和大衛已經領證暫未公開，小衛論情理應該叫自己小媽，等等，怎麼有哪裡不對……

衛時突然低頭開口：「他有沒對你做什麼？」

巫瑾一個激靈：「沒！這不一直打比賽呢！」

大佬果然無論哪種形態都不大正常，照這種情況，自己絕對要把大衛的行徑瞞得死死的！

衛時嗯了一聲，警告開口：「男孩子要注意保護自己。」

接著拿上弓箭，回頭冷冷看了眼毛秋葵消失的方向，「走，繼續。」

第二座神廟安靜冷清。只偶爾有水滴落在石板聲響，巫瑾抬頭看去，蓄水池在石柱的最頂端，薄霧中的陽光夾著水汽透入，光影斑駁不真。

衛時就走在身側。

巫瑾低頭看向手腕，「上一座神廟的通關線索，文書祭祀在向器皿中倒水，看不出和時間有什麼關聯……」巫瑾斜眼瞅了下衛崽崽，崽崽抿著唇，一言不發，攥住長弓的指節因為用力而泛白，十六歲的衛時有著同樣如少年的驕傲。

看情形，衛時八成已經知道紅毛是在點狙他一個。石板地上大衛射出的羽箭還耀武揚威插著，背後的獵槍也準頭存疑，這會兒的衛崽崽讓巫瑾摸不清情緒。

攝影機布置在神廟周遭，巫瑾只能先行通關再給小衛做心理疏導。

很快巫瑾被神廟牆壁上的壁畫吸引。

「這是……舞樂祭祀的神廟？」巫瑾恍然：「圖案裡都是女祭司，看跪拜順序，古埃及女祭司的地位又在文書祭祀之上。神廟從外至裡，祭祀權勢依次推進。壁畫分為三個部分，第一部分是起舞奏樂，第二部分……是古埃及神話。」

巫瑾竭力辨認人物旁的記敘：「古埃及國王歐西里斯死後，王后悲痛哭泣，用哭聲向天神換來國王的重生。古埃及的音樂，起源於用於哀悼的哭聲。」

巫瑾猛然想起：「怪不得！女祭司執掌喪葬中的舞樂，所以地位比底層祭祀更高。古埃及文明裡，一切和死亡相關的事物都與神靈最接近……」

巫瑾一頓，看向衛時背後，愣愣開口：「死亡。」

神廟的出入口在緩緩關閉。

西元三千年前的哀樂喑啞響起，似乎是某種極其原始粗糲的豎琴夾雜著短笛。

壁畫上的女祭司翩翩起舞。舞樂從神國接來亡故者，新生替代死亡——十幾具木乃伊驀地從石柱後蹦出！

巫瑾秒速護住崽崽，「競速賽PVE副本，主動攻擊類動態靶的射擊考核……我打主位，替我拉槍線掩護……等等，這是什麼遊樂項目，怎麼沒售票？」

衛時驟然看向巫瑾。小矮子比記憶中高了不少，端槍時帥氣俐落，像是整座神殿的光輝都熠熠聚集在巫瑾身上。原來逃出R碼基地之後，自己錯過了小矮子這麼多年。

他看到巫瑾神采飛揚對著木乃伊瞄準，意氣風發給子彈上膛。

嘩啦一聲。隨著笛聲響起，水簾瀑布自神殿頂端儲水箱奔湧而下，傾倒一半的水箱掛著霓虹標識。

「音樂噴泉。」巫瑾嗷的躥起，拿著槍口觸電似地甩來甩去，「進水了！進水了！糟糕廢了一把槍……」

衛時：「接著。」

巫瑾愕然睜眼，衛時不假思索把自己手上的獵槍扔給巫瑾，然後按上弓弦。修長的手指在翻腕間露出粗糙的槍繭，拉弓時背肌凶猛用力。

十六歲的衛時和二十七歲截然不同。

十年後的大佬知道該如何精準控制每一塊肌肉，沒有人知道他的實力上限在哪裡，是最凶殘低調的獵手。此時的衛時卻因為專注而呈現一種爆發性美感。

利箭穿破水簾。十六歲的衛時在以匪夷所思的速度與二十七歲健碩的身軀融合。

水花蓬然濺起，巫瑾下意識抹了把臉，迎面兩隻木乃伊撲來！

巫瑾護著槍，撒腿繞開水柱躲避。

衛時冷聲開口：「低頭。」

嗖嗖兩聲，金屬銅銹擦著頭髮尖兒飛過。又一具木乃伊倒地。

衛時摸向箭囊，這一刻起他又變成R碼基地的小霸王。

巫瑾遠遠躲離水簾，聽聲辨位。繼而神色一喜：「音樂！豎琴控制木乃伊向最近目標進攻，短笛控制水箱噴泉。短笛結束之後開槍就不會被澆……」

樂聲短暫停頓。

巫瑾衝上，終於和衛時背靠在一起。

獵槍推彈上膛，利箭搭弦與兩肩平齊。

兩個不同方向，木乃伊同時倒下！

水簾再次傾瀉，場內移動靶位只剩一二，巫瑾長舒一口氣抱槍躲避。再抬頭時大佬正站在神廟正中。

場內一片寂靜。

【第五章】
你今天就是要難為我小巫了

樂聲停止，小副本結束。

巫瑾咧開嘴，給大佬讚了個大拇指，高高興興拉著人就要走。

衛時突然從鼻腔裡哼了聲，示意巫瑾看牆壁。

青銅箭身沾染水珠，穿透木乃伊動態靶，直直砸在了克洛森節目組的劣質牆磚裡，說是力透金石也不為過。

巫瑾秒懂，上去吭哧吭哧拔箭，「要廢箭利用啊！都是補給，數量有限……」

衛時氣勢一沉。

「五十四公分。」衛時瞇眼開口：「他的箭簇沒入石磚，箭枝外露五十四公分。」

「這個，」衛時用眼神勒令巫瑾自己按頭去看，「四十九公分。」

巫瑾呆了半天才反應過來。臂力越大，箭鏃穿透力越強，箭枝外露部分越短。

小衛鼓足力氣射出的一箭，比大衛意識回歸前那一箭更有殺傷力。

巫瑾終於看懂了小衛醒來時看向弓箭的那個眼神。

卯足勁的眼神。

趁著鏡頭不在，巫瑾笑咪咪撲騰上去：啊啊啊努力的崽崽最可愛！

衛時陳述完畢，做了個孤高冷傲的姿勢。正等著小矮子兩眼放光面露崇敬，再趁機敲打，冷不丁一團巫瑾撲上。

衛時：「站好，怎麼傻了吧唧的！」

巫瑾乾脆啊嗚親了下大佬充血的耳廓。還沒觸碰到，衛時如遭電擊，故作凶狠看向巫瑾。

巫瑾拍拍崽崽作為獎勵，「出去之後我開槍，你射箭掩護。」

巫瑾身後，神廟出口再次打開。

衛時示意巫瑾回頭。

神廟出口，順著碩大的金字塔斜面，無數水流傾瀉而下，金字塔腳下的四座人面獅身像不斷噴出水柱。再往前走是下坡，地勢低處幾乎水漫金山。

激流勇進周圍，水流彙聚成巨大的造浪池。水中阻力是空氣的七百七十四倍，濕氣過重，使得槍枝在這裡幾乎無用。

古埃及的神靈，也是用冷兵器的神。

衛時背上弓箭，帶領巫瑾蓋上印章，穿越潮濕的水汽。

少年氣十足的大佬掃了巫瑾一眼，「走，帶你去復仇。」

遊樂場中的人工造霧終於散去，只剩下激流勇進園區薄霧繚繞，水汽氤氳，距離金字塔最近的一帶黏膩濕潤，布滿灘塗。

園區最裡端，「轟隆」一聲，石門應聲而開。

衛時當先從「生命之家」祭祀神廟中走出，脊背挺直負長弓，右手按著腰間一枝青銅箭蓄勢待發。

巫瑾蓋完章，隨後跟著出來，零星水珠打在巫瑾臉頰，少年反手擦乾。兩人齊齊抬頭朝著主題園區中最大型的娛樂設施看去。

水聲震耳欲聾。瀑布自六十公尺高的金字塔頂端，盤踞的人面獅身雕塑口中洶湧而下，如利劍插地，將砌成金字塔的岩石洗刷出富氧鐵紅色的道道脈絡。此時逼近正午，金字塔向陽的一面熠熠生輝，水花將光線刺目衍射，似乎只要再看一眼就會被古埃及的神跡震得眼眶生疼。

在一片水聲喧囂中，比三十層樓更高的金字塔安靜神祕。

巫瑾回頭。身後，依次通關的文書祭司神廟、舞樂祭司神廟和剛才的生命祭司神廟，在恢弘的金字塔陵墓前都不值一提。

巫瑾恍然：「和壁畫上祭司的跪拜順序一樣。最末是文書祭司，負責記錄、傳承；往上是司掌神樂的女祭司；再往上是實施巫術、治療的生命之門祭司。但所有加起來，都敵不過『死亡』來的尊崇。」

古埃及文化中，死亡是最重要的一道試煉，將引領亡魂通往神靈的居所。人的一生喜怒哀苦，也不過是在為之後的試煉做準備。

金字塔是法老的陵墓。

主掌金字塔建造的殯葬祭司，是整個古埃及最尊崇的祭司。因為最靠近死亡，他們是無可比擬的「先知」。

灘塗中，水汽還在盈聚，幾十公尺開外，井儀所在的神廟內機關依然轉動。

「準備找入口進去，」巫瑾當即開口：「這種濕度，沒人會冒著報廢槍枝的危險開槍。剛才聽到走廊的聲音，應該是井儀折回上個關卡去取弓箭。」

「我們是最快抵達這裡的小隊。」

就在一腳要踩入泥地之前，巫瑾突然一頓，思索看向前方。

「脫鞋，進去之後別留腳印。」

兩人脫下行軍鞋扔回作戰背包，赤腳在灘塗中艱難行進。衛時狀似不耐煩，催著巫瑾走在前面。長箭卻已無聲搭在弓弦上，護在巫瑾身後，自始至終對準井儀可能出現的方向。

「他倆應該不會這麼快出現。」巫瑾表示。

衛時見小矮子走得一腳深一腳淺，就差沒躺在泥地裡滾一滾了，揪著巫瑾髒兮兮的胳膊把人提起。

這才發現，巫瑾在邊走邊看剛蓋上的印章。

衛時：「什麼線索？」

巫瑾展開集滿印章的專案門票：「三個關卡，三份線索。第一張是祭司往容器中注水，第二張是容器底端向盤中滴水，第三張是祭司向容器內壁繪製刻度。」

衛時迅速反應過來：「滴水計時？」

巫瑾點頭，「和沙漏原理差不多。這類通過容器漏水計時的工具，我知道的只有一個滴漏。好像水鐘是當年從美索不達米亞平原傳入華夏……」

按照古文化主題園區的設計，計時方式必然與文明脈絡相關，例如擺鐘與中世紀歐洲。以此推斷，這類「水鐘」應當是起源於古埃及，經由美索不達米亞的古巴比倫，向希臘、雅典與華夏擴散，最終為所有文明推波助瀾。

巫瑾記憶裡，北宋沈括編纂那本《熙寧晷漏》中，在「水鐘」基礎上再發明的銅壺滴漏已經達到了根據日月盈縮更換刻度、隨著二十四時令規約容器的精準程度。但那時，水鐘發源的古埃及，已經湮滅了千年有餘。

巫瑾身後，衛時瞇著眼絲毫不懼日光，許久開口：「沒看到水鐘。」

巫瑾哎了一聲，繼續一腳深一腳淺，「豈止沒找到鐘，連專案檢票口都看不到……」

衛時：「找河道。」

巫瑾一頓，陡然反應過來。金字塔四面被岩石封閉，找入口找下去也不知要猴年馬月——雖然凱撒哥他們組可能找得更快，畢竟凱撒還以為金字塔只有三個面。

相比之下，找河道要容易太多。激流勇進的項目核心就是河道，船隻從金字塔頂端衝下之後，總得有個減速緩衝再漂進金字塔的「回漂入口」。

巫瑾琢磨：「節目組場地施工也就在這幾天，土質肯定有個漸變過程……」

衛時俯身，撚起灘塗中黏膩的濕土，兩人又走了幾十來步，衛時終於斷定：「那邊，北十五。」

兩人發足狂奔。

雖然巫瑾整個人都要陷入泥地裡，但時不時被大佬拔蘿蔔似的拔一下，倒也不耽誤時間。兩人繞過金字塔某個側面，巫瑾眼睛一亮。

金字塔北面是赤褐色磚石鋪就，八十公尺磚壁之下，灘塗與水道涇渭分明。「激流勇進」的入口仍沒看到，卻能看到牆面上一個黑黝黝的洞口。

通往法老王陵內部。

「我們進去。」巫瑾一頭扎進水裡。

「……」正要拉著小矮子進水的衛時伸手抓了個空。再低頭時，巫瑾已經在水裡快樂地冒泡。

衛時一聲冷哼，跟著入水。二十七歲的衛時大多數時候在放養巫瑾，十六歲的衛時想的卻是圈養，大概因為並不自信。

就在衛時進入水中的同時。幾百公尺開外傳來一聲驚叫。

井儀剛剛從神廟走出，攝影機蜂擁而來。

兩人迎面對上的竟然不是意料中的凱撒、紅毛，而是蔚藍人民娛樂的自閉型選手拉斐爾。這位選手打了個照面，二話不說舉起弓弩。

「他怎麼會有弩箭？」明堯大聲嚷嚷：「這不科學，咱們和小巫那組都是弓箭……」

「他不是從摩天輪那裡過來的。」左泊棠眉頭微擰，已是洞察，說：「應該是其他項目給的獎勵。」

明堯一愣：「但摩天輪沒有給獎勵。」

左泊棠搖頭，「給了，我們錯過了。如果在大霧散去之後上摩天輪，就能在最高點看清整個遊樂園地圖分布。」

「視野就是獎勵。文麟他們沒選擇先攻克摩天輪，應該就是預料到這點。」

明堯還要再說，左泊棠已經張弓直指拉斐爾，「我知道你想贏。」

「但你不用在這裡耽誤時間，因為，」左泊棠掃了眼金字塔，「有人已經先進去了。」

幾百公尺外，巨型金字塔內。

巫瑾濕漉漉地從河道爬上陸地，潮濕腐朽的氣息撲鼻而來。四周一片黑暗，伸手不見五指。趁著在行囊裡翻找手電筒的工夫，巫瑾試圖快速甩乾自己。

衛時瞅了眼甩成陀螺的巫瑾，「脫。」

巫瑾乖巧脫下作戰外套，撩起的純黑防水作戰背心下，奶白色的腰身肌肉分明有力。衛時太陽穴青筋一跳，擋在巫瑾和鏡頭前，「會不會好好脫衣服？」

克洛森直播間。

彈幕突然飄來整整齊齊的「yoooooo」。應湘湘噗哧一笑，血鴿則表示衛選手太嚴格了，脫衣服哪有戰術標準。

與此同時，浮空城。

邊喝優酪乳邊看直播的宋研究員也「喲」了聲，趕快拎來心理醫師周楠看戲。

宋研究員點了點一閃而過的衛時側寫，「看到沒，耳朵紅了！就衛哥那沒臉沒皮的性子……這會兒，妥妥是副作用發作了！因吹斯聽！」

不僅宋研究員，精通一切細節發掘技巧的顯微鏡少女更早一步反應過來。

「啊啊啊啊衛神是真護著小巫，脫衣服都不讓看，圍巾is Rio啊啊啊——」

「凶什麼凶！人家是脫給觀眾看的，不是給你看的#姨母笑！衛神心動臉紅現場。」

「什麼跟什麼？我是直男，其他直男在我面前脫衣服我也會臉紅啊……」

鏡頭中央。

衛時終於把巫瑾外套擰乾，兩人從背包中取出乾淨無泥的作戰靴。

巫瑾約莫病還沒好利索，穿鞋前控制不住打了個小噴嚏。

背對鏡頭的監控死角，衛時不由分說脅迫巫瑾坐地，接著挨著小矮子對面坐下，大長腿曲起，把巫瑾的腳丫焐熱了再塞進靴內。

大佬自己的雙腳還滿是泥濘。

巫瑾又打了個噴嚏，兩眼汪汪。

衛時思忖：「等出去後，別打比賽了。」

巫瑾：「啊啊……」

衛時想了想，命令：「我一個人去打，你在家待著。」

巫瑾懵圈，不過十六歲的理想主義大佬簡直可愛到冒泡！巫瑾故作嚴肅：「那，我在家能幹啥啊？」

衛時揚起下巴，「養兔賣兔。你不是有這個基因嗎？搞兔子養殖比自然人有先天優勢……還是說你不會養兔？嗯？」

巫瑾一噎。

等兩人再踏上征途，已經基本穩定住了體溫。

金字塔內甬道並不複雜，牆壁雕刻熟悉的聖書體與壁畫。巫瑾照上手電筒，共用線索：「死亡是國王的最後一道試煉，只有通過試煉才能通往神靈的居所。殯葬祭司把寫滿咒語的《亡靈之書》與木乃伊一起封存在棺槨內，國王在被神靈考驗時，可以參考書籍上的答案……類似於試煉中的小抄……」

兩人一路順著河道向前，停在一扇小門邊。

巫瑾作勢準備推門，行動前反覆叮囑崽崽：「我們是來找激流勇進入口和水鐘的，不是來倒斗的，見到好東西不要摸……」

衛時頷首，指節穩定卡在弓弦上，箭尖對著門後。

就在巫瑾推門前一瞬——遠處，凌亂的腳步聲隔著厚重牆體響起。

兩人陡然對視。又有一組進來了。腳步伴隨水聲，說不定還不止一組。

巫瑾迅速推門。沉悶的空氣驟然湧出。門後石室寬廣，軍用手電筒在灰塵中打出長長的光束，直到房間的另一端，巫瑾立刻意識到這裡應當是殯室。

石室周邊密集放著傢俱、碗、節目組臨時準備的食物，和古埃及陪葬制度極其相似，正中是一副巨大的石棺，牆壁上舞樂祭司身姿婀娜。

「是皇后殯室，」巫瑾猜測：「國王殯室規格會更高，不該放在金字塔底層……不管了，先把《亡靈之書》撈出來。所有壁畫都講這個，應該是任務物品。」

巫瑾快速跑到道具棺材旁，「來搭把手！這個是翻蓋還是滑蓋？」

衛時一頓。

兩人突然看向門外。腳步聲倉促自近處傳來。

不可能，一路看壁畫走過來不會這麼快……巫瑾驚呆……不對，如果來的不止一隊，被追逐的一方動作一定會更快。

衛時再次按上弓箭。

「不止一隊。」巫瑾按住大佬的手，做了個稍等的手勢，「三隊僵持不下對各方都有利，但如果有隊伍先進殯葬室拿到任務物品，肯定會成為其他隊伍優先剷除的靶子。我們不能出這個頭。這裡有沒有出口？」

十六歲的衛時瞳孔一動，也想到其中利害：「沒有，空氣是封閉的。」

門外，腳步聲越來越近。距離兩組先後抵達只剩幾分鐘時間。

巫瑾於電光石火之間開口：「先開槍……等等，給你鞋底蹭點泥。」

一牆之隔。

拉斐爾與隊友沿著河道快速行進，身後是窮追不捨的井儀。

拉斐爾曾在金字塔外和井儀達成短暫停火協定，但現在兩隊間的信任已經破滅。井儀所假設的「第一個抵達金字塔」的隊伍並不存在，從入口走到現在，他們沒有看到任何泥腳印，整座金字塔似乎在比賽前都封存完好。

拉斐爾一眼瞥到河道旁的石門。

他的隊友驚喜：「走，進去看看。」

拉斐爾一言不發跟上。這位蔚藍人民娛樂的練習生實力強硬，實際在各種比賽都不出戲，不擔當指揮位，只會悶頭開槍，身高兩公尺，團綜還容易臉紅。

一開始觀眾都以為他炒的是自閉人設，後來才發現蔚藍人民娛樂根本沒充錢給自家選手炒人設，甚至連薇拉的「白玫瑰」還是粉絲眾籌炒出來的。

隊友首先抵達墓室門口，等著膽兒大的拉斐爾推門。

空氣寂靜到讓人發怵。

吱呀一聲。拉斐爾力摜手臂，門緩緩推開。

「石門阻力完好，應該沒被人碰過。」隊友低聲總結。

手電筒光束打入墓室。王后石棺微微打開一條縫隙，像是在無聲引誘選手伸手探入。

殯葬室內氣氛沉悶壓抑，只能聽遠處井儀的腳步，和隔了不知道多少道牆的水滴砸落聲響。裡面空無一人。

拉斐爾的手電筒突然照向一處。

王后石棺下方，兩個泥濘的腳印尤其顯眼。

「有人進來過了？」他的隊友一驚：「已經開棺了？怎麼會這麼快？這裡只有一個出入口，附近也看不到其他腳印……」

拉斐爾突然張嘴咬住手電，兩手張起弓弩對著石棺露出的一條縫隙。

「你是說人有可能在棺材裡面？」隊友反應過來，看兩個腳印排布，確實是爬進石棺的姿勢。隊友忍不住一個寒顫，進石棺躲著暗算別人，這位選手也不嫌瘮的慌。

兩人終於站在石棺前，拉斐爾屏住呼吸就要守株待兔……

砰的一聲！兩人齊齊回頭。

身後，石門被重重關上！

拉斐爾神色驟變：「阻力。」

打開石門時候的阻力，是因為有人站在門後與他的臂力在抗衡。

門外。一直躲在門後的巫瑾飛快把《亡靈之書》塞到大佬懷裡，拉著大佬就往另一個方向狂奔，「跑跑跑跑，倒著跑，倒著跑……」

墓室入口方向，井儀也即將抵達。
巫瑾鬆了口氣，鬥志高漲：「行了，咱們回去！」
衛時：「不先走？」
巫瑾：「怎麼能先走！先走了咱不就穿幫了嗎！」
石室門口。
趕在井儀抵達的同一刻，巫瑾、衛時飛速出現。
明堯一愣。
巫瑾也一愣。
趕在小明說話前，巫瑾傻乎乎開口：「你們從那個方向來的？那邊還有一個入口？」
左泊棠溫和向兩人問好，點頭，目光卻精準在地上逡巡。
兩行腳印自另一個方向延伸過來，圍巾是從其他入口進入金字塔沒錯。
接著明堯突然一拍腦袋，嚷嚷道：「不說這個了！結盟結盟！咱們兩組別打，有一隊搶先進去了……」
巫瑾張大了嘴。
正在此時，石門突然打開。
拉斐爾以及隊友：「……」
巫瑾、明堯、衛時、左泊棠：「……」
四人凶殘拿起武器，齊齊對準拉斐爾！
石室一時被手電筒照得透亮！四道白光齊刷刷打在拉斐爾臉上，這位蔚藍人民娛樂練習生肩膀一僵，架起弩箭同時看向門口。

井儀，不可能。

巫瑾……

進入金字塔前，左泊棠就說過「有人已經先進來了」。此時石門後抵抗的阻力、王后石棺上的腳印、門口未知的敵人，所有蛛絲馬跡串聯起來。

拉斐爾直直看向巫瑾——

小圓臉寫滿無辜。

拉斐爾眼神一頓，接著轉到看上去更像罪魁禍首的衛時身上。

衛時沒什麼表情，冷漠背鍋。

拉斐爾身旁，隊友已經對著門口警惕驚叫開來：「是你們先開的棺！」

巫瑾嗖地看向明堯，機智調轉槍口，「井儀先開的棺？」

左泊神情仍存有疑慮，似乎察覺到有哪裡不對。明堯卻連呼冤枉，大聲嗶嗶：「他們啊！你瞅我幹啥？咱們不一起跑過來的嗎！你是不是傻！」

說話間，明堯急吼吼對著拉斐爾張弓，「我們要是拿了道具不早跑了，還折回來做什麼！想搶就各憑本事……」

利箭搭弦，弓如滿月！

拉斐爾眼神一閃，喉嚨動了動卻沒來得及出聲。旁邊的隊友平時倒是話多，但反應又慢了半拍。

頃刻間，銅箭疾速向拉斐爾狙去。

拉斐爾瞳孔驟縮！

明堯身旁，事已至此，左泊棠不容分說上前一步。

沒辦法，怎麼著也是自家孩子先射的箭——

井儀雙C瞬間拉開陣勢，左泊棠以弓代槍拉出護住明堯，明堯裹隊長一尺而退，目光灼灼看隊長，兩箭連珠逼退企圖反擊的拉斐爾。

在左泊棠點狙的同時，明堯已是火速抽出一矢用於防備旁邊的巫瑾、衛時。

形勢一片大好！

巫瑾反手抽出長弓，衛時牢牢擋在巫瑾面前。手電筒光四處亂晃閃瞎人眼，三隊之間再無暇溝通，拉斐爾、左泊棠都全神貫注於擊潰對方。

拉斐爾臂弩張起，懸道刻口發力，比弓箭領先了兩個千年的戰鬥機械射擊強勁有力。

左泊棠刁鑽精準，井儀本就是以五射聞名，論操控箭矢整個克洛森秀都無人能出左泊棠其右。明堯能與隊長比肩，實力不容小覷。這其中又暗含巫瑾攪局放出的冷箭——

明堯忍無可忍：「小巫你是不是不會射箭？」

巫瑾藉著躲避的工夫一邊向門口稍退，一邊有理有據反駁：「會不會是一回事，射不射是我的自由！」

冷不丁又一箭與巫瑾擦身而過。

巫瑾沉寂捏著大佬手肘，「退退退……金字塔不可能只有這個殯室……」

巫瑾呱唧呱唧說著，認慫相當乾脆，扯了大佬就走。

臨消失前還對井儀挑釁：「等著……」

明堯得意洋洋：「嚇跑了！」

少了圍巾的冷箭壓制，拉斐爾忍無可忍開口：「他們，開棺的是他們！」

門外，巫瑾推著大佬撒腿狂奔，「快快快快快，瞞不了左隊多久，先找到激流勇進入口……等等，你有沒有聽到什麼聲音？」

滴答。

短暫停頓後，又是一個滴答、滴答。

像是水滴從容器中緩慢淌出。金字塔由磚土所砌，不存在鐘乳石構造，水流只可能是人為。巫瑾緩慢閉眼，比常人更靈敏的聽覺迅速在整座金字塔內延伸。有那麼一瞬，他甚至可以在腦海中勾勒出古埃及最原始的水鐘，隨著時間流逝水平面緩緩下降……

巫瑾驀然抬頭，水鐘就懸掛在他們的頭頂的某一處！

「走。」大佬同樣敏銳捕捉到聲響，帶著巫瑾疾跑穿過黑黝黝的走廊，沿著船行鉸鏈軌道向上爬去。

十六歲的衛時已經迅速熟悉了比賽節奏。大佬眼中光芒明亮，讓巫瑾看得一頓。

小衛時對逃生遊戲並不排斥，甚至可以說是有點熱情。

反推，大衛時亦然。

兩人的入口是金字塔中的船隻回收入口，故而用於機械提升的軌道一路向上。巫瑾猜測，激流勇進的入口很可能在金字塔的最頂端。

要爬整整三十層樓。節目PD說好的給選手減負呢？

接近於七十度的盤旋上升軌道中，巫瑾叼著的手電筒與衛時一併在黑暗中摸索。這會兒巫瑾已經接近手腳並用，燈光偶爾掃到牆壁上的古老壁畫。

「墓道走廊。」到某個緩衝平臺，巫瑾摘了手電筒，邊喘息邊壓低聲音：「螺旋上升，和胡夫金字塔設計相同，咱們倆爬的是當年造墓奴隸進出的甬道，按照這種設計，金字塔頂端應該有一座能容納大型客機大小的空室……」

衛時想了下什麼是「古董客機」，點頭，「夠了。」

夠裝下一整套激流勇進船體設備。

娛樂設施入口果然在金字塔頂端。

巫瑾嗖地躥到大佬身後，打開衛時背包，翻出那本視為能溝通生死，穿越時間的《亡靈之書》。少年動作很輕，窸窸窣窣翻起行囊也不響，衛時微微側頭。

就像背包裡裝了一隻在慢慢啃草葉的兔。

「行了……」巫瑾饒有興趣翻開，「看看節目組都給了什麼……」

兩人低頭，齊齊一頓。

金字塔底端，王后墓室。

拉斐爾的弩箭終於還是在井儀的無間配合下落於下乘，但以拉斐爾的A級實力，淘汰前反撲未必不能帶走明堯。

此時門口已是傳來第四小隊的腳步聲，拉斐爾面色鐵青：「任務物品在巫瑾他們手裡。」

明堯威脅：「不可能！門口腳印又不能造假！」

拉斐爾放下弩箭，絲毫不信，示意：「開門。」

左泊棠意識到什麼，臉色微沉打開石門。

圍巾出現的方向，兩雙腳印由遠及近，正對著王后殯室。

就連拉斐爾也是一怔，彷彿不敢相信自己的眼睛。

明堯表示：「看吧看吧！要是先跑遠，再跑回來，至少也該是四對腳印……」

左泊棠提起弓箭，直接打斷：「是巫瑾那隊開的棺。兩對腳印大小一樣，屬於同一個人，身高在一百九左右，是衛時。」

明堯傻眼：「他們不是兩個……」

左泊棠：「巫瑾鞋上沒沾泥，故沒腳印。衛時沾了泥，兩人出門的時候倒著跑，再正著跑回來，所以是兩行腳印。」

一片沉寂。

明堯憤慨大叫：「使詐！心機巫！」

井儀隊長感慨，回頭在明堯腦袋上輕輕敲了一個栗子，「學到了？」接著三指按弓虎口撚住青銅握把，左泊棠當先一步出門帶起水汽與勁風，眼神肅穆凜然：「去追。」

克洛森直播室。

彈幕一片「666狡詐小巫」、「奸詐小巫」、「油炸小巫」。鏡頭剛從雲霄飛車切回，對激流勇進金字塔掃了個透視。

巫瑾、衛時剛剛完成了整段路程的三分之一，正在國王殯室水平面上方穿梭；甬道最底端，井儀迅速追逐圍巾攀爬；金字塔入口，凱撒、紅毛姍姍來遲；王后殯室外，輸給井儀而選了另一條路的拉斐爾同樣砸開了甬道大門。

其中，只有巫瑾懷揣能夠加速通關的《亡靈之書》。

在應湘湘笑咪咪感慨：「小巫變了啊！想當年，剛來節目的時候，多可愛一小朋友！傻乎乎誰都能欺負一下，聞到餅子香味就乖乖從寢室跑出來東張西望……歲月如梭……」

彈幕嗷嗷亂叫：「兒砸黑化敲可愛，但媽媽不允許你長這麼快！」

「嗷嗷！看在小巫這麼帥氣的份上，小巫還是麻麻的好鵝幾！」

螢幕最後攏入的一角，巫瑾汗流浹背，乾脆把瀏海上撩。瀏海下五官還是那個樣兒，但似乎在慢慢褪去嬰兒肥，比九個月前更顯英挺。

鏡頭最後給了個透視遠景。巫瑾在攀爬時抓住軌道的雙臂沉穩有力，肌肉輕薄而線條流暢。身旁的衛選手呼吸平穩，七十度斜坡如履平地，只是目光時不時掃一下巫瑾。

巫瑾一扭頭，衛時立刻倨傲收回視線。

「沒眼看了。」

「沒眼看+1。現在告訴我這兩人領證了我都相信……感天動地兄弟情！」

「只要有兄弟情，機關墓道勝似鮮花滿地。只要有兄弟情，倒斗開棺一路春風十里。」

克洛森秀第六輪淘汰賽。金字塔內。

上行四十公尺有餘，巫瑾終於在甬道中聽到井儀的聲響。

然而兩人的視線已經牢牢被眼前的墓室吸引。

巫瑾緩緩呼出一口氣。

內螺旋結構搭造的大金字塔，出於建築力學所限，在頂端留下了空曠龐大的封存密室，而此時整個密室被「河流」環繞。水道最末端，無數蠟燭靜靜點燃，「激流勇進」的三截船隻沉默懸浮。

光影映入潺潺流水被揉碎，揉碎後又散為星點光暈溫柔如織。

船體金碧輝煌。它們無一例外被裝飾成了人形棺槨的模樣，仿二十四K金塗漆在水波中流淌生輝。船隻背後是象徵生的燭火，船隻前方是黑黝黝的未知。

古埃及的死亡，是最溫柔的「死亡」之一。

「就像，」巫瑾思索打了個比方：「乘船漂過冥河水。」

衛時頷首。

死者在棺槨長眠，殯葬祭祀為他們祈福。他們載著生者的願景，漂過死亡之河，抵達眾神之國，從此不受人間困頓之擾，向死而生。

這裡是漂流的最起點。也是「激流勇進」的起始點。

售票處就在河岸旁，而與之回應的，滴答、滴答的水鐘流淌聲越來越烈。

巫瑾猛然抬頭。視線穿過無數與「死亡」相關的壁畫，與整個古埃及文明傳承密切相連的「水鐘」懸掛在密室頂端。古拙的容器正在向下緩慢滴水，容器口插一根箭杆如同浮標，箭身繪製密密麻麻的刻度。隨著時間流逝，水位下降，箭身傳達相應時刻。

巫瑾眼睛驟亮。

衛時哼了聲，不屑巫瑾沒見過世面的樣子。實際上他自己也沒見過，R碼基地只有武器，沒有玩具，更不提精巧的仿古工藝品。於是十六歲的衛時也沒骨氣的多看了兩眼，然後抽出弓箭，言簡意賅：「你去，我守這裡。」

聽甬道腳步，有三隊選手都在趕來的路上。巫瑾二話不說點頭。

密室牆壁，有簡陋凸出的踩踏板以供選手爬往水鐘。巫瑾首先翻出了那本《亡靈之書》。

《亡靈之書》會成為選手通關金字塔的重要助力。

翻開首頁，整整六張「激流勇進門票兌換券」排成一板。

激流勇進的專案要求時間十一點十九分。

巫瑾餵入兌換券，很快吐出了一張單項票。

購票時間：十二點零五分。

巫瑾一愣。

甬道門口，衛時做了個噤聲的手勢。距離井儀抵達不足五分鐘。

巫瑾又等了一分鐘。

再次換票。

購票時間：十二點零六分。

少年陡然低頭。腦海嗡嗡亂做一團。金字塔中的時間流逝時間與現實時間相同，要等下一班激流勇進只能再過十一個小時，從副本設計來看絕不可能，除非時間逆流……

巫瑾肩膀一凝。摩天輪時間逆流是因為指針不轉，表面轉。也就是說，操縱時鐘本身可以修改時間，如果要讓水鐘的時間逆流……

巫瑾想起文書神廟中的第一條提示線索。

祭祀向水鐘容器內續水。

水位上升，時間逆流。

巫瑾把《亡靈之書》剩下的兌換券飛快扔給大佬，接著用行軍水杯舀了大半杯河水，往腰間一掛，擼起袖子就順牆向密室頂端的水鐘爬去。

先前的甬道攀爬已經消耗了巫瑾絕大部分體力，這一程他攀得相當艱難，速度只能勉強保持不變，此時距離井儀抵達密室只有不到三分鐘。

衛時視線四掃，迅速找來幾塊石塊，做好為巫瑾拖延一切時間的準備。

密室牆壁。栩栩生動的墓壁畫托送巫瑾一路向上。

先是紅鶴降臨尼羅河谷，引領這片土地的國王成為尼羅河神的化身。

巫瑾急促喘息，牆壁陡峭落足點單薄。他幾乎把所有體力都拿出來才能繼續攀爬。

巫瑾看一眼頂端的水鐘，背著行囊繼續向上。

再往上一幅壁畫。死後的國王乘坐小船抵達眾神所在的蘆葦原，以無畏應對每一次試煉。

甬道內猛然傳來聲響！

井儀首先抵達，拉斐爾緊隨其後。衛時二話不說把石塊踹下，明堯在甬道內氣得嗷嗷亂叫。十六歲的衛時紋絲不動，三指夾起兩箭直指黑黝黝的甬道出口。

密室牆壁。最頂端一幅壁畫。胡狼頭神阿努比斯拿出死者的心臟進行審判，比羽毛更輕則死後永生，比羽毛更重則成為阿努比斯的祭品。

巫瑾伸手，終於即將觸碰到最高處的水鐘。

少年嗖嗖上竄兩步，雙腿藉著水鐘支架平衡固定，反手從背包中掏出水杯，摸著大致刻度倒進水鐘容器內。

「現在幾點？」巫瑾掌心發汗，用最快速度開口。

衛時把兌換券送入售票機，「十點五十二分。」

巫瑾點頭，又舀出點水。

衛時同樣心跳加速：「十一點十分。」

巫瑾終於大致看懂刻度，瞇眼對著水位又扒拉出少許。

衛時抽出第五張票，「十一點零九。」

時刻滿足條件，水道內鏈條吱呀轉動，「激流勇進」船組即將出發！

甬道內，另外兩組選手正巧抵達，後面還伴隨凱撒的哇嗚亂叫——大佬扔下去的石頭磕磕碰碰，這會兒砸到最底下的凱撒他們了。

最先冒頭的明堯還沒看清楚，兩發箭矢直直向他們打來。

劍鋒銳利，所向披靡。

「小心！」左泊棠猛然拉住明堯。

甬道門口，項目售票機旁，衛時手中另外兩枚箭矢蓄力待發。男人的表情帶著罕見的少年氣，肆意張揚，死死給巫瑾守住防線，絕不後退一步。

巫瑾卻呼吸急促。激流勇進設施已經啟動，即便他和大佬能居高臨下守住防線，也會錯過這一班次船隻。但如果等自己從天頂爬下，妥妥兒也會錯過這班。

巫瑾突然開口：「上船。」

十六歲的衛時一頓，看了眼還在飛快爬下的巫瑾。少年小捲毛濕潤，也不知道是沁出汗珠還是被濺到了河水。巫瑾此時距離河道還有垂直距離十六公尺有餘，激流勇進船體下衝前剛好會路過巫瑾所在的牆壁。

衛時點頭，長腿一邁向做成人形棺槨的船隻衝去。

少了衛時壓制，左泊棠、拉斐爾同時從甬道冒頭！

克洛森秀直播間，鏡頭再次切向金字塔副本。

應湘湘凝神看了幾秒，愕然開口：「小巫……要跳到船體裡？十六公尺能跳？」

血鴿放大虛擬地圖，展示出一處，「激流勇進船體經過巫選手的那一點，是俯衝軌道的開始點。也就是巫選手跳下去之後船隻同時開始俯衝失重。雙失重緩衝下，可以跳，沒問題。」

「但看這個軌道，最安全的高度還是在七公尺內下跳。」

螢幕中央，巫瑾貼著牆飛快下竄。

在井儀從甬道冒頭的一瞬，約莫是和衛時心有靈犀，巫瑾突然借力牆壁轉身，手中利箭搭好。巫瑾眉目凜然，因為攀爬過久而微抖的手臂為了穩住弓把而用力發白。

長箭呼嘯向左泊棠飛掠！

這位井儀狙擊手還未站穩，就被打了個措手不及。然而緊接著衛時已經跳上船隻，俐落接替巫瑾火力。

「好！」直播間內，血鴿也對巫瑾這一箭發出讚揚：「小巫這一場，說不出來為什麼，狀態沒以前好。」血鴿琢磨：「力氣不夠，像是大病初癒。但剛才那下，發力技巧、精準度都堪稱完美。」

血鴿敲下結論：「小巫的戰術基礎很扎實，我能看到他在進步。」

金字塔頂端，船隻緩緩駛動。

兩隊選手見上船無望，毫不猶豫把弓弩對準還在牆面上扒拉著的巫瑾。然而衛時手不離弦連珠齊發，硬生生替巫瑾留出安全下降的緩衝時間。

鏈條轉動。人形棺槨船隻開始加速。

直播間內，血鴿微微搖頭，「十二公尺。巫選手只能在十二公尺起跳了。剛才那一箭，他差不多脫力了，所以攀爬降落速度放得很慢。」

應湘湘猶疑：「十二公尺……」

血鴿攤手，「看運氣。或者船上，衛選手能接應一下，不過要求的技巧性太高，這個高度接人，就算是職業選手也說不準。」

十二公尺垂直跳並非人類上限，甚至部分雜技選手也能完成。

但逃殺選手的體脂率比常人更低，相應危險性更大。

船隻即將與巫瑾所在的跳躍點重合。

軌道咔嚓一響。

整個船體預備沿軌道俯衝降落，船頭栽進湍流濺出巨大水花。

巫瑾一個哆嗦，然而現在不能跳也得跳了，再不跳要被井儀當靜態靶亂射，回頭節目組把自己從牆上揭下來時，還能看到一個亂箭中空出的小巫形狀……

激流勇進船隻內，衛時猛然站起，狠狠看向巫瑾。

原本以為巫瑾能爬到七公尺，然而這會兒的十二公尺跳遠遠超出了他的預估。小矮子不算體能改造人方向，身體平衡能力亂七八糟，而且不得不跳……

衛時整個手臂都在發抖。這時候僅有十六歲記憶的少年本能忘記了救生艙的存在，實際上他的全身血液都在急速攢動，手臂肌肉因為用力過度而近乎於痙攣。

耳邊紛紛雜雜，像是兩人逃出R碼基地那天重現。

意識一半被撕裂，另一半沉聲呵斥：「下去。」

十六歲的小衛時兩眼通紅：「憑什麼？」

另一半靈魂倨傲回應：「就憑我能接住他。」

半空中，巫瑾撲騰往下跳。

整座金字塔在熒熒燭光下天旋地轉。

巫瑾覺得自己真是失誤了，沒算好拉弓後的一個脫力。

視野中，無數幅關於死亡的壁畫因為自由落體而飛掠。

巫瑾做最後撲騰。

這會兒估計掉下去就要落地成球了……唯一擔心的是救生艙會不會砸到崽崽，崽崽會不會成為歷屆克洛森唯一一位被救生艙砸中淘汰的選手……

落船時刻。

巫瑾還沒來得及推開衛時，猛然有力的手臂將他接住，抱緊，技巧性緩衝。

男人熾熱的荷爾蒙氣息鋪天蓋地壓來。

衛時低笑：「坐穩。」

運載靈魂的小船急促向下俯衝，水花一波一波濺起，壁畫在視野飛掠。

水與光影交疊，無數關於「死亡」的傳說在壁畫中被綴連。

古埃及國王歐西里斯死後，王后以哭聲換來國王復活。

娜芙塔莉死後，拉美西斯二世時常提著燭燈深夜來訪，獨自在石壁上繪刻哀悼她的詩歌。

埃及豔后身纏蟒蛇，平靜等待死亡。這位末代女王之後，再沒有貴族願意聆聽古埃及的神話，接受他們的文字與神祇。

金字塔、神廟與聖書體一併在尼羅河畔封存。

視野光線驟亮！

兩人直直衝出金字塔頂端的人面獅身像，順著金字塔坡度向下疾行——水花越來越大。

衛時反手脫下作戰外套，擋在濕漉漉的巫瑾周身。

嘩啦一聲，激流勇進船隻觸底。

劇烈蓬起的水霧、白沫擋住了攝影機窺探的視線。

衛時低頭，狠狠在巫瑾頸側咬了一口，如同宣誓主權。

沖天水花濺散。衛時首先下船，接著身披衛選手外套的巫瑾一躍而下。

克洛森直播間內，氣氛陡然熱烈。

血鴿做出鼓掌手勢，讚嘆點頭，「沒淘汰，小巫運氣不錯。」

彈幕蜂擁一片吵吵嚷嚷：「這是什麼跑酷高跳硬核神仙糧！」

「衛選手路轉粉啊，能把外套披在隊友身上，超級溫柔有男友力……」

資深逃殺粉頻道，無數直男卻在為巫瑾剛才那一跳奮勇掐架。

「十二公尺高度，巫選手肌肉弧度明顯，體脂率低。能安全降落不是偶然，主要功勞在於起跳時身體平衡保持良好，加上衛選手緩衝有技巧……」

「是體脂率高吧？」另一位觀眾反駁：「這樣才有脂肪緩衝。就看巫瑾選手那張小圓臉，體脂肯定高，估計全身上下摸起來都軟乎乎的！」

「不可能，看肌肉爆發力，體脂率就是低！同體重下巫瑾想錘誰就錘誰！」

兩方觀眾瞬間為「小巫摸起來軟乎乎還是堅硬有彈性」吵得不可開交，激烈程度不異於風行於十個世紀前的論戰「皮卡丘表面光滑還是有絨毛」。

很快有觀眾向節目組問詢證實。

血鴿一愣，麥克風遞給應湘湘。

「……」應湘湘一秒反應過來，微笑，「我怎麼知道？應該問剛才抱住小巫的衛選手。」

十幾架攝影機聞言，一窩蜂向螢幕中的衛時飛去。

彈幕卻再次炸開，圍巾版載歌載舞喜氣洋洋，就差沒在論壇版頭貼一個「官方蓋戳」。

第六輪淘汰賽賽場。

巫瑾笑對鏡頭，濕漉漉打了兩個噴嚏。

還能怎麼辦？他總不能當場控訴，淘汰賽雙排隊友在鏡頭死角對自己實施暴虐啃咬……

等無人機攝影散去，大佬緩慢、緩慢回頭。

二十七歲的衛時氣場遠遠壓制十六歲的小衛。

巫瑾蹬蹬後退兩步。

衛時眯眼，「過來。」

巫瑾乖巧上前兩步，下一秒被大佬狠狠一隻手按在牆上，順著臉頰親吻啃噬肆意欺凌。巫瑾哇嗚亂叫，一邊貼牆一邊打嗝一邊還有點想打噴嚏……

衛時面無表情擼了把濕唧唧的小捲毛。

巫瑾這會兒還在滴水，牆體陰影下瑟瑟發抖，被水花澆了半天，一副要感冒不感冒的樣子。好在逃殺選手自癒能力極強，衛時薅著人徑直走出金字塔園區，沿著通往摩天輪的小徑回折，半路挑了塊陽光暖融的草坪，命令：「躺下。」

巫瑾只穿著作戰背心，呈大字型在陽光下乖覺躺好。

剛才在金字塔裡不慎脫力，稍一躺下，巫瑾就跟沒長骨頭似的爬不起來。暖陽夾雜淡青草味微醺，眼皮子一搭一搭。

「休息半個小時，把自己曬乾。」衛時在巫瑾腦門兒探了下體溫。

馬拉松式的逃生秀中，抓緊一切機會休息也是必備技能之一。

巫瑾撐著意識看向腕表，終於鬆了口氣。井儀目前還被甩在金字塔裡，巫瑾的腕表赫然顯示「當前競速排名：第一」。

身旁，衛時剛替巫瑾把外套擰乾。

巫瑾眼看沒鏡頭過來，軟乎乎蹭到大佬旁邊，安心閉眼。

成年的大佬同樣帶著陽光乾草和堅果氣息，和崽崽又截然不同。崽崽是堅決要擋在自己身前的小松塔，大佬是沉默堅實的一整棵松樹。

精神體能驟然鬆弛之後，巫瑾愉悅陷入淺眠。

領一張證，娶一送一，美滋滋……嗝。

十五分鐘。衛時示意巫瑾翻身去曬另一面。

巫瑾迷迷糊糊醒來，只感覺粗糙帶槍繭的手掌在自己腰子上捏了把，然後身體條件反射彈起。大佬又在後腰一揉，巫瑾撲通趴下，繼續睡。

衛時毫不費力給巫瑾換了個面，隨手拍了拍，把巫瑾拍平整。

草坪上微風習習，鴨蹠草夾著星星點點的小藍花。

巫瑾煎餅和衛時掌廚一趴一坐，陽光自上而下溫柔傾瀉，將兩人攏在攝影機死角。

半小時後，巫瑾陡然清醒。少年從草地爬起，攛掇大佬就向另一個專案奔去。

衛時抬了下眼皮。

巫瑾似有所覺。

衛時低頭，俯身審訊時產生強烈壓迫感。

巫瑾求生本能爆發：「沒沒沒！什麼都沒發生……」

衛時強迫巫瑾看著自己，野獸般的瞳仁壓成一線：「他敢對你動手，你就對他開槍。」然後施施然放開巫瑾。

「……」巫瑾表面應和：行吧行吧！腦回路真瑰麗！

兩人行進沒多久，腕表同時振動，已是有第二隊選手完成兩項娛樂設施。

巫瑾低聲向大佬分析：「難度層面，金字塔、摩天輪同樣複雜。這輪淘汰賽應該存在我們還沒遇上的送分題。現有線索來看，鐘表一定與文明主題園區契合。例如西歐的座鐘、古埃及的水鐘，且時間控制器一定隱藏在娛樂設施之內。」

巫瑾琢磨：「摩天輪是旋轉的巨大鐘面，金字塔頂端是注水的滴漏，按照這類提示反推。古代的計時方式還有繩結、日晷、鐘擺……」

衛時示意巫瑾抬頭。

兩人面前，散去薄霧的摩天輪園區旁，海盜船左右晃動，上面不知道哪位練習生正在扯著嗓子尖叫。

海盜船是「刺激程度最被低估」的遊樂項目之一，最高點的失重衝擊感甚至可以遠超雲霄飛車。「海盜船」船體被機械臂連接，以固定幅度、擺場做週期性機械運動……

巫瑾突然跳起。

海盜船，左右搖晃。機械臂，鐘擺。

「走！」巫瑾不容分說拉著大佬跑去。

第三項娛樂設施的破解比巫瑾想像的要更快。

「海盜船」就是第六輪淘汰賽中的送分題，形狀意向簡單直白就能與鐘擺聯繫在一起。

這會兒海盜船還在運轉，巫瑾趕緊跑了個周邊小專案。給出的印章線索赫然是伽利略在黑漆木板上書寫$T=2\pi$開根號1/8。

擺長週期機械運動公式。

「伽利略！」巫瑾把獵槍扔給大佬。

衛時漫不經心開槍，原本守在海盜船旁的選手被迫悚然逼退。

巫瑾快樂被大佬帶飛：「怪不得這裡靠近摩天輪，原來還在歐洲文明主題區。海盜船，船身是十七世紀初義大利維京海盜風格，同時期義大利科學家伽利略發現鐘擺公式，所以是這麼個聯繫上的……」

衛時聽巫瑾呱唧呱唧講著，手中動作不停，一杆獵槍殘酷清場。

巫瑾躥到售票機前。時間跟隨鐘擺擺動勻速行進。巫瑾毫不費力算出海盜船對應的項目開啟時間，正此時腳步聲凌亂響起，原本圍堵圍巾的選手被迫後撤。

巫瑾向以一敵十的大佬崇敬豎起大拇指。雖然自己這一局混了點……不過問題不大！

這局大衛帶飛，自己混分。下局自己carry，小衛躺贏。生命不息，則混和躺交替不止！

項目時間一到。巫瑾拖著大佬火速爬上海盜船，直奔最末一排，繫好安全帶，眼神振奮異常，「坐最後！坐最後！這裡最刺激！」

「……」衛時終於確定，巫瑾剛才在草坪上睡了個體力全滿，活蹦亂跳。

男人點頭，毫無異議，登船時不著痕跡提起：「浮空城也有，是這個的三倍大。」

巫瑾面露崇敬。

海盜船緩緩啟動！灼灼烈陽下，氣流自臉頰溫熱擦過。坐在船尾的巫瑾興奮蹦躂，在失重最高點突然做了個口型：衛時！

鏡頭死角，十指無聲交握。

衛時側眼看向小捲毛被吹得風中凌亂的巫瑾，在兩人同時凌空的一瞬靠近，呼吸於獵獵風聲中糾纏。

船擺再次下沉，進入攝影覆蓋區。巫瑾乖巧坐好，衛時表情如常。

海盜船再次上衝！巫瑾又偷偷摸摸搞起小動作，衛時制住不安分的手，不假思索拿試紙往巫瑾手背一貼。

巫瑾湊近觀察試紙，睫毛在衛時心底翕動。

失重與香甜的空氣同時衝擊而來，船體再次晃動到最高點。

衛時眼神突然一空，潛意識控制不住就要鑽出——衛時強硬壓下。

海盜船凌空。

巫瑾還在船尾歡脫得不行，就差沒放聲歌唱！

衛時表情逐漸空茫，猛然回頭，緊張看向座位旁的小矮子。

海盜船蕩到另一側。

巫瑾嗷嗷亂叫。

衛時表情再變，眉宇深邃壓下，多淬煉了整整十年的目光深不可測。

海盜船繼續搖。

橫豎只有大佬一個人能聽得到，巫瑾唱歌瞎混b-box：「讓我們蕩起～雙～槳～動次打次boom boom boom！」

衛時再次茫然，接著警惕看向手中並不熟悉的獵槍，伸手就要急著去找弓箭。

海盜船再搖。

巫瑾：「迎面吹來了涼爽的～風嗡嗡嗡嗡嗡！」

衛時猛然閉眼，神情變幻，唇線筆直繃起。

巫瑾愉悅下船，看向指示標，「妥了。海盜船完成，去雲霄飛車，就在東南方向……」

衛時嗯了聲，叫住巫瑾。

巫瑾茫然回頭。

衛時冷靜給巫瑾提前做好心理準備。

半分鐘後。

巫瑾聽到自己絕望開口：「什麼？」

「什麼叫潛意識轉換頻率加快？」

「最快……最快半分鐘一次？」

克洛森秀直播間。

進入廣告時段前，鏡頭再次鳥瞰飛躍遊樂園的每一處角落，有從金字塔頂端俯衝而下的拉斐爾，有拽著拉斐爾的小船，死皮賴臉再次蹭答案通關的凱撒、紅毛，有雲霄飛車下狂奔的魏衍……還有正在和衛時交談的、似乎被嚇傻了的巫瑾。

應湘湘摘下耳機，把轉播交給克洛森後臺，再看了眼凝固畫面中的巫瑾，一下笑了出來，「他倆在說什麼？這是什麼表情？」

巫瑾呆呆站在衛時對面，就差沒在臉上寫著：你今天就是要難為我小巫了！

然而很快，直播螢幕已經被金主爸爸的廣告取代。

第六輪淘汰賽，遊樂園賽場。

一群攝影機呼啦啦飛過。

巫瑾磕磕絆絆：「半、半分鐘？」

大佬嗯了聲，冷靜為獵槍裝彈。男人眉宇冷硬，低頭時暗藏殺機，比常人稍長的指骨是基因精準編排下最精準的凶器，手中動作不停。

「拿著。」男人表情不透喜怒，聲線又比平時沉了兩分。

衛時把槍托塞到巫瑾懷裡，握著少年的手抱住槍把，就像是揪著巫瑾按住蘿蔔纓子。然後蠻橫俯身，在巫瑾耳邊冰涼警告：「他動你，你就開槍。」

巫瑾簡直生無可戀。

衛時瞇眼，手臂撐住牆體，恐嚇膽兒肥的小兔崽子：「不許理他。」

巫瑾傻眼：「……」

他現在徹底相信大佬的情緒鎖療程起作用了！這哪是情緒感知微弱，簡直是一腳踢翻了醋罈子！還不是一個人在踢！大佬精分出來的大衛、小衛互相都把對方當成假想敵！兩人對著醋罈子你一腳我一腳、我一腳你一腳……

估計大佬的心眼只有那麼一點點小！

巫瑾內心嘰哩呱啦吐槽一堆，在大佬的威壓下卻只能瑟瑟發抖乖巧抱住蘿蔔纓子。

正在此時腕表滴的一聲。

巫瑾刷的低頭，「有三組並列第一了！」

巫瑾瞅了眼身旁，大佬正不悅解下背包，依次拿出行軍包內的繩索、軍用匕首、箭枝對著自己比劃，似乎在翻找一樣「刑具」用來恐嚇即將出現的小衛崽崽。

巫瑾趕緊鼓起小圓臉諂媚：「衛、衛哥，要不咱們先找雲霄飛車，我一個打不來……」

大佬站起，看向雲霄飛車所在的方向，嗯了一聲：「魏衍在那裡。」

巫瑾分明看出了大佬眼中的滿意，這簡直是要淘汰小衛，把巫瑾作為遺孀轉交魏衍照顧的節奏……

衛時揉了把軟乎乎的自家戀人，斷然開口：「走。」

雲霄飛車在與金字塔完全相反的遊樂場另一端。

海盜船高處，巫瑾能隱隱看到雲霄飛車繁雜環繞的軌道，視力卻無法捕捉再精準的細節。

此時從羊腸小徑走過，能收集的資訊才逐漸增多。

這裡是海盜船通往雲霄飛車的必經之路，路邊還能看見海盜船的紀念品售賣點，大航海時代的義大利船隻模型、歷史故事書、仿製貿易珠琳琅滿目，與遊樂設施主題契合。
巫瑾只看了一眼就移開目光。克洛森秀歷史固定圖淘汰賽中，確實有過某個場次，線索隱藏在紀念品售貨機內，但這一場卻相差甚遠。
周遭零星能看到冒頭的練習生。
「雲霄飛車這一關應該不難，」巫瑾輕聲推測：「鬼屋在後山，距離主設施群最遠，應該罕見有選手抵達。雲霄飛車、海盜船、摩天輪和激流勇進，四點自東向西漸進貫穿縱深……既然西邊金字塔那裡的選手不多，就代表肯定有小隊是從東邊開始清關。」巫瑾看了眼腕表上密密麻麻的計分排名，「而且進展順利。」
走出海盜船園區，地形再次變換。腳下的土壤柔軟，從西方貿易文明中常見的貧瘠針葉林土質變為一種濕潤、肥沃的黑褐色泥土。
巫瑾俯身：「農耕。」視野飛掠過水稻和小麥，「雲霄飛車主題，應該是一種起源於農耕的文明……」
衛時示意巫瑾去看，「那裡。」
少年一愣，眼睛陡亮。
距離兩人最近的娛樂設施隱藏在一段黛瓦白牆之後，靠近時潺潺水聲自梅樹瘦石中傾瀉而出，地上是還在晾曬的宣紙，一半揉紙剛硬勁白，另一半色澤溫柔，應是生宣、熟宣。巫瑾猛然開口：「造紙術！」
從小院繞過，又是青磚封閉、城門般的大宅院，不知擋住了什麼娛樂設施。巫瑾瞅了城門半天：「晉中宅院！」
順著青磚一路向內，牆上鏤空的壁畫又與西歐中世紀的浪漫、古埃及的神祕截然不同，陰刻、陽刻循規蹈矩，或工筆或寫意，描繪了形形色色的士農工商、歲節時令、風雨書聲、祖先崇拜……

巫瑾深吸了一口氣。

華夏文明。中國有禮儀之大，故稱夏；有服章之美，謂之華。

再向內深入，形形色色的娛樂設施在錯落院落之中，巫瑾還看到了仿乾清宮的虛擬類競技項目，兩隊練習生正在為龍椅爭得不可開交，某隊輔助被拖下去打了十大板。還有某陵墓倒斗黑暗探險項目，也不知道這時候沒有選手下斗……

雲霄飛車赫然就在前方！

巫瑾拖著大佬跑去，看向項目指示牌下的小字。

——天子命我，城彼朔方。赫赫南仲，玁狁於襄。

「《詩經》？」巫瑾向指示牌伸手。在經歷過無數大小副本之後，指尖與正楷相觸，讓巫瑾莫名愉悅。說不清是知識儲備優勢，還是文化脈絡護佑下的安心，「天子命我，城彼朔方……意思是在東方建城？」

巫瑾這才想起，自己的語文一塌糊塗，作詞也一脈相承。

雲霄飛車就在不遠處刺眼的陽光下，只要經過雲霄飛車紀念品店，就能抵達售票口。

售票口另一側，猛然有腳步傳來！

巫瑾一愣，飛快端起步槍，看向身後大佬……這一眼差點魂飛魄散。

衛時抿著嘴，一聲不吭看著巫瑾。弓箭帥氣俐落卡在他的臂彎之中，臉龐彆扭似乎還在和誰較勁。

巫瑾：「……」大佬早就換芯了！

這次轉換一聲不吭差點把巫瑾嚇呆，這會兒兩人手還牽著，只是上一秒牽了個戰鬥機器，下一秒就變成傲嬌小狼崽。

衛時板起臉，「你牽他的手？」

巫瑾嗖地放下爪子，試圖安撫狼崽！

衛時表情更加難以言喻，質問：「你連我的手都不想碰？」

巫瑾迅速舉起爪子，乖巧抓住衛時。

衛時火冒三丈：「你就這麼不情不願……閃開！」

在巫瑾反應過來之前，身後猛然有流彈擦耳邊而過。衛時一肘子把巫瑾撞歪避開，接著厲色開弓，對著紀念品店後貓著的魏衍連珠三箭——箭鏃在空氣中飆出刺耳聲響。

巫瑾飛快躲避，「先撤，賽場沒有子彈補給，他們能開槍的次數不多！」

衛時聞言冷冷揚起唇角，不退反進，對魏衍步步逼迫。少年氣息濃厚的面龐毫不服輸，多年在R碼基地稱王稱霸的經歷讓他對冷兵器的駕馭出神入化，加上成年衛時的臂力，說是射簇入石都不為過。

紀念品店後，薄傳火冷不防一聲低呼。

兩羽箭枝襲來，魏衍不知為何呆了半秒，差點著道。

魏衍依然震驚：「……」

薄傳火：「啊？」

魏衍突然眼神崇敬：衛哥表情太豐富了！一定是浮空城在攻克情緒鎖方面產生了重大突破，不愧是衛哥的浮空城！不愧是衛哥！

薄傳火壓根在這位人形兵器臉上讀不出任何情緒，只能委婉詢問：「打不打？不能讓他們看到重要線索……」

魏衍：「我掩護，你去取。」

槍聲再次響起，與巫瑾預料無差，魏衍、薄傳火同樣子彈緊缺。兩人旋即換上了弩箭，與拉斐爾手中同出一轍。

混戰中，薄傳火迅速從紀念品店窗口取下一物，緊接著魏薄毫不戀戰急速後撤。

衛時的箭囊已經半空。

巫瑾當機立斷：「先不追，找到他們用的弓弩，這場比賽的通用武器就是弩。沒事，紀念品店還有存貨，他們拿走的只是展示品……」

巫瑾飛快俯身給大佬撿箭。

遠處，魏薄已是躲入雲霄飛車售票點，緊接著娛樂設施啟動，兩人跳入車體。

飛車尾部陡然燃起裝飾性的熊熊火光！像是著了火的羽箭破空射出，拖曳出尾部拉長的赤色光簇！

巫瑾張大了嘴。

著了火的雲霄飛車氣勢磅礴。同時火光也照亮了整座設施的布局，簇擁雲霄飛車的軌道為磚石砌成，夾在低矮的山峰之中，軌道上城牆、樓臺、關隘清晰可見，每當飛車經過，樓臺上的烽燧就燃起滾滾狼煙，像是在急速傳遞戰訊。

——天子命我，城彼朔方。赫赫南仲，獫狁於襄。

「城」是指城牆。朔風吹寒雪，萬里築長城。

激流勇進是金字塔，而雲霄飛車是長城。

巫瑾伸手拉住崽崽就要跑去一探，再一回頭……

崽崽正在飛快往反方向闊步離去。

巫瑾：「衛哥？」

衛時憋著一口氣，臉色陰沉：「他要出來了，肯定會對你動手動腳，我先把他跑遠點。」

巫瑾：「……」你是下線前把號停到安全區嗎？我是危險的小巫炸彈嗎？

然而還沒等崽崽跑太遠，衛時突然僵住。

巫瑾用手偷偷做了個打槍的手勢：Biu！換芯！

大衛緩緩轉身。大佬表情不悅，沉沉看向遠處的巫瑾，「過來。」

巫瑾乖乖小跑，跑一半突然傻眼。不對啊！你自己跑到那裡的，不是該跑回來嗎？怎麼變成我跑過去了！

大佬面無表情看向巫瑾，久到巫瑾以為剛才大佬背後長了眼睛。

衛時點評：「幼稚。」

巫瑾終於鬆了口氣。二十七歲的衛時飽經風霜，成熟老練，比崽崽要穩重太多！肯定不會再做出胡鬧之事……

衛時：「等到要換的時候，你自己跑遠。」

巫瑾悲憤：這敢情還不如崽崽呢！崽崽是他自己跑，換成大佬就是我跑……

好在大衛不再糾結，捉了巫瑾就利索向長城走去。男人冷酷開口：「兩小時結束比賽。」

巫瑾肅然起敬。當初克洛森複賽的時候，大佬快速結束比賽是為了回家餵貓，現在可能是要回家揍他自己……

【第六章】

自己娶的大小老婆——就要自己護著

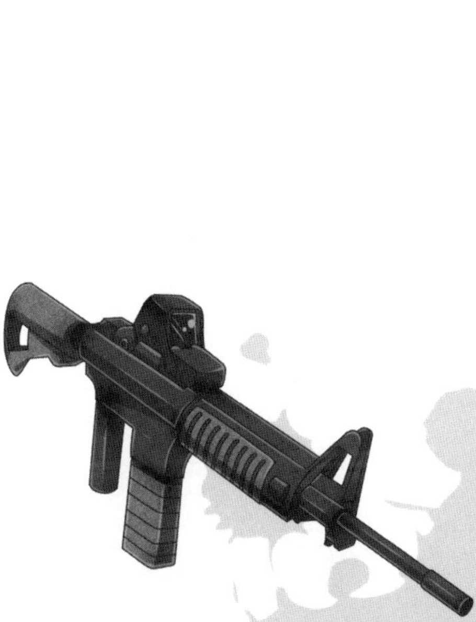

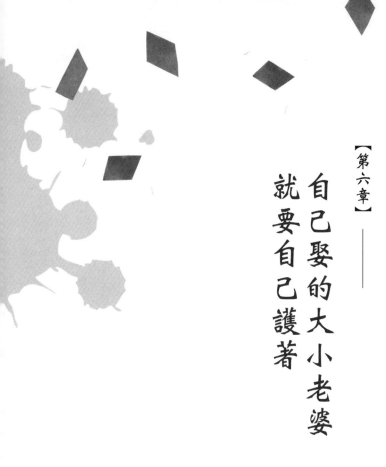

雲霄飛車的軌道穿雲入霧。

兩人各自買了張票，顯示時間分是六點零七分與十四點零分。

「時間流速很快。」巫瑾琢磨：「時間是跟雲霄飛車走的。」

雲霄飛車依然在軌道上急速飆進，檢票口內，巫瑾「咦」了一聲，蹲下檢查軌道。車體軌道竟是分為兩層，上層是常見的鋼軌，下層黑糊糊看不出來是什麼……

衛時單膝著地，在軌道前俯身，手指穿過軌道，撚了撚殘餘的燃料，湊到巫瑾鼻子下。

巫瑾使勁吸，「……香料？」

衛時看向遠處還在顛簸的雲霄飛車，「白煙，無毒，廉價香，凝脂狀火焰燃料。」

巫瑾聽得一愣一愣。大佬的偵查能力沒得說！然而所有細節加起來都和時間沒什麼關聯……正此時，滿山的烽火猛然熄滅！

腕表幾乎同時振動。通關三項娛樂設施的小組，從三組增加到四組。

魏溥通關雲霄飛車！

巫瑾陡然反應過來，神色意外驚喜：「這輪可以抄答案了，雲霄飛車的需求通關時間是十六點零三分。時間跟車走，就像是金字塔裡的時間跟水走……」

衛時糾正：「時間是跟著火在走。」

巫瑾恍然：「對，金字塔裡真正操縱時間的是水而不是船，模型放到長城，操縱時間的是火而不是車。火焰，燃料，軌道……他們在十六點零三分刻度熄滅了車尾的火焰，所以才達成了十六點零三分的時間目標？」

巫瑾突然疑惑：「我好像在哪裡見過。」

衛時揉了把軟軟的小捲毛，「不急，慢慢想。」

記憶或是那位木槿花巫槿的記憶翻開。夏天的蚊香盤香在床邊緩緩燃燒，早年的蚊香對人體同樣有害，一盤燒六個小時的蚊香通常不會一次燒完。

孤兒院的老院長慢吞吞把小鐵夾夾在蚊香的一處：「兩個小時！」

巫槿，或是巫槿笑咪咪點頭，乖巧寫兩個小時作業。

當蚊香緩緩燃燒到鐵夾，溫度被鐵夾吸收，蚊香熄滅。巫槿扔了作業本，高高興興去好心人捐贈的小圖書館看書。

和線香、盤香相關的古老計時方式原來已經沿用到了二十一世紀。

華夏文明脈絡中的時間也與這類意向相關，一盞茶，一炷香。

「雲霄飛車是用火計時的鐘錶！」巫槿興奮開口：「錯雜的軌道是古華夏用於計時的盤香，香線上記有時間刻度。時間隨著香料燃燒流逝，盤香還剩多少，時間就還剩多少……」

衛時嘉許：「嗯，火鐘。」

水與火都是人類最古老的計時方式。水鐘源於古埃及，火鐘起源於華夏。

遠處，薄傳火從雲霄飛車一躍而下，對著巫槿揮揮手掉頭就走。

長城城樓上的濃煙熄滅。

挨得近了，巫槿能瞇眼看到長城磚石上的一幅幅磚畫，磚畫與水墨丹青一樣瑰麗。

這類起源於漢代的藝術品線條粗細轉折之間婉轉動人，為畫稿倒上泥磨具，再由模具倒上磚石燒製而成。長城最起點的磚畫是春秋戰國，諸子百家、孔聖出世、合縱連橫、秦掃六合。再往後是秦王大一統，高祖斬白蛇……

綿延往後，永續不斷。

巫槿回頭，臉頰發光：「走，去研究十六點零三分的時間刻度！」

衛時點頭，漠然開口：「他要出來了。」

巫瑾瞭然，十分狗腿地就要自己先跑遠。還能怎麼辦？自己娶的大小老婆，還不是得寵著！不過看這個架式，大小衛第一次轉換還有兩小時，現在是十五分鐘，再過會兒說不定真得半分鐘……

大衛臨走前再次警告：「不許理他，我會檢查。」

巫瑾點頭點頭，繼續高高興興往外跑。

衛時：「等等。」男人居高臨下，抽出一截戶外繩索，扔給巫瑾。

衛時伸手，冷峻開口：「捆起來。」

「……」長城起始的樓臺上，巫瑾被迫戰戰兢兢對隊友實施捆綁play。

幾十秒後，小衛緩緩醒來。

衛時慢慢睵眼。

巫瑾低頭看向繩索，「……」

衛時低頭看向繩索，「……」

巫瑾求生欲再次爆發，靈光一閃狗腿給小衛解綁，「我把他綁起來了！等你回來！」

衛崽崽終於哼了一聲，表情放緩：「下面去哪裡？」

巫瑾用最快速度複述了一遍長城、火鐘與十六點零三分刻度，說完已是口乾舌燥。心中咯噔一聲，如果大佬真要半分鐘換一次，估摸著所有規則都得解釋兩遍……

衛時乾脆點頭，爬上長城前突然揚起下巴，指尖在巫瑾臉頰上擦了一下，「喂，推理太累，我替你一起想，至於他，就繼續捆著吧。」

雲霄飛車的軌道長城錯綜複雜延伸，好在盤來盤去都在一個範圍內，兩人不需要行走太遠。出乎巫瑾意料，除了磚畫之外沒有看到任何時間刻度。

包括目測魏衍熄滅火焰的一段軌道，同樣沒有時間刻度的蛛絲馬跡。

「看磚畫。」巫瑾沉吟許久，開口。

磚畫大體是從春秋戰國延伸，到秦漢、北朝、隋、遼金、明……

衛時突然開口：「唐宋不在。」

巫瑾一頓，又仔細翻找隋之後，果然沒有唐宋。按說以華夏為主題，必然會提及盛唐。

少年微微皺眉，磚畫一幅幅找過，期間又劃出區域：「雲霄飛車在這裡，是第一次取票。顯示時間為六點零四分。」

磚畫中先是戰亂，再是一統，又回歸戰亂。中間穿插著儒釋道三教並立，似乎也是這裡第一次出現科舉。繼而是修建長城，數以萬計平民開鑿運河……

「隋朝。」巫瑾低聲開口：「開運河以致於亡國。」

「第二次取票。」巫瑾帶著衛時走到另一處，「取票顯示為十四點零分。」

磚畫中逐漸出現遷都、修建長城、朝貢、鄭和下西洋以及初具規模的火器營。

「明朝。」衛時不用再看。

巫瑾思索看了許久明長城那張磚畫，恍然：「怪不得沒有唐宋，所有出現在磚畫上的朝代，都是修建過長城的朝代。」

「秦長城、隋長城、明長城……唐朝國力強盛，遠人不服而使來之，北方不存在抗衡政權，自然沒有修建長城的必要。至於宋代……宋朝轄土不及長城一帶，也不會修建長城。所以磚畫就會存在朝代間的突進……」

兩人突然一頓。

「時間！」巫瑾和衛時幾乎同時開口，衛時旋即回復靜默，示意小矮子開口。

巫瑾顧不上其他：「時間。時間也存在突進！兩次取票之間從六點零四分橫跨十四點零分，十四點到魏衍完成任務的十六點零三分卻過了很久……」

「時間和磚畫朝代是一起突進的！」

「磚畫就是時刻！」

衛時：「隋滅是哪一年？」

高考小能手巫瑾秒答：「西元六一九……六點零四分，就是西元六〇四年！」

衛時終於點頭，「我猜，剛才他們在紀念品店搶走的，應該是華夏文明斷代表。」

巫瑾驚喜看向大佬。

一團小矮子很快喜氣洋洋就往衛時身上蹭，十六歲的衛時耳後再次微紅，面無表情訓斥：

「蹭什麼蹭！喂！我是不是比他有用？」

巫瑾仗著大衛不在，使勁點頭點頭——大佬最帥！崽崽最可愛！

衛時嗯了聲，側過臉，「下次你再跳的時候，我接住你。」

巫瑾半天才想起崽崽說的是激流勇進那時候，笑咪咪擼了擼崽崽手感極佳的腰腹。

草稿紙從背包內翻出，巫瑾就著牆火速寫下所有線索。

六點零四分。六〇四年，隋末，磚畫所在的位置與取票時的雲霄飛車位置相符。

十四點零分。一四〇〇年，明初，對應磚畫再次與第二次取票時的雲霄飛車位置重疊。

十六點零三分。

巫瑾寫了一行字，放下筆：西元一六〇三，明末。

明長城是最後的長城，魏衍熄滅火鐘的地方，應該是在軌道最末端。

巫瑾長舒了一口氣，伸手。

衛時默契擊掌。

克洛森秀直播間。

血鴿、應湘湘同時茫然看螢幕裡的圍巾組。

血鴿：「他們就這麼解出來了？」

應湘湘露出難以置信的表情，「他們沒去副本通關獲取關鍵磚畫？就這麼取了兩張票，順著長城一路走過來……」

後臺，負責遊戲設計的編導也是傻眼。按照起初預判，選手會在乾清宮、明孝陵、晉商大院、造紙術副本中取得「盤香印章」、「明長城磚畫提示」，「明末清初的火鐘」、「記載有明（一三六八～一六四四）的紙條」。

結果幾乎所有練習生都沒有按照常理出牌。

魏衍搶走了紀念品店的斷代書籍，直接查到一六〇三。

至於巫瑾……

小編導哀嚎：「怎麼會有選手把斷代年份都背下來？這是逃殺練習生？不是應屆聯邦高等院校統考考生！」

淘汰賽賽場內。

巫瑾領著大佬狂奔到雲霄飛車上，「走走走走走——」

烽火依次燃起！改裝版的軒轅戰車——雲霄飛車順著長城軌道上升、俯衝，滾滾狼煙沖天而上。無數磚畫自眼前飛掠而過，樓臺上，點燃烽火的虛擬投影是穿著各個朝代戰袍的戍邊兵士——泱泱華夏，諸子百家，有服章之美，有禮儀之大。

城彼朔方，護我國祚安昌。

雲霄飛車終於經過明末。衛時果斷熄火。

腕表微微振動，雲霄飛車副本兩人同時通關！

雲霄飛車飛速駛入隧道，視野被黑暗覆蓋。

十八世紀之後，大航海與資本殖民興起，工業革命推動熱武器誕生，再無君主修建長城，華夏再不會用冰冷的磚石抵禦北方外敵。

之後的三百年，曾有落入低谷，輾轉反側，又最終崛起。

雲霄飛車抵達終點，陽光灑下。

巫瑾回頭看了一眼，縱觀數千年磚畫，真正看不到光明的隧道也只有這一段而已。

兩人重回比賽競速第一，巫瑾高高興興拉著小衛就要下車。

十六歲的衛時皺眉，「要換了。」

巫瑾嗖的反應過來，要向大佬交差，於是從背包掏出繩子，「那成！捆起來、捆起來！」

衛崽崽點頭，囑咐：「捆緊點，腿也捆上。別讓他欺負你。」

巫瑾感嘆，還捆腿，崽崽更狠！

小衛潛意識下沉。

巫瑾乖巧等待大衛出現。

幾秒鐘後。衛時抬起眼皮子，冷冷看向巫瑾。

巫瑾趕緊邀功：「您醒啦，睡得好不好？都綁著呢！要不要檢查……」

衛時：「一直捆著？」

巫瑾刷刷點頭。

衛時：「那行。我被捆著手，綁著腳。說說看，我是怎麼一路從入口蹦上雲霄飛車的。」

烈日當空，微風拂過，氣氛卻凝結沉寂。

巫瑾的表情慢慢、慢慢呆滯……

衛時眯眼。

巫瑾蹭蹭後退兩步！風在吹，雲在飛，小巫要被錘！

衛時冰涼勾起唇角，瞳孔中寒氣可見，抬手示意巫瑾過來。

巫瑾嚇得差點打嗝，身體先於意識蹭蹭往前兩步，乖覺給大佬手上的繩索解綁。

男人大概是覺得巫瑾動作慢了，沉穩有力的手詭譎一抖，自發從繩索掙脫。

巫瑾再次嚇到倒退：風在吼，雲在抖，小巫要被揍！

等等，明明這人自己能掙脫……

衛時大長腿自雲霄飛車跨下，面無表情審視巫瑾：「嗯？」

巫瑾靈機一動：「哈哈哈是啊我都沒注意到他是怎麼一路蹦過來的，哈哈光顧著在前面走了哈哈哈……嗝。」

衛時把巫瑾逼迫到牆角，動作侵略性強烈：「記憶互通。」

巫瑾茫然：「什麼……」

衛時緩慢捲起袖子，一身灰不溜秋的制式作戰服愣是穿出了軍靴大氅的氣魄。

男人威脅陳述：「副作用結束，記憶互通。我會檢查。」

巫瑾徹底嚇傻，瞞瞞瞞不住了！

巫瑾突然抓狂——等等，他倆記憶最終能互通？那還互相折磨對方、不對、輪流折磨我小巫做什麼！

牆邊，衛時不給巫瑾任何思考間隙，槍繭粗糙的虎口直接洩憤般在巫瑾腰側捏了一把。巫瑾立刻哇嗚亂叫，男團主舞的腰子是究極敏感區域，根本摸不得！巫瑾奮起反抗，被衛時不留情面按住，接著頸側突然泛紅。

大佬冰涼尖利的犬齒就在曾經咬下的印記旁磨動。

巫瑾：「……」被叼住脖頸要害的小動物一動不動。

衛時瞇眼，盯著巫瑾頸側看了半天，突然呼出一口熱氣。

巫瑾：「嗯？」

然後衛時趁著巫瑾受熱泛紅之際，以迅雷不及掩耳之勢把一小條白色試紙貼了上去。

巫瑾看得目瞪口呆。雖然不知道試紙是做什麼的，但這分明就是干擾檢測結果！不尊重科學實踐！這和往試劑裡面偷偷倒可樂，然後強行檢測出「藍色石蕊試紙變紅，所以該試劑呈酸性」有什麼區別！

白色試紙慢慢、慢慢泛出粉紫，然後又迅速變回白色。

衛時看了眼試紙，又看了眼巫瑾面無表情說道：「先記著。」以後再行懲罰。

衛時：「走，帶你躺贏。」

雲霄飛車腳下，巫瑾終於再次戰戰兢兢踏上征程。

大佬走在前面。剛才自己carry小衛划水，現在大衛carry自己等躺，沒毛病！

比賽開始後五小時，排名板已經顯著拉開差距。

競速賽淘汰率不高，仍有七十八名選手在場內。巫瑾低頭看了眼獵槍，遊樂園中找不到補給子彈，武器到弩箭為止。

也就是賽程越靠後，選手越不可能被意外淘汰。

左側腕表，場內四十二組選手排名不斷變動。

此時大部隊多滯留在通關一到兩個娛樂設施，有八組選手通關三項，巫瑾、衛時以通關四項拔得頭籌。

「我們儘快去鬼屋。」巫瑾邊跑邊分析：「現在的名次不穩固。基本所有娛樂設施都能搭載多位選手。選手聚集越多的地方，蹭答案通關的機會就越大。拖的時間越久，我們的優勢就越小。」

巫瑾低頭看向腕表，「鬼屋，要求通關時間，十七點二十二分。」

霧氣消失致使整個遊樂場溫度上升，卻也讓視野終於完全清晰。

鬼屋在遊樂園的北面，臨近後山，需返回摩天輪才能抵達。

再次經過衛時晾曬巫瑾的草坪，穿過摩天輪下的小徑，景致又變。

巫瑾抬頭。

兩人的注意力同時被群山掩映中的跳樓機吸引。

「……怎麼是歪的？」巫瑾脫口而出。

無他，設備安裝太歪了。跳樓機像是一根筷子孤單插在傾斜的山坡上，正對著陽光。炎日自上而下照射，為跳樓機在山體坡面投下漆黑筆直的影。

節目組給選手的行程單上，除去最後一項「鬼屋」之外，還有一行空白。

「做這麼誇張，行程單上空白的項目設施是跳樓機沒差。」巫瑾鬆了口氣。第六輪淘汰賽，到這裡已經是節目組在明晃晃地給提示了。

跳樓機在深山之中，距離所有其他設備最遠。巫瑾略一思索，為了避免長途跋涉再折返，最終依然決定按照原計劃，先去鬼屋。

「所以……」

巫瑾回頭，正要尋求大佬意見，不料衛時正愣愣看天，眼中一片茫然。

巫瑾大喜。崽崽，單純好哄的崽崽又回來了！

所以自己根本不可能被頻繁換芯的大佬帶躺，二十七歲的衛時果然是大騙子！不過轉念一想，巫瑾又美滋滋。

帶崽崽飛，哄小嬌妻，心甘情願！

十六歲的衛時還沒反應過來，小矮子嗖的湊上來摸摸蹭蹭迅速撇清責任並告狀：「他自己掙脫的！」

衛時神色驟冷，乾脆點頭，看向遠處遊樂園養錦鯉的小湖，果決表示：「行，下次他出來之前，我先跳進去把他餵魚。」

巫瑾趕緊拖走崽崽並諄諄教導，嚴防大佬成為克洛森有史以來第一位投湖型選手。

十分鐘後，兩人終於進入鬼屋園區。

空氣濕潤而稀薄，說不清是雨水還是露水從高大繁密的枝葉上滴落，地勢層層向上，馬鈴薯、玉米隨處可見。巫瑾甚至能隱約看出並不明顯的梯田痕跡……

巫瑾蹲下。

土地並不肥沃，種植稀疏的作物已經是極限，周圍靠近石塊處有焦黑燒過的痕跡。

「刀耕火種……」巫瑾喃喃開口。刀耕火種是幾乎所有農耕文化的雛形，類似於農業打游擊。種植者一把火燒掉荒草，利用焚燒後鬆軟的土地耕種，等土地失肥再換個地方縱火。

這類粗獷的耕種方式只有在極少部分區域，才沿用了近五千年。

「刀耕火種，高地，熱帶雨林，玉米，」巫瑾抬頭看向遠方，莫名期待，「馬雅文明。」

繁茂的雨林植被遮擋了更遠處的視線，巫瑾只能隱約看到深藏小徑之後的高大石材建築。

在馬雅漫長的近五千年的歷史中，神祇和他們開了個玩笑。中南美洲富足到令人覬覦的礦藏或是被埋在雨林深處，或是在乾涸的原生礦床之中。馬雅文明始末，他們都沒有來得及找到一條礦脈。

馬雅沒有冶煉、沒有青銅器也沒有鐵器。以華夏類比，他們被永遠停留在了商朝。但他們的文明卻是新石器時代原始生產條件下最璀璨的文明，甚至有很長一段時間，天文曆法數學都遠遠居於世界最前列。

雨林中，巫瑾撒著歡奔向前方。大佬追上時已經再次換芯。

巫瑾慷慨表示：隨便換！去馬雅旅遊，帶大老婆小老婆都一樣……

衛時掃了眼巫瑾。巫瑾一秒乖巧。

衛時：「喜歡？」

巫瑾點頭點頭。

衛時：「下次帶你出去。」

巫瑾立刻歡呼，嘰哩呱啦邊走邊說不停：「我記得那時候，馬雅可出名啦！二〇一二那會兒，到處都在炒『馬雅世界末日』，義烏小市場的馬雅水晶頭骨都賣脫銷了……」

衛時：「不止馬雅。」

男人指示巫瑾去看四周裝飾娛樂設施的各種意象。

棉線打著複雜的繩結，繫在木杆上飄動。羽蛇神的圖騰覆滿刷了石灰的牆壁，模仿馬丘比丘祭壇的小副本大門敞開。

衛時：「印加。」

巫瑾驚喜：「南美印加文明！」

接著是寫有阿茲特克圖騰的祭祀石柱，羽蛇和太陽神紋路清晰。巫瑾思索開口：「是中南美文明聚落群？都是羽蛇崇拜，太陽神崇拜，石器文明……」

兩人一路走到小徑盡頭，龐大的石材質建築出現在眼前。

巫瑾看向標識牌：鬼神祭祀之壇，鮮血與活祭。

這輪比賽中的「鬼屋」。

兩人先後買票，相隔三分鐘，時間都是四點零分，似乎祭壇中的時間因為某種原因停滯。

「封閉式賽場。」巫瑾不再猶豫，伸手推開副本大門。

石門吱呀響動。遊樂場中的鬼屋面積龐大，按照巫瑾目測，甚至約莫等同於一個住民區，門後……巫瑾一頓，門後一片漆黑。

下一秒大佬粗糙的手掌俐落牽起自己，巫瑾眺起眼睛適應少頃，才意識到周遭並不是完全漆黑。

封閉式副本內的天花板隱隱發白，卻不明顯，就像夏季的凌晨四點抬頭仰望天光。遠處隱隱傳來人聲，卻聽得並不真切。

「祭祀是神祇崇拜，活祭在馬雅歷來都有。」巫瑾低聲給大佬分析：「至於鬼……我記得，南美洲同樣以魔鬼崇拜而聞名。」

魔鬼崇拜的具體細節，巫瑾卻並不知曉。

「有人。」衛時示意巫瑾後退，從雲霄飛車旁順來的弩箭迅速裝箭。

「誰？」巫瑾這會兒還睜眼瞎，只能順著微弱天光看到副本內一座座集市、石屋，和遠處高大的祭壇，祭壇上似乎有人影在晃動……

巫瑾轉身看向大佬。緊接著更恐怖的事情發生。

衛時緩慢、緩慢放下手中弩箭，眼神依然鋒銳如刀，卻多了兩分奶凶奶凶的氣勢。就差沒在臉上寫著我在哪裡我是誰我在做什麼？正此時，大佬身後，有人影一閃而過——

巫瑾神情驟變，不容分說把大佬撲倒，「小心！」

長矛自遠處擲來！

巫瑾終於鬆了口氣，長矛力道不強，似乎只是對入侵者的警告。且看剛才的人影，不像選手倒是像某個穿著馬雅部落服飾的NPC……

副本地圖遙遠的另一端，驀然有選手慘叫！

副本內有不止一隊選手。

巫瑾瞬間反應過來，十六歲的小衛已經迅速從地上爬起，本能護住巫瑾。

慘叫聲似乎是在八百公尺開外，又在封閉地圖中不斷迴蕩，巫瑾只勉強看到遠處祭壇上人影晃動。

原本黑暗的副本內天光乍亮！巫瑾被嚇了一跳。

鬼屋副本是在用天花板模擬天空。只在那麼幾秒之內，天邊的魚肚白迅速翻出一輪旭日，接著太陽顫顫巍巍升起，懸停在東方。

巫瑾迅速看向手中的門票，馬雅副本中的時間突進遠遠超乎巫瑾想像。

剛才進門時還是四點。現在……看天色至少也該是上午九、十點鐘之間，時間轉換的唯一預兆就是剛才那聲不知名的慘叫。

身前，小衛冷峻抿住嘴唇看向四周。巫瑾順著他的視線望去，訝然驚嘆。

副本內，是真真正正、完整復原後的馬雅城邦。無數建築物被石塊精密壘砌而成，石料之間嚴絲合縫，連匕首都很難插進去。城邦的四周是散落的祭祀居所，且隨處可見太陽神、羽蛇神神像。最外是雨林中的護城河，最內——雄偉壯闊的馬雅梯形金字塔沉默矗立。

埃及的金字塔是王陵，馬雅的金字塔是祭壇。縱貫整條文明脈絡，很少有哪個族群對於神祇的虔誠能超過馬雅。大祭壇之後，又是分錯林立的小祭壇。

巫瑾深吸一口氣。這是馬雅人為神建立的城邦，人只是借住在這裡。

巫瑾也看見了投擲長矛的NPC。不止一人。矮小的城牆後，是十幾個圖騰刺青滿身的馬雅戰士——克洛森AI戰鬥體，正手持標槍對著巫瑾衛時怒喝，驅逐闖入者。

巫瑾終於放心。就標槍這個武器水準，估計馬雅人連弓箭都沒發明出來！

「沒事！」巫瑾趕緊安慰大佬：「咱們先去交涉。」

下一秒，箭枝破空而來！巫瑾一秒被打臉：「……」

好在這枝箭簇速度不如子彈，又不知怎的飛起來歪歪斜斜像是拖曳了重物，巫瑾輕而易舉避過。不料緊接著第二發箭狠狠接上！

準心對著的不是巫瑾，而是第一枝箭的箭尾。巫瑾悚然抬頭，只能勉強看清箭尾拖的是個水囊——水囊被第二枝箭擊破！

靛藍色染料從破裂的水囊炸裂噴開，澆了巫瑾一頭一臉。

藍色巫瑾：「……」

「是井儀！」巫瑾顧不上抹開臉上染料，飛快架起獵槍。此時槍膛內只剩三發子彈，但巫瑾已經想不了太多。兩矢連珠能射到如此精準的只可能是左泊棠，有左泊棠的地方肯定還有明堯那個黏人精……

「別別！」不料明堯突然躥出，做了個嘻哈手勢：「love and peace！要狙你早就狙了，我們這是在幫你！」

左泊棠同時收弓，向兩人微微一笑。

小衛絲毫不為所動，冷酷擋在巫瑾身前，拉弓滿弦。

巫瑾在衛時身後揉臉。深藍色巫瑾揉成天藍色巫瑾。天藍色巫瑾揉成淡藍色巫瑾。

巫瑾腦海中心念電轉。井儀顯然在此埋伏已久，要狙擊巫瑾早就能出手了，按照大佬現在這個狀態，說不定圍巾還真的雙雙彈出救生艙，殉情馬雅城邦。

巫瑾抹了下臉上的靛藍染料，按住大佬，等著井儀談判。

「我們是來尋求合作的。」明堯嚴肅正經開口，掃了眼破裂的水囊，「這個就是我們的誠意。不信你看。」

城牆邊沿，一眾馬雅NPC盯著巫瑾身上的藍色染料，接著相繼露出笑容，燦爛的大白牙在陽光下閃閃發光。

馬雅戰士們紛紛丟了武器，上前想要和巫瑾擁抱。巫瑾身前被大佬堵著，只能看到戰士們不斷伸出大拇指、拍胸脯，表達對巫瑾的崇敬。

巫瑾：「……」自從變藍之後，我好像變尊貴了呢！

明堯嚷嚷：「你看是吧？」然後神色轉凝，「這個副本有古怪，我們一隊通關不了。」

「我們是來尋求合作的。」明堯放下武器，緩緩走上前，向巫瑾伸手。

巫瑾和衛時對視一眼。小衛動作不變，弓箭直指明堯。

十六歲的衛時氣勢冷峻駭人。巫瑾甚至能看到明堯鼻尖緊張滲出的細小汗珠，不遠處，左泊棠抱臂微笑，絲毫不擔心。

巫瑾謹慎向明堯伸出右手，兩人說不清是在握手結盟還是在相互試探。

指尖遞出之前，巫瑾安靜等待左手腕表的非法組隊警告。

巫瑾與明堯握手。

一秒、兩秒、三秒。警告沒響。

「……」巫瑾傻眼。

明堯終於鬆了口氣，眉飛色舞：「看吧沒騙人！嘖嘖，以小巫之心度小明之腹！算了不和你計較。」

「小巫，馬雅副本應該是默認能夠結隊。」左泊棠溫和開口：「它比我們想像中要難。」

烈日下的馬雅城邦奇詭而迷人。高大的紀念碑、神像被無數高低綿延的建築環繞，城邦的神民低頭在神祇之間穿梭。

貴族、平民之間極易辨認。平民大多只披一張麻布，懷揣重物、牽著家畜。貴族則衣飾多彩，紋身珠寶穿環遍布每一寸裸露在外的皮膚。

巫瑾甚至看到一位乘著人轎的馬雅貴婦，刺青從眉骨延伸到舌頭。

但幾乎每人身上都有少量靛藍塗料。

明堯領著巫瑾、衛時在集市內閒逛。路邊小攤上，精美的石器、骨器隨處可見，還有各類雨林藥草、煙葉、山貨。

巫瑾琢磨，眼前應該是某次祭祀前的趕集。

集市中，被放在最顯眼位置的，是各式各樣的骨刀。時不時有馬雅人停下，以一兩枚可可豆交換樣式精美的利器。

攤主利索給買家開刃，買主拿了刀，第一件事就是向最近的神像跪拜。

「都在買刀，」明堯抖了抖肩膀，「說明祭祀要開始了，血祭。」

剛才買了骨刀的馬雅小貴族跪拜完畢，接著迅速割開自己的手腕。赤紅的鮮血徐徐流出，這位馬雅貴族毫不猶豫就往神像上抹。

血液在冰冷的石塊上滑落又凝結。

巫瑾：「……」

衛時看了眼，興趣不大。當年R碼基地裡的瘋子比比皆是。

巫瑾轉向明堯問：「怎麼祭祀？」

明堯嘆氣：「這就是我們要找你們合作的原因。」

「我們在這裡待了好幾輪，不斷有選手進來，不斷有選手被捉去祭祀。看到中間那個祭壇沒？」明堯伸手，「我建議你們離它遠點。馬雅人祭祀太陽神是活祭，被捉上去的人就沒有再下來過的。」

「現在唯一知道的線索就是這個，」明堯戳了下巫瑾身上的藍色染料，「這是行走於城邦的護身符。但只能護身，不能通關。」

巫瑾嗖的提問：「你怎麼沒變藍？」

明堯得意洋洋翻出左手，白白嫩嫩的手腕內側用藍色染料畫了個小小的井儀logo，「看到沒，我的護身符！」

巫瑾看了眼一小塊藍色的明堯，再看了眼渾身藍不拉幾的自己，於是火速開動，扒住明堯就是一陣亂蹭！

明堯：「隊長救命，小巫盤我！衛選手你也不管管……」再一回頭，衛時的弓箭又對準了自己。

明堯：憑什麼？我是小明玩具嗎！不讓小巫玩就射殺我？衛選手也太不講道理了吧！

左泊棠笑咪咪把兩人分開，巫瑾這才發現，靛藍染料乾得極快，一點也沒蹭到明堯身上。

左泊棠走近時，巫瑾又留意了一眼腕表，依然不見非法結隊警告。

他背過身，向大佬輕輕打了個手勢。

克洛森組隊警告只有在兩種情形下不會觸發。其一是規則允許組隊，其二……井儀根本就是在給他們下套。

然而沿路走來，巫瑾的尊貴藍讓他吃盡了福利。

有賣食物的攤主硬是要把烤肉塞給巫瑾，也有年輕的少女給巫瑾送上漂亮的小貝殼，甚至還有貴族從轎子上跳下，特意拍拍巫瑾肩膀。

路過某個家畜售賣點時，巫瑾眼睛一亮，一隻小羊駝正綁在石柱上吃草。

羊駝是印加文明中的主要牲畜之一，肉質鮮嫩，介於羊羔肉和牛肉之間，天冷的時候還可以薅羊駝毛織毛衣……最主要是可愛！眼睛水靈靈的，毛毛暖融融的，一小隻還沒有巫瑾的腿高，吃完草就乖巧蹭蹭石柱，吃的不挑智商也不高，一看就很好養。

看管小羊駝的店主熱情把牽繩遞給巫瑾，示意他隨便遛。

巫瑾恍惚，彷彿被驚喜砸中。明明只是開了個藍鑽，怎麼連寵物貴族福利都有了！

旁邊的明堯也看呆了，身上的藍色顏料面積和收到的優待成正比──明堯嗷的一聲，伸出手，「我要抱我要抱！」

巫瑾嗖的閃開。少年兩眼放光，伸手緩緩托起小羊駝軟綿綿的肚皮，小羊駝立刻咩咩叫了起來，懸空的四肢一動一動像在踩棉花。

巫瑾飛快躲過明堯的搶奪，把羊駝抱在懷裡就是亂蹭亂吸。

明堯嚷嚷：「給我玩一會兒，就一會兒！」

巫瑾記仇：「不給！」

明堯：「……」井儀副C伸手就要搶羊駝。

巫瑾一個轉身就把小動物幼崽塞到了大佬懷裡。

男人面無表情接過，舉起羊駝的動作像舉槍，啞聲開口：「喜歡？」

巫瑾這才發現，大佬又不知不覺換芯了。

巫瑾頓時鬆了口氣，精神立刻振奮，有大衛在還談什麼結盟，穩妥起見現在就乾脆把井儀吊打……

左泊棠突然開口：「衛選手。」

巫瑾抬頭，這位狙擊手表情溫和帶笑，視線卻始終鎖住衛時。巫瑾微微警覺，左泊棠的感官敏銳程度匪夷所思。

巫瑾下意識上前一步，擋在大佬面前。

衛時揚眉，示意巫瑾離開。道不同不相為謀。

左泊棠點頭，像是早有預料，「既如此就分開吧。我的建議，不要靠近神廟。」

「祭祀馬上就要開始了。」

「小明。」左泊棠帶上明堯。這位井儀隊長嫻熟裝箭，向巫瑾告別：「有緣再見。」

兩人最終消失在了通往神廟守衛崗哨的方向。

大衛沒有耐心去抱羊駝，直接扔給巫瑾，「怎麼藍了？」

巫瑾趕緊抱著小羊駝告狀明堯，然後快速給大佬總結：「馬雅副本的主題是血祭，一路過來已經看到不止一人割肉往神像上塗血。」

整個以金字塔祭壇向外擴散的集市中，血腥味越來越濃。

「進門時聽到的慘叫，應該是淘汰了一名選手。」巫瑾回憶：「因為有選手淘汰，所以太陽升起。」

如果是這個機制，鬼屋副本將是第六輪淘汰賽中負責嚴格把控順位名次的副本。

「其他……」巫瑾搖搖頭，一概不知，「我們去祭壇，重要的壁畫都在那裡。」

大佬點頭，突然漠然伸手擼了把羊駝腦袋上的毛毛，然後擼了把巫瑾蓬鬆細軟的捲髮。

巫瑾和羊駝同時瞪眼看向衛時。

衛時命令：「這小畜生帶著。等他出來，讓他抱羊。」

巫瑾糾正：「是羊駝……」

衛時冷淡：「只許抱羊，不許碰你。」

神廟終於距離兩人不足百公尺。巫瑾在矮牆下躲著，周圍狂熱的人群越聚越多。

隨著祭司順次出現，馬雅民眾幾乎是歡呼著在往神廟的石牆上兌血，失血帶來的疼痛似乎被所有人忽略。

巫瑾看了半天，才發現自殘式獻祭，還伴隨著吸食大量原生態毒品，包括菸葉、蛙毒。能塞進嘴裡的塞嘴裡，能燒著的燒著吸，還有致幻毒性太過強烈的，快樂的馬雅貴族們乾脆脫了褲子塞進直腸享用。

所有痛苦都因為虔誠轉換為歡愉。

「祭祀的是……太陽神。」巫瑾看向石柱上的壁畫。

金字塔下，年長的祭司反覆徘徊，似乎在等待作為祭品的戰俘。

明堯、左泊棠就守候在長老左右。

「大騙子！還說祭壇不能去！」巫瑾吐槽，拉著大佬就走，「我們也過去。」

馬雅副本的入口與祭壇方向相反，巫瑾略微估量了一下整個遊樂設施大小，祭壇就卡在副本建築的最盡頭。

如果副本有出口，最大可能就是在祭壇的某一處。

巫瑾靜悄悄地逆著井儀站位摸上祭壇。

石灰底牆上，色彩斑駁的壁畫蔓延。巫瑾矮腰躬身，腦袋都要湊到雜草堆裡，半天才扒拉出幾幅線索內容。

「祭祀的是馬雅太陽主神……按照馬雅的五千年傳統，太陽被堅信是用血液驅動的。如果神民不向太陽獻上鮮血，太陽就會停轉，陷入永恆黑夜……」

巫瑾看得一愣一愣：「怪不得要放血。」

接下來的壁畫大多在描述馬雅的征戰，俘虜被帶上金字塔生取心臟，心頭血順著金字塔邊沿的血槽淌下，獻祭給神靈，接著馬雅會選出族中勇士，踏著戰俘的屍體走上金字塔，神國的門在金字塔頂端敞開……

後面的壁畫要繞到金字塔的另一端，繞過去必然要與井儀遭遇。

巫瑾終於瞭然。少年在金字塔牆壁後靈活拉伸，準備接下來的鏖戰。

「血液驅動太陽，」巫瑾琢磨開口：「只有獻祭才能讓太陽轉動。所以剛進門時的慘叫是被獻祭的選手。獻祭血讓時間從凌晨四點跳到早上九點。」

「按照這個跨度，這次獻祭後，副本時間會跳到午後。」

「再然後是黃昏……也就是行程單中的十七點二十二分。」

衛時頷首，「怎麼出去？」

「根據壁畫記敘，獻祭之後神門會打開。現實中，八成應該是聚眾吸毒high了之後產生的幻象。」

馬雅文明冶金困難，製毒卻技術一流。

「無論如何，出口就在金字塔上方。」巫瑾批評井儀：「用藍色染料賄賂我們是沒有用的！該搶出口的時候還是得搶！」

如果沒有和井儀分頭行動，左泊棠極有可能會「友善引導」兩人站位遠離副本出口，然後在獻祭結束的瞬間發動，搶在巫瑾之前通關。只是井儀為何大費周章？

古拙的歌聲飄來，梯形馬雅金字塔上，獻祭終於開始！

巫瑾目光一動：「先衝！」

兩人極速自金字塔之後衝出。

陽光照耀在莊嚴祭壇之上，馬雅精確到毫釐的瑰麗建築線條筆直迫人。戰俘被送上祭壇頂端，祭司伸出指甲細長的右手，準確剝出心臟。

血腥味大盛。

巫瑾嚴重懷疑，節目組播出這一段會分級打馬賽克。然而臺下歡呼的男女老少卻儼然將其當成一場狂歡盛筵。

越是生活困苦的地方就越依賴神靈。在貧瘠高原之上的馬雅，依靠嚴酷的神訓將散沙一般的大小部落聚集在一起。勝利者擁著家人在臺下歡呼，落敗者在祭壇上被剖心剝皮。

隨著戰俘死去，太陽再次上升至午後……

巫瑾突然躥出。

再獻祭一人，金字塔頂端的出口就會開啟！

金字塔下，隨著祭品血自血槽滑落，馬雅人紛紛拿出開了封的刀口，將自己的鮮血同樣混入洪流之中。

另一側，明堯挽起袖子，似乎正在和祭祀長老比劃什麼，眼神不時瞄著拴有小羊駝的牆角，和看守小羊駝的兩人。

冷不丁面前嗖的一聲，一隻巫瑾跑過，三下五除二就開始爬祭壇。

明堯一頓：「擦！被騙了，他倆沒看著羊駝，是把作戰服給NPC披著了，擾亂視線……」

衛時的弓箭卻已是快速狙來。

左泊棠條件反射把明堯護在身後，巫瑾同時腳步一停。

大佬慢了半拍。這是跑著跑著又換芯……真整成半分鐘一換了！

巫瑾大驚，不容分說就要下祭壇去接崽崽，衛時卻冷聲訓斥：「上去。」

「我用不著你救。」

金字塔下，突然出現的弓箭毫不意外造成了NPC之間的混亂。

祭司不容分說就要抓住井儀、衛時。憤怒的馬雅群眾紛紛對攪亂儀式的三人表示唾棄，只有沾了藍色染料的明堯待遇能好點。

金字塔上，巫瑾一路神奇暢通無阻。

不僅如此，金字塔頂端的祭司正慈祥看向巫瑾，面露狂熱。

巫瑾一頓。他猛然回頭。副本出口還差一次獻祭就能出現。

腳下，井儀雙C收了弓，向衛時徵求短暫和平。明堯舉起的手腕內側，還能看到藍色染料痕跡。在明堯之外，卻還有無數星點靛藍。

這場祭祀中，幾乎每一位馬雅人的身上都塗有靛藍。或是在手臂，或是在臉頰，這些被染料標注的地方此時卻大多傷痕累累。

馬雅人自己割的。

這場獻祭，靛藍竟然是自願把血肉獻祭給神靈的標識。

巫瑾一驚，陡然反應過來。

金字塔上關於太陽神的祭祀，是馬雅人在用鮮血向神靈祈願。將要貢獻給太陽神的血肉被靛藍標注，等祭祀開始，哪裡染藍砍哪裡！

明堯標記的是手腕，所以需要劃開的是覆蓋井儀Logo的兩公分傷口。

巫瑾看向全身藍色的自己。這特麼是要把自己剁碎了獻神啊！

怪不得這麼多人崇敬，這不是當眾表演自殺嗎！

金字塔上，巫瑾跑了一半突然掉頭！

金字塔下，原本還在虔誠謳歌巫瑾的馬雅人一頓，憤怒對著巫瑾叫嚷。無數標槍對著巫瑾扔來，剛才有多追捧現在就有多唾棄，怯懦、褻瀆，讓天神發怒的祭品……

巫瑾被標槍扔得嗷嗷亂叫，十六歲的衛時神色驟變，當機立斷就要衝上護著巫瑾。槍林石雨之間，巫瑾艱難舉槍就要對準井儀。

大騙子！

所有線索終於串聯在一起——

沒有非法組隊警告，是因為井儀甫一開始就把獻祭染料澆在巫瑾腦袋上。

左泊棠的建議，是在誘使巫瑾反其道行之，爬上金字塔自投羅網。

按照這個節奏，進入副本時聽到的第一聲慘叫，極有可能也是被井儀騙上去的選手。

井儀設計中，最後一次催動太陽運轉的祭品，就是巫瑾。

臺下，左泊棠對巫瑾打了個抱歉的手勢，表情溫和。

明堯大笑：「叫你在金字塔裡騙人！哈哈哈騙人者人恒騙之！馬雅副本不會淘汰人，最多把你扔到副本外……不過，你的羊駝現在是我的了！」

金字塔上，巫瑾被六位祭司按在祭壇上，尖刀就要插下！

左泊棠已經快速收拾好行裝。明堯手速如電拖起巫瑾的羊駝，跟著隊長就往外跑，邊跑還邊誇張薅毛，「軟綿綿！毛茸茸！你的羊駝，沒啦！」

「小巫失足！羊駝易主！」

巫瑾此時恨不得把明堯扒了按住薅毛。然而六位馬雅祭司身懷巨力，尖刀距離巫瑾胸膛只有不足一寸，獻給神靈的咒語念念有詞……

巫瑾抓狂：「二十六、二十七——」

尖刀繼續遞進，祭壇機關響動預備把巫瑾彈出副本。

巫瑾絕望：「二十八、二十九——」

明堯納悶：「他在數啥？小巫傻了？」

左泊棠眉頭皺起，卻只聽巫瑾猛然爆發出一聲歡呼：「三十！」

祭祀臺旁。十數位按住衛時的祭司倉皇倒地，男人踏著遍布血跡的祭壇臺階走向巫瑾。

有如天神降臨。

陽光在馬雅金字塔的頂端照耀。模仿奇琴伊察式的廟宇莊嚴肅穆，頂端是通往神國的祭壇。金字塔身，數條精美的血槽蜿蜒向下，被太陽神和羽蛇神的化身纏繞。

祭品血將順著血槽滑落，彙聚入金字塔下的溶井，又稱「獻祭之井」。

巫瑾就被狠狠釘在祭壇中央。

少年的瞳孔因為刺目的陽光而瞇起，全身肌肉奮力反抗而怒張出凶獸幼崽般的氣勢。

克洛森秀直播間。

血鴿正對著提詞板向觀眾科普：「馬雅傳聞中，城邦以純潔虔誠的少女獻祭給太陽。實際根據考古資料顯示，大多城邦獻祭的是純潔的少年……」

彈幕霎時間飄過一整串哈哈哈哈哈嗝。

「獻祭純♂潔的小巫！救命，馬雅城邦的神靈伙食真好！哈哈哈哈！」

「有沒有天理啦！活祭小巫啊啊啊！祭壇上的兒砸都要被擠扁了哈哈——衛神呢——」

應湘湘笑咪咪向觀眾解釋：「副本設計中，祭壇對於祭品的力量壓制在三百六十公斤左右，小巫不可能掙脫。當然，這也是左泊棠選手選擇在這裡設套的原因。」

血鴿贊同：「即使是最頂尖的逃殺選手，臥推三百六十公斤也需要體重一百五十公斤來支撐。對，凱撒那種體型。那麼巫瑾選手即將被逐出副本……」

祭壇最頂端，靠近巫瑾的鏡頭猝然天旋地轉！

羽蛇神石雕投下的陰影被壯碩硬挺的身軀遮擋，離得最近的祭司一愣，下一秒男人粗糙有力的指節在主祭肩膀分錯，支撐副本AI的金屬材料骨節驟然從銜接處斷裂！

衛時沒有絲毫停頓，緊接著左肘猛擊壓制巫瑾的輔祭，右手隨意提起那位用骨刀威脅巫瑾的神廟戰士，狠狠摜在白色玉石質地的祭臺上！

啪嗒一聲，祭臺邊沿鑲嵌的劣質薄石板寸寸碎裂。

胡亂旋轉的攝影鏡頭終於在此時捕捉到衛時選手的殘影。

男人低頭。目光冷峻如刀鋒，脊背挺直向巫瑾伸手，表情審視。

還在撲騰的巫瑾一虛。他竟然隱隱有了一種，趁大佬不在，外出和小衛崽崽鬼混，被人欺負完了又抱著崽崽回來找大佬來報仇的錯覺。

好在此時終於解決了馬雅祭司的挾持，巫瑾拍拍屁股就要蹦起，不料整個祭壇已經不知何時吱呀啟動，巫瑾原本躺著的祭臺毫無徵兆坍塌，露出將選手送離副本的通道。

衛時俯身，於電光石火之間把人撈起。作戰靴一腳踹在旁邊祭司身上，把副本NPC踢入通道。淘汰通道探測到實物重量，滴滴亮起綠燈，將AI祭司誤認為巫瑾送出。

馬雅金字塔周圍，所有NPC、選手都被幾秒之內的變故驚了個呆。巫瑾被大佬半扶半抱，這會兒終於站直，還沒來得及架槍，身旁的衛時已然對井儀張弓！

箭簇飛掠。

不遠處，明堯嗷了一聲，當場就扔了小羊駝。

小羊駝氣憤的咩咩叫，空氣中有電光微閃，很快又歸於平靜。

電光是開救生艙的前兆，祭壇啟動之後，井儀雙C差一腳就要趕到副本出口，竟是又硬生生被衛時狙了回來，明堯還差點被打出救生艙！

巫瑾和螢幕前的觀眾齊齊崇敬看向衛時。巫瑾給大佬比了個大拇指，迅速填補交叉火力。

克洛森秀直播間，氣氛熱烈躥起！

「帥的、帥的。」就連應湘湘都連連嘉許：「克洛森秀這屆，中近程格鬥轉狙擊，衛時選手是當之無愧的第一人，看上去還遊刃有餘……」

剛才躍上祭壇，不像是營救祭品，倒像是神祇被祭品的鮮血感召，走上祭臺俯身品嘗。

螢幕中，有了衛時的一箭截斷，井儀再不敢把後背暴露給巫瑾兩人。

那位被衛時扔出的祭司被當成了祭品，被祭司血催動的太陽再次運轉……

從午後，到臨近黃昏。十七點二十二分！副本出口完全敞開！

井儀、圍巾和一眾對巫瑾怒目而視的馬雅群眾再次陷入惡鬥！

克洛森秀第六輪淘汰賽競速排名不斷刷新。

五分鐘後，又有兩隊選手通關四項。

十六分鐘。雲霄飛車裹挾烈焰衝破長空，拉斐爾放開對雲霄飛車前排林客的挾持，從雲霄飛車一躍而下。

所有選手腕表齊齊一震。

第一名更新，當前最高記錄：通關五項，拉斐爾。

包括巫瑾在內的另外兩組緊隨其後位居第二。

拉斐爾隨手扔了林客，和隊友齊齊奔向最後一項遊樂設施——跳樓機。

被抄了答案的林客欲哭無淚，轉身向隊友吐槽：「看吧，抄答案才是最快的過關方式。這一輪強找線索沒用！你看巫哥他們，不是也沒拉斐爾通關來得快。」

第六輪淘汰賽，輔助位能邏輯推理，狙擊位能用滿地圖弓弩搞出火力壓制，突擊位則能挾持任何其他選手，蹭答案過關。

鬼屋副本內。

巫瑾、衛時居高臨下，再次將井儀逼退至遠離副本出口，此時兩隊弓箭補給基本用盡，隨手抄來的都是馬雅戰士的標槍，左泊棠與明堯退居掩體後死守不出。

半分鐘到。巫瑾拉著小衛驚恐就跑，「走走走走——」

兩人在馬雅城邦的女巫集市中十萬火急穿梭。十六歲的衛時眼中烏雲密布。

救下巫瑾之後，圍巾組的馬雅城邦聲望瞬間下降為「仇恨」，而幫著追捕巫瑾的井儀則城邦聲望「友好」。

小衛單打獨鬥井儀還尚可，面對滿城追殺卻仍顯手忙腳亂。

井儀顯然也摸到了每到三十秒就出狀況的規律。

身後，冷兵器劃過空氣，氣勢森寒駭人。

衛時猛然推開巫瑾，轉身，「你先出去，我殿後。」

身後是烏泱泱一片追擊大軍。衛時對巫瑾比了個手勢，雖千萬人，吾往矣——

巫瑾一把扯住大佬，拽著崽崽繼續跑，「別別，同生共死、同生共死……」還順手從集市旁抽了一串羊駝烤串，塞到崽崽嘴裡，「餓了沒？咱們跑完這一場，等一會兒有其他選手進來，就找個辦法打破僵局出去……比賽完了帶你去吃、吃手抓餅……」

衛時嚥下烤串，側身望向跑得上氣不接下氣的小矮子。

「喂，」衛時抬手接住一杆原住民扔來的標槍，力摜手臂擲回。

小衛聲線沙啞：「我和他比，是不是就是個廢物？」

巫瑾吃驚，邊跑邊趕緊安慰崽崽：「沒沒！我不是都把他捆起來……小心！」

衛時抵著牆角壓住巫瑾保護，弓箭擦著背部肋骨劃過。

小衛皺眉，「你在意他？」

巫瑾趕緊花言巧語：「從時間線來看，是先在意你……」

下一秒大佬突然揚起下巴，二十七歲的衛時回歸，漠然開口：「喔，表白呢。」

巫瑾一驚，立刻乖巧站好，然後「嘎」的一聲被衛時死死按到牆壁壓扁。馬雅副本內，井儀、圍巾三十秒一輪迴的追擊與逃亡早就讓攝影機喪失興趣，此時處處都是鏡頭死角。

巫瑾：「壓扁了！壓扁了！」一片巫瑾貼在牆上，被壓得呼呼漏氣。

衛時面無表情，醋意橫生。

巫瑾趕緊轉移話題：「井儀！井儀！」

副本出口附近，明堯慌不迭奔跑，「三十秒到了！三十秒到了！欸隊長你說什麼？間歇性失憶？不對啊！衛選手不是還能跑能跳認得小巫嗎？等等，這會兒他們怎麼不追了？」

明堯：「哎呦！」箭矢突然自遠處擯來，衛選手這一箭，從力度看來心情十分不爽。

明堯大聲嚷嚷：「隊長，咱們這一追一逃的得僵持到什麼時候！」

百公尺開外，衛時舔了下乾燥的唇，「你餵他吃的烤肉？」

遠處，明堯繼續嚷嚷：「什麼時候才有其他選手進來……」

巫瑾飛快狡辯：「沒沒沒！他自己從集市上順的……」

衛時審問：「他餵你吃了？」

左泊棠扶額，「小明別吵，那邊有動靜。」

夾在兩隊之間的無數馬雅群眾：「啊啊啊啊嗚嚕嚕嚕——」

正此時，副本入口處機關吱吱呀呀轉動。

馬雅城邦大門再次敞開！

兩隊同時回頭。

那位替代巫瑾當做祭品被扔出副本的馬雅祭司竟然跌跌撞撞又走了進來——或者說是被人頂著送進門來。

頭上頂著NPC柔軟軀體的紅毛得意洋洋進門，邊走邊向凱撒吹水：「帥不帥？酷斃！天上掉下來就這一個任務物品，是不是老弟我搶得快！」

凱撒豎起拇指，「牛逼！這玩意兒咋用？」

紅毛：「不知道！這AI怎麼還不醒……臥槽。」

兩人齊齊抬頭。

馬雅城邦門口，正在追殺巫瑾的戰士們一愣，死死盯著紅毛頂在頭上的、已經被克洛森秀後勤「遠程關機」的馬雅祭司AI。

一位戰士嘴唇動了動，「嗚嚕嚕嚕——」

所有戰士如潮水般向紅毛衝去。在馬雅，祭司是絕對不容許褻瀆、最接近神靈的階級。

追殺巫瑾的兵力瞬間被分擔大半，形式大好。

在巫瑾反應過來之前，大佬直接把人從牆壁上摘了下來，「走。」

巫瑾頓喜。

不遠處，井儀同樣在往出口以驚人速度跑去。在明堯即將一腳踏出副本之前，衛時一標杆扔去，明堯差點腦袋撞牆，同時驚悚回頭看向衛時，「這真的是人類能夠擁有的臂力？」

那廂，衛時扔完標槍，收了肌肉虬結的手臂，以武力警告巫瑾：「看清楚，誰才是你的法定伴侶。」

巫瑾再次變作牆頭草，點頭如小雞啄米，「……」

隨著衛時那一標，場內形式再變。

井儀匆忙退讓，衛時拖著巫瑾就往出口闊步走去。

馬雅金字塔祭壇上是無數環繞的壁畫，和僅能容一人通過的出口通路。

衛時示意巫瑾先走，回頭再次拉弓。

巫瑾急促回頭，「等等，三十秒……」

二十九！三十！

左泊棠冷靜開口：「小明。」

槍聲驟響！

巫瑾神色陡凝。賽場內只有弓弩，井儀始終不開槍並非因為他們彈盡糧絕，而是左泊棠在找最完美的狙擊機會。他們的目標甚至不是衛時，而是正好卡在出口的巫瑾。

通關五項副本足以讓巫瑾晉級下一輪淘汰賽，但巫瑾對於井儀是奪取競速第一的巨大威脅。井儀在做的，是排除這輪淘汰賽奪冠的一切障礙——這是左泊棠的第二道陷阱。

衛時猛然將巫瑾凶狠飛撲在地！兩人順著粗糲的石子滾過。

隨著圍巾小隊兩人同時離開出口，馬雅副本關閉，將井儀、凱撒紅毛一併關在其中。夕陽在夜色中消失，等待下一次獻祭才會再度升起。

副本出口一片黑暗。

巫瑾一聲悶哼抵住牆壁，匆忙站起。血腥味在狹小的出口空間瀰漫。

巫瑾渾身一震。左泊棠狙擊的時間正是大小衛切換的時間，如果是大衛，八成會在左泊棠動手前壓制槍線，所以飛過來給自己擋槍的只能是小衛……

衛時靠牆，咬牙屈膝坐下。身邊小矮子呼吸急促，手臂微抖替他檢查腿部傷口。

衛時揚起下巴，「喂，這槍不是還你的。」

巫瑾一愣，才想起大佬說的是潛意識裡，自己幫他擋的那一槍。潛意識裡的槍子兒是槍子兒嗎！巫瑾心疼看向崽崽，好在井儀選用的彈頭特殊，侵入性、貫穿性都極低，不過還是在崽腿肚子上劃拉出一道口子——

衛時勾了勾手。沾滿泥灰、同樣帶著血跡的手指強迫性按住巫瑾後腦杓。

兩人額頭貼近。巫瑾能感覺到透過大佬額頭傳來的熱度，甚至心跳都在黑暗中交織。

十六歲的衛時就這麼靜靜貼了巫瑾一會兒。

「這槍不是還你的，」他悶聲重複：「我和他快融合了。」

「你欠我一槍，我欠你一槍。」

「小矮子，別忘了我。」

克洛森秀第六輪淘汰賽鬼屋副本出口。

光線灰暗，灰塵嗆鼻。

相抵的額頭分開，衛時側過臉看向巫瑾，眼神銳利，鋒芒毫不收攝——就像被驅逐之前，最後凝視領地的鷹。

粗糙的指尖摩擦過巫瑾的臉頰，脖頸，如同羽刃盤旋於故土……然後習慣性停留於已經癒合的咬痕上摩挲。

衛時的動作一頓，勃然大怒：「他啃的？」

還沉浸在傷感之中的巫瑾：「……」

巫瑾一秒開啟狡辯模式，振振有詞：「沒！不是啃！是牙齒在咬合力的作用下帶動下頜做出的類似咬動……」

巫瑾猛然停頓。不對。脖頸上的咬痕幾個月前就在基因修復藥劑下癒合得完完全全，小衛絕不是看出來的，也不可能是摸出來的，只有一種可能——

他想起來了大衛啃自己脖子的記憶。

巫瑾：等等！你想起來的難道不是你自己的記憶？

被這麼一攪和，巫瑾終於智商再次上線，腦海中亂七八糟的「昔日竹馬被迫分手，再見時一紙婚約已成小媽」抖了一乾二淨。

巫瑾飛快糾正：「你又不是消失，只是……」只是精神分裂治好了！

巫瑾說著，從背包迅速翻出藥劑、繃帶給大佬熟練包紮。

小衛揚著下巴，表情又氣又倔。

巫瑾這才意識到，小衛已經呆了不止三十秒。原本瘋狂的潛意識切換終於穩定，衛時大長腿曲起，視線時而凌厲時而茫然，估計這會兒連他自己都不知道巫瑾的脖子到底是他啃的、大衛啃的還是巫瑾自己扭了一百八十度啃的。

衛時十六歲與二十七歲的記憶終於開始緩慢融合。

巫瑾長舒一口氣，大佬也不知道什麼時候能回復正常，但就目前狀態來看算是廢了。還能怎麼辦！自己娶的大小老婆就要自己護著！

副本內，貼門還能聽到激烈的打鬥聲，但料想距離井儀通關用不了太久。從凱撒哥的行為模式推斷，被井儀當祭品賣了還會幫著數錢。副本外，狹小的出口通道血腥味還沒消散。

「先走。」巫瑾不容分說把受傷的大佬架起，「井儀也快出來了。」

兩顆子彈，加上微弱的通關時間差距，廢掉衛時戰力，井儀穩賺不賠。

巫瑾已經沒有資本和左泊棠再起正面衝突，他能做的，就是儘快帶著大佬通關淘汰賽。右側腕表，目前已經打卡五項娛樂設施的，包括巫瑾在內僅有兩組。

衛時被巫瑾架著走了兩步，又倔強擺脫巫瑾手臂，扶著牆壁利索站起。似乎所有改造人都不畏懼疼痛。邵瑜是天賦異稟，衛時是意志力對於軀體的掌控嚴苛到極致。

巫瑾見狀，只輕輕拉住大佬的手——很快被乾燥粗糙的手掌攥住。

兩人穿過長長的出口甬道。

【第七章】——崽崽保衛戰，最後一關！

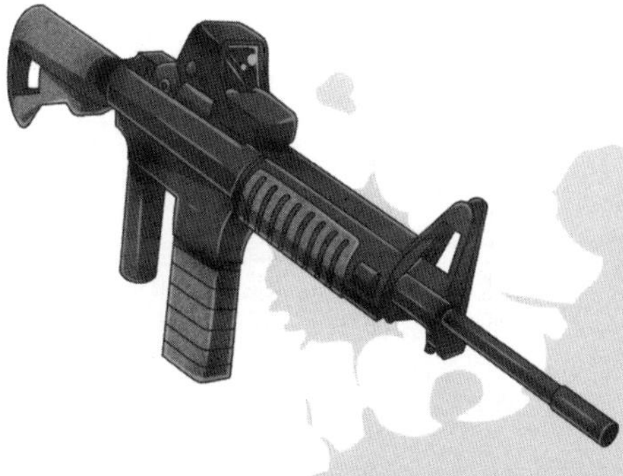

甬道旁是覆蓋於石灰上的馬雅壁繪。祭品被獻給太陽神，城民在神祇的恩賜下勞作、打磨石器、骨器，族長帶著年輕的勇士探索雨林。

巫瑾帶著年輕的大佬，一邊解釋，一邊走過R碼基地外的未知之域，幫他潛移默化恢復記憶：「甬道繞過了中樞控制區。每個逃殺大秀的機關風格都不一樣，克洛森秀是標準的中軸布局式，類似古代機關的『中有都柱，傍行八道，施關發機』……」

壁畫接近末尾，是一張殘破的馬雅版圖。「『馬雅』只是後人的誤稱，實際上的馬雅族民將自己稱為『玉米人』。

他們生活在叢林旁一切能種植玉米的地方，用接近五千年的漫長歲月和雨林抗衡。在十六世紀的最後馬雅版圖中，他們的探索區域已經無限接近雨林深處……

只要再往前一步，就能觸摸到馬雅的第一道礦脈，然後點開全新的科技樹，用馬雅無與倫比的數學、物理和天文扭轉命運。

可惜沒有如果。

壁畫的倒數第二張是海平線上有如龐然大物的船隊。

巫瑾直勾勾看著壁畫，衛時直勾勾看著巫瑾。

「然後呢？」小衛掃了眼壁畫上有頭沒尾的故事。

「西班牙船隊。」巫瑾解釋：「十幾名西班牙船員滅了整個馬雅、阿茲特克和印加。為了建立殖民，他們把一張天花病人用過的毯子作為禮品送給了印第安人……然後瘟疫蔓延，三大文明全滅。」

壁畫的最後一張，副本中的祭壇被摧毀，十字架立起，馬雅祭司化作被聖火燒毀的魔鬼。

「原來是這樣。」巫瑾嘆息：「祭祀魔鬼之地，所以是鬼屋。西班牙在南美傳播天主教後，原本被人尊崇的神靈就變成了異端、魔鬼。」

信仰不同，所以有侵略和血祭，有在馬雅祭壇上被剖心的俘虜，也有逃脫瘟疫，卻被當做魔鬼燒死的馬雅神民。

事實上，太陽神、羽蛇神和西方諸教諸派的神靈，都未必會接納鮮血供奉。

兩人終於快步走到甬道盡頭。

衛時聽巫瑾講完故事，又側頭盯著巫瑾。軟乎乎的小矮子正迅速擼起袖子、撩起汗濕的瀏海，嫻熟檢查完自己的作戰防護、遊獵槍、子彈，最後把撿到的弩箭、長刀別在腰間。

巫瑾再抬頭時，氣息已經極端內斂，瞳孔光鋒芒冷冽。

衛時一頓。像是狩獵前的小獵豹。

「我們去最後一項，跳樓機。」巫瑾情緒高漲：「走，我帶你通關！」

衛時伸手，面無表情擼了一把小捲毛，意識深處記憶交融的痛感稍減。

原本信誓旦旦的巫瑾立即捂住腦袋，重申：「我雖然不那麼能打，但還是有點能打。你這不受傷了，我要承擔起家庭責任……」

衛時：「家庭責任？」

巫瑾笑咪咪湊了過來，因為瀏海上撩，衛時這才意識到自己馴養的小矮子已經是個半完全的成年體。介於青年與少年之間，熱情洋溢又鋒芒畢露。

衛時的視線仔細滑過巫瑾身上的每一寸，馴養和被馴養之間本來就沒有任何界限。

巫瑾仗著大佬主意識還停留在十六歲，上去就啾了一口，豪情萬丈，「走！」

崽崽保衛戰，最後一關！

遠處群山掩映之間，斜立的跳樓機筆直戳在山體上，陽光投下同樣筆直的影。

夕陽西下，影子逐漸歪斜拉長。跳樓機坐立於所有娛樂設施的海拔最高處。山脊上有溪水潺潺順著落差而下，河水在主園區蜿蜒分支，化作文明主題園區內的尼羅河、幼發拉底河、雅魯藏布江……

它所站立的地方，就像是文明史最本初的起源。

日升日落，跳樓機筆直拉長的影不斷變短、傾斜、再變長、傾斜——就像是日晷的影。

巫瑾最後一次替衛時檢查裝備。

少年單膝著地，不容反抗按住小衛，把大佬的作戰褲腳放下，為隊友掩飾住腳上層疊包裹的繃帶。

克洛森秀第六輪淘汰賽，最終章。日晷。

任何文明對於時間的認知都是從日升日落開始，擺鐘、沙漏、水鐘與火鐘發源於世界各地，但卻沒人能為日晷溯源。

它存在於所有文明共通的歷史之中。

「跳樓機就是日晷指標，」身後，馬雅副本出口陸續傳來聲響，和凱撒被扔出祭品通道、懵逼似的嚷嚷。

巫瑾領著大佬沿小徑向後山走去，邊走邊說：「我們從這裡爬上山，坐跳樓機，然後結束比賽，出去帶你吃你沒吃過的手抓餅！」

「山路上掩體多，不怕被井儀狙到，他們差我們一個項目。但是還得趕快……」

衛時聽小矮子呱唧呱唧說個不停。

約莫是最後一個競速項的緣故，巫瑾絲毫沒想保存體力，倒是時時刻刻把注意力放在衛時做了止血包紮的腿上。

第七章
崽崽保衛戰，最後一關！

衛時突然開口：「當初在R碼基地，我怎麼沒早點去找你？」

巫瑾拍拍崽崽。

怎麼找？兩個戰鬥力五的改造人小朋友一起越獄？然後抓回去一起被銷毀？

巫瑾不假思索：「因為我先找到了你。」

夕陽的斜暉漫山遍野，在八十公尺高的跳樓機下，兩個人縮成挨在一起的影。

從主園區通往後山的小徑崎嶇而長。

十分鐘後，井儀通關馬雅副本，出現在鬼屋出口，同樣準備上山。

巫瑾看了眼排名，「有至少四組，目標都是跳樓機……」

巫瑾猛然一頓，抬頭。

刺耳的機械聲響從接近山頂處響起，跳樓機原本暗淡的裝飾燈光忽地開始閃爍，一排座椅緩緩升起。

「有人啟動了！」巫瑾迅速安排：「我去看看，你腿上帶傷，不急著。」

衛時揚眉，闊步向前，不屑掃了眼傷口。

巫瑾：「……」

也對，反正是大衛的腿子，小衛可一點不心疼！不對，不心疼也該肉疼啊！

然而大佬速度飛快，兩人穿過茂密繁雜的樹叢，悄無聲息躲在掩體後。

跳樓機赫然就在眼前——

八十公尺高的赤紅色娛樂設施每一寸都繪製滿圖騰，從日輪環繞的樹木，到托舉太陽的三足烏，從俊美阿波羅，到頭頂炎日的埃及神祇——拉。

整座機械，環繞的是人類對於太陽，和它的恒星光的無上崇敬。

「是日晷。」巫瑾終於斷定。

跳樓機向下是圓形的大理石廣場，廣場邊沿，一圈一圈寫滿刻度，從楔形文字到聖書體，到羅馬數字，到子丑寅卯，到阿拉伯數字……

跳樓機坐落於圓心，逆著陽光落下的黑影正停留在觸發時刻。

十七點三十九分。

拉斐爾的隊友正坐著跳樓機緩緩上升，拉斐爾持槍守在地面，背靠垂直兩面掩體。

巫瑾給衛時打了個手勢，「你在這裡射擊。」

巫瑾迅速將原本的小口徑遊獵槍換管改成霰彈，「我去拉槍線，把他逼出掩體，你找機會，等他探頭的時候壓制。你改自然站姿……肩臂放鬆，對。沒事，我來承擔火力壓力。」

小衛表情一冷，顯然並不同意。然而大腦裡紛紛雜雜無數還沒融合的記憶碎片干擾思考，腿部傷勢也有可能拖緩跑動速度。

混亂的記憶裡有坐在樹墩上抱頭的巫瑾、有扛著重機槍跌跌撞撞往前衝的巫瑾、有給兔子餵胡蘿蔔的巫瑾。

眼前的巫瑾彎彎眼角，伸出拳頭。

衛時終於抬起拳頭。

雙拳相擊。

巫瑾提起槍，帥氣轉身，俐落向前衝去。

克洛森秀直播間。

隨著最終決賽開啟，觀眾大廳流量激增。

節目PD硬生生在決戰時刻安插了將近七分鐘的超長廣告，和兩分鐘的VIP專屬廣告。

在觀眾嗷嗷抗議之前，巫瑾的小圓臉終於再次出現於螢幕。

「最後一項，日晷。」應湘湘控制一架鏡頭，在賽場上方盤旋。

原本雲霧籠罩的遊樂園在灼熱烈日下色彩分明，群山連亙疊翠，八十公尺高的跳樓機扎在山峰峰頂，數道小徑從跳樓機向下延伸，幾隊選手正在快速攀爬。

「巫選手、衛選手，繼拉斐爾之後，成為抵達頂峰的第二小隊。」應湘湘調整航拍，「佐伊、文麟兩位選手還有五分鐘加入戰場。之後是魏衍小隊和……這裡可以看到，井儀也快速通關第五項，也在向日晷方向行進。」

「那麼第一輪次遭遇戰，將會在巫瑾、拉斐爾兩隊間發生。」

螢幕正中，背靠跳樓機的拉斐爾陡然察覺，警惕看向巫瑾發出動靜的方向。

血鴿點頭，「跳樓機升降受到人為控制。最後一關，巫、衛兩位選手有很大優勢。」

拉斐爾的隊友正在跳樓機緩緩上升，而拉斐爾一人留守孤立無援。

應湘湘贊同：「對，有反手優勢。競速排名以小隊中完成時間最快的選手為標準——也就是同一小隊，只需要一位選手坐上跳樓機即可通關比賽。那麼現在的形式非常有意思。」

「拉斐爾一人留守時，需要同時抵抗巫、衛兩位選手。」

「但如果兩組妥協，各送一人坐上日晷，各餘下一人留守，那麼留守人數變為兩人，可以共同對抗五分鐘後到來的佐伊、文麟。」

「而一旦場內出現三支隊伍……」

應湘湘一笑，「每支隊伍間都有協作、對抗兩種可能。任何情況都有可能發生，三體問題是最複雜的宇宙運動之一。不過，實力壓制永遠是解決問題的最好方式。」

血鴿頷首，「站在巫、衛兩位選手角度考慮，把巫瑾安全送上跳樓機，讓衛選手壓陣是最好選擇……」

螢幕中央，巫瑾突然從掩體後跳出。

拉斐爾微微一頓。不僅是他，就連螢幕前的導師也是微愣。

正面突擊、用來制約拉斐爾的不是在凡爾賽宮秀翻全場的衛時，而是戰鬥實力在A等級練習生中排名偏後的巫瑾。

「這……」血鴿思索：「他們應該還有其他考慮……」

半分鐘後，血鴿訝然驚奇，巫瑾根本沒有什麼其他考慮。

算計了一路的白月光小指揮位，到了決賽場地，扛起獵槍就是剛。

少年眼神光湛亮，瞳孔因為處於極端警戒狀態而收縮。他的槍線拉得非常野，走位軌跡又相當謹慎。

拉斐爾戰術基礎扎實，毫不猶豫就閃身避開巫瑾的預估火力區，同時抬起霰彈遊獵槍警示——巫瑾和拉斐爾視線猝然相對時。

冷箭嗖的從身後劈過！

巫瑾微微歪頭，給衛時的弩箭讓出迫進軌跡，繼而左腳猛然踏上日晷的「申時」刻度，上身借力扭轉，右手指尖精準卡住槍口套環。

咔嚓一聲，掛槍刀直直遞出！

「出刀了！」應湘湘一聲驚呼，飛快解釋：「刺刀戰，通常只有練習生彈盡糧絕才會轉為刺刀戰。這場比賽出現這麼早……」

螢幕中，巫瑾藉著扭轉出刀的慣性向拉斐爾猛撲，右手以最快速度旋轉刀柄套環，嵌入制式瞄準器卡死——驟然亮出的刺刀終於固定。

刀光將巫瑾、拉斐爾同時照得煞白。

刺刀是近戰之王。它遠比霰彈槍更野蠻，也更粗魯。實戰法則中，練習生有一萬種方法可以防止刺刀突入自己的最後一道防線。

拉斐爾卻猝不及防著道。他微微抬頭，戒備看向遠處張弓的衛時。

繼而拉斐爾後退半步，在非法組隊警戒距離之外，謹慎做了個合作的手勢。

巫瑾笑咪咪揚起臉，終於點頭，像是提著刺刀的小惡魔，笑道：「把跳樓機降下來，送我隊友上去。」

克洛森秀直播間，血鴿終於恍然：「不失為一種方法。」

「出其不意。巫選手這輪次打得很瘋，出其不意制住拉斐爾也在情理之中。不過，他打得太急了。」

應湘湘點頭，「剛槍的時候出刀，還有剛才卡走位，把拉斐爾往衛選手那一箭上引，都是對半開的豪賭。相反，如果一開始選擇由衛選手突擊，小巫殿後，能贏得更加穩妥……」

應湘湘思索看向螢幕，「所以，為什麼不讓衛選手上場？」

彈幕陡然熱烈。

比起血鴿的「萬事萬物都能用戰術策略解釋」理論，選手間的風花雪月恩怨情仇顯然更能激情觀眾熱情。

不僅賽場外，賽場內，拉斐爾也很快察覺到這點，快速掃向衛時，然而注意力又迅速被巫瑾拉回。

「我留守，」巫瑾直截了當：「你隊友和衛哥上去。」

半山腰上，不斷有窸窣聲響，像是有新的小隊逼近。兩隊不再糾結，迅速達成協定。

跳樓機座椅下降。

巫瑾看著衛時坐穩，把設備安全帶一一繫好，設備啟動前兩人視線交對。

衛時突然開口，轉眼又把什麼嚥下。介於男人與少年之間的眼神一秒幾變，巫瑾大驚，大佬這是融合還是精分頻率加快？

然而約莫是融合前的最後掙扎，小衛最終占了上風。趁著攝影機掉過頭去拍拉斐爾，衛時猛然伸手，從口袋裡掏出一遝試紙，惡狠狠扔到跳樓機腳下，「不許讓他貼你，他對你圖謀不軌。你保護好自己，記得……」

跳樓機再次上升。

小衛一下冒出巫瑾視野，巫瑾一愣，接著猛跳：記得記得，記得你……

克洛森直播間，隨著鏡頭放大，血鴿終於捕捉到衛時腿部的傷口，「難怪，現在只能依靠巫選手……」

巫瑾身後，槍聲驟然響起！

跳樓機另一側小徑，競速排名第三的佐伊、文麟冒頭。

佐伊第一時間解析局勢，毫不猶豫把槍口對準綜合實力最強的巫瑾、衛時小隊。

拉斐爾得到半秒空閒，眼神微微游移向巫瑾，結盟破裂就在瞬息之間。

「衛哥！」巫瑾迅速開口，比他動作更快的是跳樓機上的衛時。咔嚓一聲，一把槍抵在了拉斐爾隊友的腦袋上。

拉斐爾眼神驟變，結盟再次牢固。

巫瑾感嘆於小衛的悟性和配合，槍口對準挑釁的佐伊。

佐伊抬頭看看在跳樓機上安穩坐好的衛時，再看了眼面前埋頭奮力苦戰的巫瑾，萬分不爽化為閃電一槍——

佐伊狙向衛時！

衛時果決就要對拉斐爾的隊友開槍。

「……」拉斐爾為了護住自己小隊的希望，毅然決然撲向佐伊。

跳樓機下。

巫瑾卻嚇得差點打了個嗝，大佬手上那把槍是在古埃及副本進了水的破槍，但小衛又囂張又中二，在場幾人無一發現端倪。

場內再次循環。

佐伊懟衛時，衛時懟拉斐爾的隊友，拉斐爾懟佐伊，文麟懟拉斐爾，巫瑾懟文麟……

跳樓機在一片混亂中緩緩上升。

還差兩分鐘。

喘息間隙，巫瑾看向視野最高處的跳樓機座椅默數，只要沒有其他小隊趕來，就能拖延到比賽通關，然後帶著快要融合的崽崽去吃手抓餅……

不遠處，雜草內突然跳出一隻明堯，大刺刺開口：「不對啊，小巫他們不是只有一把槍能用嗎？」

站圈內氣氛陡凝。

拉斐爾第一反應就是看向巫瑾，如果巫瑾的槍能用，那衛時挾持自己隊友的槍枝只是幌子。拉斐爾猛然反應過來，原本盡力壓制佐伊的身形一頓。

明堯瞬間就差沒扠腰大笑，欺負小巫的快樂簡直無法想像！一旦拉斐爾反水，圍巾被群毆只在瞬息之間。

巫瑾心臟劇烈跳動，於電光石火之間突然低聲對拉斐爾開口。

少年唇角微微揚起，瞳孔卻仍保持狩獵時的收縮姿態，冷靜開口：「如果，能用的那柄槍在衛時手裡呢？」

拉斐爾一頓。

記憶如潮水倒退。

巫瑾衝進來挾持自己時拿著獵槍，最終遞出的卻是掛槍刺刀。

如果巫瑾手上的槍自始至終就是壞的，如果巫瑾衝進來是為了用刺刀空手套白狼，如果真正的籌碼、火力都押在衛時身上——那麼，衛時挾持自家隊友的槍才是真的。

日晷邊沿，明堯還沒嘚瑟完，只見遠處巫瑾壓低聲音不知對拉斐爾說了什麼，才有反水跡象的拉斐爾再次和巫瑾統一戰線。

此時距離跳樓機上升到最高點只剩一分鐘。

明堯匪夷所思，誇張開口：「不是吧？拉斐爾，你被小巫騙了一次還信他第二次？還不知道越好看的男人越會騙人……」

「……」拉斐爾嘴角抽搐。

只是衛時隨時可能一槍崩了自己隊友，巫瑾的槍還是假的……

他確實被巫瑾騙了第二次，但他已經別無選擇。他要贏，必須和巫瑾結盟。

「四十秒！」巫瑾急促開口，身形如電凶猛向文麟撲去。

拉斐爾配合默契，同時轉向文麟。

比起被文佐圍攻，井儀坐山觀虎鬥，不如先廢掉佐伊支援，迫使井儀出手加入戰局。

文麟猝不及防被戰鬥實力強悍的拉斐爾牽制，巫瑾對拉斐爾大喊：「三十秒，堅持住！」

井儀見狀，果不其然加入混戰。

弩箭飛速自遠處射來，巫瑾、拉斐爾同時狼狽至極。

很快巫瑾就嘶了一聲，吃痛地看向手臂，手腕卻始終死死抱著獵槍。

兩人在拉斐爾原本占據的掩體中不斷躲閃，還剩最後十五秒——

拉斐爾同樣受傷。

「……這麼拚。」拉斐爾借勢後退，扶了把艱難閃躲的巫瑾，終於忍不住開口。

「我崽崽在上面！」巫瑾胡亂抹了把臉，兩人再次從掩體後衝出！

十秒。

左泊棠動作突然一停。視線掃過巫瑾從未按下扳機的獵槍，猛然開口：「不對，衛時的槍是真的，巫瑾手裡那把才是假的……」

巫瑾、拉斐爾同時顏色驟變。

場內卻是所有人都迅速反應過來。

巫瑾沒有槍，真正在負隅頑抗的只有拉斐爾一人，只要制住拉斐爾就能停下不斷上升的跳樓機！

最後八秒。

拉斐爾心下一橫：「你守開關，我去拖延。」

井儀、文佐的火力鋪天蓋地向拉斐爾壓來！拉斐爾意料之中一秒都沒撐住，下一瞬文麟、明堯同時衝向跳樓機開關，巫瑾手忙腳亂抱住槍刀，右手卻再次飛速卡住槍口套環，刺刀轉下，瞄準鏡旋出，指尖卡入扳機……

「小心！」左泊棠突然意識到什麼，對明堯大吼。

明堯下意識一個扭轉，無條件服從隊長一切命令，身旁的文麟觀察力毫不亞於左泊棠，兩人同時躲閃。

霰彈散作一小簇毀天滅地的流星砸到泥地。

巫瑾再次扣住扳機。

巫瑾的槍能用。

拉斐爾身形一僵，有那麼一秒他幾乎要當場氣倒。

巫瑾的槍是真的，衛時用於挾持自己隊友的槍就是假的，加上之前兩次，一場比賽五個小時，巫瑾已經騙了自己三次，平均每不到兩小時，巫瑾就把自己拉出來騙一次。

巫瑾絲毫不懼：「兩秒。」

最後兩秒，捆在一起的螞蚱再也無法解捆。

拉斐爾親手斬斷自己退路，不得不悲憤舉槍，再次和巫瑾站到一起，其餘兩隊同時對兩人發起猛攻，在火力掩護下，明堯棄槍就往娛樂設施開闢撞去，巫瑾艱難舉槍。

克洛森秀直播間。

負責解說的應湘湘幾乎驚了個呆。

有槍、沒槍，虛虛實實三次反轉，除去明堯挑出的第一次外，節奏始終牢牢掌握在巫瑾手裡，衛時手中那把不存在的槍，被巫瑾硬生生玩了個無中生有。

「拉斐爾太實在了。」應湘湘唏噓。

此時衝向開關的明堯顯然要比拉斐爾精明得多，但跳樓機上，衛時卻只差一步觸頂。左泊棠的槍口牢牢對準巫瑾。

這位井儀狙擊手在快速突擊時同樣準心沉穩，殺氣騰騰。被迫卡在掩體死角的巫瑾奮力抵抗，僅僅拖住左泊棠最後一秒——

槍聲響起！

巫瑾猛然抬頭，按住手腕，救生艙主動彈出。

與此同時，跳樓機攀升到最高處，衛時與另一人作自由落體滑落——

拉斐爾、巫瑾的腕表同時震動！

克洛森秀第六輪淘汰賽，遊樂場副本，通關。

微甜的麻醉氣體在救生艙內瀰漫。

在檢測到巫瑾無嚴重傷勢之後，少量麻醉劑抽除。

巫瑾在救生艙內上下撲騰，時而翻滾時而旋轉。救生艙被機械臂高高拎起，扔到回收處，由工作人員統一開艙。

巫瑾使勁拍：砰砰砰！

負責後勤的小劇務聽到聲音，打開艙門，撲通放出一隻巫瑾。

「喔，是小巫啊，」小劇務笑咪咪打了個招呼：「恭喜，這次競速名次不錯！」

「嗯？你問隊友的救生艙？衛選手的在那裡……」

巫瑾連忙道謝，趁左右沒人，揪出大佬的救生艙就往外推。

一會兒開艙完了就得是選手採訪，要是小衛被編導抓走了，可憐的崽崽被推到攝影機前，茫然無辜又無助……

巫瑾深吸一口氣，使勁推。救生艙紋絲不動。

巫瑾氣貫丹田，猛然發力，繼續推。

救生艙微微晃動，然而還沒等巫瑾來得及推到角落，不遠處有編導疑惑：「那裡怎麼有人，誰在偷救生艙？」

巫瑾趕緊停手，作勢左右張望，扠了會兒腰。

「沒事，」副導瞅了眼，「喔，小巫在推球呢，這會兒選管還在過來的路上，讓他自己玩會兒。」

見注意力散開，巫瑾立刻推著大佬的救生艙就往攝影機死角跑去。等把救生艙壁咚到牆角，三下五除二彎腰開艙。

一切準備就緒，只等大佬自己醒來。

節目組的臨時工作棚位於遊樂園側門出口，巫瑾靠在牆上坐著，短短六小時比賽簡直要把自己掏空！大老婆殘酷，小老婆傲嬌，一會兒醒來的也不知道是那一房……

牆內，群山掩映中的遊樂園露出蟄伏的一隅，火光依然在雲霄飛車軌道上熾烈躍動，日晷在夕陽下直直屹立。

牆外，遊樂園自動販售機led燈閃爍。

金字塔裡的《亡靈之書》替巫瑾省下了大量信用點，此時選手腕表內，巫瑾還剩下最後五十信用點沒用。

腕表劃向販售機，咚咚兩聲，掉下兩瓶純淨水。

巫瑾旋開瓶蓋，仰頭狠狠灌入，沒來得及吞嚥下的水流順著脖頸滑落。另一瓶被巫瑾放在大佬救生艙門外。

還剩最後三十信用點。

販售機最高一排，五顏六色的遊樂園紀念幣瑩瑩閃爍。每一式紀念幣，似乎都代表曾經來到過「圖瓦拉遊樂場固定圖」的一場逃殺賽事。

從左到右，依次是星際聯賽、克洛森秀第二十七季、風信子十二季、星塵盃聯邦賽四十五賽季春季賽……

巫瑾劃掉所有信用點，販售機掉落了一枚「星塵盃」紀念幣。公司的白月光職業戰隊，這週應該正在星塵盃鏖戰。

巫瑾低頭，指尖微微摩挲紀念幣紋路。

凱撒已經是白月光戰隊內定的突擊位預備役成員，很快就會在職業賽首次登場。剩下的替補名額寥寥無幾，如果自己不能從克洛森秀出道，進入職業隊陣容的可能性岌岌可危。

巫瑾對著硬幣摸摸捏捏，很快又將危機感扔到腦後。

大佬的救生艙內傳來聲響！

巫瑾把硬幣愉悅拋起，正面代表一會兒出來的是小衛，反面是大衛——

紀念幣掉落在地，滴溜溜轉個不停。

巫瑾認真盯著，直到轉速放緩，硬幣慢悠悠落到低處……

叮咚一聲，紀念幣卡在了遊樂場石磚間的夾縫內，靜止於豎立。

大佬的救生艙幾乎在同一時刻打開。

巫瑾趕緊抬頭。夕陽霞燒下，兩人目光相對，巫瑾一頓。

十六歲的衛時桀驁不馴，囂張跋扈，眉宇間都是讓人怦然心動的少年氣。

二十七歲的衛時老成沉穩，多數時候情緒波動不明，是巫瑾宣誓的法定伴侶。

眼前的大佬似乎介於兩者之間。

衛時低頭，對呆呆坐在牆角的巫瑾伸手。側目看向少年時，眼神專注而銳利，像是十六歲、二十七歲的衛時在同時透過漆黑如墨的瞳孔看著巫瑾。

巫瑾哎了一聲，伸手抓住，就著大佬的力道把自己拉起，拍拍作戰服上的灰塵。

衛時猛然把人拉進懷裡，單手按住，凶殘對準巫瑾啃咬。耳尖、耳廓、下巴、脖頸。

巫瑾哇嗚亂叫，這麼惡劣！是成年大佬沒差了！

衛時殘暴審問：「比賽裡，你綁了我？嗯？」

巫瑾趕緊諂媚：「崽崽，綁的是崽崽……哎別咬！」等等，這是大衛小衛記憶融合了？是大佬恢復正常了還是把小衛壓下去了？我崽崽呢？我崽崽呢？

巫瑾一面在大佬審訊中艱難求生，一面像是丟了小袋鼠的大袋鼠，被欺負得蹦來蹦去，直到編導過來喊人才得空喘息。

衛時面色如常，神情略微慵懶饜足，靠在牆上抱臂回味。

就好像是第一次把巫瑾按著蹂躪。

巫瑾：氣憤！

然而巫瑾還沒來得及詢問小衛下落，就迅速被編導拖過去進行賽後採訪。

備採間內，拉斐爾一臉複雜看向巫瑾，露出謹防練習生詐騙的表情。

不料巫瑾三下五除二奔去熱烈祝賀：「並列第一啊！恭喜恭喜同喜同喜……」

拉斐爾被迫同喜：「……」

等到鏡頭移來，拉斐爾再次生理性侷促自閉。

巫瑾拉住拉斐爾，認真做完鏡頭互動，美滋滋打招呼告辭。

門口，並列三、四的井儀、文佐姍姍來遲。

明堯剛一見到巫瑾，就大聲嚷嚷著把巫瑾擠到牆角。兩個人在備採間牆角擠來擠去大聲嗶嗶，冷不丁大門推開，衛時緩慢向巫瑾掃了一眼。

巫瑾瞬間熄聲，瞪圓眼睛乖巧看大佬走入採訪室。

衛時出來得極快。只要大佬願意，他可以比魏衍更快的速度冷場，讓克洛森編導在一片合情合理的尷尬中被迫結束採訪。

等衛時換上私服白襯衫，披上外衣，長腿跨出節目組大棚就要出去遛遛巫瑾——小編導猛然反應過來：「不對啊！衛選手就算坐著不動，拍個圍巾完顏互動也有粉絲吃，為啥要放他們倆走？」

門口，選管卻是已經批了圍巾的請假條子。

懸浮車化作白芒飛掠，兩人已經在向附近城市商區駛去。

車窗外風景飛速倒退。

巫瑾乖乖被安全帶捆著，視線在大佬側臉滴溜溜亂竄。大佬的神情有一種非常引人注目的懶散，唇角並非從往常一樣繃緊到筆直，甚至面部每一寸線條都有微微鬆融的痕跡——就像是丟失的部分情緒和情緒感染力，在緩慢被修補。

懸浮車停在人流攢動的商業區。

衛時側身，嫻熟替巫瑾解下安全帶。

車窗半開，手抓餅的甜香順著微風飄來，巫瑾瞬間興奮，小圓臉光彩熠熠，衛時開了安全帶，順勢意味不明摩挲了兩下巫瑾脖頸，習慣性就要從口袋裡撈試紙。

巫瑾快樂吃瓜：哎呀！沒啦！

衛時的動作生生止住，面無表情：「他扔了？」

巫瑾趕緊給小衛辯解：「沒沒沒，不小心掉了……」

衛時眯眼。

牆頭草巫瑾猛然想起，這會兒大小老婆已經記憶互通了，於是立刻縮到牆縫裡裝傻，「哎，不記得了！」

衛時不悅，目光微闔，翻查小衛記憶時就像在翻找垃圾桶。

巫瑾再次憂心忡忡。崽崽扔了大佬的東西，看這架式，崽崽簡直不是被大佬融合了，而是被大佬人道毀滅了！

衛時拎著巫瑾走下懸浮車，把手抓餅遞過去的時候，巫瑾還在試圖東敲西打套出小衛。

衛時把食物扔給嗷嗷待哺的巫瑾，「先吃。」

巫瑾啊嗚一口：「你這個潛意識……」

衛時嗯了一聲。

遊樂園在山麓之中，相鄰最近的城鎮也偏於邊陲。

過往行人不多，兩人一坐下就有一群廣場鴿過來試圖討食。被雨水浸潤光滑的塑膠凳子不長，衛時脫了外套墊在長椅上，隔絕綿綿濕氣。

兩人挨著坐下，手抓餅你一口我一口，鮮香在空氣裡都串了味。

巫瑾啃了一口奧爾良腿子餅，又眼巴巴看向大佬和大佬的芝士爆漿雞餅。這個世界上永遠是男朋友碗裡的東西比自己碗裡的好吃！

衛時遞過去交換，接過被巫瑾啃了一口的手抓餅。

巫瑾又轉過身繼續盯。

大衛是他宣誓的法定伴侶，但孤零零的小衛也很招人疼……

衛時看了眼吃了一張餅、還想著另一張餅的巫瑾。

男人面無表情開口：「吃完再買，小矮子。」

巫瑾眼睛猛然亮起。眼前的大佬近乎和R碼基地裡叫他小矮子的少年重合。但二十七歲的衛時更成熟老練，像是十六歲衛時進化的完全形態。

——衛時徹底接納了衍伸出的十六歲潛意識。

巫瑾終於放心，笑咪咪和大佬擠在一起，呱唧呱唧扯個不停。

腳下依然沒等到投餵的鴿子咕咕抗議，但巫瑾比牠們更吵。

「看我最後打得帥不！」

「你回浮空城複查，我今晚也要回白月光特訓。」

「今天出下一輪淘汰賽主題，五十進二十……」

「哎試紙是做什麼的？崽崽不讓你貼我，為啥圖謀不軌……」

衛時用手抓餅塞住說個不停的好奇巫瑾。

巫瑾：「嗝。」

衛時低頭在少年油光鋥亮的嘴唇上舔了一口。

少年被迫揚起脖頸，眼中被噎得生理性水光翕動。

衛時左右瞳孔同時光芒大盛，還差一點點融合完畢的潛意識在此時達成共識。

——你看，現在他也想對你不軌。

夜晚二十點。

克洛森秀第六輪淘汰賽正式結束。

計時沙漏清空，節目組麻溜從賽場內挖出還沒通關的練習生，一併塞入節目組大巴帶回。

直到抵達克洛森秀基地，巫瑾才猛然意識到，從節目開始時載有五百名練習生的四輛懸浮大巴，現在只剩下一輛。

等到這輪淘汰賽名次公布，整個克洛森基地只會留下五十名選手。

星光下的克洛森廣場人影稀稀落落。

到天光亮起，就會有懸浮車接走上一輪被淘汰的選手。

幾小時後，克洛森雙子塔燈火通明。室友淘汰的選手們再次自由分配組合宿舍，K歌笑罵聲從各個窗戶傳來，啤酒瓶子扔了一地。

等巫瑾同幾位要好的練習生告別完畢，回到寢室時滿身氣泡果酒味兒。

「誰給他灌的？」佐伊開燈，皺眉。

「凱撒都喝吐了，小巫還算好的。衛選手只給他喝莫斯卡托。」文麟笑咪咪道。

巫瑾卻是認為自己一點沒醉！就是坐在沙發上的時候比平時更乖巧一點，說話的時候反應更慢一點。

這會兒凱撒喝得昏天黑地，白月光沒等齊人複盤，便由佐伊主持簡短組會。

佐伊先是大力表揚了小巫的比賽表現，並隱晦批評了吃軟飯的小巫某隊友。

「下週之前需要向克洛森節目組上交戰隊合約影印件留檔。戰隊經理也在接洽排名靠前的幾位個人練習生。小巫，衛選手現在簽戰隊了沒？小巫？」

巫瑾打著哈欠軟綿綿靠在沙發上，旁邊趴著睡得四仰八叉的黑貓。

巫瑾過了半天才哎了一聲，小雞啄米一樣點頭點頭，「他已經……」

佐伊打了個手勢，「行了，我回去和經理彙報。」

「還有，下輪淘汰賽主題出來了。」

「贊助商是娛樂產業新貴，比賽命題很新，據說還要和星塵盃青訓賽合賽。公司那裡也摸不準，這週正好經紀人給大家接了廣告通告，回去積攢積攢經驗，多和接觸到的藝人請教請教，說不定下輪比賽有用。」

巫瑾睡眼惺忪接過自己那份通告。

「XX軟糖廣告MV」參與拍攝：巫瑾、凱撒。

《一吻情迷天鷹座》魔幻都市偶像劇客串：巫瑾、文麟。

「……」巫瑾慢慢想了半天，也沒琢磨出來「拍偶像劇」和「下輪淘汰賽」的關係。

正在此時，終端微微一震。克洛森秀倒數第二輪淘汰賽主題向所有晉級選手下發。

克洛森秀第七場淘汰賽：遠古綜藝大復活。

高度還原十個世紀前的藝人選秀。

為了生存，是該爭搶鏡頭？還是穩固人設？是要寵粉虐粉？還是要刺激打投？

綜藝逃殺，步步驚心！

拿錯劇本的你，能活過第幾輪？

「遠古……綜藝？」

次日清晨。

佐伊叼著早餐，和戰隊經紀人彙報接下來的克洛森賽程：「具體情況還不知道，贊助商也沒公布。克洛森不是向來就那麼幾個贊助方？怎麼這次神神祕祕的。」

「隊員……嗯，小巫昨天直接嚇跳起來了，還咧嘴，不知道他在想什麼，怎麼傻乎乎的……好，對。上午短訓完了，直接回公司。」

早餐後，克洛森秀教室再次全員會合，只是這一輪賽前講師變成應湘湘。

此時儼然已經變成這位女藝人的主場。虛擬投影中，星博、論壇頁面快速變換，學員低頭瘋狂做筆記。

白月光戰隊角落。

巫瑾被眾星捧月一般夾在長桌中間，手速如電字跡舞動飛快。旁邊是等著抄筆記的凱撒、紅毛、文麟、佐伊。

下課鈴聲響起。

應湘湘施施然離開，一眾練習生目瞪口呆。

秦金寶：「啥玩意？腥風血雨、走花路、吸血放血、門面、nsdd你是弟弟……？」

明堯倒是紅光滿面，平時也沒少混粉圈，大聲嚷嚷給隊長解釋：「打投就是打榜、投票，營業就是……隊長你對我笑一下。啊對，這個就是營業！」

身旁，巫瑾、拉斐爾豎著耳朵認真聽講。

佐伊：「小巫你不懂這個？」

巫瑾誠懇：「就懂一點點……」沒培訓過！

佐伊看著滿臉紅光的巫瑾納悶：「那你怎麼這麼興奮？」

巫瑾：憶往昔崢嶸！高興！

長桌邊，凱撒、紅毛在玩自製卡牌。凱撒打出一張「xfxy腥風血雨」，被紅毛的「djll頂級流量」反擊，最後凱撒只剩下一張「awsl啊我死了」，攤牌認輸。

佐伊把打了三局輸了三局的凱撒拎起，將「awsl」扔給紅毛。

「準備回公司。」佐伊看了眼腕表，安排：「下午兩兩分組，小巫、凱撒去拍廣告，我和阿麟跑個品牌摯友。」

巫瑾頓時肅穆，油然而生一種「白月光全員頂流」的自豪感。

再低頭一看終端，佐伊哥代言的是本市女性戶外運動品牌某不知名產品線，至於自己和凱撒哥要拍的廣告，金主一共只有兩個實體門面。

其中一個還在白月光娛樂大廈對面。

巫瑾嚴重懷疑，自己的廣告是曲祕書去樓下跳廣場舞跳回來的。

不過除去克洛森秀資源，練習生的個人資源極其有限。

逃殺圈並非娛樂圈，練習生人氣再高，只要實力沒出道都和一線品牌絕緣，出道後的身價也同比賽成績息息相關。

目前小隊四人接到的廣告，也多是小打小鬧性質。

克洛森基地廣場，懸浮車再次載著練習生各回各家。

臨走前巫瑾趴在車窗回看。大佬又消失得無影無蹤，紅毛走路尤其跳脫——這兩天紅毛臉上時時出現一種莫名又隱祕的自豪感，似乎有什麼八卦要和凱撒說，還和下一輪淘汰賽有關，卻幾次吞進肚子裡。

直到此時，克洛森秀第七輪淘汰賽的任務才盡數下發。

補充細則不多，但與星塵盃青訓賽合賽的傳言被敲定為事實。

白月光戰隊的車廂內，四人擠得滿滿當當。

「青訓賽，」佐伊來了興致：「有點意思。各個逃殺戰隊對於練習生的儲備方式都不一樣。白月光、銀絲卷這種是開放式的。出道之前，為了積累人氣都會送出去選秀。」

佐伊比劃：「但有的戰隊，練習生只進行封閉式訓練。特別是內部定級為S的練習生，是被預定保送出道的『祕密殺器』。」

「他們唯一能參加的比賽，就是青訓賽。」

巫瑾恍然。記憶裡的二十一世紀，以南韓某M為代表的娛樂公司，有嚴格的練習生保密制度。各個公司之間為防範挖人，對自家未公開練習生實施7×24小時隔離，只有成團出道之後才會公布身分。

綜藝逃殺，藝人選秀，青訓賽合賽。克洛森秀第七場淘汰賽賽制似乎做了許多更改。

「青訓賽……祕密練習生豈不是會曝光？」巫瑾不懂就問。

「不會。」佐伊篤定：「具體怎麼操作，比賽開始就能知道。對了，紅毛好像和下一輪贊助商有點關係。」

巫瑾：「什麼？」

懸浮車風馳電掣。巫瑾心思電轉，贊助商和紅毛有關係就是和浮空城有關係。神祕贊助商，娛樂產業新晉巨鱷，浮空城娛樂業宏圖，浮空戰隊預熱……

答案呼之欲出。

終端突然滴滴兩聲。

巫瑾悄悄打開終端螢幕。

衛時：送你出道。喜歡？

少年嗖的彎起眼角。

身旁，凱撒探來一個腦袋，「小巫看啥咧？」

巫瑾連忙關閉終端，不料瞬間被三百斤凱撒擠扁。

文麟在駕駛位調速巡航，佐伊還在閒侃：「紅毛也是富二代？現在這些小年輕，怎麼一個兩個都來當練習生……嗯？車怎麼在晃？凱撒坐好！」

半小時後，懸浮車在白月光大廈降落。

小隊四人放下行李，依次進醫療艙進行了全面體檢，等體檢單出來後，才擁有短暫的幾小時休息時間。臨近決賽，小隊四人鮮少再有假期。

白月光練習生寢室的陽臺上，春夏之交，盆裡的三色堇和水仙錯落開謝。

巫瑾在寢室擼了會兒兔，又拍了幾張兔照發給大佬。在床上平攤許久之後，還是沒閒下來，跑到訓練室繼續突突突。

下一輪比賽，他面對的將不僅是大佬、魏衍、薄傳火、井儀這些朝夕相處的練習生。

白月光的訓練設備不及克洛森基地完善。巫瑾索性找出了最初參加複賽的那座重機槍，掃射靶位時動作純熟。

訓練持續到午餐鈴響起。巫瑾沖了個戰鬥澡，端著餐盤坐到凱撒對面。

凱撒竟然吃飯時還在和女朋友視頻。

「寶寶，啊——」凱撒用勺子隔空給女友餵飯。

巫瑾一目十行看著下午的「ＸＸ軟糖廣告MV」腳本，突然大驚，抬頭說：「凱撒哥，下午可能有吻戲！」

凱撒：「啊——啥玩意兒？咱倆的吻戲？」

巫瑾認真搖頭，「不是咱倆的啊！你和女主角的！你是霸道總裁，要強吻女主。要不要和嫂子請示下？」

能理解。

凱撒連忙給女友解釋。這位嫂子十分大方，表示職業需要，哪怕凱撒和克洛森PD拍吻戲都

於是飯後，巫瑾和凱撒輕鬆上車駛往片場。

很快，他倆就見到了當天廣告拍攝的女主角。「XX軟糖」的廣告內容十分傻白甜，女主角在滿是粉紅色泡泡的布景下用側切牙和第一前磨牙咀嚼軟糖，然後巫瑾、凱撒被迷得神魂顛倒，最後拍凱撒吻戲，over。

巫瑾拉著凱撒向劇組各位職務人員禮貌問好，挨個發印有白月光logo的巧克力——走之前從前臺零食籃子裡順來的。幾位劇務小姐姐頓時滿眼星星。

還未開拍，凱撒被帶走和女主角試戲，巫瑾乖乖坐在拍攝棚裡，任由化妝師打理小捲毛。

不遠處，凱撒試鏡第一次。

凱撒咋咋呼呼向女主走來，決絕砸下自己的大臉盤子。

女主：「啊啊啊啊！」

導演和藹說戲：「要有氣質，霸總、霸總。來，給小凱讀一段劇本描寫。他有著冷漠的鳳眼，君臨天下的霸氣，邪魅狷狂……」

化妝鏡前，巫瑾的小捲毛帥氣定型，瀏海上推，開始往臉上打高光，巫瑾乖巧閉眼。

不遠處凱撒試鏡第二次。

凱撒滿臉深沉朝女主走去，表情因為做作的霸道總裁範而異常扭曲。

導演：「停！油膩，油膩了啊！放鬆放鬆……」

這廂，巫瑾化妝完畢，穿上西服像帥氣的小王子。

凱撒試鏡第三次、第四次。

巫瑾終於發現問題所在，凱撒哥根本不存在任何表情管理！他僅有的幾種面部情緒可以用「嘿嘿嘿」、「哈哈哈」、「臥槽」來完全概括。

導演忍無可忍，頻頻喊卡：「邪魅啊！性感啊！你能不能跟站在那裡的誰學學……哎剛才站那兒的人呢！」

攝影師趕緊解釋：「不是咱劇組的，出去打電話去了。估計就是路人！路人！」

導演點頭，目光掃到巫瑾，「算了，換他試試。」

無辜圍觀的巫瑾：「什麼！」

那位和凱撒對戲了將近二十分鐘的小姐姐終於鬆了口氣，目光亮晶晶看向巫瑾。

巫瑾秒速反應過來，求生欲極強：「導演……我能不能先出去打個電話？」

導演點了點頭。

女主角笑咪咪：小巫，可可愛愛。

拍攝劇務中的巫瑾粉絲於心不忍：「小巫好軟啊，會不會被親壞啊！」

「心疼！小巫要努力打槍啊，不出道只能拍吻戲……」

導演突然一拍大腿，「不用請示。問過你們經紀人了，沒問題！吻戲借位拍，又不是偶像，逃殺選手粉絲不在乎這個！」

「小巫先過來試試。」

巫瑾底氣不足，趕緊撥打大佬終端，不料一片忙音。

旁邊的女主角微笑安慰：「沒事，就借位。隔著十公分都行，讓後期把咱倆修到一起。小巫剛才說，要問什麼？藝人選秀的劇本問題？」

十公分。

巫瑾終於放心，大佬心胸寬廣，應該不會計較這個！

生活不易！小巫拍戲！

機位再次架起，巫瑾戰戰兢兢開拍。

女主角吃下第十顆軟糖，笑容燦爛看向巫瑾。

溫柔的少年停在二十公分開外，敬業閉上眼睛——

導演：「行吧，總比凱撒要好，後期修到一起。」

巫瑾鬆了一口氣，點頭點頭。

攝影師比了個ok的手勢，當場開始修圖。

巫瑾被複製剪切，和女主間距從二十公分修到五公分。

巫瑾：「再遠一點？遠一點好看！」

攝影師調到八公分，「哪裡好看了？」刷刷一改，又變成兩公分。

巫瑾一個哆嗦，「不行不行不行……」

攝影師琢磨：「要不還是貼一起。」

螢幕中央，巫瑾和女主貼近，一公分、零點五公分……

一道陰影自背後靠近。

旁邊的劇務喊了一嗓子：「……欸你誰啊？就是你，剛才打電話那個路人，怎麼進咱們片場了？」

巫瑾猛覺脊背森寒。

那正在修圖的劇務手一抖，硬生生複製黏貼出三個巫瑾排成一排。

兩人齊齊回頭。

衛時掛斷通訊，居高臨下看著螢幕。

夏初的片場氣溫炎熱。

修片棚就在化妝室隔壁，三十一世紀的影視後期即時處理能力強大，這邊拍完，五分鐘就能成片。

此時全場一片寂靜。

小攝影顫顫巍巍看著這位大佬擠開自己位置，用游標把螢幕裡的小巫選手扯到螢幕邊緣，巫瑾和女主原本就稀薄的CP感頓時更加稀薄。

小攝影一個激靈。等等，這人是誰？沒看到小巫選手都嚇到貼牆了？這人怎麼擅自進入攝影棚，擅自嚇唬小巫！

然而還沒等小攝影開口，匆匆走來某個活似祕書身分的青年，金框眼鏡儒雅溫和，低聲同衛時彙報交談。

祕書旁邊還站著表情謙遜敬畏的廣告導演。導演兩手端端正正捧著一張祕書遞來的名片，用只有攝影師能聽到的音量激動解釋：「這位是衛總……」

巫瑾：「嗯？」

有那麼一瞬，巫瑾還以為自己穿到了霸道總裁文裡頭。再定睛一看，大佬還是那個大佬，旁邊的祕書分明是浮空護衛隊隊長……

導演說完，擺擺手面向眾人，「散了啊、散了啊，這段就試個鏡，不剪正片。凱撒人吶？把他抓回來繼續拍吻戲！」

衛時起身，對導演面無表情點了個頭，轉向巫瑾。

巫瑾瞬間乖巧，跟到大佬身後。大佬走到哪兒，他走到哪兒，等軟糖廣告拍攝結束，自覺擠入大佬的懸浮車。

剪刀式的豪車車門下旋，把巫瑾牢牢遮住在車窗內。

攝影組頓時騷動。「剛才那是誰？嘿，導演接了名片，也不跟咱們透露！」

「一個手勢就把吻戲給剪了，什麼情況，這是不給拍還是……」

眾人越說越興奮，直到唯一知情的導演和總攝影師出來澄清：「那是克洛森秀的選手，衛選手。你們到底看不看逃殺秀？」

眾人面面相覷，一查還真是衛選手。唯有旁邊探頭探腦的劇務妹子，聽說衛時來給小巫探班，還把人接走了，立刻目光盈盈，激動萬分。

懸浮車上。

浮空城親衛隊隊長盡職盡責坐上駕駛位，悉心搖上後座擋板，輕柔的弦樂在空氣中流淌。

巫瑾起初還因為吻戲心裡有鬼，乖乖坐在大佬旁邊。

然後等了幾分鐘，自以為事兒翻篇，眼神就開始不安分晃來晃去——嗖的一聲，巫瑾快速伸出爪子，在大佬西裝口袋裡拎出一張名片。

浮空娛樂董事，衛時。

巫瑾肅然起敬，嚷嚷：「你什麼時候……」

衛時抬了下眼皮，嫻熟撚起一張準備好的試紙，「過來。」

巫瑾一揚腦袋，腦門兒就被貼上白色試紙。巫瑾立刻嗷嗷亂叫。

衛時瞥了眼，巫瑾在比賽裡受傷都一聲不吭，這會兒明顯被慣得貼個試紙就要撲騰抗議。

「吻戲？」衛時唇線繃緊。

巫瑾被抓住痛點，趕緊熄聲。縮在座位上一動不動安靜被貼，小聲解釋：「臨時加的，我也不知道！」

巫瑾邊說還邊悄悄對著試紙吹氣。

衛時眼神微動。安靜無風的懸浮車後座上，巫瑾就像是被貼了符的小白兔精，小幅度反抗一下，歇一歇，再反抗一下，歇一歇。

衛時伸手，嫻熟按住對方手腕，「接吻戲，不知道給我打通訊？」

巫瑾趕緊反駁：「打了打了！」然後掏出終端，給大佬看未接電話，「沒打通！」

衛時終於放過巫瑾，往他掌心按去一張名片。巫瑾趕緊接住，護身符似揣好，浮空娛樂的衛董事權勢滔天！封殺拍吻戲的巫瑾就是分分鐘的事。

巫瑾把名片收好的時候大腦飛轉。腦海裡的一皇雙后，大小老婆爭寵橋段終於翻篇！轉眼大佬又變成霸道總裁，自己是得罪霸道總裁、被發配到白月光娛樂的撲街偶像，工作朝不保夕，拍廣告仰人鼻息。不僅時刻有封殺危險，還經常被無情貼上試紙！

試紙是測試含巫量的試紙，一旦試紙顏色變色，霸道衛總就會拋棄可憐的小偶像，轉為獨寵含巫量更高的小巫！只見新巫笑，不見舊巫哭……

衛時瞇眼，「在想什麼？」

巫瑾內心嘆惋，表情茫然：「什麼？沒想什麼！」

衛時：「吻戲怎麼拍的？」

巫瑾誠懇：「就是，女主角吃一顆軟糖，然後借位……」

衛時伸手，從後座撚出一顆軟糖。估摸是剛才導演塞過來。男人粗暴解開糖衣，塞到巫瑾嘴裡，然後按住少年後腦杓。

兩道同樣熾熱的氣息交匯。

巫瑾興奮：開始了！開始了！霸道總裁果然要開始強取豪奪——小偶像揚起脖頸，在同樣美味的衛總口中肆意掃蕩。

約莫同樣是逃殺選手的緣故，兩人起初還是淺吻，接著碰撞越烈，巫瑾吻技逐漸純熟，像是毫不服輸的小獸與衛時對抗，掌心無意識按住衛時肩頸，像是要把對方揉到血肉之中。

「你沒事了？潛意識融合了？」軟糖甜香在唇齒之間浮動，巫瑾氣喘吁吁問道。

衛時點頭，掌心幾乎要從少年撩起的衣襬下探入腰腹，巫瑾猝不及防被捏，嗷嗷亂叫：「不行不行……」

巫瑾被迫仰頭，大佬瞳孔在車內光下躍動，有那麼一瞬他似乎看到R碼基地裡的小衛，一會兒又是融合後的大衛……

衛時嗯了一聲，紳士收手。

巫瑾終於放鬆，然而還沒來得及喘一口氣，男人再次壓上。

巫瑾丟盔棄甲：怎麼還沒完沒了了！

衛時再次對男團主舞敏感的腰線伸手，「他也要試試。」衛時冷靜欺騙。

巫瑾：「誰？」

衛時甩鍋給小衛：「你的『崽崽』。」

繼而肆意伸手。

一陣雞飛狗跳之後。巫瑾懶洋洋靠在大佬旁邊，眼裡是還沒散去的生理性水汽。搭在大佬肩膀上的手臂肌肉曲線流暢，雖然小圓臉還能欺人，但和幾個月前相比帶著不自覺的危險性，非常引人注目。

衛時揭下試紙，白色微微泛出不易察覺的粉紫。

巫瑾看向衛時表情，分明從中讀出了，收穫小巫的季節就要來臨……

衛時低頭，在巫瑾的小捲毛上淺吻髮旋，手臂一收把人按在懷裡。

巫瑾正大光明和大佬膩著，舉起終端查閱下一輪淘汰賽資料。

衛時偶爾出聲和他探討，交談僅限於選手之間——饒是作為比賽贊助方，衛時絲毫不給巫瑾任何提示。

下一輪淘汰賽是他送給巫瑾的戰場，而不是靜心鋪好棉花的寵物籠子。

「克洛森賽之後呢？」兩人有一搭沒一搭聊到以後。

「去選白月光戰隊預備役！」巫瑾躊躇滿志。

衛時點頭，「嗯。」

賽後，浮空戰隊會正式成立。浮空城的一部分產業將藉浮空戰隊名號，向文娛方向做嘗試性轉型。六年前作為浮空城經濟支柱的地下逃殺賽、博彩等類目將正式洗白，同樣因地下產業浮出，此類項目將正式接受浮空軍事基地監管。

曾經只在陰影下存在的浮空城，將正式與聯邦、帝國和廣袤的星際接軌。向陽而生。

巫瑾選擇在逃殺賽事中繼續職業生涯，意味著和衛時聚少離多。

但衛時表示尊重。尊重巫瑾的一切選擇，並盡可能給予他機會。

午後，衛時、巫瑾、凱撒三人在街邊擼了串。等巫瑾吃到打嗝兒，兩人告別凱撒，再次乘車駛往下一輪通告片場。

《一吻情迷天鷹座》片場在藍星某影視城內。

巫瑾翻開腳本版權頁，才注意到資方也包括浮空城娛樂在內。

這會兒文麟也已經抵達，兩人雖然客串的是偶像劇——也是製作成本、情節邏輯線上的偶像劇。巫瑾畢竟在記憶中接受過正規經紀公司訓練，很快就意識到，《天鷹座》的通告不算特別搶手，但就算是給娛樂圈二三線小生也不為過。

這次的通告顯然是大佬送給他的。客串角色討喜，鏡頭控制在少量範圍內，和文麟一起客串不會突兀，逃殺練習生來演也合適，絕不過分捧殺。

化妝師沒怎麼看過逃殺賽，給巫瑾打粉時嘖嘖讚嘆：「哪個公司的？真可愛啊……等播出之後，小哥哥你要不要熱搜小範圍預定一波……」

文麟笑咪咪給巫瑾發信，讓他記得感謝衛時。

劇組。

因為浮空娛樂是資方緣故，衛時受到的待遇極佳。那位兼職董事祕書的浮空護衛隊隊長不時穿梭於人群之中，衛時就坐在懸浮車內。

幾次都有主演對著豪車好奇無比，然而只知道資方大佬坐在車內，黑色的玻璃卻擋住一切探究視線，沒人知道他在等誰。

等拍攝結束，巫瑾託文麟給曲祕書帶個話，然後繞過人群鑽到大佬旁的副駕駛座。

「走了。」衛時換上駕駛座，把護衛隊隊長丟在片場，帶著巫瑾向影視城深處駛去。

距離影視城最近的別墅區內，燈火通明觥籌交錯。

巫瑾一眼就揪出了人模狗樣、正對女演員獻殷勤的阿俊。

衛時抬眼，阿俊立刻利索幹活。

浮空娛樂成立後，阿俊第一個討了個名譽總裁的身分，用來追小女生。這一塊衛時、毛冬青都不怎麼關心，阿俊倒是混得順風順水，交際圈廣泛。

阿俊給兩人倒了香檳，引著巫瑾向前走，「小巫不用緊張，這些人想理就理，不想理就算了。老大說了，明天咱們一起回浮空城，要是不滿意還有其他製作人……」

路上，巫瑾甚至遇到了曾經在娛樂綜藝裡分到一組的莊樊。

這位男團隊長興奮得很，巫瑾也興奮得很。

莊樊還和衛時打了個招呼，儼然把兩人當成過來湊熱鬧的逃殺練習生，「你們怎麼來玩了？你們圈裡都不熟，有啥事我給你罩著！這次晚宴有幾位大咖唱作人，現在還在樓上包廂，你們這次來了絕對不虧……」

「一會兒有空去前面找我，我們整個男團都來蹭紅毯了！小巫你要來玩我給你介紹，男團化完妝都一樣，你看了肯定臉盲……」

分別後，阿俊帶著巫瑾上樓。

巫瑾猛然想起，莊樊說過的，幾位唱作人都在樓上。

阿俊殷勤打開門。

衛時拍拍巫瑾肩膀，「進去吧。」

阿俊搬來一把吉他，衛時把終端遞給巫瑾，裡面是巫瑾在克洛森寢室寫的零零碎碎的曲譜，大多是幾個世紀前的民謠風。

門向巫瑾敞開。

衛時：「他們和浮空娛樂都有合作。想灌唱片，學作曲，還是找個MV當主舞。隨便你。」

影視基地旁的慈善晚會廳裡燈火通明。

門吱呀一聲打開。

巫瑾再次向房間內的業界泰斗鞠躬，道別，抱著吉他高高興興下樓。

門內，幾位唱作人均表示滿意。

咋能不滿意呢！人家可是浮空娛樂太子爺——浮空娛樂成立不過半年，這麼鄭重其事砸人脈的也只有巫瑾一個。

娛樂公司旗下，被捧得最厲害的在業內統稱「太子」。捧人又有兩種路子，一種砸通告，一種砸人脈。前者快速爆紅，後者如巫瑾這種，根基背景穩固，容易低開高走。

經由浮空娛樂總裁牽線，往後無論巫瑾想怎麼折騰都能順風順水。況且，浮空娛樂往文娛圈滲透的速度之快，讓任何圈內人都嘆為觀止。

主座上，兩位製作人抽菸交談。

「嗓子可以，就是沒怎麼受過專業訓練。創作有靈氣，能捧，沒多大問題。他這種，就算不給資源，也能靠自己小紅一把。」

「豈止小紅，長得乖啊，走流量妥妥的！」

先前那位音樂製作人反應過來：「這倒是。實力都過得去，只要他把那詞兒改改……」

【第八章】

糟糕！——這個PLAY有點意思

晚宴正式開始。

和浮空娛樂有合作的業界泰斗們慢悠悠下樓，用終端隨手去搜這位「太子爺」。藝人不見一個，重名的倒是有。

「資訊裡叫巫瑾的，都是一個逃殺運動員……等等，什麼？」

宣傳海報上，抱著光子破甲槍，臉上繪迷彩，狙擊手套、護目鏡一應俱全的逃殺選手正是剛才的巫瑾。

「……」製作人表情一滯：「這年頭不是演而優則唱，唱而優則演……這怎麼還有打槍呢！」繼而又摸著下巴揣度：「有點意思，這種路子難得。巫瑾的首專企劃，我接了。」

晚宴金碧輝煌，觥籌交錯。

時間一晃而過。等文麟從人群裡拎出巫瑾，準備把人帶回白月光——巫瑾已經完美混跡於莊欒的男團之中，氣氛融洽，渾然一體。

文麟差點都要找不出來自家小巫。

臨走時，巫瑾和喝得半醉的莊欒依依不捨告別，一上懸浮車就扒拉出終端。

莊欒所在的男團這週在給金主「某某美妝閃送」宣傳，莊欒負責帶貨的是某個網紅「內眼線神器」，作為曾經在綜藝裡戰鬥過的隊友，巫瑾義不容辭要替兄弟掃貨。

下單完了，眼巴巴看向文麟。

文麟：「嗯？」

巫瑾打開車窗，繼續眼巴巴望向文麟。

文麟：「嗯嗯？」

巫瑾：「文麟哥，我能不能在車裡唱歌？」

文麟笑咪咪把自己這邊的車窗也打開，「唱吧，你文麟哥聽著。」

懸浮車飛掠過腳下燈影璀璨的城市，深夜落了點小雨，數不清的高樓大廈在濕潤的光影中影影綽綽。

巫瑾高高興興，在水汽裡沒個章法嗷嗷瞎唱。

終端微微一亮，大佬發來訊息。懸浮車在幾十公尺低空滑翔，訊息欄亮一下，心跳就觸一下，就像著家了一下。

兩人回到白月光大廈已是深夜。

巫瑾洗了個戰鬥澡，例行擼完兔，在暖烘烘的被子裡入睡。

一覺醒來，公司裡再次熱熱鬧鬧。

「白月光」職業戰隊從星塵盃挑戰賽回來休整。下次再出征時，就要帶上已經註冊為突擊位預備役的凱撒。

佐伊、文麟則接了帝國某個逃殺特訓營的集訓卡，即日就要準備出發。

至於巫瑾，浮空訓練營再次向白月光發來特訓邀請函。

巫瑾去過蔚藍深空不止一次，訓練成果有目共睹，從公司批准、接函到出門發車，流程走起來端的是熟門熟路。

這次出門巫瑾沒有帶兔。

第七輪淘汰賽五十進二十，淘汰率百分之六十，特訓期間可能無暇分心照顧兔哥。

小翼龍、黑貓都是放養型寵物，前者會開窗關窗，後者會開門關門，寵物兔卻需要特殊關懷與照顧。

曲祕書知悉後，特地替白月光後勤機器人升級了「三〇一九旗艦豪華版養兔外掛程式」。

巫瑾十分感動，並送了曲祕書十盒「內眼線神器」。

如此下來，給莊樊應援買的十二盒「網紅神器」還剩下兩盒，巫瑾貼心送給了有女朋友的凱撒。

午後，巫瑾收拾行李向浮空城出發。

打了一晚上遊戲的凱撒這會兒才懶洋洋走出寢室，一低頭看到巫瑾的禮物和字條。

「謝了啊小巫。」凱撒對著牆上的巫瑾海報嘿嘿道謝，想著自己也得給巫瑾送點什麼回禮。正巧後勤機器人從巫瑾寢室走出，抱著一小團毛茸茸的兔哥去暖房曬太陽。

凱撒一拍大腿，手速飛快在星網下了訂單。另一隻毛茸茸的小白兔被寄送到白月光大廈。

凱撒把小白兔扔到巫瑾寢室。

凱撒打開終端，給巫瑾發訊：巫啊，哥給你的寵物兔送了一個女朋友！讓牠倆玩！

消息發送失敗。

凱撒再輸入，依然失敗。

凱撒勃然大怒，衝去找佐伊理論：「咋又不給發訊了？沒讓小巫給我訂外賣！」

藍星星港。

星船載著巫瑾、衛時出發，抵達浮空城，在黃昏薄霧中進入浮空軍事基地，為期一個月的賽前突訓正式開始。

第七輪淘汰賽為綜藝選秀主題，地圖基本可以確定為封閉式園區、訓練室、舞臺。巫瑾毫不費力就能想像出整個選秀場館的大致輪廓。

這一類地圖，一旦做成逃殺場景，卻遠比野外場景來得複雜。僅從舞臺來看，機關、帷幕和錯綜複雜的座位區會形成不可預估的「迷宮」，而在狹隘複雜的室內環境作戰——

浮空城主書房。

被巫瑾搶占了半邊的白板上，圓溜溜的字體寫下的所有訓練計畫，只圍繞一個核心。

巷戰。

「砰！」槍聲貼著巫瑾耳邊炸開。

少年迅速躲避，雙手在極端逼仄空間下快速剝離彈匣，槍、柄無聲咬在牙齒之間，接著換彈、中軸線壓低，行進中瞄準射擊。

牆體下的敵方突襲者倒地大半！

巫瑾低頭。汗水順著下頜線滑落，腰間繩索解下，勾爪倏忽扔起，越過牆體穩穩固定在另一側。巫瑾大力扯向繩索，確認穩固之後收槍踩繩攀登而上。

訓練腕表滴滴兩聲。巫瑾掃了眼腕表，攀到牆體最頂端，驀然從腰間拔槍。

火力掩蓋下，巫瑾一躍而下從繩索高處滑降，凶猛定點突入！槍聲嘈雜成一片，巫瑾被系統判定三處輕傷，訓練服被「鮮血」浸染，距離目標地還差二十公尺。

少年微微瞇眼。打空彈匣的左輪手槍一揚，被巫瑾越肩隨手扔到身後，還剩最後一發子彈的AA12霰彈槍拔出。

最後一位敵方殲滅！

巫瑾拔旗。

優美的提示音響起：「『特種射擊二十八號高級戰術副本』通關，時間十二分三十六秒。評級：B。」

巫瑾脫下作戰服，彎腰撐膝蓋靠在牆角，儘量把重心放低讓血液回流。

成績報告慢吞吞從列印出口吐出。

巫瑾看向報告。果然，失分點就在剛才腕表響動的地方，踩繩上比預估時間慢了六秒。踩繩攀岩比岩壁攀登還要困難得多。

巫瑾大口喘息，記憶中那位木槿花巫槿拍古裝偶像劇時踩繩毫不費力。

巫瑾這才想起人家是吊了鋼絲的。

巫瑾：「……」傻了！

劇烈運動後的大腦有短暫空白，巫瑾把訓練調整為攀登專項，咕嚕嚕灌下一管子體力恢復劑，趁體能休息的間隙繼續準備比賽。

——準備比賽的主題部分，選秀。

咔嚓一聲，虛擬螢幕投影在半空，一檔當紅歌手選秀節目正在放映第三集。

巫瑾打開彈幕，拿出克洛森練習生筆記本認認真真做筆記。

舞臺上兩位歌手正在同臺**PK**，評委給出其中一位的評測結果：「很遺憾，你很強，但你的對手更強。你沒能通過我們的測評。」

彈幕齊齊狂暴：抽籤黑幕！抽籤黑幕！辣雞節目啊啊啊！

巫瑾認認真真查閱資料，在筆記本上書寫：抽籤黑幕，指選秀節目組通過控制選手的對壘關係、**PK**順序操縱比賽結果……

被淘汰的選手果不其然表示不服。評委冷臉批評了他不尊重賽制，並發散批評到這位選手鮮少在臺下和其他選手有互動，沒有集體觀念。

彈幕咆哮：那是糊逼孤立他！糊逼抱團取暖！

巫瑾再次查閱資料，繼續書寫：抱團取暖，指節目中排名落後的選手互相鼓勵吹捧……節目繼續。

巫瑾：「刷票，指觀眾投票……這個簡單，不記！」

巫瑾寫：綜藝編劇，指在選秀節目中為每位選手設定劇本、營業方向，為選手設置特定臺詞，以創造綜藝矛盾點和劇情的編劇……

終端微微響起。螢幕對面，佐伊接入。

在看到巫瑾專心訓練，沒有和新婚小媳婦衛時鬼混之後，佐伊鬆了口氣，點頭表示欣慰。

白月光三人的賽前準備資料在終端交換。巫瑾很快收到文麟、佐伊的筆記。

至於凱撒。三份筆記整理完之後，佐伊會單獨發給不擅思考的凱撒。

終端另一側，佐伊簡略翻閱完巫瑾那部分，不放心叮囑：「這次是城市戰，除了行進間射擊之外，俘虜、格鬥、排障都要練……」

巫瑾趕緊點頭。

佐伊又看了眼手中的資料，「這輪比賽介紹寥寥。不過，介紹裡提到了劇本。」

佐伊在「綜藝編劇」四個字上敲了一下，經過幾天的突襲對圈內術語自然捻來：「小巫有想過沒，抽到糊逼劇本怎麼辦？」

巫瑾愣了一下：「機率不高。理論上，選秀節目裡每個人都有自己的故事線……」

佐伊搖頭，「每個選秀裡也都有幾個是來給人當墊腳石的。小巫你這個運氣，最好能做出預先準備。」

巫瑾哎了一聲，立即警醒。

佐伊又嘮嗑了兩句，最終決定放巫瑾去吃午飯。

「衛選手沒和你一起集訓？」

巫瑾乖巧：「沒有！」

佐伊舒坦了，再次放心：「那行，好吃好玩。對了，雖然你領證了，但是男孩子一個人在外，要注意保——護好自己。」

巫瑾點頭點頭。

佐伊掛斷通訊。

訓練營中午飯鈴聲響起，巫瑾嗖的站起，饑腸轆轆撲出門外。

衛時打開門，夾出一張試紙，伸手。

「哎呦！」巫瑾一腦門兒撞在了試紙上。軟軟的試紙貼著巫瑾腦門兒，從原本不顯眼的淡紫，變為帶了點透明度的馬卡龍色的淺紫。

劇烈運動後的巫瑾急促喘息，臉頰是健康的紅暈，像在火爐上烘烤的、差一點點就要烤軟的棉花糖。

衛時點頭。巫瑾還沒來得及抗議再次被貼，就被大佬薅起帶上車。

「吃飯。」

巫瑾立刻高高興興跟著走。

浮空城冬季太短，秋末之後一飛就是早春。

整座城市再次被香甜的空氣瀰漫，繼「秋日祭」圓滿引入大量客流之後，浮空城旅遊局已是在緊鑼密鼓籌畫春日祭、夏日祭、梅花祭、水仙祭……

此時街頭正在舉行「花品冠名節日票選」，下一次旅遊節將在「迎春花祭」和「臘梅祭」中投票產生，是薔薇科愛好者和木樨科愛好者的終極對決。

擔任兩種花品形象大使的是兩位浮空城本土動漫形象，一票十信用點。街角另一側，排長隊投票的浮空城居民正在為兩位「紙片人」瘋狂氪金。

鬧市區盡頭是城主辦公處——浮空城居於這一片星域邊陲，建城最初一直作為城主私人領地存在。即使近幾十年改進了城邦制度，城主依然是這座城不可忽視的符號。

城主便民小信箱就在街邊。

半個月前，適婚男女還在向信箱瘋狂投遞情書。

自從城主「廉政公示板」上的個人狀態改為「已婚」之後，最新流行趨勢變為往信箱塞硬幣以祈願脫單。

街邊熙熙攘攘，店鋪琳琅滿目。

衛時抱臂站在烘焙店門口，正對著的店門打了個橫幅「熱烈慶祝城主脫單，蛋撻買三送二」。沒一會兒巫瑾從排隊的長龍裡鑽出，懷裡抱了二十五個香噴噴的蛋撻。

衛時嫻熟接過紙袋。

巫瑾隨手撈出一個蛋撻，把大佬的面具揭開少許，塞到衛時嘴裡，動作一氣呵成。

衛時點評：「挺甜。」

巫瑾立刻眉飛色舞表示，自己試吃了整整七種蛋撻，才挑中這一堆！

兩人穿過人流擁擠的鬧市，巫瑾吃完蛋撻吃涼粉，吃完涼粉吃霜淇淋，吃完霜淇淋吃烤串，並鄭重其事表示，只有甜鹹交錯開來才能開胃。

巫瑾運動量大，衛時也由著他瞎吃，等估摸差不多了就把人拘著，免得跟兔子似的，吃撐了也感覺不到。

巫瑾強烈表示抗議。最後捧了個小蛋撻揣手上，因為是最後一枚允許吃掉的蛋撻，一會兒嗑一口，一會兒再嗑一口，像小雞啄米。

買二十五枚蛋撻的時候，店主送了一張投票券。街邊，「花品冠名節日票選」工作人員笑咪咪邀請兩人參與投票。

「迎春花和臘梅？」巫瑾看向大佬。

衛時：「迎春。」

巫瑾附議：「也對。迎春花葉能消腫止痛，野外求生時常用於搗碎冷敷在傷口。」

衛時：「能止血。」

巫瑾：「迎春花是木犀科，木犀科花葉好像不少都能止血，比如中醫藥裡的連翹。連翹和迎春花什麼區別來著？」

衛時：「迎春花五瓣，連翹四瓣。」

工作人員：「……」

工作人員收了投票券暈暈乎乎離開，臨走前送了巫瑾一張「迎春花」小貼紙。

巫瑾快速撕下背膠面，啪嗒一聲貼到大佬襯衫肩膀上！

叫你貼我！

衛時看了眼肩臂上的貼紙，把蛋撻紙袋遞給巫瑾。

繼而虎口槍繭自少年耳側摩挲，肆意蹂躪表達抗議的小捲毛，然後猛然將人壓在小巷樹木蓊鬱間的牆壁上，拇指一搓就給巫瑾的面具開了條縫兒，就跟撬開個開心果似的。

衛時低頭，舔上巫瑾蛋撻奶油味兒的雙唇。

等兩人再次從小巷出來，巫瑾走得極快。

巫瑾故作嚴肅：「我下午還要考駕照……」

衛時懶洋洋開口：「行，先去我車裡找找手感。」

午後兩點。浮空城懸浮車手動檔科目一考試，巫瑾果不其然遲到。好在巫瑾看著年齡不大，教練睜一隻眼閉一隻眼也就放了。

九架懸浮車同時升空。巫瑾緊張坐在座位前，跟隨考官指示變速、換檔、降車入庫。三十一世紀的懸浮車上下左右三個方向都能制動，自動駕駛機制完善，但緊急手動檔位照舊保留，以防駕駛系統被非法指令侵入。

三點半。考核圓滿結束。

巫瑾高高興興停車，打開車門就要跳下。

教練趕緊舉起喇叭：「這位學員，請注意車門和牆壁的距離！咱們車門都是向外打開的！又不是向上翻的，那種是豪車才有！」

巫瑾呆呆抬頭，「……」

衛時揚眉。

科目二之後，科目三、四都過得飛快。巫瑾在開車門時被扣了兩分，最終以九十八分總成績順利拿到駕照。

懸浮車駕校等待區。衛時關閉終端投影，端詳這張印刻有銀藍色面具暗紋的浮空城駕照。

這是巫瑾在三十一世紀的第一份、正式受官方承認的身分證明。

和聯邦工作簽證、浮空城結婚證不同，駕照的主人不關聯於任何機構、個體，而是獨立的行事責任人。

懸浮車駕照只是開始。

回浮空基地的路上，巫瑾在副駕駛嚷嚷：「什麼時候能考機甲駕駛執照？」

衛時陳述：「懸浮車駕駛累積三十萬公里，並且扣分低於五分。」

累積三十萬公里。

巫瑾嗖的側過腦袋，兩眼巴巴看向大佬的駕駛座。

衛時的私人座駕停在路邊。兩人換座。

巫瑾蹦進駕駛艙，自動改手動，血液因為男人骨子對速度的掌控欲而微微震盪。

懸浮車發動之前，巫瑾突然側身，模仿大佬之前無數次的動作，給坐在副駕駛的戀人繫好安全帶。

衛時低頭，目光溫柔相撞。

浮空軍事基地，高塔頂層，實驗室。

宋研究員和心理醫師周楠直等到晚上才捉到了回基地的巫瑾。

巫瑾剛剛一輪體能—攀爬—滑降訓練結束，洗完澡整個人都是軟乎乎的皂香。

周楠笑咪咪送了巫瑾兩個橘子，然後雷厲風行把人塞進治療艙檢查。

體檢報告彈出。恢復順利，一切數值接近正常。

「行了，小巫去玩兒吧！」

周楠大手一揮，把體檢報告歸檔。

然而巫瑾還沒來得及出去玩，就被宋研究員拖著去討論最新實驗結果。

在改造人情緒鎖退鎖上，巫瑾是宋研究員能找到的最優「劍鞘」範本。

實驗室大門很快被關閉。

門口，紅毛抱了個籃球來找過巫瑾三次，最終都無功而返。

門內。暗淡光線下，自願受試的浮空城改造人倒吸一口冷氣。

宋研究員還在處理血樣，巫瑾趕緊出手替人按住傷口，熟練止血包紮。

「按照配方合成的MHCC沒有問題，」宋研究員表示：「根據小巫你的記憶，還有女公爵供出的配方，現在實驗室已經能還原百分之八十的情緒鎖進鎖－退鎖步驟。也就是可以將前三個療程推廣到所有浮空城的改造人居民身上。」

「還差最後百分之二十。」

「也就是當時促成R碼基地建立的那部分『種子技術』。聯邦對於改造人的研究落後帝國幾十年。這百分之二十不可能在聯邦科學院，只可能在帝國。」

巫瑾紮好繃帶。那位陌生的男性改造人對巫瑾道謝。有那麼一瞬，巫瑾覺得他從某個角度有些眼熟。

巫瑾翻找記憶：「阿法索教授，很久以前提到過這部分種子技術。女公爵只是牽線人，晶片到她手上的時候已經經過黑盒封裝。」

宋研究員點頭。與他的猜想無差。

「小巫回去吧，這件事我和衛哥解決。」宋研究員開口。

實驗室大門打開，巫瑾和那位男改造人同時出門。

準備右轉前被宋研究員攔下：「從左邊走。」

巫瑾納悶看了眼右側的牆壁，突然想起什麼。

那裡是藥劑研發區域。試藥者邵瑜在那裡。

巫瑾盯著牆壁看了半天，最終釋然。

他與受試的改造人一齊走出浮空高塔。巫瑾這才注意到，這位男性改造人背部佝僂，走路一瘸一拐有些吃力。改造人大多體格強壯，有身體殘疾的十分罕見。

巫瑾佯做不經意放慢腳步，不比他走得更快。

「謝謝，不用等我。」那位改造人說道。

兩人沒有再多說一句。直到在浮空軍事基地門口分別。

門外有位小姑娘，正在緊張兮兮等他出來。改造人見到她，眼神動了一下，他似乎想微笑，但和魏衍、毛冬青一樣，他最終只能繼續板著臉。

小姑娘看到他鬆了口氣。兩人攙扶著，一瘸一拐離開。

月光灑在他們的臉上，兩人長得有幾分相似，約莫是兄妹……

巫瑾猛然一頓，他記起了這張臉。

大佬潛意識記憶中，R碼基地分崩離析那天，所有改造人從基地衝出，火光寒天，鬼哭狼嚎一片。這其中也有失敗的改造者——那名平日在操場上哭泣，像蜈蚣一樣四肢著地、詭異爬行的少年。

少年同樣跟著人群衝出，癡癡看著基地外陌生而新鮮的一切。

他還活著！巫瑾驀然鬆了口氣，即便只是在潛意識裡萍水相逢，仍然有種莫名的餘幸。

肩膀突然被拍了一下。

宋研究員嘆息，似乎不想多說：「回去吧。」

夜晚的浮空基地燈光明亮，溫暖如畫。

巫瑾回到大佬的房間，把自己往床上一扔。

翻個面。黑貓從窗簾上跳下來，喵喵兩聲給巫瑾踩背。

巫瑾被踩得哼哼唧唧，然後打開上鎖的抽屜，送給牠兩枚小魚乾以示嘉獎。

黑貓吃完小魚乾，又嫌不夠，跳上床，用爪子戳戳巫瑾，像是要問加不加鐘。

巫瑾抱住黑貓亂擼。

直到大佬回家。暖黃的燈光打開，房間裡的餐具、拖鞋、睡袍成雙成對。

就連扔到洗碗機裡的咖啡杯也是兩個，咖啡杯東倒西歪扣在一起，還攢著兩個人吃宵夜的碗及黑貓吃貓糧的碗。

這會兒家務機器人還在角落裡給自己充電。

趁著大佬洗澡的工夫，巫瑾打著哈欠按下洗碗機按鈕，機器滴滴晃動，就是在洗一家人的碗。然後巫瑾撲通上床，在被子裡翻滾亂蹭。

衛時擦乾頭髮，掀開另外半邊。

「明天我會去一趟帝國。」男人彙報。

巫瑾一頓。

衛時：「三天不到，然後直接飛克洛森參加淘汰賽。」

巫瑾拍床表示：「我也要去！」

衛時：「行。」

巫瑾：「我也要……」繼而突然傻眼：「行？真的行！」

男人點頭。

「星塵盃第一場表演賽就在帝國首都，後天。你下一輪淘汰賽的對手也會出場。」

巫瑾瞭然。下一輪淘汰賽是和星塵盃新秀表演賽合賽，能早一步看到其他參賽新秀，就能知己知彼，百戰不殆。

更何況凱撒哥還要上場！原本約好了看直播，說不定還能去現場給凱撒哥一個驚喜。

「不過。」男人緩慢開口：「不能用你的真實身分過去。」

巫瑾點頭點頭。大佬是去打探改造人「種子技術」的，自己和大佬一起行動，自然不能用真實身分。

衛時：「明天早上七點，和我去研究室植入面部偽裝，再以帝國貴族身分入境。」

「然後穿這個。」紅木衣櫃打開。

巫瑾期待萬分——衣櫃最深處，用深色防塵罩蓋上的大件衣物露出真容。

巫瑾曾經穿過的那件，凡爾賽副本角色道具。蒙特利潘夫人同款，深空刺繡長裙。

巫瑾深吸一口氣：「不行！」

「要穿你穿！」

房間燈光昏暗。深紅底襯黑色長裙質感垂墜而莊嚴，在幽暗的櫥櫃中莫名虛幻，巫瑾脫口而出：「要穿你穿……」

大佬抬眸，慢條斯理：「好。」

「我穿。」

衛時從換衣間緩緩走出，五官深邃肅穆，漆黑筆直的長髮端莊迷人。長裙靡麗拖曳至地，原本的帥氣變為不可名狀的冷豔，薄唇鮮紅似血，讓巫瑾刷的臉頰通紅！

——人間絕色！

御姐衛時緩緩勾起涼薄的笑容，利箭直直戳穿巫瑾的心臟……

「小巫？」

巫瑾嗖的驚醒，在躺椅上差點做了個仰臥起坐。

宋研究員也是一跳，險些被巫瑾嚇跑，繼而關心表示：「別給自己訓練太狠了，瞧這累的，睡這麼香，做啥夢啊……」

無影燈自天花板直直照射，電子鐘顯示為上午九點。

昨夜一晃而過。昨晚睡前，巫瑾就「不穿女裝」和衛時鬧了個雞飛狗跳，最後以大佬遺憾拿走裙子收場。

女裝是不可能穿的。從今往後，一輩子都不可能女裝的！

事實上，在巫瑾大聲嗶嗶「要穿你穿」的時候，衛時只拿小裙子在巫瑾身上愉悅比劃了一下，「崽崽也很想看你穿。」

WTF？崽崽不是被你融合了嗎！自己想看還拉小衛站隊！還有，咱倆又哪來的崽崽！

清晨，早上七點。

巫瑾依然不得不頂著兩個黑眼圈，來研究院植入面部偽裝。

巫瑾靠著的躺椅與地面呈三十度，套了一層粉紅色天鵝絨，似乎改裝自某種美甲美睫裝置。宋研究員站在巫瑾旁邊，正探個腦袋觀察，同時嘖嘖稱奇。

巫瑾眨了一下眼，臉部肌膚有少許黏滯感。

負責植入偽裝的是一位幹練的職業女性，她示意巫瑾伸手。指腹微微發癢，巫瑾低頭，指尖被不易察覺的薄膜覆蓋，指紋也被全面改造。

「好了。」這位女士朗聲道：「偽裝很快會成膜，最外層能在三秒內揭下。一共兩層偽裝，以防萬一。」

「巫先生請去後面換裝，」女士白了眼無所事事的宋研究員，把一本薄冊遞給巫瑾，「你的新身分，背景介紹。還有那隻貓……」

立刻有工作人員提著貓袋顫顫巍巍遞給巫瑾，貓袋劃痕咬痕傷痕累累，裡面的貓子顯然很不高興！

巫瑾接過貓袋。刷的一聲，一隻白貓從裡面躥出！

「……」巫瑾看了半天，才認出是大佬養的那隻黑貓，染了白色。

「偽裝需要。」宋研究員趕緊避開白貓的攻擊範圍，向巫瑾解釋：「這貓受過訓練，關鍵時候能派上用場。」

R碼基地自己跑出來的，基因也不一樣。宋研究員用氣聲補充，還和巫瑾比劃，這小破貓一聽「R碼」就得撓人。

「這貓在克洛森上過鏡，黑得跟炭似的，太扎眼。昨晚趁牠睡覺，給牠偷偷染了個色，今早直接炸了！嘿！」

閒聊期間，白貓再次把實驗室牆紙刨開！

那位給巫瑾做偽裝的女士搖頭，「牠不喜歡白色，也行。把貓捉了。」

巫瑾幫忙捉貓，按在實驗臺上。

女研究員拿出生物離子噴漆，「換哪個色？」

巫瑾靈機一動打開終端，放出一溜子橘貓三花布偶英短圖片，任貓挑選。白貓勉為其難用尾巴點了下布偶。

女研究員擼袖子，開始噴漆，「海豹山貓色手套布偶對吧？這貓毛長不夠啊，要不還是套假毛得了……」

黑貓突然奮力掙扎。

女研究員恍然：「懂了。牠不喜歡變成布偶，牠只喜歡上布偶。」

三人一貓在實驗室折騰了半天，最終定稿為噴繪成孟加拉豹貓。

巫瑾滿頭大汗，打了個招呼就走進更衣間，衣架上內襯外套風衣飾品一應俱全，即便是鈕扣也繁瑣奢華。背景資料裡，巫瑾的新身分正是某個帝國邊陲中等貴族的家中么子。躺著數錢的小少爺。

一面等身鏡立在更衣間最裡面。鏡子裡的巫瑾只和原本有三分相似，眼窩更深，五官更加張揚，原本圓溜溜的眼睛略顯細長。

巫瑾怎麼看怎麼像是自己被混血了，明明原來還是個純種小巫。

少年脫下外套，琢磨著把看上去就很貴的衣料一件件套上。

十點。全體出行人員改裝完畢。

星船在浮空星港安靜等待，衛時從審訊室走出，一群機器人將精密儀器搬上運輸車。

更衣室的門啪嗒一聲，打開。

衛時陡然瞇眼。一身雪白華服的少年呆呆站在門口。量身訂製上衣仿的是帝國禮儀兵式樣，線條稍加修改，裁剪流暢帥氣。腰間掛一柄裝飾銅刀，除此之外，零零碎碎瑣瑣屑屑無數飾品呈現優雅的亮銀——把不學無術，只會炫富的貴族小公子模樣演繹得淋漓盡致。

但巫瑾並不招人討厭，看上去呆呆的，沒什麼攻擊力的小少爺。

衛時滿意。

喵嗚一聲，小豹貓蹭著巫瑾膝蓋跳上，在巫瑾脖頸亂蹭。褐色帶斑點的皮毛矜貴華麗，圓溜溜的貓眼和巫瑾對視，圍了皮草的貴公子伸手撓了把貓下巴。

衛時闊步上前，把偽裝成小豹貓的黑貓趕跑。

親手將純白的披風雪笠為巫瑾圍上。

帝國這個時節還是嚴冬。

巫瑾立刻警醒。

大佬壓根兒就沒上心偽裝！不僅沒穿女裝……這會兒也就隨便穿了件常服，臉上蓋了一層改裝膜。

巫瑾詢問大佬身分：「你誰？」

衛時替小少爺繫好披風，從口袋裡抽出一枚單片眼鏡，戴在巫瑾左眼。細金絲鏡框給巫瑾偏深邃的眉眼襯出一股書卷氣，細膩而精緻，小圓臉邊緣，鏡片垂下的細鏈斯文溫柔。

衛時面無表情，心情愉悅。

「我是你的護衛長。」

星船從浮空基地飛起。

衛時一共只帶了二十人不到，按照宋研究員的說法，帶多了沒用，畢竟只是去把「種子技術」中的改造藥物配方騙到手。

巫瑾緊張：「沒騙到怎麼辦？」

宋研究員毫不在意：「就去搶啊。上了情緒鎖的改造人每個都是亡命之徒，你猜搞配方的人怕不怕死？實在不行，還有政治施壓。說起來，上次那個公爵……到了。」

一行人抵達中轉星港。巫瑾迅速換上身分晶片，偽裝成帝國貴族進入頭等艙通道。

接駁口盡頭，更大、更豪華的星船靜靜停泊。

巫瑾前面是兩位穿蓬蓬裙的貴族小姐，時不時回頭看眼巫瑾，又接耳交談笑聲歡快。而巫瑾身邊僅有護衛長陪送。

衛時面無表情。

巫瑾緊張得小捲毛都要炸了。

乘務員恭恭敬敬請示巫瑾伸手，安檢。

「等等。」衛時緩慢開口。

乘務員一頓。

孟加拉豹貓在巫瑾懷裡撒嬌亂扭，這位小少爺揚著下巴，抿著唇，驕傲得很，似乎一句話都不想說，他身邊的護衛長盡職盡責接過貓咪。

衛時不著痕跡在探頭一觸，兩人順利通過安檢進艙。

這艘寫著通往「極樂之星」的星船頭等艙占了一半，貴族、商賈與政客穿著舒適的絨毛拖鞋，在寬敞乾淨的紅毯上走動交談。

巫瑾的出現很快吸引了少量視線。抱著貓咪，美麗的貴公子總歸是一道宜人的風景線。但少年的飾品、衣料都不過中等偏上檔次，甚至於有些花裡胡哨。

艙位中的乘客大多眼尖，最終除了一兩個躍躍欲試想搭訕的，都移開了對巫瑾的注意。

衛時護著巫瑾走入私人艙位。

房門關閉。少年坐在鋪了半邊皮草的沙發上，揚起小圓臉等待衛時指示，皎白的臉頰因為長時間被披風包裹而略顯紅暈，金絲單片眼鏡帶著莫名的誘惑力。

貴公子的護衛長低頭。

巫瑾：「啊啊啊啊——」

巫瑾：「哇唔——唔啊唔——」

乘務員禮貌敲開艙門。

衛時：「一杯杜松子、一杯莫斯卡托。謝謝。」

私人艙位內，那位漂亮的小公子躺在沙發上，用枕頭擋著臉。乘務員恭敬關上艙門，現在的貴族，真是能坐著就不站著！能躺著就不坐著！怪不得漂亮的男爵、王子，長大都會變胖！

衛時轉頭，把試圖用枕頭爆破自己的巫瑾拎起。

虛擬螢幕緩緩打開。除去酒水單之外，頭等艙位還自帶私人小吧臺，裡面是幾種常見飲品。巫瑾給自己和大佬倒了整整十七個信用點的貴族礦泉水。螢幕中正是帝國某政治新聞。新一輪上議院大選已開始，新聞報導上的拉票人，正是那位女公爵——邵瑜的母親。

「邵小公子於上月十三號搶救無效身亡，蘭公爵直至昨日才首次出現於螢屏前……」

強烈的閃光燈下，女公爵面容憔悴，向媒體微微頷首示意。新聞左下角甚至出現了幾年前的對比圖，那時邵瑜剛剛來到帝國，鐵腕女強人抱住失散多年的幼子失聲痛哭。

「謝謝，」女公爵拒絕了遞來的麥克風，用略顯虛弱卻堅定的聲線回答：「我不會參加這次大選。我只是一個普普通通的、剛剛和我的孩子告別的母親。」

巫瑾：「……」等等，邵瑜還活著呢！

那位舉著麥克風的記者眼睛一酸，身後仍有人在前仆後繼提問。

女公爵沙啞道：「……平權？是的，去年，我的競選口號還是『激進發展』，但現在我只想為弱者發聲。我失去了小瑜，但還有千千萬萬個，和他一樣、掙扎在病床上、在痛苦之中的改造人。我可以不繼續從政，但我必須為他們說點什麼。不止改造人，還有失業者、福利院的孩童、退役帝國士兵、跨性別者……」

拍攝畫面淡化，顯示上議院大選即時投票曲線。

宣稱「不願參選」的女公爵赫然在投票率排行第一。

巫瑾：「……」

房門打開，宋研究員提了杯橙汁進來，常居實驗室的科研人員必須有不能顫抖的手，宋研究員對酒精飲料一向抵觸。

這位研究員嫌惡看了眼女公爵，「她是個從政的天才。」

「選票的意志就是這樣。憐憫失去幼子的母親，喜歡美麗的口號。」宋研究員聳肩，「不過，我希望她能贏下選舉。政客大同小異，但她能被浮空城控制在手裡。還有，這次我們去探查藥物配方，也需要她來牽線。」

巫瑾點頭。

宋研究員拍拍巫瑾肩膀，行動計畫書投影在半空。

「極樂之星。帝國最奢華的貴族、資本家樂園。嗯，成年人的樂園。」

「最重要的——它是公爵幾次交接改造試劑的接頭點。無論試劑供給方是誰，他們在極樂之星一定有布控。這一次，浮空城的戰士會跟隨女公爵的科研隊出發，拿取試劑。我和衛哥、小巫，你們一組。」

「這次要取的試劑是情緒鎖的初始誘發試劑，我會在到手的第一時間分出樣本，和小巫的活性血液比對。」

巫瑾恍然。情緒鎖的發端是初始試劑，情緒鎖的「萬能鑰匙」是作為劍鞘的自己。

宋研究員要做的，是用「初始條件」和「最終解」比對，復原被毀在R碼基地的「那道題」，然後算出能運用在每個改造人身上的「通用解法」。

「所以，」宋研究員舉杯，「預祝圓滿成功。」

香甜的干白葡萄酒在舌尖迴蕩。

虛擬螢幕正在播放某齣帝國電視劇，中間穿插廣告中就有「星塵盃」賽事播報。

星際大航海時代，逃殺秀似乎是星域任何一處都不可或缺的娛樂。英勇、智謀被不同國籍、不同文化的人們一樣嘉獎。

巫瑾隨手翻開船艙內的免稅品販售目錄。

黑貓在爬窗簾。

衛時在看巫瑾。

衛時掃向一處，「項鍊買不買？」

六百六十六顆白鑽簇擁一顆粉鑽。

巫瑾：「女式、女式的！」

衛時：「槍呢？」

極樂之星「機械龐克蘿麗塔」復古主題專賣。買OP禮服連衣裙送小物（手作加特林手槍、復古懷表、銅圈項鍊）。

巫瑾：「……」

宋研究員依然記得衛哥把那件裙子從克洛森秀拍下運回的場景，唏噓感慨：「泥塑粉的世界啊……」

叮咚一聲，飛船抵達靠岸。

巫瑾把免稅品目錄往書架一扔，就要抱著小豹貓下船。

宋研究員一把攔住巫瑾，「極樂之星，極樂之星！既然來了，就要有點享樂的樣子！」

衛時勾手。巫瑾乖巧走到大佬面前站好。

男人緩慢解開巫瑾領口嚴嚴實實的衣扣，「我教你。」

燈光掠過整座城市，萬事萬物融入甜甜虛影。

半透明豪華加長版懸浮車停在私人城堡門口。

晚風是淡甜香夾皂香調，復原了古典香薰中的「第五大道」，越靠近城堡，黏軟的香草味就越濃。

侍者小心翼翼打開車門。

在主人下車之前，年輕俊俏的護衛長首先邁出長腿，純黑的西裝讓他的帥氣多了沉穩肅穆的格調，胸襟是繡有貴族家徽的純白男士手帕，露出一角。

護衛長抽出手帕，平攤在掌心，躬身向車內伸手。

手帕下，男人虎口厚實的槍繭讓城堡侍者微微一凜，旋即恭敬垂目。

豹貓從車門內優雅跳下。隨後是年幼的貴公子，他漫不經心向隨身侍衛遞出右手，粗糙灼熱的掌心隔著矜貴的手帕扶住巫瑾，貴公子很快被侍衛長厚實的肩背遮擋。

衛時向巫瑾遞去手帕。巫瑾擦了擦手，扔回給偽裝成侍衛的大佬。

立刻有侍者替他們取下懸浮車中的行李。

「兩間套房。」管家宋研究員隨手塞了兩百信用點小費，向巫瑾微一點頭，跟著行李坐上側梯。

城堡的正門開啟，「歡迎來到極樂之星，奧古斯汀堡。」

叮咚一聲，室內樂在旋轉門後響起，八十公尺人造瀑布懸空而下，半透明水簾後是懸浮於紙醉金迷之中的吧臺，通往城堡套房的天鵝絨毯，和奢華地毯上紛紛揚揚的玫瑰、香檳花瓣。無數貴族、貴女就在奢靡的水氣與芬芳中享樂。

從沒見過市面的巫瑾瞬間瞪大了眼睛，離得最近一桌，三兩位穿著淡色裙襬的少女像是天上掉下來的小仙女！

衛時側身，如同在少爺耳邊恭敬耳語。

衛時聲線沙啞：「在看誰？」

巫瑾一個瑟縮，求生欲極強地收回目光。

新客人的到來很快吸引了不少零散注意力，極樂之星，過來找樂子的新鮮面孔，從未出現的年輕貴族，這樣的事情似乎每天都能發生。

但這位貴公子卻沒有帶女伴。

城堡首層的管事立刻搖鈴，穿著可人的男男女女俱向巫瑾簇擁而去。

巫瑾蹭蹭後退。敏銳的聽覺捕捉到遠處，似乎有細微的機械摩擦聲響──像是有幾架監控鏡頭同時轉向這裡。在克洛森基地待了半年，巫瑾對於監控的直覺遠超旁人。

管事也微微猶疑，很少有來這裡的客人會拒絕美酒和美色。

巫瑾深吸一口氣。貴公子一言不發，偏薄的肌膚是貴族慣有蒼白的冷，遠遠拒人於千里之外，他的瞳孔是漂亮的琥珀色，這樣好看的小公子，即便再倨傲，也讓人討厭不起來。

他向侍衛點了下頭，只有看這位男性侍衛的時候眼神才是暖的。

侍衛長衛時恭敬湊上，與主人低聲交談。

貴公子掛滿飾品的手指在侍衛肌肉健碩的腰身上有意無意打圈，像是在把人往自己身上攬。

周圍鶯鶯燕燕一時遲疑。

衛時點頭，走出巫瑾身邊和管事交談。他剛才和貴公子湊得極近，甚至曖昧難言，鏡頭下，可以清楚看到小少爺頸側若隱若現的紅痕──攝影機紛紛移開。

「沒事了，」監控室，城堡守衛給兩人錄了個人臉識別，打上綠色「危險性低」符號，說：「又是一個裝模作樣帶著情人來度假的。」

這座私人城堡正式向兩人敞開。

城堡首層是布置成舞會的復古宮廷庭院，圍繞瀑布，數百個卡座慢慢旋轉。間或幾個卡座被改造成賭桌，貌美的荷官笑意盈盈地發牌。

始終有視線在巫瑾臉上停留，若有若無。

巫瑾碰了下耳垂，宋研究員正在遠端與兩人通話。

「奧古斯汀堡分上位、中位、下位三個區域。你們目前所在的是下位區。按照慣例，消費信用點砸到十萬上下，就會有侍者引領你們去中位區。再繼續砸錢，能拿到上位區的入場券。女公爵的試劑固定交易地點，就在這座城堡的上位區。記住，他們只接受一種客人——有錢，玩得開。」

侍衛衛時盡職盡責為巫瑾取來一支紅酒。

巫瑾懶懶靠在卡座沙發上，襯衫解開三個扣子，一看就是慣常沉溺於玩樂。

這樣的美人在奧古斯汀堡也引人矚目，但衛時卻跟得太緊。

侍衛不僅替小主人脫下斗篷，還會用嶄新的白帕擦拭主人嘴角不存在的紅酒，還會擦拭主人被豹貓蹭過的指尖。

巫瑾：「……」你在把我當玩具玩嗎！

衛時面無表情，對巫瑾摸一下，搞一下，再摸一下，再搞一下。享用其中。

他在監控死角對巫瑾耳語：「記住，我是你的侍衛長。」

「你可以要求我做任何事情。」

男人眼神沉沉不吸光，饒有興趣開口，巫瑾嚇得小捲毛亂翹。

幾分鐘後，巫瑾坐在了賭桌前，點了幾千籌碼，點了個AI湊桌。輸贏一半，隨手又扔了幾萬信用點進去。

荷官頓時眼神發亮。

小少爺神色懶懶，侍衛長幾次勸說少爺停手，卻只得到一個不大高興的後腦杓。這位貴公子明顯被驕縱狠了，俊朗的侍衛取走他的香檳，遞上一杯水。

巫瑾不悅喝下，然後扔回杯子。衛時忠心耿耿接住，在主人看不到的地方，對著唇印一飲而盡，繼續視線灼灼看著小主人。

巫瑾放縱那隻到處亂跑的豹貓，侍衛放縱他年少的主人。

荷官瞬間提神，眼珠子在兩人中間轉來轉去。然而隨著賭注以指數增量上升，很快有兩位管事走了過來。

「閣下，」通往中位區的請帖遞到了巫瑾手中，恭敬邀請道：「和AI玩牌可沒有意思，請您隨我們來。」

巫瑾哼了一聲。

衛時跟上，在通過水簾時把斗篷披在巫瑾肩上，再捏一把回本。

巫瑾：等等！不是說好我才是主人？

金碧輝煌的電梯慢慢升上中位區，管事殷勤為巫瑾指路，在進門前略有遲疑看向衛時。

巫瑾挑起眉毛。被譽為「最符合帝國貴族審美」的琥珀色瞳孔冷冷逼視過來，單片眼鏡後泛著倨傲的冷光。

管事連忙解釋：「請您放心這裡的保全，但只有邀請人和女伴或者男伴才能進入……」

巫瑾側過臉頰，戴著皮質手套的手向侍衛長勾了勾。

衛時一個停頓，以一種被小少爺逼迫、不情願的姿態上前。

巫瑾崩潰：你剛才不還是「侍衛暗戀主人求而不得」的劇本嗎？怎麼現在又改本了！

男人比少年高出半個頭，他微微躬身——巫瑾抬了下眼皮，屈尊降貴伸手，然後猛然攬住侍衛脖頸，迫使他低下臉頰。

巫瑾面無表情，長驅直入撬開衛時灼熱的雙唇，然後把人推開。

「現在可以了？」

管事看了個目瞪口呆，「可、可以……抱歉，剛才十分抱歉……」

衛時以情人身分獲得進門資格。兩人慢慢走入中位區的廳堂。

巫瑾突然興奮：糟糕，剛才這個play有點意思！

再一回頭，大佬目光如利刃，光芒沉沉像是要一刀把自己剜出芯子開吃。

巫瑾嗖的收回視線，乖巧如初。

衛時走到與他並肩，為少年摘下皮質手套。吧唧一聲，試紙直直貼到巫瑾手心，再揭下。

還差一點。

巫瑾身後，大佬氣場冰涼。

城堡的中位區與下層不同，卻無一寸傢俬、裝飾不奢侈到極致。這裡的客人更少，為奧古斯汀堡帶來的收入遠高於下層。

巫瑾路過賭桌，視線在整個區域轉悠。

幾位少女在城堡的花園閣樓享用下午茶，兩位貴婦人在鋼琴前輕聲耳語。彈鋼琴的是鬢髮修剪精緻的紳士，城堡錯綜複雜，按照地圖顯示，這裡甚至有一個室內馬場，而一牆之隔，每晚一次的小型拍賣會中寫道，在這裡可以拍下「任何你能想到的東西」。

一向遵紀守法的巫瑾立刻露出不贊同的表情。

無論如何，通往上位區，必須經過城堡的中位區。前來度假、無所事事的貴族們將這座私人城堡溫養成了流言的溫床，他們討論新來的客人，也討論舊相識，討論今天，也討論過去的幾個月。

巫瑾放出小豹貓，「去吧。」

豹貓晃了晃尾巴，在人群中穿行。耳麥盡頭，宋研究員發出訊號，已經開始追蹤安裝在豹貓身上的竊聽器。

「無論初始試劑的供給者是誰，他的勢力範圍一定涵蓋奧古斯汀堡。」宋研究員在耳麥另一端說道：「他手中的改造人技術，甚至比帝國實驗室所宣稱『擁有的』還要成熟。」

「甚至我們有理由猜測，所謂R碼基地，就是他們將一部分企圖賣給帝國科研院所卻沒有賣出去的試驗計畫，通過女公爵賣給了聯邦。」

「不過，他們的勢力並不強大。」

「他們甚至連女公爵都懼怕，所以才會躲藏在這裡。」

「明天試劑交易時，我們行動。」

巫瑾點頭。他突然抬頭看向城堡的穹頂。

衛時：「在想什麼？」

巫瑾並未回答。「劍鞘」的某些感應能力比「利劍」還要強大。就在他們上方，在天頂的最上方，他隱隱能察覺到什麼，又模糊不準確。

衛時點了下頭，抽出房卡，「回去休息。」

豹貓喵喵兩聲，表示牠要繼續留著自己玩兒。

巫瑾告別了豹貓，順著地圖左彎右繞走入套房，打開房門。

侍衛長盡忠職守跟他進門。

房門咔嚓關上。偽裝了一整天的巫瑾啪嗒一下鬆懈，正要把自己扔到軟乎乎的大床上，冷不丁被大佬撈起——衛時單膝卡在巫瑾身前，粗糙帶槍繭的手指緩慢解開巫瑾的披風鈕扣。

男人偽裝後的眉目更平展，瞳孔卻直直在躥火。

巫瑾砰砰敲床，侍衛play還沒結束吶！

衛時湊過去，漆黑的瞳孔正對著巫瑾。

氣氛靜默溫存。

巫瑾突然伸頭湊了過去，兩人毫無徵兆，又像意料之中，交換了一個淺吻。

巫瑾嚷嚷：「衛哥——」

衛時猛然按住他的肩膀，漆黑的侍衛禮服襯得整個人身長腿長，男人緩慢解開自己外套，把巫瑾整個籠罩在陰影裡。空氣像被烈火淬燒，巫瑾撲通撲通開始在床墊子上翻騰，「欸！啊啊別壓我，壓扁了要……」

然而猝不及防被壓在了白晃晃的牆壁上。

單片眼鏡在震盪中掉下，少了金絲鏡框遮擋，少年柔軟的臉龐帶著略微濕潤的氣息。即便做了偽裝，也是偽裝後的小白兔，衛時一隻手就能輕而易舉按下，任巫瑾怎麼撲騰都逃不出手掌心。

冷硬的侍衛終於把主人逼迫到了最底線。

貴公子狼狽不堪，揚起的脖頸漂亮又脆弱，彷彿能被一口咬斷放血。尊榮矜貴在此時一應被褻瀆，衛時不由分說把人堵在角落，帶槍繭的指節緩慢露出危險信號。

巫瑾呼吸倉促，竟然下意識伸手抱住衛時如同抱住浮木。

衛時神色驟暗。

樹墩上坐著的兔子精、扛著重機槍突突突的巫瑾、翼龍脊背上的巫瑾、摩天輪頂端的巫瑾……最終彙聚成眼前這一個。

啪嗒一聲。巫瑾自覺從衛時口袋掏出試紙，貼到自己腦門兒。

離紫色還差兩個色階。

衛時：「……」

巫瑾乖巧：「你說的，每天晚上睡覺前要自覺貼試紙。今日打卡（1/1）。」

巫瑾摘了試紙，隨手貼在大佬臉上，「都黑了！衛哥你含巫量不夠啊。宋研究員說你現在是第五個療程，第六個療程怎麼辦？我這個劍鞘該怎麼起作用啊？情緒鎖留著總歸是個禍患。不僅你的，還有魏衍哥的、紅毛他哥的。好在現在也找到線索……」

正在此時，兩人終端同時響起緊急通訊鈴。

通訊另一端，宋研究員倉促開口：「計畫有變，試劑交換提前到今天。衛哥，你現在就和小巫去上位區。」

傍晚十八點。

中位區域晚宴開始，浮香飛動嗆鼻。

侍者恭敬向巫瑾遞來手巾，好奇的視線瞄向貴公子身後的侍衛長衛時。兩人隱晦曖昧的關係似乎已經成為門迎間的談資。

衛時面無表情。

細密的議論聲又在兩人出現的一瞬歸於平靜。

巫瑾接過手巾，他微微揚起眉毛，大廳內燈光曖昧，廳堂一側帷幕籠罩。帷幕繡嵌金錢豹似的斑點紋路，帷幕背後是去往上位區的通路。

巫瑾：「那是什麼？」

侍者躬身，「適當的時候，那扇門會向貴客敞開。」

巫瑾頷首。

侍者低聲提醒：「今晚的拍賣即將開始，如果您有興趣……」

耳麥中，宋研究員的聲音夾雜電流傳來：「上位區准入機制不明，拍賣是砸錢進去的唯一機會。女公爵的接頭人員會在半小時後進場……對了，記著。別用你自己的卡。」

「用衛哥的卡，出公差，他肯定得報銷！」

巫瑾趕緊點頭點頭，他哪有衛哥有錢！

身旁侍者神色迷茫。

貴公子驀然挺直脊背，「去拍賣會。」

巫瑾向大佬試探性伸手。

衛時神色微動，小白兔可憐巴巴向自己討要零花錢的場景賞心悅目。一張黑卡很快被衛時抽出，遞給巫瑾時尾指在少年掌心擦了兩下。

巫瑾一個哆嗦，小心翼翼捧住大佬的無限額信用卡，然後立刻反應過來，裝出經常買買買的樣子。

侍者將兩人引到座位前，又被巫瑾找理由支走。

在豹貓踩著肉墊過來用喵大臉蹭衛時腿肚子的間隙，拍賣會場中央，展示臺布置一新。

趁四下無人注意，巫瑾揚著小圓臉東張西望。

巫槿的記憶裡有過幾次慈善拍賣。但「極樂之星」的「拍賣會」卻與任何盛大的拍賣集會不同。像是陰影下某個私密沙龍中，每天晚上都能翻出來的那麼一角。

合法的、不合法的都在這裡隱晦流通。巫瑾特別注意到，白天還徘徊於中位區花園附近的貴族少女們大多不見蹤影，倒是遠處閣樓傳來甜美的歡笑。

拍賣會場附近被隔離出一部分「真空地帶」。

巫瑾猛然想起，宋研究員說過的，極樂之星是獨屬於成年人的狂歡之地。

巫瑾趕緊滾到陰影裡，乖巧詢問大佬：「這兒賣啥？」

衛時不答。

巫瑾看向鋪滿座椅的皮草裝飾，已是瞭然拍賣會主題，從國家一級保護動物開始猜測：「雪豹、大熊貓、丹頂鶴……」

衛時嗯了一聲，不置可否。

私人訂製的動物園。

掌聲如潮水般響起，肩披貂裘的男性司儀妖豔穠麗。

巫瑾還在低頭研究觸控舉牌器，猛然抬頭。

不適的感知從遠處蔓延，改造人對於某些事物的靈敏程度遠超常人。

巫瑾起初以為帷幔背後是他的同類，但聽覺捕捉到的卻是細小的牙齒摩擦、骨骼關節撞擊金屬——

帷幕陡然被拉開！第一件拍賣品在炫目燈光下呈現。

巫瑾腳下，豹貓突然弓起脊背，全身炸毛喵喵直叫。

貴公子身邊，侍衛長躬身，豹貓跳入他懷中，很快被安撫下來。

臺上是另一隻貓。一隻繫著蝴蝶結的黑貓，牠優雅站在聚光燈中，令人矚目的是牠做了完美金屬化改造的四爪，在籠子內的紅毯上留下觸目驚心的劃痕。

司儀溫柔蹲下，向籠中的貓咪扔了一個小皮球，「接住，寶貝。」

滿是戾氣的黑貓騰空躍起——利爪將球體切割，球皮殘骸碎裂於籠中各處！

觀眾席瞬間爆發出熱烈的歡呼。

司儀笑了笑：「聽話，寶貝。」手中按鈕按下，黑貓立刻一陣抽搐，被迫乖覺趴伏，司儀將手伸入籠內，緩慢撫摸貓咪脊背。

司儀：「S2級機械改造斷尾貓，裝載神經元中控鎖，起價十萬信用點。」

巫瑾一頓，條件反射舉牌。

豹貓看到巫瑾舉牌，立刻急吼吼要去叼住巫瑾袖子，急於展示出「比臺上黑貓更能打」的模樣，卻很快被巫瑾按下了貓腦袋。

拍賣價迅速飆升到了十四萬。新鮮有趣的機械改造寵物在貴族中炙手可熱。

巫瑾和大佬交換了一個眼神。所有東拼西湊的線索和流言在這一刻串聯。

發源於極樂之星的改造技術，前來私人古堡購買改造藥劑的女公爵，動物改造的神經元中控鎖，R碼基地的改造人情緒鎖，臺上的黑貓，和從R碼基地逃竄出來的黑貓。

古堡的拍賣會，原本面向的就是改造人技術的需求者。

黑貓只是改造樣品的一種，最「普通」的一種。

「改造動物」不過是他們吸引目標客戶的噱頭，真正的有需要的買主，會在這座古堡一擲千金，撬開上位區大門，旁敲側擊詢問是否有「更有趣的、被改造過的動物」。

譬如，改造人。

十八萬。巫瑾順利將臺上的黑貓收入囊中，神經元鎖的控制晶片被恭恭敬敬遞給巫瑾，緊接著被推來的是黑貓的籠子。

豹貓立刻憤怒跳起，試圖毆打新的黑貓。

巫瑾把兩隻貓分開，衛時伸手探入籠中，「腳爪在六個月大的時候斬斷，接入機械晶片改造。訓練期不超過三個月。」然後扔給豹貓，「你弟，自己帶著。」

無中生弟的豹貓：「……」

巫瑾琢磨著所謂的「神經元中控鎖」，半晌終於確定：「和情緒鎖大概差不離。」

巫瑾脊背微微發涼，他抬頭看向古堡的頂端。如果所料沒錯，那裡就是一切的發端。

很快，第二件、第三件，接連不斷的拍賣品被巫瑾包攬。

上位區的大門卻始終沒有對巫瑾敞開。

直到最後一件緩緩推上。

耳麥中，宋研究員低聲催促：「樓上交易要開始了，小巫直接刷卡包場……」

巫瑾點頭，身邊已經堆起了小老虎、小兔子、小青蛇等種種改造動物的電子寵物籠。他徑直伸手招來侍者，把黑卡扔了過去，勢在必得。

侍者驀然欣喜。無論競價者如何喊價，這位財力豐沛的貴公子都會開價壓過——任何一家拍賣行都不敢怠慢這樣玩得起的大客戶。

侍者終於按下對講機，同上級彙報：「是。我去開門，等上面做完交易……」

最後一件賣品以兩百六十萬信用點成交。

黑卡被遞回時，一張燙金的無字會員卡被附在了卡片下，恰好呈入巫瑾掌心。

上位區的大門對巫瑾打開。

耳麥中，宋研究員終於鬆了口氣：「小巫可以了，讓衛哥先上去，確認布防覆蓋之後你再進，讓衛哥先取你的血樣去比對……」

巫瑾知悉。

城堡中位區以下都在大佬的掌控之中，上位區卻是未知領域。自己這個半吊子逃殺練習生水準，在比賽裡還能看，真正對上武裝力量還差得遠。

巫瑾十分乾脆，把兩張卡片交給隨身侍衛長，讓大佬先進。

古堡的負責人親自替兩人拉開大門，這位負責人深切理解貴族的疑慮，放侍衛先行進入。這對主僕雖然曖昧，但巫瑾的人身安全仍是要交給侍衛長來保護。

衛時臨走之前，貴公子熟練扯住他的侍衛長，拉低衛時整齊的襯衫衣領，指尖迅疾在採血器上一劃，微型儲血試管塞到了大佬袖子裡。

古堡負責人扭頭，禮節性微笑回避。

大佬旋即消失在了通往上位區的入口。

負責人向巫瑾堆笑，「最後一件拍賣品，我現在給您送來。」

碩大的金絲籠從遠處推來。

巫瑾無暇顧及。

耳麥中，宋研究員迅速與巫瑾溝通：「衛哥那邊消息傳回來了。上位區布防不重，僅有一道輕武器防線在門口。問題不大。」

「血樣。血樣比對成功。」

「恭喜，我們找對了地方。」

巫瑾長舒一口氣，就像是漫長許多年的經歷翻到最末頁。古堡頂端取來的試劑與巫瑾血液中作為情緒鎖「萬能鑰匙」的那一部分完全吻合。

「鑰匙」終於不僅僅是巫瑾。

宋研究員那裡已經聽不見人聲。這位曾經服務於聯邦R碼基地，後又轉投浮空城研究院的技術人員在空曠的古堡走廊上匆忙奔走。

耳麥再次響起時，已經是大佬的聲音。

「上來。」男人聲線沉穩低啞。上位區處理乾淨，一切安全。

巫瑾彎起嘴角，正要上樓時，冷不丁旁邊推來巨大無比的金絲籠。巫瑾張大了嘴，才想起是自己拍下的最後一件藏品，這個size，難道自己拍下了一隻猛獁象？

紗製籠罩褪下。戴著貓耳的改造人少年可憐巴巴拍打籠子。

巫瑾：「什麼！」

那少年一抬頭，竟然還是個異瞳，眼底寫滿不甘，看到巫瑾時卻恭恭敬敬從籠中上交他自己的控制鎖晶片。

巫瑾被這隻小野貓嚇得蹭蹭後退，趕緊把桌上一盤刺身沙拉給人送進籠子內。

那貓耳少年在巫瑾伸手時一頓，像是嗅到改造人同類氣息，露出近乎不可思議的表情，很快又被茫然取代。

巫瑾謹慎離開裝有改造人少年的籠子，迅速緊跟大佬的路線上樓。

【第九章】

祕密練習生紅桃K

通往上位區的臺階陡峭盤旋。

所謂的「上位區」，只是城堡最頂端的兩三層。

抵達走廊後，巫瑾恰巧與另一隊人相遇。

浮空城護衛隊隊長向巫瑾輕輕擠了擠眼睛。他的身後，那位「城堡主人」的房門半開，裡面傳來厲聲咒罵，間或夾雜嗚咽嗚咽的哀求。

所有監控已經提前被替換。

巫瑾走進門。

兩位城堡主事人被反手綁著，一群護衛隊成員正麻溜兒聽衛時指揮。

牆壁四面，是無數光榮陳列的「試驗品」。有被解剖了一半的黑貓，有神經還在跳動的不知名畸形生物，還有死去的改造人標本。它們像是城堡主人的功勳，也像是無聲圍繞著這裡的墓碑。

其中一位城堡主事人口乾舌燥解釋：「先生，這些是幾代人的研究成果，請您尊重……」

衛時轉身，看向巫瑾。

「走吧。」

宋研究員點頭，俐落接手。

一位城堡主人還在孜孜不倦奮力表明立場：「先生，等等，先生，我們的客戶有聯邦軍事九處、有曾經的R碼基地、有帝國女公爵，甚至還有帝國皇子……我們要求公正的對待。科學本身是沒有錯誤的，請您正視我們的訴求，我們可以為您做事……您不能這樣暴力對待我們！我們現在仍受到女公爵的庇護！」

宋研究員揮手，「沒事兒了！小巫去玩吧！」

另一位城堡主事人卻始終一言不發，只是在此時死死盯住巫瑾。

在巫瑾即將離開的一瞬，他突然開口：「劍鞘。」

巫瑾一頓。

那人歇斯底里喊道：「我知道您，您是巫槿的克隆體。我參與過研究，不可能認錯。請等一等！如果您願意公開劍鞘成功品的身分，聯邦、帝國，有多少改造人都可以為您所用。」

「劍鞘的稀缺性遠遠超過利劍。在我們最初的一次設計裡，改造人和劍鞘就像是蟲族和蟲后，您可以做任何你想……」

衛時瞇起眼睛，氣勢冷冷壓下，長腿劈開桌子直踹說話者。

那人直接被踹翻在地，躺在倒地的椅子上吃痛恐懼喘息。

巫瑾趕緊拉著大佬往外走，「讓宋哥他們解決……走走走走走……」

宋研究員生怕衛時當場弄死嫌犯，趕緊給巫瑾使了個眼色，關上大門。

巫瑾一直拖著大佬走到樓頂。

上位區閣樓的晚風緩緩送來。

巫瑾繃著臉，繼續繃著，然後哇哇兩聲笑了出來：「蟲后哈哈哈哈哈哈哈嗝——」

衛時面無表情捏了把小圓臉。

天空星雲密布，整座城堡像被甩在身後。

巫瑾長舒一口氣，他側頭看向大佬。

腳下，城堡主人還在隔著天花板叫罵。再往下是無數改造人、改造動物的屍體密密麻麻堆疊出城堡的地基。

一切俱已經結束。

宋研究員只負責撬出種子試劑配方，和破解情緒鎖。

施害者會被帶回浮空城，那裡有無數改造人在等待。

沒有人關心施害者的緣由和訴求。

他們從浮空城前來，只是為了給「R碼」的一切畫一個句號。

豹貓從門縫裡呲溜躥了進來，嘴裡叼著衛時分配給他的弟弟——小黑貓。

小黑貓被叼住了脖頸後的毛毛，懼怕到一動不動。

豹貓在巫瑾、衛時腳下蹭來蹭去，見沒人理會，又叼著小黑貓跑遠了。

夜色漸深。

巫瑾：「下樓？」

衛時點頭。兩人順著大門返回中位區，宴會正進行到高潮，賓客毫無所覺。

巫瑾伸了個懶腰。

衛時掃了眼，男團主舞伸懶腰，就跟餃子皮在自己揉自己似的，尤其柔韌。

巫瑾伸完懶腰，眼巴巴望向大佬，問：「衛哥，咱們是明天回浮空城？還是……那個……玩幾天？」

衛時言簡意賅：「玩。」

巫瑾瞬間神采飛揚，嗷嗷拉著大佬就要回套房養精蓄銳，興奮說道：「成，那明早直接坐船去看星塵盃……」

晚宴中，一眾貴族敬畏目送砸錢最多的貴公子和侍衛離場。

並在離場的一瞬猛然興奮——紛紛揣測之後的精彩場面。

「他和侍衛……」

「那隻小野貓也不好馴……」

「有意思，三個人……」

巫瑾高高興興拿出房卡，滴的一聲打開套房大門。

終端傳來訊息，拍賣會拍下的改造動物們已經和巫瑾的行李放置一處，隨時可以跟星船托運，除去一號和十四號拍賣品。

房門推開，門內電視音一頓。

剛剛沐浴完畢，頭戴貓耳，浴巾下一絲不掛，正在冷靜觀看農業頻道屠宰節目的改造人少年轉向門外。

三雙視線彙集。

巫瑾：「……」

貓耳少年：「主人。」

衛時：「呵。」

燈光曖昧難言，燈下貓耳晃動。

巫瑾猛地反應過來，掉頭就要狀作無事關門——衛時一肘子撐在門框上，斬斷巫瑾退路。

房門應聲而關。

King size大床上，貓耳少年披著浴巾殷勤跳下，嬌嬌柔柔就來給主人拎包。巫瑾一個不慎，手裡裝了兩斤山竹的塑膠袋就被改造人少年搶了過去。

巫瑾驚悚低頭：力氣真有點大！

貓耳少年嫻熟把山竹扔到書桌，向衛時點頭，高傲道：「這裡沒你事了，接下來有我來伺候主人就好。」

衛時：「……」

「……」巫瑾瞬間一個哆嗦：「沒沒沒他不是！」

改造人少年茫然了兩秒，嗖的警惕豎起耳朵，「三個人？」

衛時面無表情觀察巫瑾召來的「小貓咪」，桌上皮質票夾露出交易明細的收據一角，鐵證如山，觸目驚心。隨手翻開後，這隻「改造、看家、排解寂寞多功能改造靈長類貓咪」竟然價值兩百六十萬信用點。

刷的還是自己的卡。

古堡負責人顯然深諳此道，為了方便來往享樂的貴族充帳報銷，特意把商品品目寫到了「餐品、應酬」類別，小類寫了個「刺身」。極盡曖昧暗示。

衛時啪的合上票夾。

貓耳少年終於從震驚中反應過來，趕緊自我推薦：「三個人也不是不行。主人我怎麼都可以，做中介軟體也可，邊角料都行……」

改造人少年一邊可憐巴巴說著，一邊故意睜圓眼睛，做出惹人憐愛的姿態，要把衛時比下去。不料巫瑾的眼睛也睜得溜圓——被嚇的。

貓耳少年繼續睜圓。

巫瑾繼續繼續睜得更圓。

貓耳少年：「……」這不科學！

然而下一秒他又拿出職業素養替巫瑾排憂解難，對衛時公事公辦：「體檢報告帶了嗎？開始前必須要給主人看一遍，防虛擬碼給我檢查一遍……」

衛時一聲冷笑。

貓耳少年毫無由來悚然一僵，下一瞬連連後退，絨耳都被壓成飛機形狀。

只見那位長了個大高個的侍衛隨意脫下外套，露出爆發力極強的壯碩手臂，骨節碰撞咯吱作響。男人神色陰冷，寒氣緩慢冒出。

貓耳少年極其迅速往巫瑾身旁一貼，「主人，他欺負我！」

巫瑾嗖的蹦起，往房間最遠處跑去，「誤會誤會！衛哥，他是拍賣會撿回來的……」

衛時寒氣稍斂。

貓耳少年趕緊追著巫瑾滿屋亂跑，驚恐喵喵叫：「主人，他好可怕！主人，我的安全詞是『橘貓』，主人他要打我！橘貓！主人！橘貓橘貓！」

「主人，你親自給我餵了沙拉，我就是你一輩子的喵喵了！主人救我——」

衛時一頓，寒氣再盛。

巫瑾趕緊解釋：「沒沒沒餵！衛哥我是清白的……」清清白白一小巫！

貓耳少年：「主人主人！」

衛時一字一頓：「滾—出—去。」

貓耳少年委委屈屈。

巫瑾匆忙往大佬背後一鑽，替貓耳少年打開門。

改造人少年還在矯揉造作眼淚汪汪，「我的神經元中控晶片寫了自毀程式，今晚不侍寢，明天太陽出來就會變成泡沫。主人看過小美人魚嗎？我就是小美人貓……」

巫瑾被吵得頭昏腦脹，從終端裡扒拉出那張拍賣行給他的晶片，「那個，別叫我主人。」

貓耳少年：「主人人～」

衛時驀然伸手把巫瑾單手按入懷中，黑沉不吸光的眸子裡泛出寒氣。男人顯然沒耐心和貓耳改造人廢話，按住巫瑾的手臂強有力宣誓主權，另一隻手直直化作手刀就要暴力清人。

與此同時貓耳改造人瞳孔驟縮。隱藏極好的「本性」被殺氣激出，貓耳少年腦海在突然而來的驚懼下一片空白，畏縮、委頓與仇恨一閃而過，他幾乎確信衛時毫無理由就要結果他，接著猛然閉眼。

巫瑾終於翻出晶片，長吁一口氣：「伸手。」

「伸手。」巫瑾再次重複。

貓耳改造人一頓。

巫瑾把晶片還給他，「行了，自己拿走吧。你這種改造不多見，後續支持的藥物昂貴。要是想領個醫保，出門右轉B8823套房找宋先生，他那裡有有償藥物實驗項目……」

貓耳少年緩慢接過晶片。

晶片對於古堡中的改造人，就像是情緒鎖對於R碼基地的人形兵器。

巫瑾話音未落，驀地一陣勁風飛過。小貓耳竟是拿了晶片就拚命往門外躥，直到跑了十幾步開外才遲疑回了個頭。

他依然死死捏著晶片，不放過任何一個重獲自由的機會。

貓耳少年面無表情，瞳仁豎立，站在遠處的陰影裡。

和巫瑾第一次在籠子裡看到他時一樣。

「喂，你們叫什麼？為什麼要放了我？」貓耳少年問道。

巫瑾：「我……」

砰的一聲，衛時殘酷無情關門。

剛剛糾結起一點點感激的貓耳改造人：「……」接著他憤怒跳起，「關門！關你妹！關你個仙人板板！」

門內。巫瑾口乾舌燥解釋完「拍賣所得」，衛時從購買收據上抬頭。

「主人？」男人意味不明。

巫瑾趕緊乖巧：「沒有的事！衛哥你才是主人……」

衛時：「記著。」

巫瑾：「欸？」

衛時：「記著，下次用。」

沐浴後，兩人躺上舒適柔軟的大床。巫瑾硬是左磨磨右蹭蹭，拖到最後一刻才扔了抱枕跑去洗澡。拖著濕噠噠的腳丫子回來時，大佬正在終端通訊。

巫瑾撩開被子，很快被大佬捉了進來。

語音通訊例會上，浮空城研究室正在慷慨激昂彙報收繳成果。衛時聲線低沉，偶爾回音，一貫沉穩到不行——右手在巫瑾頸椎上有節奏按動。

巫瑾就趴在白白軟軟的枕頭裡，被大佬按得就差沒哼哼。偶爾按得狠了，還會在枕頭裡撲一下。

套房在古堡的十七層，半開合的窗外就是露臺和無邊星光。

嘩啦一聲，窗戶被生生砸破一個窟窿。

巫瑾嚇得從床上一個鹹魚打挺。

衛時暫掛通訊：「嗯，等等。」翻身下床。

露臺上，突然冒出的貓耳驚恐收回，貓耳少年大聲嗶嗶：「我怎麼了？這小破城堡我想來就來，想走就走……」

衛時冷漠：「滾。」

貓耳少年氣恨恨地順著外接管道往露臺下爬，巫瑾從窗邊探出腦袋，只見地上幾張不記名卡用橡皮筋一綁，最上面貼個白條。

「1.2/170。」敢情這貓還是來還債的。

一百七十萬，東拼西湊還上一萬二。實際上，巫瑾剛刷完大佬的信用卡，古堡就被浮空城迅速收繳，貓耳少年應當還不知情……

巫瑾還沒開口，貓耳少年已經消失在夜色之中。

不遠處的幾間套房裡，浮空城眾人紛紛走上露臺探頭，「那是改造貓？」

「改造人吧？」

「怎麼把衛哥窗戶砸了？」

「這脾氣喔，嚇死個人……」

幾公尺外的空中小花園。

正在自己給自己舔毛的黑貓看到衛時，慌不迭叼起被扔到一邊的弟弟，佯做兄友弟恭溫情舔毛。直到衛時關上露臺裡門，才又丟了小黑貓，繼續自己跟自己玩。

厚重的窗簾隔絕了到處都是貓子的古堡花園。

燈光昏暗，直到衛時開完會，巫瑾已經靠著枕頭睡得十分香甜。

衛時低頭，補了個晚安吻，關燈。

凌晨三點，雨水順著窗戶被砸出的窟窿撒來，巫瑾突然驚醒。

貓耳改造人、圍繞私人城堡的改造品墓碑、神經元鎖突然勾起回憶，夢中又是R碼基地，冰天雪地寒氣瀰漫。

衛時向來需求睡眠極少。巫瑾一抬頭，暗淡光線下大佬戴著平光眼鏡，正在審閱幾份還沒處理的文件。

巫瑾豎起枕頭，同樣靠在床上。衛時無聲安撫。

巫瑾東一句，西一句扯完剛才的噩夢，終於舒服了不少。於是禮尚往來詢問大佬：「剛才你做夢了沒？」

衛時嗯了聲。夢裡小白兔子被欺負到軟乎乎水汪汪，哭唧唧不停喊「主人」。

巫瑾見大佬點頭，十分感慨。果然夜雨時分，往事易上心頭——

巫瑾：「你看我幹什麼？」

衛時於是轉頭，繼續看文件。

巫瑾拿出終端，快樂打遊戲。

衛時：「繼續睡。」

巫瑾：「睡不著！」

衛時給他一遝子試紙，「數兔子。每數滿一百隻給自己貼一次。」

兩分鐘後，巫瑾給自己貼了一張試紙。

六分鐘後，再貼一張。

十六分鐘，再來一張。

二十分鐘。雨聲細密溫柔，巫瑾墜入夢鄉。

次日清晨，兩人在古堡前臺退房。

「貴公子&侍衛&小貓咪三人進門，兩人出門，窗戶砸破，剩下一人生死不知」的流言很快傳遍古堡，侍者把行李遞給衛時的時候，胳膊肘子都在發抖。

這人很可能因為在貴公子面前爭寵殺人了！

雖然殺的是改造人，雖然改造人在帝國並不算作法律保護下的自然人……

侍衛長掌心向上，包攬了全部拍賣品的貴公子借力上車。

懸浮車消失在視野之外。

「極樂之星」星港。數不清的籠子在浮空城親衛隊隊長的指揮下被搬上星船，剛服役的小士兵換崗下來，正在船艙內絞盡腦汁寫「改造雪豹領養申請書」。

艙門關閉，豹貓叼著弟弟慢悠悠走進接駁艙。

宋研究員最後與衛時道別，笑咪咪向巫瑾揮手，「玩得開心！」

巫瑾高高興興揮手。

送走浮空城大部隊，巫瑾又和衛時在極樂之星逗留了兩天。

第一天去小吃街吃了七頓。

第二天在地下拳場訓練區，巫瑾在高強訓練下就差沒散架。

當天傍晚，夜幕下許多主城區大屏都換上了嶄新的色彩基調，深藍色銀河天文攝影背景下，一把唐刀和一把長劍交疊在一起。

星塵盃職業逃殺冠軍賽。

星塵盃決賽在克洛森秀決賽之後，尚有一個月距離。小組賽已經冒泡完畢，這兩天正是表演賽、新秀賽等娛樂賽事的調劑期。

巫瑾竟是在極樂之星的某個角落找到了白月光的應援海報——凱撒以預備役身分站在職業戰隊的最邊緣。

然而即使是一角也讓巫瑾血液沸騰。

觸手可及的、真正的職業聯賽。

傍晚十七點。

巫瑾在大佬的指導下揭下最表層的皮膚偽裝，以第二層偽裝身分登上星船，徹底與極樂之星切斷一切聯繫。

十八點，星船靠岸接駁。

兩張表演賽貴賓票在「星塵盃賽事」入口檢票完畢，巫瑾一腳踏入碗型競技場——能容納整整二十萬人的競技場雄偉到近乎炫目，「碗」的底端是選手的殺戮天堂。觀眾密密麻麻在碗壁排布，長達數十公尺的虛擬應援LED橫幅層層疊疊、被聚集坐落的粉絲們接連打起。

巫瑾甚至能看到不遠處一個蹦來蹦去的Q版凱撒。

從觀眾坐席，「碗底」一覽無遺。

每一個座位配備光學自動對焦望遠鏡，還有AI輔助系統控制鏡頭在各選手直拍、一號至二十五號導播選拍之中切換。

座席右手是帆布贈品手袋。贊助方的廣告冊、表演賽的背景介紹、選手資料和隨票贈送手信一一精美封裝。

臺上驀然一陣轟動！

所有觀眾如潮水般紛紛站起，向著即將出場的勇士致敬。主持席位上，麥克風前的主持人暫時空缺，緩緩上升的水臺中央卻有端坐的交響樂隊為即將英勇鏖戰的選手奏樂！

帝國賽區，第一號種子戰隊「北方狼」七位正式役隊員身披隊旗走出。

歡呼、掌聲微微停頓，接著著了魔一般躁動狂熱。

巫瑾目眩神迷，血液沸騰，他聽到衛時在他耳邊說道：「總有一天，你也可以。」

「星塵盃」表演賽現場。

帝國賽區頭號種子戰隊「北方狼」的出場把氣氛推到了頂點。

觀眾席配備的全息遠端觀賽VR裝置在同一時間開啟。

巫瑾戴上VR，幾十個「星塵盃」官方、民間解說頻道一股腦跳出。

頻道內解說語言、觀賽立場各不相同。相比之下，僅有唯一一個官方解說通道，且僅有血鴿、應湘湘兩位固定MC的克洛森秀著實寒酸。

衛時側身，給巫瑾調到某個民間解說臺：跟小黃鴨看逃殺。

小黃鴨是AI合成解說員，立場中立，技術分析背後有聯網智腦支持，覆蓋全面。在「逃殺圈」只能算做入門粉絲的巫瑾很快就適應了這種「教學性質」的解說節奏。

星塵盃與星際聯賽大同小異，規格稍低，卻是整個季中賽的狂歡盛典。

與賽者首先參加冒泡，接著從三十二強開始決出冠軍。三十二強內，帝國賽區占了十六個席位，堪稱逃殺霸主。

接著是聯邦十二席，和所有外卡賽區共用的最後四席。

所謂外卡，就是除聯邦、帝國外的各種小星域、小天體……

巫瑾一頓：「浮空城戰隊以後會是外卡戰隊？」

衛時點頭。

巫瑾突然興奮。縱觀所有逃殺職業聯賽，外卡戰隊從來都是給聯邦帝國當陪襯的邊角料，幾乎場場比賽挨揍。

一旦大佬從克洛森秀出道，利用職業選手身分成立浮空戰隊，就會變成唯一場場都在揍人的外卡戰隊！簡直就是熱血少年漫，逆天翻盤！

巫瑾：「嘿嘿嘿嘿。」

衛時琢磨：「怎麼傻乎乎的？」

臺下，又一隊帝國賽區戰隊「星皇」登場。

衛時：「仔細看。」

巫瑾立刻趴在欄杆上認真觀察。「星皇戰隊」先前七位正役選手人高馬大，身著紅白相間的隊服，後面跟著兩位少年，卻是橙白相間。

「練習生！」巫瑾猛然反應過來。

星皇戰隊隨隊參加表演賽的，竟然還有兩名未出道的練習生。星塵盃表演賽非正式賽事，頂多算是娛樂賽，然而能在這種場合帶新人出場，捧人的意思十分明顯。

就像巫瑾記憶中，二十一世紀的娛樂圈內，總有知名歌手開演唱會間隙，從後臺拎出來一個誰都不認識的小愛豆，然後寒暄介紹這是同門師弟，請大家多多支持云云……

場內，氣氛卻是再次暴漲，歡呼尖叫幾乎溢出。

「紅桃K。」衛時言簡意賅。

巫瑾茫然，光學VR望遠鏡在臺上選手之間逡巡，很快驚訝發現「星皇戰隊」每位選手的隊服左臂都印有撲克牌面。走在最前面的星皇隊長是黑桃A，副隊是方塊J。紅桃K在……

巫瑾一頓。King牌竟然印在其中一位練習生手臂上。

「頹靡了整整兩個賽季的星皇戰隊終於要迎來……」耳機內傳來解說小黃鴨的背景介紹。

身旁，大佬同時開口：「兩個賽季，星皇都在調整配置。」

巫瑾：「調整？」

衛時：「嗯，換掉了隊長核心。」

巫瑾快速瀏覽星皇的比賽統計：「職業戰隊很少換C，除非迫不得已，星皇隊長場均評分看上去還非常穩定……」

衛時：「換C，是因為他們簽下了紅桃K。」並且認為這位練習生比現役隊長更有價值。

觀眾席喧嘩聲振天撼地，尤其是星皇的支持者們，他們高高舉起印有「紅桃K」撲克牌花色的應援手幅，歡呼彙聚成有力的叫喊。

「星皇！」

「紅桃K！」

巫瑾嗖的反應過來，紅桃King是練習生，跟隊參加星塵盃表演賽。克洛森秀第七輪淘汰賽是和星塵盃青訓合賽，也就是克洛森秀下一輪淘汰賽的選手之中就有紅桃K！

巫瑾：「紅桃K很強？」

衛時點頭。

巫瑾立刻意識到自己問了一句廢話，於是又問：「那他的戰鬥風格……」

衛時：「沒出場過，沒人知道。」

巫瑾知悉。紅桃K大概就是之前佐伊所說的「祕密練習生」，戰隊用最頂尖資源養著，用全部現役選手給他造勢。等他出鞘，就是能威脅所有選手的最大殺器。

臺上，紅桃K認認真真跟在隊長身後走隊形，看上去不聲不響，甚至有點不好意思。這一點卻為他博來了好感，不超出隊長一步，不僭越，作為新C位毫不張揚。

星皇之後，帝國賽區的站隊已經出場大半。

越往後，冒泡賽積分越低。其中也有幾隊帶著練習生、預備役出場的，都沒有激起太大水花。倒是某個不知名小戰隊出來時，有人對著隊裡的練習生指指點點，哈哈大笑。

小黃鴨解說：「冬去春來，時光如梭，這位練習生，已經練習了整整十四年了……」

巫瑾搖頭。這位十四年練習生，和剛才的紅桃King，待遇天差地別。

帝國賽區之後，聯邦賽區終於進場。首先是R碼面無表情的改造人，然後是季中賽賽區亞軍卓瑪戰隊，季軍蔚藍人民娛樂，白月光……

巫瑾嗖的躥起，使勁兒搖晃應援虛擬螢幕，「凱撒！凱撒！幻影凱撒——」

凱撒今天果然洗頭了。

這位練習生竟然比所有職業老將都要自來熟，走起路來步履生風。原本鎖定賽區冠亞軍的白月光這次就落到了第四，整個戰隊狀態不佳，就凸顯出凱撒狀態太好……

巫瑾想起來，曲祕書說過，凱撒是不需要任何心理輔導的逃殺選手。

白月光之後，是緊咬賽區四強的新秀戰隊銀絲卷。

薄覆水和薄傳火長得果然相似，出場的瞬間嗷嗷亂叫的男粉女粉們差點把其他觀眾嚇一跳。這次除白月光外，銀絲卷也把練習生帶來亮相。

正是薄覆水領出來遛遛的弟弟。

巫瑾瞭然，銀絲卷的出道排期裡，薄傳火要更快於寧鳳北。

然後是「沒落」的老牌強隊井儀。

職業選手依次走過，表演賽混戰即將開始。

巫瑾翻開座位一側的背景介紹，表演賽的主題只有四個字——千神千面。

場內，圍繞賽場的帷幕降下，古拙的布景鋪開。山村、篝火、河流、祭祀臺、傀儡、詭譎的吟唱樂。

第一輪次選手抽籤完畢。

參賽的五十名選手各自挑選面具。

巫瑾仔細看向面具，「——儺戲？」

衛時點頭，「儺戲，借神頭鬼面，祈福通靈。」

儺戲，華國傳統鬼神祭祀儀式，又在幾千年傳承中吸納了神祕學與宗教含義，「千神千面」的第一場比賽就是儺戲。

第一輪次，凱撒運氣極好抽到了首發，和白月光副隊狙擊手陳希阮一起。兩人開場就選擇遠離村莊打野，武器、巫具收集七零八落，還搶了半個祭壇。

鏖戰一觸即發。

兩人不遠處，銀絲卷不湊巧撞上帝國強隊「北方狼」，以狙擊手犧牲換取薄覆水逃脫。

白月光陳希阮趁亂布置好全部巫器。

巫器啟動。

「巫器大陣」兌換的是比賽中的障礙、陷阱。凱撒手持大砍刀，配合陷阱竟然也能把祭壇守到對手輕易不敢進犯。這一局凱撒發揮超常，就連小黃鴨解說都特意誇獎了兩句凱撒。

然而大佬很快點評：「前期打野，資源容易落於劣勢。」

比賽中，第一場人造「天災」降臨，野火橫生。

面具為「河神」、「水鬼」的選手很快藉由天賦優勢滅火。白月光祭壇上，凱撒的儺戲面具是「鍾馗」，陳希阮是「灶神」，兩人無從抵抗天火，周遭野草熊熊燃起，不得不遷出祭壇區域。

同賽場中，比賽初期就占領城鎮的「北方狼」戰隊已經殲滅了不止三隊。資源富集，收繳的儺戲面具應有盡有，隊員迅速拿出一張「河神」面具祈福，附近大火熄滅。

第二場天災是「極寒」。

白月光藉由「灶神」面具，和被燒得只剩一個殘骸的祭壇，勉強度過天災。然而很快第三場「洪水」降臨。

凱撒、陳希阮資源耗盡，被迫對上「北方狼」。

對面突擊手戰鬥力相當於三個凱撒，巫具富足十倍不止。

滴滴兩聲，白月光兩人先後淘汰。

巫瑾看得心驚動魄，許久終於呼出一口氣。

「北方狼」選手戰鬥力相當於三個凱撒，也就相當於六個巫瑾。假設職業突擊選手戰鬥力為六巫，那麼超過職業選手的「紅桃K」少說也得有十巫……

衛時側頭。

巫瑾趕緊多看了兩眼戰鬥力九十九巫的衛時。

看一次戰力漲一巫！

大佬：「看出什麼了？」

巫瑾趕緊整理彙報筆記：「職業選手比賽，基本功太扎實了，光剛才的洪水泅渡，渡河超過四十秒的一個都沒……還有，塔防戰術經驗豐富。即使單獨作戰，任何選手的地形判斷都在教科書水準。一小時二十分，銀絲卷薄覆水單殺卓瑪戰隊一人的小高潮，就是把掩體、短戰線分析運用到極致。」

「最重要的，」巫瑾翻出筆記本上被反覆畫圈強調的一行，「近戰搏擊。」

所有塔防、追擊戰、偵查、反偵察，在彈盡糧絕之後，只會變成近戰搏擊。

衛時：「所以？」

巫瑾合上筆記本，小圓臉寫滿堅毅，「今晚繼續訓練。」

「只要練不死，就往死裡練！」

千神千面的第一輪比賽「儺戲」以北方狼奪冠結束，節目組贈送了該戰隊一個做舊的彩陶獎盃，和一整套巫器——玉圭、玉玨、玉章、玉璧。

雖然場內觀眾似乎因為沒有送玉勢而感到十分遺憾。

第二輪比賽為「假面舞會」，白月光隊長出場。然而這一輪很快變成星皇戰隊的控場屠戮。巫瑾依然摸不清紅桃K實力，紅桃K夾在兩位隊友之間，行動並不出彩，但又恰到好處次次都能殲滅敵隊。

隨著最後一輪「千面佛像」替本場表演賽收官，觀眾紛紛饕足離場。

選手席上，凱撒剛一拿到終端，立刻收到巫瑾數條熱烈祝賀。

還有來自佐伊、文麟、曲祕書、在家看電視的爸媽、女友、特意買票前來支援的楚楚的資訊若干……

副隊陳希阮從凱撒身後拍了下肩，「還不走？」

凱撒嘿嘿傻笑，望著賽場頂端耀眼的燈光，「陳副，我再看看。回味一下，回味！」

觀眾席上。巫瑾同樣對滿場星光一步三回頭。

直到衛時把人領走。

遠處，「星塵盃」的領獎臺已經造好，在整座碗形比賽場館的最頂端，光芒璀璨如恒星。

巫瑾抬頭時，眼裡就是獎盃。

晶晶亮亮的。

終端，紅毛剛隔空給兄弟凱撒吹了一通彩虹屁，就被阿俊拎著去研究戰隊手續。

浮空戰隊建隊需要七人，整個浮空基地就差沒擠破頭。

紅毛剛掰著手指數完，突然一拍腦袋想起：「小巫呢？要不要給他留個突擊位？咱們直接帶小巫衝進聯賽直指冠軍……」

阿俊鄙視地說：「你傻啊！小巫不是那種樂意躺贏的人！要不然剛領證就要跟白月光談解約了。」

紅毛：「啊？他真要在白月光當練習生啊。」

阿俊：「就算當練習生，再過個幾年，未必也不能進聯賽。衛哥都隨他了，就你閒吃蘿蔔淡操心！」

當晚，星塵盃表演賽很快在星博的熱搜衝擊出一大片熱度，又很快歸於平靜。

逃殺秀是星際觀眾的生活插曲，卻是逃殺選手的全部。

時間一晃而過。

巫瑾找楚楚要了個帝都遊玩行程單，短暫旅遊後再次回到浮空城繼續集訓。

直到一個月假期結束。

訓練室大門打開。巫瑾拖上收拾好的行李，臨走前能清楚感覺到，戰鬥力一巫這個單位已經升值了！

星船在港口接駁，半小時後發船。

勤務機器人把巫瑾的襪子和衛時的晾曬到一起，巫瑾臨走時匆匆忙忙，胡亂摘了一雙，套上之後才發現有點大。

巫瑾只能趕緊給大佬發訊，明天去克洛森基地記得帶上自己襪子。然後掐著點坐上星船、扔了行李去商務艙健身房舉鐵、下船、換懸浮車、回白月光、回寢。

「兔哥，我回來了……」

巫瑾高高興興開門，然後笑容茫然凝固在臉上。

他似乎產生了幻覺。

一地兔子球球正在他的寢室滾來滾去。

「兔，兔子，Rabbit，哺乳類兔形目兔科。常見家庭寵物之一，其中又以小白兔尤其受人喜愛。主要分布於草原、森林，繁殖能力強。一二〇二年，著名數學家斐波拉契曾經以兔子舉例……」

白月光娛樂大廈，九樓綜合功能區。

巫瑾抱著一窩小白兔，撒腿在走廊狂奔，終端耳麥悅耳的AI合成音正在朗讀兔子百科。

九樓，週六中午的白月光醫務室門口一片冷清。

這個點兒又是週末，練習生大多在外面街上遊蕩，職業選手又有私人醫師。

醫務室門可羅雀。

當值醫師正在座位上讀報，冷不丁聽到外面有敲門聲，聲音咚咚沉悶，不像是用指節敲得倒像是用手肘子敲的。

門吱呀一聲拉開。

醫師笑咪咪看向用手肘子恭敬敲門的巫瑾，「喲，小巫啊。怎麼抱了一窩兔子……哈，你說啥？」

巫瑾看著還有點呆，認認真真彙報：「我出門的時候寢室只有一隻兔子，回來的時候有十二隻兔子。兔哥，就是我養的兔子，牠生理上是一隻公兔子，剛才我進門的時候……」

巫瑾噎了一下，磕磕絆絆：「牠還在對母兔子……對母兔子……」

醫師嗑起了瓜子兒，「欸！」

巫瑾呆呆問：「您看，兔哥還有救嗎？」

「……」醫師：「哈哈哈哈哈哈，救不了，當種兔吧。」

巫瑾一噎。

他的兔哥，小小的、軟軟的，趴在枕頭上會捲成一團兒安靜睡覺的兔哥！現在只知道進行原始運動。如果把兔哥和母兔子拉開，兔哥就會迅速向母兔子蹦去繼續原始運動……

醫師一聲咳嗽，諄諄教導：「天要下雨，兔要生崽。這是小動物的本性，公兔發情要麼是季節性的，要麼是誘因性的。你這個兔……兔哥，要是攔著牠，你寢室裡的枕頭、書桌、椅子都得遭殃，一地兔尿，知道嗎？」

「實在不行，咱們也能給他做個去勢手術，但是吧，我這兒做不了。我當醫科生那會兒，兔子都是拿來解剖的，精準切割我不大會！」

十分鐘後，巫瑾抱著一窩兔子落寞出門。

臨走時試探問：「咱們公司能幫養小兔崽嗎？」

醫師大手一揮，說：「不成啊，保育機器人只能照顧兔子，你最好還是給牠們找個主人，負責一生！」

巫瑾點頭點頭，突然想起問道：「您能看出來母兔子是哪天懷孕的嗎？」醫務室大門關上。

巫瑾看向手上紙條。三十一世紀科技令人毛骨悚然，約莫是養殖業發展到頂峰，養殖知識儲備齊全的保育機器人，只拎著母兔看了一眼就給巫瑾寫出了具體年月日。

巫瑾火速把兔崽崽們放回寢室，匆忙找後勤調取監控。

白月光大廈後勤嘖嘖稱奇，把巫瑾離開公司時的寢室走廊監控調出。

一個半月前。巫瑾把給莊樊應援買的「內眼線神器」送給凱撒轉交其女友。

凱撒來巫瑾寢室道謝。巫瑾不在。

凱撒網購了一隻白兔。

凱撒把白兔往巫瑾寢室一扔，在走廊打開終端，給巫瑾發訊：巫啊，哥給你的寵物兔送了一個女朋友！讓牠倆玩！

佐伊設置的凱撒專用通訊防火牆察覺到「送」、「巫」兩個關鍵字，系統自動判定凱撒要脅巫瑾訂購外賣送到白月光。

消息攔截成功，發送失敗。

巫瑾：「……」

後勤感慨萬分，拍拍巫瑾肩膀，「是凱撒啊，喔喔那就無解了，一切皆有可能……」

下午。白月光小隊收隊，即將駛往克洛森基地的懸浮車停泊在門口等待。

佐伊、文麟上車時，巫瑾正拿了個墊了乾草的購物袋在一隻一隻塞白兔崽子。

兔哥和另一隻大白兔坐在後座，大概是為了方便辨認，巫瑾特地給兔哥繫了藍色蝴蝶結，另一隻繫了粉色蝴蝶結。

佐伊神色恍惚：「小巫，你有沒有聽說過斐波拉契數列？」

巫瑾絕望。

等兔球裝完，巫瑾把稍小一點的母兔塞到水杯插槽，向隊友介紹：「這是兔嫂。」

然後抱住隔了三層紡織袋、裹了寵物尿布的兔哥，乖巧坐在角落，冷靜陳述。

十分鐘後，遲到的凱撒風風火火上車，「趕緊的，發車發車，哎小巫你拎了個啥，是零食不……哎喲，隊長別揍我！」

巫瑾只能攔了隊長，拿出終端咔嚓拍了張照。

十隻純白的、毛茸茸靠在一起的、軟綿綿的兔子球球在購物袋裡拱來拱去。

照片發給大佬。

巫瑾敲字兒：你的兔侄子，求領養……

還沒發出去，對面嗖的傳來一條回訊。

衛時：嗯，這麼多。

末了還有第二條。

衛時：你生的？

「……」巫瑾鼓起小圓臉，然後刷刷刷刪了整條訊息。

生氣！

傍晚。久違的克洛森基地晚霞燒灼，後山雙子塔霞光四溢。節目PD特地差了倆小攝影師去拍照：「看到那宿舍塔沒？這意味著啥！意味著咱們這屆逃殺秀，能出了不得的練習生！」

「但逢異寶出事必霞光萬丈，這是要出個逃殺秀星際巨C……」

旁邊的血鴿：「晚霞是空氣對日落光線的散射。照你這麼說，這塊兒家家戶戶居民樓、就連後山的奶牛養殖基地都要出巨C。」

節目PD掐著菸頭批評：「你這把天都聊沒了，你咋不找後山奶牛嘮嗑去。」

操場，原本的克洛森秀五百壯漢只剩下零星幾十人，還不包括衛時這種蹺課慣犯。

小翼龍嗖嗖從天空盤旋而下，在巫瑾耳後啄了一下，帶著新鮮的泥土氣息。

巫瑾帶小翼龍輪流認識了一下兔侄子，但比起兔兔，小翼龍明顯對一天到晚欺負牠的黑貓更感興趣，瞅了幾眼就振翼離開。

操場上，應湘湘正在教幾名練習生聲樂發聲。

薄傳火不出意外又站在所有練習生最前面，簡直恨不得站在應湘湘旁邊當助教，諂媚道：「應老師，我唱歌ok，喊麥更ok！」

然而應湘湘卻是著重關懷魏衍同學：「魏選手，不要害羞，」這位女導師鼓勵：「下一輪淘汰賽，你們需要適應的身分是傳統男團藝人，唱跳rap都要涉獵一點。」

魏衍動了動嘴唇：「……」

應湘湘誘導：「好的，再大聲點，老師聽不見。」

魏衍被迫加大音量，依然面無表情，就是眼神有點緊張。

應湘湘大驚失色，顫抖開口：「小魏，你怎麼唱歌沒有音調呢？」

一群練習生身後，白月光小隊有一搭沒一搭討論即將到來的第七輪淘汰賽。

巫瑾伸個腦袋往雙子塔後面瞅，「沒建新賽場，這次也是外景拍攝？」

佐伊搖搖頭，「還不知道。也不確定是怎麼個比法。『遠古綜藝大復活』，要真是唱歌跳舞選秀……」

眾人齊齊看向巫瑾。

佐伊拍了拍巫瑾肩膀，「白月光的希望！」

巫瑾趕緊揚起小圓臉解釋：「沒沒沒，比賽肯定是保證絕對公平。就像應老師只是在引導大家開口唱出來，音色，運氣發聲全不作修正。」

巫瑾琢磨了一下，「重點應該不在於唱跳。」

佐伊：「嗯？」

巫瑾幻想了一下，描述：「廢棄的、發生過凶案的廠房，一群被迫在廠房裡唱跳的練習生，瞄準誰誰就會離奇死亡的鏡頭，死神寫好的劇本，沾血的寢室大門。對著鏡子跳舞時，鏡子裡在模仿你做同樣動作的練習生，未必是你。」

「每當深夜，被你親手淘汰的練習生，會在床頭對著你詭異的笑……」

幾人身旁，負責拍攝的小攝影一個手抖，打了個寒顫。

白月光其餘三人紛紛表示：「那就好那就好，這就簡單多了！只要不用跳舞……」

臺上，被吵得頭昏腦脹的節目PD拿個大喇叭投訴：「凱撒選手、秦金寶選手，請注意這是聲樂練習，注意控制音量。你們這K歌呢？應老師的聲音都聽不到了！」

「還有小薄，別跟凱撒強那兒飆高音，跟著應老師的指導來！」

入夜。練習生紛紛衝回寢室洗澡的洗澡，嘮嗑兒的嘮嗑。

春去夏來，秦金寶的涼蓆又搬出了寢室，復古收音機吱呀呀響。秦金寶拿了涼扇，慢慢悠悠看著雲卷雲舒，白雲蒼狗……

巫瑾：「秦哥！」

秦金寶嚇了一跳，才發現巫瑾伸了個腦袋在涼蓆旁邊看。

巫瑾沒啥氣場，外傾性低，站在角落就乖乖的，也不怎麼礙事。

巫瑾神神祕祕說道：「秦哥，你坐這兒手上沒什麼拿來盤的，我這裡有個寶貝……」

幾分鐘後，卓瑪娛樂的小弟路過，「秦哥，你手上咋拿了個兔子？」

秦金寶懶洋洋聽著評書：「此物乃白月光巫瑾所獻……」

雙子塔，薄傳火、魏衍寢室。

薄傳火剛洗完頭，正準備吹個造型開始晚上的直播吸金，冷不丁聽到門外咚咚敲門。巫瑾跟賣小黃什麼似的，拿了個購物袋，傻笑，「薄哥，養兔子不？一小隻，不挑食。」

薄傳火先是一愣，倒是欣然同意：「最醜那隻給我。」

「行，就這隻了。這隻就叫凱撒。來，凱撒，叫爸爸！」

巫瑾兜了一圈，兔子七七八八送貨完畢。

井儀那裡，明堯揪著巫瑾和兔侄子快樂嘲笑了一番，不過這位富二代選手還是老老實實拒絕了養兔。

按照明堯的說法，他家裡養了一堆獅子老虎，平時都是散養走來走去，專門馴獸師伺候。怕哪天不注意把兔子吃了。

左泊棠倒是深思熟慮之後收了一隻，把兔子帶回去的時候細心捧著，像是接受白月光對井儀戰隊的外交贈禮，就跟幾世紀前出借大熊貓似的。

等巫瑾回到寢室，購物袋裡終於只剩下最後一隻小雌兔。

凱撒因為女友收了三隻，轉眼就把這事兒拋到腦後。因著衛時還沒回來，白月光小隊四人聚在客廳裡，進行非正式戰術討論。

比起「唱跳男團選秀」的比賽主題，幾人更關注的是參賽的「神祕嘉賓」。

「第七輪淘汰賽，和星塵盃青訓賽合賽。」佐伊打出虛擬投影，「也就是說，星塵盃青訓賽的練習生會來，紅桃K也會來。」

文麟：「紅桃K出道就是正役C位，他為什麼要來？」

佐伊為下一輪淘汰賽準備良多，混跡粉圈許久，一眼認出操作，解釋：「想踩著克洛森秀給他鋪路。」

「魏衍是R碼的正役C位候選，紅桃K是星皇的C位。如果能在這次合賽奪魁，紅桃K出道前就能壓魏衍一頭。」

凱撒一拍桌子，「爺爺我也是正役預備，打他丫的！」

佐伊嗯了聲：「鹿死誰手未可知。再說了，咱們也不差，還有井儀，衛選手……哎小巫你怎麼襪子穿大了……」

巫瑾正在憧憬握拳：鹿死誰手還未可知！克洛森秀還有我小巫……

接著隊長直接打斷了巫瑾的YY：「說起來，衛選手現在還沒定下簽約戰隊？」

克洛森秀職工宿舍，節目PD的三層豪宅頂層。

PD正慢吞吞瀏覽本屆練習生的畢業志願。

巫瑾、佐伊等：白月光娛樂。

魏衍：R碼娛樂。

於是節目PD開始大肆發揮下一屆招生簡章：「克洛森秀擁有二到一百位資深授課教師，優質的逃殺秀訓練資源，和完善的練習生隊友服務平臺，行業內頂尖水準的就業機會。」

「前五十名選手百分百被超一流聯邦戰隊錄取，包括R碼、白月光……」

PD隨手翻到衛時的畢業志願欄。

PD：「……」撲通一聲，克洛森秀節目PD差點沒驚到摔下椅子。

兩張「畢業志願表」啪的一聲被拍在桌上。

晨光熹微，順著會議室窗戶透入，一早被召過來開會的克洛森秀PR公關部門哈欠連天。

「自主創業？」節目PD用指節敲桌面，「這是誰給咱們選手做的思想工作？衛選手、毛選手皆棟梁之才，實力好，相貌佳，追著簽約的戰隊一大把。自主創業？創什麼業？」

小助理連忙查找資料：「根據過往資料顯示，逃殺練習生如果未能出道，就業方向還有健身教練、戶外生存教練、回去繼承家族企業、自然景區導遊、T臺男模，夜場男模等等……」

助理嗖嗖給資料翻面兒，「不過，好在衛、毛兩位選手都選擇在逃殺產業繼續職業生涯！在昨天的就業心理輔導中，兩位選手宣稱要白手起家創立戰隊……」

噗的一聲。節目PD直接把茶水噴了出來，「搞戰隊？他們倆當自己是小說男主角？戰隊前期巨額投資是大風颳來的？」

助理趕緊給PD倒水，「那倒不是，莫欺少年窮。君不見甘羅拜相、司馬光砸缸、孫叔敖怒斬雙頭蛇。咱衛選手也二十六、七了，創個業也沒啥，放古代還是大器晚成……」

PD一個手勢。助理很快被按住，強行封口。

上午十點。浮空城懸浮車載著紅毛、衛時遲到二人組神不知鬼不覺地從後門進入克洛森基地。紅毛剛下車，冷不丁旁邊嗖嗖衝來一大片編導、勤務，按著兩人就往總導演室跑。

PD專用辦公室，兩扇紅木大門砰砰合上，血鴿、應湘湘、PD齊坐在長桌後。

血鴿一聲輕咳，循循善誘：「今天咱們坐在一起，是希望能好好談談兩位選手的畢業意向。眾所周知，逃殺秀是高盈利、高壟斷產業。每年入市競標的投資方很多，但戰隊資質只有寥寥幾個……」

衛時坐在陰影裡，氣質沉悶壓人。

倒是紅毛跳脫得很：「導演，咱們戰隊資格已經獲批了！」

血鴿一頓，表情匪夷所思，好在MC應湘湘迅速接過，和顏悅色：「還有，戰隊初期投資要在六千萬信用點以上才有基本抗風險能力。」

紅毛神采飛揚：「注資八千萬已經到位！不夠再續！」

導師、節目PD：「……」這兩位選手不是窮困潦倒，沒錢找節目組買鏡頭嗎？他們到底去哪兒拉的投資？

應湘湘好奇：「資方是誰？在聯邦還是帝國？」

衛時言簡意賅：「浮空城。」

兩位選手再次離去。

應湘湘還沒反應過來，一回頭，血鴿面色凝重、PD大驚失色：「湘湘，妳聽說過地下逃殺賽嗎？就是電影裡那種，不裝救生艙，淘汰了就直接推去火化！」

「那玩意兒大本營就在浮空城！浮空城又不傻，能投衛選手……衛選手指不定就是地下逃殺賽裡的殺人狂魔，我說他怎麼來歷不明！」

應湘湘指著窗戶，「殺人狂魔？這種？」

樓下，衛時彎腰從懸浮車取出行李。巫瑾站在旁邊，正捧了兩隻兔子球球高高舉起，趁衛時不注意往他腦袋上放。

衛時面無表情站起。

從頭頂取下兔子，替巫瑾抱著。

「……」PD：「行吧，殺人狂魔，從良的那種。」

浮空城的「殺戮之都」惡名終究只是在小圈子內流傳，再說，浮空城最近不是還轉型成旅遊城市了嗎？PD又想想，最終嘆息。還能咋地？衛時好歹也是自己節目出來的崽，克洛森秀頂級練習生，衛昭君。

若真有人拿浮空城的背景給衛選手甩黑料、作妖，自己還不是得護著！

「等選手志願放出來，讓PR公關部籌畫一下澄清反黑，以備不時之需。」

PD想起什麼，一頓：「下輪比賽，那誰，紅桃K也要上場？衛選手打得過他不？」

血鴿想了想：「不清楚。衛選手現在也沒暴露出他的真正實力，很難說。紅桃K要藉克洛森秀造勢，未必不可能被衛選手反將一軍，踩著紅桃K造勢，建立戰隊。還有魏衍、井儀、小薄他們實力也是有的。」

應湘湘好奇：「小巫呢？」

「也不好說，」血鴿思索：「巫瑾的比賽風格和其他人都不大一樣。只要淘汰賽還有個邏輯框架，小巫就能從中獲利。但要是單打獨鬥對上K，贏面很小。」

「不過下一輪淘汰賽，有個規則很有意思。」

「結盟。」

克洛森秀雙子塔。

巫瑾把兔嫂送到大佬房間安家，又附贈了一隻乖乖的小雌兔，終於從源頭斷絕了斐波拉契兔列。

兩人隔了一天沒見，巫瑾毫不客氣就從大佬行李裡翻找自己的襪子。

然後又被一貼。距離紫色只剩最後半個色階。

巫瑾掏出襪子，隨手又摸了個奇奇怪怪的盒兒。

巫瑾低頭——衛生保健用品。

巫瑾受到驚嚇，啪嗒一扔！

衛時懶洋洋按下完全僵硬的巫瑾，把人隨手往床上一撈。午後的暖陽慢慢吞吞吹著窗簾，光線虛幻不真。不斷撲騰的少年單手就能按住，瓷白的臉頰一啃一個印兒，往下是長年累月鍛煉的薄薄肌肉，男團主舞白白嫩嫩的小肚皮。

香香軟軟小兔子。

巫瑾呼吸急促，仰頭被撲倒在床上，小圓臉都被蒸得冒泡，衛時和他挨得太近，挺直的鼻梁就戳著脖頸最脆弱處，曾經咬下的牙印。

然後在最後一步停手。男人用尖銳的牙齒在少年脖頸上、懸掛的那顆子彈上摩挲，帶了點銅銹味道的吻慢慢壓下。

幾分鐘後。寢室一角猛然雞飛狗跳。

巫瑾嚇得呆呆愣愣，磕磕絆絆：「明明明天天天早上還有比賽……」

衛時沙啞開口，聲線讓巫瑾聽了腿軟：「怕？」

巫瑾瞪圓眼睛，「沒、沒沒！誰怕了！」然後故作聲勢，軟乎乎的肚皮抖抖索索，「我得先學習，是不是得先推油……」

衛時眯眼，「推油？」

巫瑾聲音漸弱：「視頻裡是要推……」

衛時氣勢陡沉，壓迫審訊：「誰給你的視頻？」

巫瑾嚇得一秒招供：「啊啊啊別擠我！別摸我腰子，凱撒，凱撒啊啊是凱撒哥！」

傍晚，距離克洛森秀第七輪淘汰賽不足二十四小時。

指導員血鴿驚奇發現，衛選手竟然沒有蹺課。

在之後的學員對戰中，被分配到和衛時一組的凱撒被打到落花流水。

遠處，佐伊表示放心：「賽前讓凱撒收著點，有益於穩固心態。要是凱撒每次上場前都能被收拾一頓就很好……」

到二十點整。哨聲響起，所有練習生收隊，體力補充劑一箱箱往雙子塔運送過去，基地醫生和技術人員為選手的體能、救生艙做最後一次賽前檢查。

巫瑾沖了個戰鬥澡，躺在床上任由SPA機器人把自己按來按去。

等衛時撈人睡覺的時候，巫瑾已經昏昏欲睡，像一片揉按鬆軟的小餅子。

「睡覺！」巫瑾迷迷糊糊催促大佬：「明天比賽，保持體力！」

二十二點。克洛森雙子塔陸續熄燈，克洛森秀在沉寂一個半月後，終於再度播出物料——

星博，相關群組異常活躍。

論壇專版，圍巾tag下嗷嗷哀嚎，「#圍巾畢業分手」不知被哪個行銷號瞬間刷了上來，流量刷刷湧去。

「衛神還是沒去白月光#大哭#大哭！球球白月光考慮下！這兩個人配合真的很可！圍巾+佐麟+凱撒成團，真滴無敵！」

「冷靜！白月光戰隊不能全員練習生啊，還有正役選手啊喂，再說衛神是自主創業，也是自己的選擇。雖然這選擇有點迷……」

「一覺醒來我萌的CP BE了？不同戰隊還怎麼談戀愛！」

「別，在星際聯賽巔峰會面也很浪漫啊。從各種技術分析來看，衛神確實比小巫強很多，衛神需要的是機會，小巫需要的是經驗。兩種選擇對他們都是最好的。只不過吧，現在的竹馬竹馬同寢小甜餅能多吃就多吃，馬上就是相愛相殺的本兒了……」

圍巾板塊同人區，那位以一己之力創下生子漫鼎力輝煌的大手當天雞血產出「衛時英勇戍邊生死未卜，小巫含淚產下遺腹子」的虐心情節，卻仍有不少撒糖產量手堅守陣地。

「不可能！我萌的CP絕不BE。大家有沒有發現，現在小巫對衛時的態度非常有趣，小巫到哪兒都乖乖的，但就會欺負衛神。有時候看多了，我竟有一種這兩人已經睡過的錯覺……」

克洛森板塊之外，所有流量卻幾乎都集中在「星塵盃青訓賽合賽」話題上。

無他，逃殺粉們對於紅桃K的期待度比整個克洛森秀A級練習生加起來都多。克洛森秀幾十屆年年都有，但還沒出道就能穩固C位的紅桃K卻只有一個。甚至有KY粉直接躥進克洛森論壇發帖，把「星塵盃人氣首位」和「克洛森秀人氣首位」拉了個表格比較。

顏值：巫瑾高於紅桃King

槍法、戰術、近戰、實戰經驗、能力評級：紅桃K高於巫瑾

巫瑾一分，紅桃K五分。

結論：巫瑾將作為克洛森的臉面被紅桃K暴揍。

午夜的克洛森秀論壇猛然炸開。不管是巫瑾事業粉、顏粉、CP粉、路人粉、泥塑粉，平時對內混戰，此時一致向外。

「不行，小巫鼻子、眼睛、鎖骨、蝴蝶骨都好看，加四分，還聰明，再加一分，我小巫也要五分！」

「小巫粉絲多是因為吸圈外粉啊！橫向比較請找@克洛森秀—衛時，@克洛森秀—魏衍。順便說一句，這兩個都是小巫他大哥。」

「+1，尤其是衛時。」

「紅桃K敢踩著克洛森秀上位？他知道衛神最強的地方在哪裡嗎？」

「人受到驚嚇的時候，瞳孔是會縮小的。任何選手被彈入救生艙前，都能被監控拍到瞳孔縮小的畫面，除了衛時。六輪淘汰賽，所有彈艙錄影裡，衛時瞳孔大小和平時一致。也就是說，這個人的淘汰名次都是自己算好的，只要他想，他可以是任何名次。」

「還有，巫瑾雖然捆綁炒了CP，但他也不弱。」

「紅桃K和他的粉絲，未免有點輕視這一屆的克洛森秀。」

直升機盤旋降落。第七輪淘汰賽賽場邊緣。

巫瑾收回終端，向節目組上交，望向遠方。

停機坪前是一片普通的廠房園區，周圍簡易搭著鐵絲網，只有一道門通往內裡。

下午四點，日光下能看到廠房內的宿舍、禮堂輪廓、搭了一半的露天舞臺。和二十一世紀男團練習生們的封閉式集訓營隱約相似。

「不要有壓力。」佐伊正在做最後的賽前動員，拍了拍巫瑾肩膀，「無論星塵盃那裡怎樣，我們自己的目標很明確。五十進二十，衝到前二十才能晉級。」

「他們來了。」

遠處，星塵盃合賽的選手同樣落地。

巫瑾大致數了數，兩邊人數一樣，加起來一百人。

所有裝備下發完畢。

巫瑾戴上腕表，突然緊張想起：「這一輪比賽的贊助商是不是忘記鋪廣告……」

旁邊小編導哈哈一笑：「小巫咋還替金主操心啊！放心，沒忘！這次的廣告聽說是生物科技相關……」

巫瑾還沒琢磨過來，就被要求戴上比賽追蹤腕表。

臺上，節目PD拎了個大喇叭，正在組織排隊。

「抽籤，來來來都過來排隊抽籤！抽啥？抽你們的選秀劇本！」

「咋一個個都慢吞吞的？還不快點來抽，要是站到凱撒後面，上上籤肯定都被抽走了！」

練習生們大驚，紛紛跑到凱撒面前插隊。

凱撒：「……臥槽，還帶這樣？」

巫瑾被人群呼啦啦沖到前面，伸手在小瓶子裡撚了個紙條兒，翻開。

「九十六號選秀劇本。」立刻有劇務帶巫瑾去化妝間，「劇本一會兒給你，先進去，在無影燈下躺好。」

巫瑾聽話，乖巧爬上手術床躺好，旁邊的AI機器人示意巫瑾抬手，往選手腕表中注入晶片。巫瑾再次打開腕表時，裡面簡單裝載了幾個app，有該選秀節目的內部通知應用，也有粉絲論壇入口。論壇裡僅有個版主公告，帖子冷冷清清。

巫瑾研究了半天，才發現自己的「劇本」已經在腕表存儲妥當。

打開後，當先是一張平平無奇的照片。

王平。男。《浮空偶像秀》應屆選手。初印象觀眾投票：九十六名。

——你是「王平」的第一任主人。

巫瑾一愣。還沒琢磨完最後一句話的意思，身旁AI機器人突然動手！

金屬手指快速擦過巫瑾臉頰，生物模擬塗料精準在巫瑾臉上鋪開，眼距、眉形、鼻梁在電光石火之間被調整，接著是改變手部關節形狀，訓練服外裸露部分的膚色……

十分鐘後。巫瑾呆呆站在鏡子前，鏡子裡的自己，和劇本中的「王平」一模一樣。

克洛森秀直播間。

不僅選手自己，就連血鴿、應湘湘都被鬼斧神工的操作看了個呆，觀眾驟然炸開：「這是什麼？太炫了吧，生物改裝黑科技？贊助金主是誰……」

節目PD一聲大喊：「切，切廣告，快快快快！」

一行字幕浮起。

克洛森秀第七場淘汰賽，浮空娛樂、浮空生物科技聯合贊助——畫皮。

「見一獰鬼，鋪人皮於榻上，執彩筆而繪之；已而擲筆，舉皮，如振衣狀，披於身。」

——蒲松齡《畫皮》

【第十章】一秒學霸變學婊

直播間內，喧嘩陡然四起！

克洛森秀第七輪淘汰賽賽場。

沒能看到場外字幕，選手接觸到的資訊相較於觀眾少得可憐。

巫瑾按照指示吞下變聲藥丸，腕表滴滴作響，比賽還有十分鐘開始。有過做面部偽裝的經歷，巫瑾對牢牢貼住肌膚的「人皮面具」適應極快。

他再次飛快翻閱腕表中王平選手的劇本。

臉平平無奇、才華平平無奇、簽約公司平平無奇。

背景經歷——

「你的訓練時長只有半年。因為五音不全、四肢不協調，你在隊內擔任rapper。當然，你和你的隊都很糊。不過，你曾有一段不為人知的過往。」

「獲得道具：黑歷史視頻。當你發布這段視頻時，所有視頻中涉及的練習生將受到『黑歷史實錘攻擊』，人氣同時清零。」

巫瑾點開視頻——留著爆炸頭的王平選手，和另一位長相妖冶的小哥，正穿著騷氣夜場禮服在酒吧給富婆陪酒。

巫瑾一個後仰，眼神恍惚：九十六名也就罷了，小糊逼努力一下還有可能逆襲，但是，有黑歷史的小糊逼還有什麼搞頭？

道具視頻更是毫無用處。所謂的「黑歷史」也牽扯到王平自己，巫瑾要是發布視頻就相當於在逃殺比賽裡自雷。

腕表再次滴滴響動，距離比賽開始只剩五分鐘。

巫瑾深吸一口氣，閉上眼睛最後梳理情緒狀態。

第七輪淘汰賽，克洛森秀、星塵盃青訓賽聯賽，對手遠不止幾個熟悉的A級練習生這麼簡單。同時星塵盃的參與大量引入了帝國逃殺選手。

佐伊、楚楚在賽前都曾和巫瑾提過，帝國不少高知名度的逃殺選手都有個追求——華麗的表演式殺戮。

然而無論如何，自己的目標很明確。

五十進二十。

房間門外，機關吱呀轉動，原本關有選手的閥門即將打開。巫瑾慢慢傾斜上身，靠近變裝室內的鏡子。

他在仔細研究「王平」的每一寸五官。王平的臉頰帶細微浮腫，臉型偏大，實際下頜骨偏寬，圓下巴，顴骨偏平，整體看來算作是硬傷。

巫瑾對著鏡子練習了一個微笑。王平的笑容很樸實，鏡頭感染力幾乎為零。

巫瑾琢磨了一下，再笑時露出犬牙。笑容拉扯肌肉削減了厚實的下巴，顴骨上揚，終於和「燦爛」搭邊，但整個臉型的硬傷從正面無法補救。

巫瑾把下巴內壓，對著鏡子側過臉頰。

第三次、第四次。

「營業」是每一個偶像出道前必須學習的生存技能。明白自身五官的優勢、缺陷，做出最適當的表情管理，是巫瑾記憶裡的練習生時期的重要課程。

比賽即將開始。

巫瑾把易容後偏長的頭髮向前扒拉，擋住平淡的額頭，瀏海下是細細長長的單眼皮，然後對著鏡子側臉爽朗一笑。

「王平」的皮囊終於被靈魂撐起。

巫瑾最後掃了眼鏡子，徑直起身，推開第七輪淘汰賽的大門。

選手準備室外，一連串彩色氣球搭起，AI選管們熱情歡迎選手進入訓練營。

這所廠房內完美還原了二十一世紀初的綜藝布景、拍攝設備。當有鏡頭向巫瑾方向掃過，少年揮了揮手，毫不客氣地搶了個鏡頭，笑容溫暖不刺眼，像是午後暖暖的太陽，和背景中陰鬱的天空形成鮮明對比。

原本要一晃而過的選秀鏡頭破例為巫瑾停留了三秒。

此時廣場上人聲鼎沸，一百位剛從保姆車下來的「男團選秀節目練習生們」亂七八糟排成一團，每人都在暗暗預估彼此實力。

巫瑾所在的首發點卡在廣場一角，周圍看了一圈也沒見到大佬，能一眼認出的凱撒、明堯、佐伊也都不在視線範圍。

因為結盟許可的緣故，多數選手都在開場寒暄。

巫瑾琢磨了一下，終於理解王平這個「九十六名」是怎麼來的。

選秀節目裡，觀眾初印象向來只看臉，這兒漂亮的臉蛋子可真多！

廣場上方的臨時舞臺，終於有AI工作人員組織選手列隊。

「我報到名字的選手去指定大樓分班……」

「Rap二班，王平……」

巫瑾穿越長長的人流，擠進貼有「Rap二班」的標識，視線不斷在四下逡巡。

偽裝成男團選手的逃殺選手，體格普遍偏大。但浮空城的生物易容技術爐火純青，就算是一百九十的壯漢配上花美男臉也不顯得違和。

Rap二班總共被分了十六人，負責領隊的選管AI御姐有著細膩的模擬生物皮膚，與那位易容機器人一般細長、精準的機械手指，脖子以下全是腿。

巫瑾終於可以確信，這地獄難度的選秀中，就算是NPC也比王平選手引人注目。

AI御姐將任務卡下發到每個人手中。

「Rap二班，你們的第一次公演在三天後。每班級表演後，現場的八百名觀眾會為你們所有人投票。」

「也就是你們十六人，加起來八百票。最終票數整合之後，我們將按照場內得票數全員排序。一百人內，後四十名淘汰。聽清楚了嗎？」

巫瑾混跡人群之中點頭。腦海飛速轉動運算——六個班級，八百名場內觀眾投票六次。選手一百進六十，也就是能保證晉級的票數是……

800x6/60。

「八十票。」耳邊有人慢悠悠說道。

巫瑾回頭，正對上那人視線向四下掃去。

「四千八的票倉，分給六十人，所以晉級的安全線是八十票。當然，還有一種演算法。如果你能在公演前淘汰四十人，就能保證剩下的所有人晉級。」那人聳了聳肩，「我叫萊迦，初印象排名三十九。」

萊迦綻開一個笑容，「如你們所見，我在尋找盟友。」

原本一片寂靜的Rap二班像是突然被注入活力。

練習生萊迦開門長驅直入，在「結盟」上迅速占領先機。很快氣氛熱絡，除去一位叫「銀甲」的練習生不屑於結盟之外，其餘十五人快速抱團。

巫瑾混跡於人群之中，起初還猜測銀甲可能是魏衍，但改造人氣息特殊，不可能戴了張面具就認不出來。銀甲下盤沉穩，實力應當不弱，就是性格孤僻驕傲。

已經快速被眾人推舉為智囊核心的萊迦，再次向AI發問：「如果選手在公演前消失了，會怎麼樣？」

AI微笑回答：「會被視為退賽，當然，剩下的人還是可以上臺表演。」

氣氛微微一涼。

巫瑾輕輕呼出一口氣。

十六個人分八百票，平均一人五十票。

但如果Rap二班互相殘殺到只剩最後一人，那麼他就能獨占八百票。

不過，自己這種九十六名的小糊逼應該不會被拿來第一個祭刀……

AI微笑，「都聽清楚了嗎？那我們現在就來拍攝今天的開場採訪。請你們稍作等候，報到名字的選手依次跟我來。第一位，尼古拉斯，」AI低頭看向選手名單，「初印象排名第二。」

現場猛然安靜。

初印象排名第二，自帶的初始人氣絕不容許小視。如果和尼古拉斯一同上臺公演，對方分走票倉的能力必然如同洪水猛獸。

那位被點名的尼古拉斯也是一呆。

同班同學能想到，他自然也能想到。一百進六十，初印象排名越高，對其他選手造成的威脅越大。如果Rap二班有下位圈選手搏求晉級，第一個需要剷除的就是尼古拉斯。

巫瑾站在人群中，掃了眼這位二號種子，一目瞭然。

抽中「尼古拉斯」劇本的練習生腳步輕浮，雖然肌肉結實，但明顯水準不濟，肱二頭肌都在瑟瑟發抖。

巫瑾已是隱約摸出了整個比賽的進程規律。逃殺選手們被隨機打亂到一至一百位置，然後明爭暗鬥不斷洗牌、換位，直到最終名次與實力相符。

巫瑾瞄完尼古拉斯體格，再瞄了眼這位二號種子的臉。不得不承認，尼古拉斯這張臉英俊瀟灑，符合二十一世紀主流審美之一……

巫瑾突然一頓，這張臉竟然有些眼熟。

正在此時，尼古拉斯的視線也與人群中的王平對上。

巫瑾火速低頭：怎麼會是他？

尼古拉斯之後，被叫進去的是初印象第九名的銀甲。

巫瑾恍然明白銀甲拒絕結盟的原因。這人簡直就是上天寵兒——個人逃殺實力強勁，不怕打架，也不怕被陰。而且還運氣爆棚抽到第九，只要銀甲不失誤，保持名次走到決賽都不難。

十六人依次被叫入採訪間，關上大門，少頃又出門。巫瑾毫不意外以九十六名排在最末。他把「王平」這張臉用得極其服帖。木訥，呆板，選管撥一下，動一下。站在一群rapper中間像是資深混子，就差沒在臉上寫著「路人甲」、「一輪遊」。

直到巫瑾進門。

三臺攝影機直直對著他。

「這也是直播嗎？」巫瑾低聲問AI。

AI攝影點了點頭，對王平選手絲毫不以為意。巫瑾知悉，關門，站在鏡頭前——

「王平」對著鏡頭爽朗一笑，脊背挺直，開始裝逼。

攝影師一愣。

巫瑾禮貌問：「導演，我能小聲清唱一段嗎？」

攝影師隨便打了個手勢，示意巫瑾早點唱完，然而巫瑾第一句一開口，這位AI立刻露出驚奇表情。

兩分鐘後，巫瑾長舒一口氣結束採訪。剛才幾分鐘內，他已經想了一切辦法給自己加戲！按照王平目前的排名，除非Rap二班發生一次慘無人道的組內亂殺，通往公演的階梯被鋪滿鮮血……否則巫瑾怎麼著都分不到八十票觀眾票。

糊逼不加戲，永遠只能是糊逼。

巫瑾嘆息拍桌。

採訪後是選秀節目中千篇一律的「感動自我」環節，巫瑾讀完了「我可以、我能行，只要努力我一定會實現夢想出道」的口水臺詞之後，被要求在一面白牆上按下宣誓手印兒。

按手印時，巫瑾略微猶豫，然而很快就被AI抓著手腕強行按下。

「好了。」AI御姐微笑拍了拍巫瑾，稱讚道：「唱得很好，希望我還能在公演舞臺上看見活著的你。」

巫瑾：「……」

沾了紅色顏料的手印兒在陰暗燈光下堪比恐怖電影。這間獨屬於Rap二班的舞蹈室，白牆的另一面也是白牆，用同款紅色顏料寫了個「十六」，觸目的血紅讓人毛骨悚然。

彷彿象徵著Rap二班，十六個人的團魂。

你死我活的團魂。

巫瑾打開採訪間大門，一秒學霸變學婊。一面呆呆回覆同班同學：「採訪，不知道啊，我九十六名採訪也沒有用……」一面趁人不注意飛快掏出腕表。

打開論壇，登入個人帳號，一氣呵成。

「尼古拉斯好可！JMS加油，送他上C位【舉手】【舉手】」

「為寶藏雙胞胎禹初&禹末蓋樓！」

「銀甲——百戰選秀再翻紅！」

巫瑾翻了將近三頁，終於從角落裡揪出某個粉絲帖。

「突然發現，王平小哥哥不錯？唱歌很戳！」

巫瑾偷偷用帳號頂了個貼，滿意合上腕表。

克洛森秀直播間。

鏡頭掃過巫瑾，彈幕嗷嗷嚷嚷：「我biao裡biao氣的小巫好可愛！麻麻好想穿越進副本當粉絲給你發帖！」

「我兒砸的靈魂果然在閃光，王平也攔不住你哈哈哈哈哈——雖然【拍桌】【拍桌】小巫的盛世美顏呢？看不到了哭唧唧！」

解說臺。應湘湘笑咪咪表示：「真把小巫送去男團選秀也一定很出彩。特別是聲樂、舞蹈。當然，就算逃殺秀，巫選手也很會給自己加戲。」

血鴿點頭，「他的模擬票倉上升了十二個百分點，就是因為在採訪裡唱歌。按照這個趨勢，公演進前六十沒有難度。不過……」

「這輪淘汰賽不是這麼玩的，遊戲還沒開始。」

練習生訓練室。

Rap二班採訪完畢之後，AI領著十六名練習生進入他們的專屬宿舍區。

巫瑾低著頭，記憶力運轉到極致，在腦海印刻下走廊方位、房間分布、逃生通道和一切可能當做武器的利器。很快宿舍地圖大體在腦內成型。

Rap二班和其他幾個班級相距甚遠。巫瑾甚至可以確信，節目組在比賽初實施了賽場分割，他們十六個人目前被侷限在百人逃殺的「分賽場」。

「到了。」AI做了一個「請」的手勢。

巫瑾一抬頭，瞬間傻眼。兩間窗明几淨的單人間溢出優雅的淡香熏香，一個門上貼著「尼古拉斯No.2」，一個門上貼著「銀甲No.9」，旁邊是幾間四人上下鋪寢室。

巫瑾：「……」小糊逼沒有單人單寢的權利嗎！

確實沒有。

銀甲當先往自己單人間一跨，沉默關上房門，從門內鎖上。然後是依然在恍惚的尼古拉斯，這位美麗的廢物也同手同腳進門。

巫瑾認命爬進屬於自己的四人寢。

進門時，室友紛紛議論：「前十名的房間能從內上鎖，安全性有保障，算不算規則給他們的福利？不過能抽到前十就是很歐……」

巫瑾邊有一搭沒一搭聊著，邊琢磨自己的真實人氣。

採訪裡的民謠哼唱只能把人氣抬起一時，要想吸粉，必須再想點別的辦法……

寢室外傳來輕輕的敲門聲，幾人齊齊看向門外。

門沒有關死，微微打開一條縫，巫瑾看到人影，起身。

「我出去一下。」巫瑾向室友含糊示意。

走到走廊，關門。

門外站著尼古拉斯。

兩人相對無言：「……」

巫瑾指了下樓梯，溫和：「去下面說。」

美麗廢物尼古拉斯點頭，兩人走進消防通道，在鐵門合上的一瞬，尼古拉斯迅速抖抖索索開口：「夜場男模？」

巫瑾對上暗號：「黑歷史？」

尼古拉斯：「富婆？」

巫瑾：「……陪酒？」

尼古拉斯欣喜若狂，拿出腕表就給巫瑾展示。

一模一樣的黑歷史視頻。留著爆炸頭的王平，旁邊坐著的就是帥小夥兒尼古拉斯。

——道具：黑歷史視頻。當你發布這段視頻時，所有視頻中涉及的練習生將受到「黑歷史實錘攻擊」，人氣同時清零。

尼古拉斯長舒一口氣，眼神發亮，「哥們，咱倆結盟吧。你自雷了我混不下去，我自雷了你也混不下去！」

巫瑾看他像在看傻子，「你就這麼來找我？不怕我把你淘汰了？」

尼古拉斯懇求：「大兄弟，我這也沒辦法，我排第二，占了人家票倉，沒人找我結盟。再說咱倆應該實力差不多……」

巫瑾：「咱倆實力差不多？」

尼古拉斯點頭點頭，還沒來得及開口，驀然狠狠往牆背上一撞，肩臂被制，從脖頸到腰部被迫扭轉，身後巨力悚然迫人。

他甚至沒有看清巫瑾是怎麼動手的，但身後的人絕對不比任何星塵盃的練習生要弱。

尼古拉斯驚悚：「大哥，王平大哥，別別別！我就一外卡戰隊小訓練生，不能打也不抗揍，我就到處參加比賽混個出差旅遊經費……」

尼古拉斯冷汗直冒，回頭時脊背發涼。王平還是那張臉，眼底寒光如刀，讓人不敢直視。

巫瑾掂了掂。尼古拉斯確實很弱，弱到……大概能和當主舞時的巫瑾打成一團還不分上下，白瞎了一身大塊肌肉！

巫瑾緩慢開口：「把視頻刪了。」

尼古拉斯手腳一僵。

巫瑾俯身，吐得氣兒都是涼的，打在尼古拉斯後頸都要冒出雞皮疙瘩。

克洛森半年，浮空城兩個月，讓巫瑾的近戰搏鬥從F一路晉升到A+，在衛時的地獄式訓練指導後，就算對上薄傳火也有一戰之力。

克洛森秀直播間。

第七輪淘汰賽中爆發的第一場打鬥讓所有觀眾聚焦。

「進步很大。」血鴿看了許久，終於欣慰點頭，關注其他選手：「那麼，下面我們把鏡頭轉向紅桃K……」

練習生宿舍消防通道。

尼古拉斯被迫刪去兩人的「黑歷史」視頻，只剩巫瑾腕表留有一份。

「行了。」巫瑾滿意，終於沒有什麼能威脅到他這個小糊逼的道具了！

巫瑾：「結盟。」

尼古拉斯一愣。王平選手平平無奇，沒想到皮下是個狠茬，但尼古拉斯也沒預料到王平竟然沒有淘汰自己，反而提出結盟。

「結盟可以。」巫瑾開口：「但是我有個條件。」

尼古拉斯大喜：「哎哎您說！」

巫瑾打開腕表。粉絲論壇，首頁齊刷刷一片為尼古拉斯蓋起的高樓——安利帖、女友粉專帖、老婆粉專帖、親媽粉專帖。

「你人氣很高啊，」巫瑾看向這位排名第二的選手，就像在看一個百萬粉絲的超級大血包！這時候說什麼互惠互利、共同漲粉都是虛的！

「幫我抬一下咖位，」巫瑾直截了當：「借我吸點血。」

吸血。粉圈專業詞彙，常見於雙方捆綁營業時，一方藝人消耗另一方人氣，以積累自身人氣的行為。

「王哥，那我不是得掉粉了？」

宿舍底層食堂，晚飯時間。尼古拉斯捧個碟子坐在巫瑾對面，表情又驚愕又茫然。

巫瑾搖頭，反駁：「真正的粉絲不會這麼容易爬牆，」巫瑾冷靜誘導：「雖然你的粉絲增量有極小可能會受到影響，但是留下來的都是死忠粉。總量稍減，品質提升。」

「我們把這種操作叫做粉絲提純。」

「你看，你提純了粉絲，我增加了人氣。而且我們總粉絲數不減，這就是雙方共贏。」

尼古拉斯恍然：「有點道理。」

巫瑾：「……」完了，還真是個傻子。

然而巫瑾對美麗廢物的憐愛值極高。半小時前，兩人還在消防通道劍拔弩張，互扒黑歷史，半小時後，兩人已經在食堂併桌營業。

聯盟達成。

巫瑾慢慢扒拉了一口飯。王平這張臉缺陷很明顯，巫瑾還沒來得及對著鏡子研究咬肌、咀嚼肌和下頜骨的連鎖反應，作為一個僅有九十六名的愛豆，巫瑾絕不會在攝影機前狼吞虎嚥。對面的尼古拉斯也吃得不多，被嚇的。

巫瑾對現狀十分滿意。

尼古拉斯就是個能夠掌控的「移動血包」，人氣排名第二。只要操作得當，這血夠自己從入圍賽一路吸到決賽！雖然尼古拉斯目前處境危險，但也不是沒有破解之法。

尼古拉斯戰戰兢兢：「王哥，你怎麼保護我？」

巫瑾慢條斯理擦拭嘴角，「出寢跟我，回寢鎖門。」

對面的美麗廢物終於放心。

與銀甲的單人寢室一樣，尼古拉斯的寢室一旦從內上鎖就是無解密室，能保證絕對安全。而在寢室外——尼古拉斯對王平大哥的身手有絕對信心。只要不是碰上魏衍、紅桃K這種明星級練習生，尼古拉斯堅信，王哥都有一戰之力。

於是尼古拉斯開始履行諾言：「咱倆怎麼營業？」

巫瑾用指節輕微敲桌。這是他為「王平」定下的微動作，以掩蓋自己作為巫瑾時的行為細節，「先試一下兄弟情。」

幾分鐘後，直播鏡頭經過桌位，尼古拉斯與王平勾肩搭背站起。

鏡頭飄走。兩人同時低頭，打開腕表看向論壇。

「尼古拉斯啊啊啊！老公看我！【愛心】【愛心】」——女友粉。

「妮蔻寶寶今天也很帥氣，女兒人緣好好>w<」——泥塑粉。

完全被透明的巫瑾：「……」

事實證明，選秀節目初期。選手劇本故事線還沒浮出，粉絲連臉都認不全，更不會挖掘選手之間的深層關係。

巫瑾再次思索：「換成CP營業。」

王平五官老實平淡，做花是絕對不可能。於是攝影機再次經過時，尼古拉斯半邊側臉攏在窗外斜陽下哈哈大笑，王平抱臂寵溺凝視。

攝影機飄走。兩人同時摸了下雞皮疙瘩。巫瑾脊背發涼，表情恍惚，怎麼著都覺得有點不大對，似乎是兩人氣場不搭，毫無默契。

粉絲論壇終於在此時有了反應。

「這人是誰？誰在蹭我家尼古拉斯熱度？」

「尼古拉斯不要和他玩！聽麻麻的話，他長得不好看，完顏和完顏一起併桌吃飯好不好？」

尼古拉斯茫然抬頭，「要不要再試試……」

巫瑾搖頭。心下已然摸清尼古拉斯的粉群生態分布。這種嬌滴滴的小鮮肉，顏粉、正蘇粉、逆蘇粉多於一切。所以炒CP、兄弟情都不好使，但唯有最後一種……

正在此時，服務於練習生食堂的AI路過，將餐盤放在兩人正中。

尼古拉斯：「嗯？我們沒有加菜。」

AI微笑打開銀質盤蓋，「那也許是別的選手為你們點的，請享用。」

椒香摻著酥軟的烤肉味兒相當誘人。

餐盤正中擺著一個孤零零的麻辣兔頭，像是赤裸裸的警告。

「……」巫瑾猛然回頭。食堂一角零零散散坐著Rap二班，遠處是聲樂一班、舞蹈一班。脊背後似乎有道視線不悅掃過，再回頭時卻不見蹤影。

尼古拉斯被嚇到花容失色：「這是什麼？」

巫瑾拿起筷子，「兔頭。」

尼古拉斯：「你吃兔頭？兔頭能吃？不對，我的意思是，誰給咱們送的兔頭？會不會下毒了？王哥你別啃啊你還要保護我啊啊啊啊！」

巫瑾三下兩下吃完，「挺好吃的。」然後繼續擦嘴，「也行，那咱們就不炒CP。」

「還剩下最後一種營業方案。」

巫瑾敲了敲桌，「營業父子情。」

夜幕降臨。Rap二班緩緩向白天的訓練室聚攏。十六位rapper，每人的分段饒舌歌詞下發到選手手中，巫瑾只看了一眼就收起。

一百進六十，重頭戲不在歌詞分Part。

雪白的牆壁上，幾人採訪時印下的紅色手印觸目驚心。摻了慘白的燈光，看上去就跟鎖了一練習室的冤魂在用血手拍牆。

此時十六位練習生之間已是隱隱有了結盟的架式。

巫瑾和尼古拉斯關係良好，又與同寢三人保持友誼。那位高傲的No.9銀甲獨自霸占了一扇窗戶，從練習室居高臨下觀察整個破舊廠房的地形。另一團選手中，先前主動作為「智囊」站出、並尋求盟友的萊迦，已是迅速掌握了領導權。

很快，萊迦就帶領一幫練習生前去走廊開會。

「趕緊了。」巫瑾領著尼古拉斯就往攝影機鑽。

尼古拉斯鄭重點頭，拿起歌詞手稿，做了個嘻哈手勢，搖頭晃腦就開始嗨：「觀眾就是我的bro，舞臺就是我的flow，為了夢想you know，為了兄弟you know……」

巫瑾謹慎懷疑第七輪淘汰賽的歌詞是rap生成器隨機編寫的。

然而鏡頭前，巫瑾就像一位善於教育的慈父，很快走到尼古拉斯身邊，教他換氣、吐詞、處理中斷點。尼古拉斯的表現則非常自然，一位怎麼教都教不會，卻因為美麗而難以收到責怪的傻兒子。

兩人硬生生拖著兩個鏡頭互動了十五分鐘，扛著鏡頭的AI攝影師才煩不勝煩地把攝影機移走，去拍攝其他選手。

巫瑾火速低頭看向腕表粉絲論壇。

「這位選手叫什麼？王平！感覺很善良啊。我就說妮蔻到哪兒都是團寵！謝謝王哥對我家女兒的照顧……」

「hhh王平好像小尼的麻麻粉！」

「感謝比心，謝謝幫助尼古拉斯，多出的選票會幫投！」

巫瑾終於放心。

旁邊窗口，銀甲目瞪口呆看著兩人。親眼目睹了巫瑾拿著吸血鬼節杖在尼古拉斯大血包身上狂戳了十五分鐘之後，銀甲的比賽觀似乎受到了顛覆。

「王哥，這招有用不？」尼古拉斯興致勃勃詢問，緊接著突然意識到銀甲還在一旁觀看，連忙壓低聲音。

巫瑾點頭，打了個手勢，兩人離開練習室。

「出去逛逛。」

臨走時，銀甲再次恢復冷傲，並對王平、尼古拉斯的ＸＸ交易嗤之以鼻。

夜色微涼。巫瑾沒有離開練習室太遠，燈光籠罩的範圍只有這麼點。

遠離人群之後，尼古拉斯終於一窩蜂吐出疑慮：「王哥，萊迦他們會不會對我動手？」

「會。」巫瑾靠著牆站著，半邊身子浸在陰影裡。

尼古拉斯總有一種錯覺。除去王平那張臉，王哥本身應當是個氣質非常抓人的選手。然而得到的答案直接把他嚇了一跳：「真的？王王王哥……」

「問題不大。」巫瑾開口：「他們有十幾個人，利益分配不均，選票一共八百張，不可能人人晉級。晉級的方法有很多種，一種是把排名靠前的隊友淘汰，一種是藉助排名靠前的隊友上位。」

尼古拉斯抖抖索索聽著，猛然明白了什麼：「你是說……也幫他們抬咖？」

巫瑾點到為止：「你的粉絲數量多，怎麼操作在於你。記住，只有利益相關，才會有選手願意保護你。」

尼古拉斯沉思少頃，恍然大悟。

他突然聽到王平開口：「Rap二班十六人，你能認出幾個？」

巫瑾對於尼古拉斯的諮詢極其爽快，作為交換，他也直截了當問出最重要的問題。

第七輪淘汰賽，克洛森秀五十人、星塵盃五十人，任何已知線索都有可能是最終決戰時的籌碼。

作為報償，尼古拉斯十分乾脆：「兩個，但實力也就還湊合……」

尼古拉斯放在星塵盃就是一學渣，學渣的友情是呈冪等性的，學渣的朋友當然也是學渣。能認出兩人已經是尼古拉斯的極限。

巫瑾：「萊迦和銀甲呢？」

尼古拉斯遺憾攤手，「不會吧，我還以為他倆是克洛森秀出來的！」

巫瑾搖頭。

尼古拉斯這才意識到，王哥的圈子明顯就和他不一樣。似乎克洛森秀的A、S等級練習生王平都熟悉一二，所以才能立即否認。尼古拉斯好奇：「王哥，你又是誰？」

巫瑾拍拍傻兒子的肩膀，「我是皮卡丘。行了，回寢。晚上記得把自己鎖門裡別出來。」

巫瑾又突然想起：「萊迦和銀甲，他們有沒有可能是紅桃K？」

尼古拉斯也給不出答案，半天憋出來一句：「看著性格都不大像。照我說，如果有哪組將近全滅，八成就是紅桃K動的手。王哥，我雖然是外卡，也聽說過K之前打的訓練賽。」

「他的風格很『隆重』，」尼古拉斯似乎在挑揀恰當的詞彙：「因為實力太強，有的時候，他在副本裡，就是最接近規則設計者的存在。我是覺得，被紅桃K淘汰也不丟臉。」

「……」巫瑾恍惚，這可真是個比賽混子啊！還沒被淘汰就給自己找理由了！

夜色已深。

兩人趁著逃出練習室的間隙，快速在附近搜羅了點防身器械。巫瑾找了塊鋼化玻璃碎片，用食堂窗簾撕下的布料纏著鋼質餐叉，大致裝了個匕首。預備先用這玩意兒防身，然後再去食堂偷把菜刀。

腕表存活數字仍是一百整。

如果巫瑾猜測得沒錯，越臨近公演，選擇動手的選手越多。

「王哥，他們會不會今晚就來砍我啊……」臨近食堂後廚，尼古拉斯還在嗶嗶。

巫瑾被吵得頭昏腦脹：「看到存活數字了？一百個選手，你第一個仆街的可能性是多少？百分之一，約等於零。回去睡覺！」

「除非有外因強迫選手動手，明天之前你都沒啥危險。」

尼古拉斯終於鬆了口氣：「也對，到現在都沒人淘汰……」

兩人腕表猛然振動。

巫瑾臉色微變，迅速低頭。尼古拉斯同樣愕然看向腕表。

當前存活：九十九人。

尼古拉斯臉色慘白，「王哥，紅桃K動手了啊啊啊！」

巫瑾不服氣：「……」憑什麼是紅桃K？你是當魏衍和衛哥咖位不存在嗎！

「拿了刀具就走。」巫瑾瞪了尼古拉斯一眼，示意他小聲：「我們回練習室。」

食堂後廚一片漆黑。兩人摸進去時，刀具已經被掃蕩了不少，巫瑾毫不意外有人搶先，遠處似乎還有選手在向食堂奔來。

「走。」巫瑾做了個口型，隨手擼走兩三把刀。

兩人迅速離去。

向訓練室回跑的當口，巫瑾飛快思索。一百名練習生，偶然性太大，第一位選手被淘汰的原因難以推測。但在比賽甫一開始就動手依然出乎他的意料……

訓練室的燈光就在不遠處。巫瑾藏好刀，領著尼古拉斯向大門走去，透過窗戶瞅了一眼，微頓：「人差不多都在。」

訓練室大門打開，同樣從門外進來的銀甲看了兩人一眼。

但緊接著，巫瑾、銀甲和尼古拉斯的視線和所有選手一樣，死死聚集在一處。

訓練室牆壁上，原本用血紅色塗料寫著的「十六」被劃去。

取而代之的是一個新的數字——十五。

紅字蘸了濃重的塗料，是明顯張狂潦草的手寫阿拉伯數字，十五的「五」字最後一劃拖長，蜿蜒而下觸目驚心。

練習室一片死寂——

巫瑾猛然回頭。訓練生涇渭分明站著，在昏暗的燈光下能看到他們額頭因為緊張暴起的青筋，慘白的臉。從銀甲依次數去，一個、兩個、三個……

十五個。

巫瑾呼吸微頓，練習室內只有十五個人。

消失的練習生是一名名叫「林青山」的中位圈選手，巫瑾對他印象不深，只記得是跟著萊迦的一大群練習生之一。巫瑾微微瞇眼，視線迅速掃過場內每一個人。

萊迦面沉如水，身後原以為抱團就能安全無虞的「擁護者」們臉色鐵青。銀甲沉默地看著牆壁上的血字，嘴唇緊抿一言不發。

巫瑾的三位「室友」站在人群後方，這個新組建的小聯盟的領導者是名叫「望舒」的下位圈練習生，望舒同樣在仔細觀察所有人的細微表情。

巫瑾和望舒的視線輕輕交錯，又很快分開。

最後是尼古拉斯。這個美麗廢物的下顎因為受了驚嚇而張開，表情管理崩潰之後，顯得又不好看又沒用。

巫瑾的視線在尼古拉斯身上停留了兩秒，一片沉寂的練習室終於有人發聲。

萊迦冷冰冰開口：「林青山在哪裡？」

十六人變為十五人，腕表提示淘汰一人，答案呼之欲出。

一時間無數雙視線聚集在萊迦身上。

和巫瑾猜想的無差，第一個要發聲搶主動權的必然是萊迦。

指揮位選手在練習生中不多，他們的存活方式嚴苛依賴於盟友、謀略、其他練習生的擁護，萊迦就是其中之一。而原本隸屬於「萊迦勢力」的林青山第一個被淘汰，無異於對他的公信力狠狠打臉。

練習室無一人作答。

萊迦等了一個極富技巧的停頓，再次開口：「那我們換一個問題，剛才，選手淘汰的時候，也就是腕表振動的時候。你們都在做什麼？以身作則，我可以第一個交代。」

練習室凝重的氛圍終於在此時稍有鬆動。跟在萊迦身後的練習生極多，剛才rap訓練結束後，大多在練習室附近徘徊——雖然巫瑾是不信的，但他們都有同伴互相佐證。

接著是巫瑾、尼古拉斯。

巫瑾言簡意賅：「操場方向。」

Rap二班在整座廠房營地的東南角，操場方向就是去往食堂、其他班級的方向，探索地圖無可厚非。

至於尼古拉斯。無論是銀甲、還是萊迦都不關心尼古拉斯的動向，這人似乎是星塵盃青訓賽裡出了名的混子，戴了面具也能輕易被認出。

這一細節和尼古拉斯的交代倒是相互佐證。

星塵盃中，「外卡隊」的存在僅出於星際聯盟對「政治正確」的要求，而外卡隊選手作為「比賽邦交」中的必須者，實力基本都滲到不行。

接著是巫瑾的三位室友。

最後是銀甲。這位選手只冷冰冰說了兩個字「搜圖」。

銀甲秉承一貫的高傲，甚至對萊迦報出行程都像是施捨。

萊迦果不其然擰眉。一圈報完，每個人都「不知道林青山去了哪裡」、「事發時各自在自己的路上」。

只有銀甲孤身一人。

萊迦轉向銀甲，「那麼，有誰可以為你做不在場證明？」

練習室氣氛驟冷。

萊迦語氣溫和，似乎只是偽裝成一個例行問話。

銀甲卻毫不意外冷臉，這位高傲的練習生視線巡視一圈，停在萊迦身上。

銀甲冷漠開口：「沒有。我不習慣和弱者結伴。」

巫瑾小幅度張大了眼睛，趕緊按下有瓜可吃的預感。這句話像是突然錐出火花，萊迦的臉龐頓時扭曲。銀甲揚著下巴，移開視線去看牆上的「十五」，似乎萊迦根本不值得他留神，牆上才有他真正的對手。

萊迦很快調整情緒：「你以為你是紅桃K？」

銀甲冷哼：「你害怕紅桃K？」

萊迦再次逼問：「我還有個問題，是誰最後一個離開練習室的？是不是……你？」

眼看兩人就要吵成一團，巫瑾終於從人群裡冒頭，不溫不火解個圍，跟萊迦虛心求問：「那個……有沒有可能是其他班練習生動的手？」

然而巫瑾一個小透明餅子臉九十六名，氣場弱外傾性低，很快被劍拔弩張的兩人忽略，只有望舒和尼古拉斯瞅了巫瑾幾眼。

尼古拉斯還好心給巫瑾解釋：「王哥，咱們幾個班級宿舍隔這麼大老遠，紅桃King神應該不會特意跑來動手……」

巫瑾：「……」這個比賽混子都抖成這樣了，還不忘尊稱K為King。這特麼是對隱藏在人群裡的紅桃K先獻個殷勤瑞思拜？

人群正中，萊迦持續控場，對沒有找到人證的銀甲不依不饒。

銀甲起初沉默，接著猛然向萊迦走去。

萊迦瞳孔驟縮，肌肉細微緊繃，做好防禦反擊態勢。

銀甲卻是與萊迦擦肩而過，直接走到那面白牆。

十四雙眼睛齊刷刷看向銀甲。人群裡大多愕然張大嘴巴，誰都不知道他要做什麼。卻只見銀甲用右手蘸著紅色塗料，在牆上一劃。

血紅的數字「十五」被銀甲用力抹去，沒人能看清他的表情。

接著這位男性練習生冷冰冰回頭，右手不斷滴下的紅色顏料讓他令人悚然生懼，像是滿手鮮血的修羅。

牆上一片赤紅，再無數字。

銀甲一字一頓說道：「牆上隨手寫的破字，你們就怕成這樣？」

「你們怕紅桃K？」銀甲冷笑：「真不巧，我不怕。」

練習室像是被巨大的冰塊砸中，一時沉寂森寒，接著猛然爆發出無數驚懼私語。

巫瑾身旁，尼古拉斯一聲粗口爆出，被嚇得。

這廝死死黏住巫瑾，「王哥，完了！這是紅桃King定下的規則，King不喜歡不守規矩的人，銀甲要完了……」

巫瑾被吵得頭昏腦脹：「你怎麼知道是紅桃K？」

尼古拉斯欲哭無淚：「不是他還能是誰？你說怎樣才能讓King不搞我？」

練習室裡的對峙最終不歡而散。巫瑾落在隊伍最後，視線四處逡巡不放過任何細節。從選手陸續離開訓練室，到腕表第一次振動，一百人變為九十九人，中間相隔了半小時有餘，任何情況都可能發生。

巫瑾垂下視線，靜默計算。

半小時，從其他班級跨越半個營地走過來，留給隨機殺人的時間只有七分鐘不到，物色目標、動手絕對不夠。最大的可能，那位疑似紅桃K的「殺手」就潛伏在Rap二班之中——

巫瑾突然停步。

月光從斜斜的走廊上透入，銀甲就站在面前的走廊轉角。

兩人之間交際不多，頂多就是練習室裡巫瑾替他打岔那一下，但純粹是因為萊迦瞎瘠薄、亂控場的緣故。

尼古拉斯也趕緊停步，靜候王平大哥吩咐。

銀甲看了眼巫瑾，突然開口：「喂。」

兩人視線相對，銀甲目光審視探究。巫瑾終於隱約琢磨出來，銀甲似乎在給自己找個盟友，但這人找盟友時也像是在施捨。

「我不怕紅桃K。」在巫瑾還不知道銀甲想不想結盟的當口，這位練習生慢慢開口，帶著一種奇異引人注目的野心：「因為，紅桃K所有一切都不是他自己應有的。」

巫瑾一愣：「那他……」

「他的名譽是虛假的，位置是戰隊前輩給的，名聲是經紀公司捧的，作戰風格是媒體炒的。他不用做『任何努力』，就能占據多數職業選手一生無法肖想的C位。」銀甲緩慢說道，帶著諷刺。

「我會戰勝他。」

「這對我很重要。」

銀甲對巫瑾點了下腦袋，掉頭離去。

巫瑾被留在原地，腦海裡倏忽閃過和大佬一起觀看的那場星塵盃比賽。選手進場時解說隨意調侃。

——這位是紅桃K，帝國最具天賦的新秀選手！未來的逃殺新星！

——那麼這位，是練習時長十四年的不具名練習生，我也不知道他為什麼還在做練習生哈哈哈……

有的人前路星光璀璨，有的人為了出道垂死掙扎。

然而巫瑾還沒來得及感慨，旁邊尼古拉斯嗷嗷亂叫：「完了、完了。王哥咱不能和他走近，辱king了、辱king了這個人……」

巫瑾訓斥：「閉嘴！」

尼古拉斯安靜如雞。

寢室熄燈之前，巫瑾又拉著尼古拉斯去攝影機前吸了點血。

「盛大」似乎是紅桃K被渲染最多的殺戮風格，然而卻安不進Rap二班現有十五人中的任何一個人設裡。

兩人回寢路上，尼古拉斯一路嘰嘰歪歪不停。巫瑾甚至想到，「外卡隊的尼古拉斯」是讓任何選手都嗤之以鼻的角色，一個讓人能輕易放下警戒的大傻子。

如果紅桃K要偽裝，把自己巧妙擬合為「尼古拉斯」也未嘗不可……

十分鐘後，尼古拉斯悚然察覺：「王王王哥，你不會懷疑我吧？我剛才和你在一起啊王哥，王哥咱們說好做父子的，你不能讓我做孤兒選手……」

巫瑾煩不勝煩：「回寢回寢！」

尼古拉斯能作假，肌肉反應不能作假。當初消防通道的擒拿，尼古拉斯實實在在證明了他就是一弱雞，而且肌肉有明顯的蛋白粉催熟痕跡。

實戰出來的肌肉和健身出來的手感不一樣。

巫瑾覺著，要是這都摸不出來，自己可真白睡了大佬那麼久的被窩！

和選手排名一樣，寢室同樣按上中下圈分三六九等。

尼古拉斯、銀甲單人單間，還能鎖門。中位圈四人一間，寢室寬敞明亮，還配黑色性感睡袍、拖鞋、化妝品護膚品……

巫瑾深諳其中原委。你以為選秀節目裡抓拍的選手素顏睡覺圖，其實都是選手在床上爬了幾個小時找到的角度，打了CC霜、晚安粉，畫了眉毛、洗了枕套……

最後是簡單的下位圈四人間。

臨分別時，尼古拉斯要死要活，巫瑾丟給他一句話「鎖門」。最後在尼古拉斯的強烈要求下還是商定了兩人的遠端聯繫方式。

尼古拉斯的單間視野好，窗戶能看到樓外兩條小徑，收集到的都是第一手資料，倒也偶爾有用。

巫瑾揮了個手，回寢，然後火速開動。

極其微小的細線纏繞在床柱、櫃門軸承縫隙之間，不起眼的金屬零件以刁鑽繩結掛上。最後是一遝子從練習室抽來的報紙。

巫瑾在紙頁之間折角，留出充足的空隙，鋪滿床下的每一寸空地，一旦有人靠近，踩上紙頁會立即發出聲響。

對面床位，那位不打眼的練習生望舒同樣在瘋狂布置陣地。旁邊兩位練習生看得目瞪口呆，接著恍然大悟，有樣學樣。

入夜。巫瑾沒有戒備太久，迅速入睡保存體力，之後的鏖戰不少，能睡多久是多久。逃殺秀中的時鐘往往還被調快，很可能幾小時後人造光一亮就強行「第二天開始」。

夢中一片祥和。

尼古拉斯在和凱撒手把手跳草裙舞，拉斐爾正在和宋研究員快樂盪鞦韆，大佬嚶嚀一聲把兩隻兔子球球扔到自己懷裡，「你滾！拿著你的兔頭給我滾！」

巫瑾越看大佬越覺得內心有什麼不清不楚的想法往外萌發，對著大佬高高興興撲上——咚。

巫瑾陡然驚醒。

腕表不斷發亮，粉絲論壇某無人問津板塊，和尼古拉斯約定的通訊方式——某個廢棄的粉絲報數造樓帖不斷被頂上首頁。

尼古拉斯：王哥！

尼古拉斯：王哥救我啊啊啊啊！

咚、咚。

指節隔著一層皮膚薄膜敲擊木質房門的聲音，隔著遙遠的承重牆傳來，在漆黑空無一人的走廊迴蕩，讓人毛骨悚然。

巫瑾因為改造的緣故聽力較常人更好，他先是一愣，接著迅速清醒。敲門聲沉悶，有序，像是帶強迫症一樣古板刻意。

尼古拉斯：王哥有人敲門，好像敲的是我的，又好像敲銀甲的啊啊啊啊啊——

咚，咚——

巫瑾一頓。不知是否是巧合，加上剛才把自己吵醒的那聲，敲門聲一共十五聲。和Rap二班存活的練習生數相符。

像是被淘汰的林青山在索魂。

巫瑾快速打字：等我。

他火速穿衣，一拳砸到床柱上，三位室友先後驚醒：「你……」

巫瑾做了個「噓」的手勢，「有人敲門，有可能是紅桃K。」

一位室友悚然炸毛：「紅桃K？不是，我們難道要出去找紅桃K？」

巫瑾下床，低頭居高臨下看向室友，眼神閃著些微發寒的光，「四個人的時候不出去，難道等落單再出去？」

那人猛的噤聲。

巫瑾毫無猶豫開門，望舒一言不發跟在他身後，兩人直直推門看向走廊——

走廊空無一人，通往樓梯的消防通道鐵門半開。

砰的一聲！

走廊最末端，銀甲同時開門。這位練習生神色不善，眉頭擰起，手中是明晃晃要和紅桃K決鬥的凶器。然而空蕩蕩的走廊卻讓一腔戰意被潑了冷水。

聲響陸續吵醒了中間幾間寢室的練習生。

萊迦出來時對著銀甲一聲嗤笑，似乎扳回了一局。

銀甲站在門口，板著臉，看了眼漆黑的消防通道，最終沒有選擇和消失的敲門者硬剛。他回到寢室，機關轉動，反鎖上門。

那廂，在門口探頭探腦的尼古拉斯也抖抖索索把自己反鎖在室內，巫瑾的兩位室友似乎被嚇得不輕。巫瑾躺在床上，隱隱聽見隔壁傳來的談話——

「K制定了規則。他肯定不喜歡違反規則的人……所以要淘汰銀甲。他敲銀甲的門，和我們又有什麼關係？」

「銀甲，嘿，敢擦掉K寫的字。不過，只要他反鎖房門誰都進不去。運氣好，誰叫他抽中第九名……」

腕表論壇上，尼古拉斯同樣在嘰嘰歪歪。

巫瑾不予理會，靠在枕頭上閉眼，腦海中反覆復原剛才的經歷。

十五聲敲門聲、空無一人的走廊、消防通道……

半夢半醒之間，腦海兜兜轉轉銀甲在走廊說過的話。

——「我會戰勝他，這對我很重要。」

巫瑾於夢境中浮沉。他也要戰勝K，因為他想。

砰。

巫瑾一瞬反應過來，以最快速爬起。望舒與另一位室友同時驚醒，有了上一次敲門事件，所有人警覺提升到最高，緊接著最後一位室友跟上。

這次的敲門聲尤其急促，從輕到重，巫瑾甚至聽不出敲的是哪裡，也不知道自己是被第幾聲吵醒。

腕表論壇，尼古拉斯又在瘋狂求救：王哥！這次是在敲我的門，我的門！

尼古拉斯：敲了十四下……

十四聲。比剛才少了一聲。

巫瑾：別出來。

巫瑾眉心擰起，走廊像是有看不見的鬼魂在四處遊蕩。

隔壁寢室也傳來窸窣聲響，正是第一位淘汰者林青山所在的寢室。

腕表上，存活數字停在九十四。

一晚上又淘汰六人。不止Rap二班，受到林青山淘汰的連鎖效應影響，廠房營地未知的地方還有其他練習生慘遭淘汰。

寢室房門陸續打開，神色各異的選手們在走廊齊聚。巫瑾敲了敲尼古拉斯的房門，示意安全，尼古拉斯這才彎腰出門。

十四人。

所有人表情驟變。

無數道視線死死投向一處——銀甲的寢室。

只有銀甲沒有出現。巫瑾毫不猶豫上前敲門，門內毫無回應。

突然有練習生悚然驚呼：「你們看！」

地上，鮮紅而詭異的血跡從銀甲的寢室順著門縫延伸出來，又穿過走廊，一路指向……

有練習生瞬間捂住手臂上的雞皮疙瘩，臉色發白。

「指向練習室的方向。」萊迦悶聲開口。

「紅色顏料而已。」巫瑾單膝蹲下，撚了撚。

「踹門。」一旁，望舒言簡意賅，示意上來替巫瑾搭把手。

銀甲的房間從內鎖上，窗扇關閉，是教科書式的完美密室。然而在四位練習生合力破門之下，銀甲的木質寢室房門終於承受不住被哐噹踹開，巫瑾皺眉抬頭。

所有人倒吸一口冷氣。

寢室亂成一團，銀色救生艙在寬敞的寢室中央靜立。

銀甲……淘汰。

「我說過，K討厭不遵守規則的……就算是上鎖的密室，他也能殺死銀甲……」

「K、K是鬼魂嗎？」

巫瑾微微低頭，腦海中無數毫無關聯的線索紛雜，像是把人繞到死角。幾小時前，走廊上的銀甲在記憶中一遍一遍閃回。

不可能。

上鎖的寢室，絕不可能。

巫瑾回撤出門，萊迦已經站在門外。

尼古拉斯還沉浸在死道友不死貧道的喜悅中：「王哥……」

巫瑾和萊迦幾乎同時開口：「去練習室。」

尼古拉斯：「什麼？這大半夜的！」

萊迦探究看了眼巫瑾，再次占據主動：「顏料往練習室方向延伸，K在引我們過去。走吧，所有人一起。」

——哪怕K也在我們之間。

無人異議。K可能是任何一個人，只要落單，誰都有下一個被淘汰的可能。一群人浩浩蕩蕩從走廊穿過，地上零星的紅色顏料在昏暗的夜色下像是恐怖電影。

練習室大門早已敞開。

萊迦第一個進去，緊接著是巫瑾。巫瑾還沒踏入房門，只看到萊迦的手臂猛地一顫，雖然很快穩住，但像是受到極大衝擊——

房間白牆上，原本密密麻麻蓋滿的選手手印被整片紅色顏料糊上，彷彿一大灘堆疊的血跡。血跡的正中央是一張蒼白沾染血跡的人臉！

巫瑾眉心一跳。那是張完整撕下的易容臉皮，臉皮貼在牆上，就像是淘汰者被砌在了血紅的牆壁之中，永世不得超生。

他認得這張臉。英俊，擔得起選秀節目第九名的顏值。

銀甲。

「九。」身後有人顫抖開口。

巫瑾回頭。另一面牆上，被銀甲抹去的「十五」之下寫著一個嶄新的數字。

九。

練習室裡卻有十四個人。

「紅……紅桃King生氣了，」有人顫抖開口：「他下次要處決五個人。」

（未完待續）

【特別收錄】

獨家紙上訪談第五彈，各種創作花絮大公開

Q17：在創作《驚！說好的選秀綜藝竟然》的過程中，有沒有什麼讓您難忘的回憶？

A17：寫遠古生物副本時，正趕上搬家。傢俱還在漂洋過海，隨身就帶了一床被子，鋪在地上，每天裹在被子裡縮牆角打字。副本裡選手餓不果腹，副本外作者同樣淒慘。

後來有一天桌子寄到了，用顫顫巍巍的手裝好桌子，一個爆發寫了一萬字，從三疊紀動盪，到風神翼龍比翼雙飛。

寫完之後依然對桌子愛不釋手，當天晚上把床鋪拖到桌角挨著睡的XD

Q18：有沒有影響您最深（或最喜歡）的作者或作品？為什麼？

A18：網文裡，老豬大神的《紫川》一直是心中的白月光。故事恢弘，群像細膩，情節代入感極強。

十幾年前初看時，完全顛覆了我對網文的認知。也是《紫川》告訴我，認真對待文字，文字就會有重量。

這本書帶我打開了網文的大門，我很感激。時至如今，我時常想起書裡的披荊斬棘，重鑄秩序。

而在創作中，受到它的影響，我也更偏愛溫柔強大、手中執劍的角色。

Q19：平常除了寫作外，有沒有其他興趣或嗜好？

A19：有，會沉迷遊戲。

Q20：私下很喜歡看真人實境秀或競技比賽嗎？有沒有喜歡的節目或比賽？

A20：很喜歡電競比賽。

自己經常會邊看比賽邊做筆記，對線、打團理論記了密密麻麻，滿腦子都是極限操作——打開電腦，排位，定級，白銀二。瞬間認清自我。

Q21：聽說繁體版會加寫新番外，能否在不劇透的情況下，預告一下番外會有什麼令人期待的事情發生嗎？

A21：《驚！浮空城主吃完火鍋竟然做出這種事情》

Q22：可否透露一點，這部作品裡您最喜歡的橋段？以及您最喜歡的角色？

A22：最喜歡的，大概是衛時進入小巫意識世界的那段吧。衛哥雷厲風行追星，小巫的視線也追逐著衛哥。寫起來很快樂，有種回到二十一世紀從頭開始談戀愛的感覺。至於喜歡的角色，有很多很多，小巫、衛哥，左隊、魏衍……其實我也超喜歡PD的！捂臉！

Q23：書中對槍械有大量的描述，是為了寫作才收集資料的？還是有在玩相關的遊戲嗎？因為大部分的女生對軍事類的知識比較不感興趣，但書中出現相關內容時寫得簡潔扼要又能讓人很快進入情境，能請問是否有什麼寫作訣竅嗎？

A23：我比較喜愛戰爭小說。熱兵器有一種獨特的浪漫，故每看到有趣的槍型都會記下。

大環境下，近幾年FPS（第一人稱射擊）遊戲盛行，尤其是沙箱類FPS，地圖自由度高，策略性強。

遊戲文化為這類「槍械＋策略」的審美搭設了寶貴的溫床，即使是偏愛言情小說的女性讀者，也能夠去接受在這一背景下發生的劇情故事。

我十分感激遊戲作為第九藝術，為審美環境開拓的先河。

小說裡，需要介紹相關知識時，我會在寫完後再讀一遍，以確保不和劇情脫節，著筆不會太像說明文XD

（未完待續）

i小說 027

驚！說好的選秀綜藝竟然5

國家圖書館出版品預行編目（CIP）資料

驚！說好的選秀綜藝竟然5/ 晏白白著. -- 初版. --
臺北市：
愛呦文創, 2020.11
　冊；　公分. --（i小說；027）
ISBN 978-986-99224-1-8（第5冊：平裝）

857.7　　109006111

愛呦文創

作　　者	晏白白
封面繪圖	六　零
Q版繪圖	魅　尐
責任編輯	高章敏
特約編輯	劉怡如
文字校對	劉綺文
行銷企劃	羅婷婷
發 行 人	高章敏
出　　版	愛呦文創有限公司
地　　址	10691台北市忠孝東路四段59號10-2樓
電　　話	（886）2-25287229
郵電信箱	iyao.kaoyu@gmail.com
愛呦粉絲團	https://www.facebook.com/iyao.book
總 經 銷	聯合發行股份有限公司
電　　話	（886）2-29178022
地　　址	231新北市新店區寶橋路235巷6弄6號2樓
美術設計	廖婉禎
內頁排版	洸譜創意設計股份有限公司
印　　刷	沐春行銷創意有限公司
初版一刷	2020年11月
定　　價	360元
I S B N	978-986-99224-1-8

愛吻文創

愛呦文創